Christine Radtke

19.08.08

KATHY REICHS

BLUTSCHATTEN

KATHY REICHS

BLUTSCHATTEN

DER ERSTE FALL FÜR SUNDAY NIGHT

ROMAN

Aus dem Amerikanischen
von Heike Schlatterer

BLESSING

Originaltitel: *Two Nights*
Originalverlag: Bantam Books, Penguin RandomHouse LLC, New York

Von Kathy Reichs erschienen:

Aus der Temperance-Brennan-Reihe
Die Knochenjägerin, Vier Fälle für Tempe Brennan – Die Sprache der Knochen – Knochen lügen nie – Totengeld – Knochenjagd – Fahr zur Hölle – Blut vergisst nicht – Das Grab ist erst der Anfang – Der Tod kommt wie gerufen – Knochen zu Asche – Hals über Kopf – Totgeglaubte leben länger – Totenmontag – Mit Haut und Haar – Knochenlese – Durch Mark und Bein – Lasst Knochen sprechen – Knochenarbeit – Tote lügen nicht

Aus der Virals-*Reihe mit Brendan Reichs*
Jeder Tote hütet ein Geheimnis – Nur die Tote kennt die Wahrheit – Tote können nicht mehr reden

Als Tempe-Brennan-Storys
Fährte des Todes – Wasser des Todes – Gletscher des Todes – Tempe Brennans erster Fall

FSC www.fsc.org
MIX
Papier aus verantwortungsvollen Quellen
FSC® C014496

Verlagsgruppe Random House FSC® N001967

1. Auflage, 2018

Umschlaggestaltung: Nele Schütz Design, M. Memminger
unter Verwendung eines Bildes von shutterstock_Patawee
Satz: Leingärtner, Nabburg
Druck und Einband: GGP Media GmbH, Pößneck
Printed in Germany
ISBN: 978-3-89667-621-4

www.blessing-verlag.de

Für Hazel Inara Reichs,
geboren am 20. Juli 2015

1

Die Nachbarin zu meiner Rechten hält mich für verrückt und bringt mir deshalb Käse.

Ich hörte das Knirschen ihrer Stiefel auf dem Weg. Eine Pause, dann knirschten die Muschelschalen wieder.

Ich hob eine Ecke des Geschirrtuchs an, das an meinem Küchenfenster als Vorhang fungiert. Sie war schon wieder fünf Meter weg, ein schattenzerfranster Fleck zwischen den Eichen.

Sechs Jahre, und ich wusste immer noch nicht, wie sie hieß. Wollte ich auch nicht. Hatte nicht die geringste Lust, Rezepte oder Kommentare übers Wetter auszutauschen.

Ich öffnete die Tür einen Spaltbreit, schnappte das in Plastik eingewickelte Päckchen und schob es in den Kühlschrank.

Ich habe eigentlich nichts gegen den Käse. Aber ich mag die scharfen kleinen Augen nicht, die sich in meine Seele bohren. Und erst recht nicht das Mitleid.

Die Ziegen mag ich auch nicht. Wenn der Wind entsprechend steht, drängt sich ihr Gemecker in meine Träume, und ich sehe wieder Blut und Staub in Afghanistan.

Vielleicht täusche ich mich auch in der alten Dame. Vielleicht ist der Käse als Bestechung gedacht, damit ich ihre Ziegen nicht umbringe.

Mein Nachbar links hat sich am Ende seines Bootsstegs aufgehängt. Sein Hund rollte sich auf dem Steg zusammen und starb neben seinem Kopf. Doppelter Selbstmord. Ein Fest für die Maden, bis man die beiden fand.

Arthur war Holzschnitzer, Prince ein Collie. Ihre stumme Gesellschaft ist mir lieber. Passt zu meinem zweistufigen Lebensplan. Keine Freunde. Keine Gefühle.

Ich rannte sechs Meilen und trainierte mit den Hanteln. Ein Bier und ein Sandwich zum Mittagessen, am Nachmittag schoss ich Limodosen von einer Düne in Gray Bay. Der Strand war leer und nicht weit weg. Nichts ist hier weit weg.

Goat Island ist ein schmaler Streifen Sand, gerade einmal so breit, wie ein Affe spucken kann, eine unbewohnte Insel, bis Henry und Blanche Holloway in den Dreißigerjahren herüberruderten, um dem Stress in Charleston zu entkommen. Angeblich lebten sie jahrzehntelang in einem Loch, abgedeckt mit Treibholz und Palmwedeln.

Das klingt für mich jetzt wirklich verrückt.

Aber Henry und Blanche hatten in einem Punkt recht. Was Einsamkeit angeht, ist Goat Island unschlagbar. Auch heute gibt es noch keine Fähre, keine asphaltierten Straßen und damit auch keine Autos oder Lastwagen. Zufahrt nur mit dem eigenen Boot. Fremde verirren sich selten hierher.

Die wenigen Bewohner leben in Hütten, zusammengestückelt aus Treibgut und Trümmern, die Wirbelsturm Hugo ignoriert oder ans Ufer gespült hat. Das Dach meiner Veranda ist das Hinterteil eines ausgeschlachteten Ruderboots. Der Schuppen der Ziegenfrau war in einem früheren Leben mal Arthurs Latrine.

Nicht falsch verstehen. Ich bin keine Irre, die nackt in einem primitiven Erdloch lebt. Ich habe Strom und eine Klärgrube. Allen Komfort.

Der Nachteil von Goat Island sind die Moskitos im Frühling, manche sind so groß, dass sie einen Bernhardiner wegschleppen könnten. Gegen sechs formierten sich die Blutsauger zu Geschwadern und bereiteten sich auf den Angriff vor. Einziges Ziel: *Moi.*

Ich schmierte gerade Aloe auf die Stiche, als die Glocke über dem Herd eine provisorische Warnung bimmelte.

Die Motten tanzten einen irrwitzigen Tanz in meiner Brust.

Hastig griff ich nach meiner Schrotflinte, stopfte Patronen hinein und schlich zum Fenster. Die Sonne stand niedrig und tauchte die Fahrrinne in leuchtendes Orange. Ich musste blinzeln.

Unten auf meinem Steg hockte eine Gestalt und vertäute die Bootsleine. Mann und Boot waren gesichtslose schwarze Schattenrisse vor dem orangeroten Leuchten.

Schussbereit umklammerte ich die Flinte fester.

Die Gestalt richtete sich auf und ging auf mein Haus zu. Ein Mann. Breite Brust. Nicht groß, aber mit muskulösen Armen und Beinen.

Ich erkannte den selbstbewussten Feldwebelschritt. Die Umrisse seines schäbigen Tilley-Trekkinghuts. Nicht Vintage, einfach nur alt.

Shit!

Jetzt aber schnell. Munition raus und zurück in die Tasche, Flinte in den Schrank. Schnapsflaschen, Gläser und schmutziges Geschirr unter die Spüle. Die schmutzige Wäsche und Flip-Flops mit Schwung ins Schlafzimmer.

Sein Klopfen war so heftig, dass die Fensterscheibe im Rahmen klapperte. Ein letzter Kontrollblick, dann zur Tür, um die Schlösser zu öffnen. Das erste, das zweite, dann den Türriegel.

Er stand mit den Händen in der Hüfte vor der Tür und schaute nach links Richtung Marsch. Blaue Augen, ein Gesicht so vom Wetter gezeichnet wie der Monat März.

»Was ist passiert?« Mein Mund war trocken. Niemand kam uneingeladen zu mir. Eigentlich kam nie jemand.

»Muss denn was passiert sein, damit ich vorbeikomme?«, sagte er harsch. Schroff.

»Natürlich nicht.« Ein Plastiklächeln meinerseits. »Aber normalerweise gibst du vorher Bescheid.«

»Wie denn? Per Brieftaube?«

Ich sagte nichts.

»Lässt du mich hier draußen stehen, bis ich eine Transfusion brauche?«

Ich hob den Riegel und machte einen Schritt zurück. Beau kam rein, mit forschendem Blick. Typisch Polizist. Einmal im Haus herumgeschaut, dann wieder zu mir, mit derselben fürsorglichen Neugier, die mich bei meiner Nachbarin so stört.

Die Narbe unter meinem rechten Auge brannte.

»Ich habe das Boot nicht erkannt.« Ich benahm mich so normal wie möglich.

»Meins wird gerade repariert. Was soll`s? Hast du David Bowie erwartet?«

»Der ist tot.«

»Ach ja?«

»Ja.«

»Bekommt ein durstiger Mann denn hier kein Bier?«

Ich holte zwei Palmetto Amber aus dem Kühlschrank, und wir gingen ins Wohnzimmer, einem kleinen Sechseck, das man durch einen mit Holz verkleideten Türbogen betrat. Deckenventilator, Couch, zwei fadenscheinige Sessel, drei schwer ramponierte Tischchen. Deko überflüssig. Nur Beau und ein weiterer Mensch hatten hier Zutritt.

Beau ließ sich auf die Couch fallen, riss den Hut vom Kopf und trank einen großen Schluck Bier. Seine Haare waren grau und stoppelkurz. Seit ich ihn kannte, waren sie so. Wahrscheinlich seit seine Mama sie ihm zum ersten Mal mit der Haarschneidemaschine auf dem Küchenstuhl gestutzt hatte.

Ich saß ihm gegenüber, die Knie nach vorn, die Füße unter dem Hintern. Die fünf Fenster an den Wänden um uns herum gaben den Blick frei auf die Atlantikküste. Man kam sich vor wie in einem iMax-Kino.

Plötzlich hatte ich ein Bild im Kopf. Beau mit dem Gesicht

eines jungen Mannes. Der seinen Frust verbarg, seinen Stolz. Der nicht bettelte, aber nahe dran war. Einen Kollegen bei der Polizei bat, seinem Pflegekind noch einmal eine Chance zu geben. Ein Auge zuzudrücken. Rot-blau pulsierten seine Polizeimarke und die heruntergekommene Kneipe hinter ihm.

Beau stützte den rechten Ellbogen aufs linke Knie. Räusperte sich. Hob und senkte mehrmals den Fuß.

»Hab heute einen interessanten Anruf bekommen.« Sein Blick war auf den Segelschuh gerichtet, der so alt war wie der Hut. »Eine Frau namens Opaline Drucker.«

Ein Chip tief in meinem Hirn machte Ping.

»Wer ist das?«

»Das sage ich dir nachher.«

»Nach was?«

»Nachdem du mich angehört hast.« Sein Ton war Millionen Meilen weit entfernt von »Bin mal auf ein Schwätzchen vorbeigekommen«. »Mrs. Drucker hat ein Problem. Ich glaube, du kannst ihr helfen.«

»Warum sollte ich?«

Beau trank noch einen Schluck und stellte die Flasche auf den Boden. Er hatte die Beine übereinandergeschlagen, jetzt setzte er beide Füße nebeneinander, beugte sich vor und sah mir direkt in die Augen. »Das hier ist kein Leben für dich, Sunnie.«

»Ich fühle mich hier draußen pudelwohl.« Ich hob die Arme, um das Ausmaß meiner Freude zu bekunden.

»Wir wissen beide, dass ich etwas anderes meine.«

»Und was wäre das genau?«

»Ich versteh das schon. Du hast überreagiert, du hast den Bastard erschossen.«

»Der Schuss war gerechtfertigt, so stand es im Abschlussbericht«, erwiderte ich kurz und schnippisch. Andererseits hatte die Abteilung für Interne Ermittlungen bei der Polizei von Charleston nach dieser Geschichte die Reißleine gezogen. Was das Ende meiner Karriere im Polizeidienst bedeutete. Aber das war lange her.

»Verdammt knapp war das damals.« Beau kratzte verkrusteten Dreck von seiner Jeans, die zu verwaschen war, um noch als blau durchzugehen. Vielleicht war es auch ein totes Insekt. »Du hättest fast ein Auge verloren.«

»Kein Grund, um mir fortan an einem Schreibtisch den Hintern platt zu sitzen.« Meine Wangen brannten.

»Auf keinen Fall. Ich an deiner Stelle hätte auch den Dienst quittiert.«

»Bist du hergekommen, um mich daran zu erinnern, was für ein Loser ich bin? Zuerst bei der Army versagt, dann bei der Polizei? Dann habe ich Neuigkeiten für dich: Das weiß ich schon.« Das klang gemeiner, als ich beabsichtigt hatte. Oder auch nicht.

»Lass stecken.«

»Komm zum Punkt.«

»Das ist jetzt sechs Jahre her.«

»Ah. Du bist hier, weil du mir einen Vortrag über Selbstmitleid halten willst.« Ich verschränkte die Arme vor der Brust und klemmte die Hände unter die Achseln. »Nein warte. Du hast jetzt auch den Dienst quittiert.«

Beau holte tief Luft. Atmete durch die Nase aus. Wog seine Worte ab.

»Du kannst dich nicht ewig auf dieser Insel verstecken, mit niemandem reden, dir Gott weiß was antun.«

»Doch. Kann ich.«

»Du hast dich von der gesamten Menschheit verabschiedet.«

»Ich habe einen besten Freund, der wohnt in meinem Nachttisch. Möchtest du ihn kennenlernen?«

»Ich verstehe. Das mal wieder. Kaum setzt man dich ein bisschen unter Druck, kommen die schlechten Witze.«

»Ich habe dich.«

»Ich bin so ziemlich der *einzige* Mensch, den du hast.«

»Und du hältst mich für völlig durchgeknallt.« Na ja, das tat ich selbst auch.

»Nein, du bist nicht verrückt«, sagte er frustriert, um Geduld bemüht. »Aber du kannst nicht einfach hier draußen herumhocken und nichts tun.«

»Ich laufe, ich schieße, ich angle, ich lese.« Mein Magen rollte sich so fest zusammen wie ein Gürteltier in Gefahr.

»Das ist nicht normal.«

»Normal habe ich probiert. Zu viele Regeln. Zu viele Zwänge.« Zu viel Wut? Ich bin ein großes Mädchen. Damit werde ich mittlerweile fertig.

»Warum bist du nur so gottverdammt stur?«

»Mein besonderes Talent.«

Ich hasse es, über mich zu reden. Mit Beau. Mit den Therapeuten mit ihren sanften Augen und diesen beiläufigen Fragen, die doch so tief bohren. Mit jedem. Ich wechselte das Thema.

»Was hat das mit Orphaline Drucker zu tun?«

»Opaline. Ich glaube, es täte dir gut, wenn du ihr helfen würdest.«

»Wow. Ich bin dein neues Projekt.«

Beau ging darüber hinweg. »Druckers Enkelin ist seit über einem Jahr verschwunden.«

»Kinder laufen von daheim weg. Das ist bekannt.« Ich trank einen Schluck Bier.

»Sie war erst fünfzehn.« Kurze Pause, dann: »Opaline glaubt, dass sie in die Fänge einer Sekte geraten ist.«

Wieder ungebetenes Sperrfeuer in meinem Hirn. Ich schickte die Bilder dorthin, wo ich sie alle unter Verschluss halte.

Eine Minute verstrich. Dann hakte ich nach: »Damit ich das richtig verstehe: Ich soll dieses Kind retten, weil ich selbst gerettet werden muss?«

»So etwas in der Art.«

Beau richtete den Blick seiner laserblauen Augen auf mich. Ich starrte zurück. Jedes Neuron in meinem Hirn drängte zum Rückzug.

Aber ich biss trotzdem an. »Wo wird sie festgehalten?«

»Das weiß man nicht.«

Schweigen auf unserer Seite der Fensterscheiben. Auf der anderen ein angeregtes Möwengespräch über Krabben oder Fische. Vielleicht auch über Müll.

»Ich habe keine Ahnung, wie man Vermisste findet«, sagte ich.

»Du warst in der SERE-Ausbildung.« Beau benutzte die militärische Abkürzung für Survival, Evasion, Resistance und Escape, ein Überlebens-, Ausweich-, Widerstands- und Fluchttraining für Soldaten im Fall einer Gefangennahme.

»Das ist etwas anderes.« War es auch. Aber ich wusste, was er meinte.

»Immerhin warst du Ausbilderin für diese Kurse. Das wird schon einen Grund gehabt haben.«

»Losverfahren?«

»Klar. Und die anderen ›Missionen‹, über die wir nicht reden?« Die Anführungszeichen um den bewusst vage gehaltenen Begriff waren deutlich zu hören.

Ich trank noch einen Schluck Bier.

Die Vorhänge hoben sich in der Brise, die nach Salz und Schlick roch.

Die Stimmung des Lichts veränderte sich minimal von Orange zu Bernstein.

Andere Erinnerungen drängten hervor. Ungegessene Wurst-Sandwiches, abgesagte Gitarrenstunden, eine mit Lippenstift verunstaltete Wand, die einmal für ein Mädchen rosa gestrichen worden war.

Beau hatte sich redlich bemüht in den drei kurzen Jahren, in denen ich bei ihm gelebt hatte. Und hatte nie ein Wort des Dankes von seiner missmutigen, kupferrothaarigen Pflegetochter bekommen.

»Erzähl mir von dem Mädchen.« Ich brach das Schweigen.

»Am besten lässt du dir alles von Opaline erzählen.«

»Eine direkte Gegenüberstellung?« Das Blut pulsierte in der kleinen Mulde neben meinem Schlüsselbein.

»Du kannst mein Auto nehmen.«

Beau wertete mein Schweigen als Zustimmung, hievte sich auf die Beine und gab mir einen blau linierten Zettel, den er aus einem Spiralblock gerissen hatte. Mit abgewandtem Blick legte ich ihn auf den Tisch neben mir.

Als Beau weg war, warf ich den Zettel in den Mülleimer neben dem Waschbecken im Bad. Eine eiskalte Dusche, dann stellte ich die Alarmanlage scharf, sah nach, ob draußen vor den Fenstern etwas herumlungerte, und legte mich schlafen.

Doch der Schlaf hatte anderes vor. So viel zu dem, was Beau für ein »normales« Leben hielt. Aber dieses Mal war es anders. Ich versuche schon so lange, nicht an früher zu denken, an diese zwei Nächte, dass sich mein schlafloser Geist automatisch auf die Gegenwart konzentriert. Butter kaufen. Die Waffen reinigen. Die Glühbirne auf der Veranda wechseln.

In dieser Nacht suchten mich eine Million Geister heim.

Experten behaupten, es sei heilsam, sich dem Verlust zu stellen. Darüber zu reden. Bullshit. Wenn ich an früher denke, wird mir übel und ich finde keine Ruhe mehr.

Nachdem ich mich stundenlang vergeblich zwischen schweißnassen Laken gewälzt hatte, stand ich auf, tappte ins Bad und zog Beaus Zettel zwischen Papiertüchern, Ohrstäbchen und ausgekämmten Haaren hervor. Ein kurzer Blick auf die hingekritzelte Adresse, dann knüllte ich den Zettel zusammen und warf ihn wieder in die Überreste meiner täglichen Körperpflege.

Im Wohnzimmer tanzten die Schatten. Es war still wie in einem

Grab. Ich machte es mir auf der Couch bequem. Wie fünf schwarze Augen sahen die Fenster des Sechsecks zu, wie ich mich zwang, an nichts zu denken.

2

Opaline Druckers Haus bildete zusammen mit einem anderen Haus einen kleinen Hof, der östlich von der Legare Street abging. Das behäbige einstöckige Gebäude im georgianischen Stil stand dem einzigen anderen Gebäude von Poesie Court gegenüber, ebenfalls ein behäbiges einstöckiges Haus im georgianischen Stil. Beide Adressen lauteten »südlich der Broad Street« und gehörten damit zur gehobenen Wohngegend, wie eine schnelle Internetrecherche ergeben hatte.

Keines der Häuser scherte sich um eine besondere Außenwirkung. Zwei Fenster oben, zwei Fenster unten, jedes mit Fensterläden an der Seite und einem Blumenkasten unten. Beide waren schmal und reichten weit nach hinten, weg von der Straße, an beiden zog sich an der Seite eine Veranda und darüber ein überdachter Balkon entlang. Obwohl Mauern verbargen, was dahinter lag, wusste ich, dass der Blick vom Balkon auf einen Garten hinausging.

Ich parkte Beaus Audi und stieg aus. Beim Zuschlagen der Autotür flitzte ein Eichhörnchen eilig den Stamm einer Magnolie hinauf. Ein kurzes schwanzzuckendes Innehalten, dann rannte es wieder nach unten, bog steil nach rechts ab und verschwand in einem Beet aus Pfingstrosen, das so groß wie Long Island war.

Es war viel zu schwül und warm für April. Die Luft roch nach Sonne, die auf moosbedeckte Erde und Steine scheint. Nach

Gras, gemäht von Gärtnern, deren Muttersprache nicht Englisch ist.

Irgendwo außer Sichtweite war das rhythmische *Zck-Zck-Zck* eines Rasensprengers zu hören. Kirchenglocken. Davon abgesehen war es still. Poesie Court döste vor sich hin, als ob Autos und Touristen noch nicht erfunden worden wären.

Ein Ort jenseits der Stille. Die kleine Sackgasse war wie eine Zeitschleuse. Ein Ort, dessen Bewohner sich seit Jahrhunderten gegen neugierige Fremde abschotteten.

Ein kurzer Blick zu Nummer fünf, dann ging ich den Plattenweg zu Nummer sieben hinauf. Ich konnte mir die Einrichtung der Grande Dame vorstellen, die Vertäfelungen, Friese und geschnitzten Balustraden. Nicht mein Stil. Aber was soll's. Ich wäre die Letzte, die jemandem eine schöne Schnitzerei zum Vorwurf machen würde.

Mein Daumen auf der Klingel setzte ein Glockenspiel in Gang, das einer Kapelle im Vatikan würdig gewesen wäre. Ich fragte mich, welche Art von dienstbarem Geist wohl die Tür öffnen würde.

Die Frau, die mich begrüßte, war schwarz und vermutlich Mitte sechzig. Sie trug ein kurzärmeliges graues Kleid mit weißem Kragen und Schürze, alles vor Stärke so steif wie ein Sektempfang im Buckingham Palace. Ich nannte meinen Namen. Ihr Gesicht blieb ausdruckslos, ihre Augen mieden meinen Blick.

»Missus Drucker erwartet Sie. Bitte folgen Sie mir.«

Glänzende Marmorböden, ein überladener Kristallleuchter, eine kunstvoll gestaltete Treppe, die sich dramatisch zum ersten Stock hinaufschwang. Von der Eingangshalle ging ein holzgetäfelter Gang zu mehreren Glastüren ab, die in den hinteren Teil des Hauses führten.

»Bitte warten Sie hier.« Das Hausmädchen verschwand, um meine Ankunft zu vermelden.

Ich schaute mich um. Zu meinen Füßen noch mehr glänzend

polierter Marmor. Über meinem Kopf noch mehr mundgeblasenes Glas. Durch eine halb geöffnete Tür rechts konnte ich den Ausschnitt eines Klaviers erkennen, darüber ein halbes Porträt in Öl, ein Mann, der mit einer Hand auf der Brust posierte. Lächeln war wohl nicht so sein Ding.

Ich warf einen prüfenden Blick in den deckenhohen Spiegel zu meiner Linken. Jeans, die eng genug waren, dass sich mein Hintern abzeichnete, mit Hosenbeinen, die lang genug waren, dass sie bis zu den Füßen reichten. Bei meiner Größe und meinem geringen Gewicht muss man lange suchen, um eine passende Hose zu finden. Nicht, dass mir Kleidung wichtig wäre. Eine weiße Bluse, weit genug, um die Ausbuchtung am hinteren Hosenbund zu verdecken. Die Haare etwas unordentlich.

Ich fummelte gerade an der Haarspange herum, die meinen Pferdeschwanz zusammenhielt, als das Dienstmädchen zurückkam und mir mit ihrem fleischigen Arm die Tür aufhielt. Ich folgte ihr nach draußen.

Am anderen Ende der Terrasse saß eine Frau auf einem dunklen Rattansofa, die Haare ein welliger weißer Leuchtturm im Schatten der Hängepetunien und Kübelpalmen, die ihre Seiten flankierten. Trotz des schwülen Wetters lag eine Patchworkdecke über ihren Beinen. Ein kleiner Hund, vielleicht ein Zwergspitz, schlief zusammengerollt auf der Decke. Die Frau streichelte ihm über den Rücken.

Das Mädchen ging zu der Frau und sagte: »Sie ist da, Ma'am.«

Die Frau zeigte keine Regung. Das Hausmädchen winkte mich näher und sprach lauter. »Missus Drucker?«

»Kein Grund, hier herumzuschreien.« Drucker sah nicht vom Hund auf.

»Ja, Ma'am. Miss Night …«

»Ich habe Sie gehört, Miranda. Mein Gott, selbst meine verstorbene Mutter hat Sie wahrscheinlich gehört.« Die Vokale waren breit, die Stimme klang so kühl wie Honig auf Eis.

»Ja, Ma'am. Wünschen Sie noch etwas?«

»Haben Sie unseren Gast gefragt, ob sie eine Erfrischung möchte?«

Miranda drehte eine Schulter in meine Richtung.

»Wasser bitte«, sagte ich.

Drucker wedelte mit ihrer von blauen Venen durchzogenen Hand, als ob sie eine Fliege verscheuchen wollte. »Bringen Sie süßen Tee.«

Miranda ging, den Blick immer noch auf die Schuhe gerichtet.

»Setzen Sie sich.« Die Hand deutete auf einen Stuhl und streichelte dann weiter den Zwergspitz. Der mich, wie schon das Hausmädchen, keines Blickes würdigte.

Ich setzte mich. Die Sekunden verstrichen, eine Minute. Der Hund neigte zum Schnarchen.

»Mrs. Drucker?«

Nichts, nur streicheln und schnarchen.

»Sie haben sich an Beau Beaumonde wegen eines Problems gewandt.«

Eine ganz leichte Brise spielte mit den hängenden Pflanzkörben und kitzelte die Petunien, die sich über den Rand schlängelten. Ich hatte das Gefühl, ich würde schon ewig warten.

Schweigen.

»Mrs. Drucker?«

Immer noch Schweigen.

Das hatte ich nicht nötig. Ich stand auf.

Drucker hob langsam den Blick vom Hund und sah mich an. Ich ahnte, was kommen würde, und wappnete mich. Manche waren von der Narbe geschockt. Sie schreckten zurück. Den meisten war der Anblick unangenehm, sie taten aber so, als ob sie gar nicht da wäre. Einige glotzten, meistens Kinder.

Drucker blieb gelassen. Sie sah so aus, wie ich sie mir vorgestellt hatte, Andeutungen von Tränensäcken unter den Augen, das Fleisch etwas schlaff am Kiefer, die Falten viel zu dezent, um zu den tiefen Furchen an ihrem Hals zu passen. Hier war eindeutig ein Schönheitschirurg am Werk gewesen.

Stutzig machten mich Druckers Augen – rot umrandet an den Lidern und Augenwinkeln, die Iris so schwach gefärbt, dass sie fast durchsichtig wirkte. Doch nicht die fehlende Farbe ließ mich frösteln. Sondern das Fehlen einer Reaktion. Oder Emotion. Oder etwas, das ich damals nicht benennen konnte. Etwas, das ich erst später verstand.

»Ich weiß, wer Sie sind«, sagte sie.

Eine seltsame Aussage. Ich wartete.

»Kontakt zu Ihnen aufzunehmen erfordert einen gewissen Einsatz. Keine E-Mail. Kein Telefon. Wirklich, meine Liebe. Und das im Zeitalter der allgegenwärtigen Kommunikation.«

»Sie haben es geschafft.«

»Ich lasse mich nicht so leicht von etwas abbringen.«

»Meinen Glückwunsch.«

»Setzen Sie sich bitte.«

Ich setzte mich. Und bedauerte es sofort.

»Sunday Night. Ein seltsamer Name.«

Das verpasste mir einen Stich. Sie hatte ja recht. Aber ich hatte derartige Kommentare schon so oft gehört. Ich sagte nichts. Der Hund schlief.

Die wässrigen Augen musterten mich. »Ich verstehe Ihr Aussehen nicht. Ungeschminkt, aber schwarz lackierte Fingernägel. Nennt man das Gothic?«

»O.P.I. Black Onyx«, antwortete ich, obwohl ich wusste, dass das nicht ihre Frage gewesen war.

»Sie sind sehr groß, junge Dame. Meine Güte, heutzutage gilt das als jung. Zu meiner Zeit wurde eine unverheiratete Frau wie Sie alte Jungfer genannt.«

»Sie wollten ein Problem besprechen?«

»Ich weiß, wie das zustande kam. Also die Namenskombination. Muss schwierig gewesen sein, unter solchen Umständen aufzuwachsen. Kein Vorname oder Nachname? An einem Sonntag geboren, wie wird man also genannt?« Drucker schnüffelte verächtlich. »Wirklich unfassbar.«

Mein Ärger wuchs. Ich holte wie empfohlen tief Luft. Langsam ausatmen. Drucker redete weiter.

»So traurig. Ich fürchte, die Kinder müssen immer am meisten leiden.«

Die knotige Hand streichelte weiter den Hund. Der Hund schnarchte weiter. Ich schwieg weiter.

»Es muss doch unerträglich sein, wenn alle, die man kennt, auf einen Schlag sterben. Ganz allein dazustehen, in einer so schwierigen Phase im Leben.«

»Das war eindeutig ein Fehler.« Ich griff nach meiner Tasche.

»Bitte, Miss Night. Ersparen Sie mir das Drama. Mit den entsprechenden Ressourcen kann man die Vergangenheit eines jeden auskundschaften.«

»Dann nutzen Sie diese Ressourcen, um jemand anderen zu finden.« Ich stand auf. Dieses Mal wachte der Hund auf. Drucker beruhigte ihn. Der Hund legte sich wieder hin, Schnauze auf die Pfoten, die schläfrigen Augen auf mich gerichtet.

»Mit Ihrer Geschichte sind Sie meiner Meinung nach höchst geeignet für meine Zwecke. Aber ich habe gehört, dass Sie aufbrausend sind. Impulsiv, ungeduldig und ganz schlecht darin, sich an Anweisungen zu halten.«

»Ist das so?« Es war so.

»Meine liebe Miss Night. Ich kenne Perry Beaumonde schon sehr lange. Beau.« Drucker runzelte die Stirn. Zum ersten Mal bemerkte ich ihre Augenbrauen, weiß und leicht borstig und jetzt missbilligend zusammengezogen. »Ich mag Spitznamen nicht, aber so ist die Welt nun einmal. Perry ist ein guter Mann, ein guter Polizist. Es überrascht mich nicht, dass er Sie in seine Obhut genommen und großgezogen hat.«

»Für die Zeit auf der Highschool.«

»Was nicht gut funktionierte. Schule abgebrochen. Zweiter Bildungsweg. Festnahme im Alter von achtzehn Jahren, Eintrag im Strafregister gelöscht. Entfernung aus dem Dienstverhältnis beim Militär. Obwohl ich offen gesagt nicht genau weiß, was das heißt. Und dann wäre da natürlich noch die Sache, dass Sie sich nicht auf Befehl selbst getötet haben.«

Ich starrte sie an, ohne eine Miene zu verziehen, Hitze prickelte in meinem Nacken. Für diese Hexe würde ich keinen Finger rühren, auf gar keinen Fall.

»Wie diskret sind Sie?«, fragte Drucker.

»Ich würde mir fünf von fünf Punkten geben.« Kurz angebunden.

»Überlebensfähigkeiten?«

»Zehn von fünf.«

»Wenn ich Sie engagiere, verfolgen Sie den Auftrag bis zum Ende?«

»Mich engagieren?«

»Ich bitte niemanden um einen Gefallen, ohne dafür zu bezahlen.«

»Ich glaube nicht, dass ich für Sie arbeiten möchte.«

»Ich biete Ihnen hundertvierzigtausend Dollar plus Spesen.«

»Worum geht's eigentlich?« Die hohe und irgendwie seltsame Zahl stellte ich gar nicht erst infrage.

»Zwanzigtausend Dollar im voraus.«

»Wofür?«

»Den Rest, wenn die Sache erledigt ist.«

»Ich finde es ermüdend, wenn ich meine Fragen wiederholen muss.«

»Manche Leute würden alles für diese Summe tun.«

»Ich nicht.«

»Das Geld ist Ihnen egal?«

»So ziemlich.«

»Ja.« Drucker nickte einmal, als ob sie sich selbst korrigieren wollte. »Auch das habe ich gehört.«

Wieder kämpfte ich gegen den Wunsch an, aufzustehen und zu gehen. Ich war mir nicht sicher, warum ich blieb.

»Falls Sie sich nicht damit belasten wollen, können Sie das Geld auch an eine Wohltätigkeitsorganisation Ihrer Wahl spenden.« Triefend vor Sarkasmus. »Anonym, wenn Ihre moralischen Ansprüche das verlangen.«

Hinter mir öffnete sich eine Tür. Schritte auf der Terrasse. Miranda stellte zwei Gläser auf den niedrigen Tisch zwischen uns und ging wieder. Weder Drucker noch ich tranken von dem Tee. Stattdessen griff sie nach einem Umschlag zu ihrer Rechten. Verärgert über die Störung, sprang der Hund von ihrem Schoß, machte ein paar Schritte und rollte sich am anderen Ende des Sofas zusammen.

Drucker hielt mir den Umschlag hin. Ich beugte mich vor und nahm ihn. Sie machte mit ihrem knotigen Zeigefinger eine Kreisbewegung, was wohl hieß, dass ich hineinschauen sollte.

Im Umschlag war ein einzelnes Foto. Eine gut aussehende Frau, vielleicht Mitte vierzig, zwei Kinder, Junge und Mädchen. Der Junge war sonnenblond und lächelte breit trotz Zahnspange. Seine türkisblauen Augen blickten zuversichtlich in die Kamera. Das Mädchen hatte kupferrote Haare und Sommersprossen und war etwas fülliger, als ihr vermutlich lieb war. Sie reckte das Kinn, die Hände waren trotzig vor der Brust verschränkt.

Der Junge trug ein rosafarbenes Designer-Polohemd und eine hellbraune Baumwollhose. Mutter und Tochter trugen rosa Leinenkleider und Gardenienblüten hinterm linken Ohr. Die drei standen an einer Strandpromenade, im Hintergrund das Meer.

Ich sah Drucker mit hochgezogenen Augenbrauen an.

»Meine Tochter, Mary Gray Bright und ihre Kinder Stella

und Bowen. Das Bild ist einige Jahre alt.« Wieder das verächtliche Schnüffeln. »Fotografiert, nachdem der Loser-Ehemann schon lange verschwunden war. Alex. Kein Verlust.«

»Sie müssen sehr stolz auf Ihre Familie sein.«

»War ich auch. Bis diese Monster sie ausgelöscht haben.« Wie die hellen durchsichtigen Augen war auch Druckers Stimme ohne jede Emotion.

»Wie bitte?« Ein geschockter Reflex.

»Mary Gray und Bowen wurden kaltblütig ermordet. Gott weiß, was sie mit der armen Stella gemacht haben.«

»Mein Beileid.« Das klang mau. Aber mehr brachte ich nicht heraus.

»Ich konnte eine Trauerfeier in der First Baptist Church organisieren. Natürlich bei geschlossenem Sarg. Bei Mary Gray war nur noch das halbe Gesicht vorhanden. Bowen hatte gar keinen Kopf mehr. Ich habe ihnen neue Kleider gekauft. Geldverschwendung. Konnte niemand sehen.«

»Wann war das?«

»Letzte Woche war es ein Jahr her. Es wurde nie jemand verhaftet.«

»Der Auftrag steht in Zusammenhang mit ihrem Tod?«

»Ich will, dass die Verantwortlichen gefunden werden.«

»Ich bin keine Privatdetektivin.«

»Sie waren bei der Polizei. Und beim Militär haben Sie investigativ ermittelt.« Drucker reichte mir einen zweiten Umschlag. »Sie haben meinen Enkel gesehen.« Wieder der Finger. »Schauen Sie ihn jetzt an.«

Ich öffnete den Umschlag. Darin waren sechs Farbfotos in den Maßen acht auf dreizehn. Ich holte sie raus und fächerte den Stapel auf wie ein Kartenspiel. Zu jedem Foto gehörte eine Kennung. Etwas anders als das Format, das ich kannte, aber vertraut. Ich überflog die Daten. Die Fotos waren Teil einer Serie, die ein Spurensicherungsteam in Chicago aufgenommen hatte.

Ich wusste, dass die Bilder heftig ausfallen würden, und wappnete mich innerlich. Neigte den Kopf, damit sich mein gutes Auge darauf einstellen konnte. Sah mir das erste Bild an.

Grauenhaft. Mein Gott.

Ich holte Luft, damit ich nicht in den Abgrund in meinem Kopf stürzte. Aber ich war nicht schnell genug. Eine Bilderfolge detonierte, grelles Licht, grausam. Eine weiße Mondscheibe. Verkohlte Leichen, im Kreis arrangiert wie Radspeichen. Rote Krallen auf einer Holzverkleidung.

Ich schluckte, um den Knoten in meinem Magen loszuwerden. Biss die Zähne zusammen. Ging weiter die Bilder durch.

Sie zeigten die Überreste der entsetzlichen Tragödie, die Druckers Familie getroffen hatte. Ein kopfloser Torso, die Schultern des Kindes ein Strahlenkranz aus zerfetztem Fleisch. Ein abgetrennter Fuß, die Schnürsenkel am Turnschuh immer noch fest gebunden. Eine kleine bleiche Hand neben einem Felsblock, auf den Namen gesprayt waren. Eine Frau mit dem Gesicht nach oben im Gras, ein Auge offen und starr, das andere ein roher Krater, schaumiges Blut in dem Loch, das einmal ihr Mund gewesen war. Gewebe verteilt auf einer Steinfassade, dunkel und weiß, glänzend und rot.

Ich starrte auf das Blutbad. Auf den mit Graffiti besprühten Stein. Etwas stimmte nicht. Was?

Ich schaute zu Drucker. Sie beobachtete mich, die Augen wie Eiskristalle.

»Was meinten Sie vorhin mit Stella?«

»Sie verschwand in dem ganzen Chaos.«

»Sie glauben, sie wird von denen, die das getan haben, immer noch festgehalten?« Da klingelte etwas leise in meinem Gedächtnis. Ein Bombenanschlag. Ein vermisstes Mädchen. Draußen auf der Insel verfolge ich keine Nachrichten. Doch bei den Einkaufsfahrten in die Stadt bekomme ich hin und wieder etwas mit.

»Ja.«

»Ihre Leiche wurde nicht am Tatort gefunden?« Eine nervöse, dumme Frage.

»Würde ich Sie engagieren, nach Stella zu suchen, wenn ich ihre Leiche hätte?«

»Erzählen Sie mir von ihr.«

»Ach, die liebe Stella. Immer sarkastisch, immer geistreich, immer eine witzige Antwort parat.«

»Ein glückliches Kind?«

»Ganz und gar nicht. Trotzig, rebellisch. Ich glaube, meine Enkelin war sehr bekümmert. Da war etwas Dunkles in ihr, obwohl sie sich sehr bemühte, das zu verbergen. Ich kann das nicht richtig in Worte fassen. Verstehen Sie trotzdem, was ich meine?«

Druckers Beschreibung traf mich mitten ins Herz. Ich nickte.

»Kennen Sie die Formulierung ›trauriger Clown‹? Tja, so war meine Stella.«

Der traurige Clown. Der verrückte Clown. Wut und Sarkasmus, um die Angst zu verbergen.

Das leuchtend rote Haar.

Ich fühlte mich instinktiv zu diesem Mädchen hingezogen.

Ich legte die Bilder weg, stand auf und ging über die Terrasse. Wieder bei Drucker angelangt, spreizte ich die Finger und lehnte mich gegen die Hauswand. Ich spürte die Wärme der Backsteine an den Handflächen. Sie waren rotbraun und unregelmäßig, der Mörtel bröselig und schwarz gesprenkelt.

Ich blinzelte, um wieder klar zu sehen, und ging zu meinem Stuhl zurück.

»Wissen Sie, wer das getan hat?«

»Nein.«

»Wissen Sie, warum Mitglieder Ihrer Familie Opfer des Anschlags wurden?«

»Ich bin mir nicht sicher, ob das ein gezielter Anschlag war. Es gab noch andere Opfer. Meine armen Lämmchen waren vielleicht ein Kollateralschaden. Ein sehr unpassender Begriff für den Tod eines Menschen, finden Sie nicht auch?«

»Erklären Sie das bitte genauer.«

»Diese Schlächter hatten einen Plan. Sie scherten sich einen Dreck um die Menschen, die ich liebte.«

»Bestimmt wurde doch ermittelt.«

Sie nickte knapp. »Die Polizei dachte, die Attentäter wären Terroristen, die Juden hassen.«

»Sind Sie Jüdin?« First Baptist Church?

»Gute Güte, nein. Der Anschlag fand vor einer Art hebräischen Schule statt.«

»Was wissen Sie sonst noch?«

»Ich weiß, dass sie zu viert waren, drei Männer und eine Frau. Es gibt Aufnahmen einer Überwachungskamera. Die Gesichter sind unscharf, aber das Material wurde entsprechend bearbeitet und vergrößert.«

Drucker gab mir einen dritten Umschlag, der braun und größer war als die beiden anderen, die nun auf dem Tisch zwischen uns lagen. Wieder eine Reihe von Aufnahmen, dieses Mal Vergrößerungen von Standbildern, die aus einiger Entfernung gemacht worden waren. Ich blätterte sie durch.

Die Bilder waren grobkörnig, die Gesichtszüge kaum zu erkennen. Die vier saßen in einem Wagen, die Frau vorne auf dem Beifahrersitz. Sie drehte sich gerade nach links, die Haare fielen zur Seite, der Mund ein dunkler Kreis im Gesicht. Ein Arm war ausgestreckt. In Richtung Fahrer? Die anderen schauten geradeaus.

Ich steckte die Fotos zurück in den Umschlag, nahm die beiden anderen vom Tisch und wollte sie alle zurückgeben. Drucker hob die Hand.

»Behalten Sie die. Das sind nicht die Originale.«

»Sie wollen, dass ich Stella finde. Sie denken, wenn ich die Attentäter finde, führt mich das zu ihr.«

Wieder ein kurzes Nicken. »Ich zahle fünfundzwanzigtausend Dollar pro Kopf und zusätzlich vierzigtausend, wenn ich erfahre, was mit meiner Enkelin passiert ist.«

»Was genau soll ich tun, wenn ich die Attentäter ausfindig gemacht habe?«

»Derart böse Menschen haben kein Recht, weiter auf dieser Welt zu leben.«

»Ich werde sie nicht hinrichten.«

»Haben Sie noch nie getötet, Miss Night?«

»Kaninchen und Katzen. Aber ich esse, was ich töte.«

»Ja, ich habe gehört, dass Sie sich gern unkonventionell geben.« Die Fältchen unter ihren Augen zuckten zweimal. »Ihre Entscheidung. Bezahlt werden Sie so oder so.«

»Nach der langen Zeit gibt es vielleicht nicht mehr ausreichend Beweise für eine Strafverfolgung.«

»Das weiß ich. Ich will, dass die Täter zur Strecke gebracht werden. Ich würde es selbst tun, aber ich bin zu alt.«

»Ihre Enkelin ist vielleicht tot.«

»Das weiß ich auch.« Die struppigen Brauen senkten sich über die kristallklaren Augen. Drucker musterte mich, vielleicht überlegte sie. Dann: »Vor zwei Tagen wurde ein Versuch unternommen, an Geld auf der Bank of South Carolina heranzukommen, eine kleine Summe, die ich für Stella angelegt hatte, damit sie lernt, vernünftig mit Geld umzugehen. Abgesehen von mir und meinem Finanzverwalter wussten nur Mary Gray und Stella von dem Geld.«

»Es wurde Geld abgehoben?«

»Halten Sie mich für dumm? Nach dem Attentat wurden sämtliche Zugangsdaten geändert.«

»Aber das Konto haben Sie nicht aufgelöst.«

»Ehrlich gesagt, ich hatte es vergessen. Bis ich über den jüngsten Vorgang informiert wurde.«

»Haben Sie es der Polizei gesagt?«

»Die Polizei hat nur meine Zeit verschwendet.«

»Sie glauben, Stella hat versucht, an das Geld zu kommen?«

»Ich glaube, das ist eine Möglichkeit.«

»Das Attentat war in Chicago?«

»Ja.«

»Möchten Sie, dass ich dort anfange?«

»Also wirklich, Miss Night. Wäre Shanghai vielleicht logischer?«

Ich nahm noch einmal das Familienfoto in die Hand und studierte die Gesichter. Stella schien mit sich selbst nicht im Reinen, wirkte wütend. Wie ich in ihrem Alter. Ebenfalls Mitglied im erlesenen Club der Menschen mit feuerroten Haaren.

Lebte sie noch? Wurde sie irgendwo gefangen gehalten?

Ich griff nach dem Foto vom Tatort, das mich beschäftigte. Betrachtete es sehr lange.

Drucker musste etwas in meinen Augen bemerkt haben, es auf ihre Weise interpretiert haben.

»Dann kommen wir also ins Geschäft, Miss Night?«

Nach meinem Ausscheiden aus dem Polizeidienst hatte ich mit dem Gedanken gespielt, als Privatdetektivin zu arbeiten. Im Bereich private Sicherheit. Den Aufenthaltsort säumiger Schuldner ausfindig zu machen oder Eheleuten hinterherzuspionieren, die ihren Partner betrogen, hatte für mich keinen Reiz. Ebenso wenig, wie für Millionäre und ihre Kumpels den Babysitter zu spielen.

Aber Beau hatte recht. Ich besaß die nötigen Fähigkeiten. Ich konnte diese Dreckskerle aufspüren. Wenn sie Stella hatten, könnte ich sie zurück nach Hause bringen.

Wollte ich das tun? Gemischte Gefühle.

Ich hatte nicht die geringste Lust, mein einsames Leben aufzugeben und wieder in die Welt zurückzukehren. Trotzdem, ich könnte die Verantwortlichen zur Strecke bringen. Möglicherweise ein Mädchen befreien, das die Hölle durchmachte.

Meine Entscheidung war gefallen. Ich mochte Drucker nicht. Aber ich würde es für ihre Tochter und ihren Enkel tun. Für Stella.

Für den Nervenkitzel? Das Jagdfieber? Verdammt, nein.

Das Adrenalin, das durch meine Adern rauschte, sagte etwas anderes.

»Ich brauche eine Vorauszahlung für die Spesen.«

»Haben Sie etwas zum Schreiben dabei?«

Ich holte einen Stift und einen kleinen Notizblock aus der Tasche.

»Jules Oliphant.« Drucker nannte mir Telefonnummer und Adresse. »Mr. Oliphant ist mein Finanzberater. Gehen Sie zu ihm und sagen Sie ihm, wie viel Sie brauchen. Er wird Sie erwarten.«

»Erzählen Sie von Ihrer Enkelin.«

Mit klopfendem Herzen schlug ich eine neue Seite auf.

3

Miss Night, was für eine Freude.« Der Saphir an Oliphants Finger wog mindestens fünf Pfund. »Mrs. Drucker hat mich informiert, dass Sie vorbeikommen würden. Kann ich Ihnen etwas anbieten? Einen Eistee vielleicht?«

»Nein danke.« Noch mehr Koffein und Zucker, und das Hubble-Teleskop könnte Schnappschüsse von mir im All machen.

»Bitte.« Er schwenkte den üppigen Saphir zu einer Gruppe mit Sesseln, kleinem Sofa und Tischchen mit Marmorplatte. »Am Fenster sitzt es sich angenehmer.«

Auf dem Sofa hatte man die Wand im Rücken. Ich setzte mich und stellte meine Tasche neben mich. Oliphant setzte sich gegenüber und schlug die Beine übereinander. Er war schon älter, aber gebräunt und fit. Sein zweireihiger Blazer war blau, die Fliege fuchsiafarben, die Hose cremeweiß.

Durch das Fenster hinter seinem Kopf sah ich die Broad Street und ein kleines Stück Meeting Street. Auf den Gehwegen wimmelte es von Touristen, die in beide Richtungen unterwegs waren.

»Einen Drink vielleicht?« Oliphant zwinkerte, als ob er etwas schrecklich Unanständiges vorgeschlagen hätte. »Irgendwo auf der Welt ist immer Happy Hour.«

»Warum nicht«, sagte ich.

»Cognac?«

»*Bien sûr.*«

Oliphant ging zu einer kleinen Bar und griff nach einer Karaffe, die aussah, als ob sie aus einem Chemielabor stammen würde. Abgesehen vom goldenen Stöpsel.

»Frapin Cuvée 1888.« Er reichte mir einen Cognacschwenker aus Kristall. »Französisch.«

»Kein Vergleich zu meinem üblichen Copper & King. Amerikanisch.«

Unerwarteter Humor war nicht Oliphants Sache. »Möchten Sie lieber etwas anderes?«

»Auf keinen Fall.«

Ich hob das Glas in seine Richtung und trank einen Schluck. Der Geschmack von Rauch und Blumen explodierte auf meiner Zunge.

»Sie haben so einen entzückenden Namen, Miss Night. Darf ich Sie Sunnie nennen?« Vokale dicker als Karamell auf einem Liebesapfel.

»Miss Night, bitte.«

»Wie Sie wünschen.«

»Sie wissen, warum ich hier bin.«

»Bitte.« Oliphant breitete die Hände aus. »Erzählen Sie mir den Fall aus Ihrer Sicht.«

»Opaline Drucker will, dass ich die Leute aufspüre, die ihre Tochter und ihren Enkel umgebracht haben. Und ich soll herausfinden, was mit ihrer Enkelin passiert ist. Sie sagt, vor Kurzem wurde versucht, online auf ein Konto zuzugreifen, von dem nur Stella und ihre Mutter wussten.«

»Und ich.«

»Mrs. Drucker glaubt, dass Stella versucht hat, auf das Konto zuzugreifen.«

»Das kann auch Zufall gewesen sein, ein Hackerangriff oder eine Phishing-Attacke von irgendwelchen Kriminellen in Peking.«

Das ließ sich nicht abstreiten. »Unsere Vereinbarung sieht vor, dass ich eine bestimmte Summe und die Spesen bekomme.«

»Sie wollen nach Chicago.«

»Fürs Erste.«

»Wie viel brauchen Sie?«

Ich nannte eine Zahl.

»Möchten Sie das Geld in bar oder als Überweisung?«

»Ich nehme fünftausend in bar. Für den Rest reicht eine Überweisung.« Ich gab ihm einen Zettel mit meiner Kontonummer und den Bankdaten.

Oliphants Lippen und Brauen zuckten, aber mir war nicht klar, was er damit sagen wollte. Er legte den Zettel auf den Tisch. »Falls Sie zusätzliche Mittel benötigen, lassen Sie es mich wissen.«

Wir tranken beide einen Schluck Cognac. Über das Zeug hätte sich Napoleon vor Freude in die Hosen gemacht. Vielleicht hatte er es tatsächlich.

»Erzählen Sie mir von Opaline Drucker.« Ich stellte mein Glas ab.

»Sind Sie neu in Charleston?«

»Nicht unbedingt.«

»Wie lange leben Sie schon hier?«

»Mein ganzes Leben.« Zumindest den Teil, über den ich rede.

»Und Sie haben noch nie von der Familie Drucker gehört? Dem Drucker Park? Drucker Boulevard? Drucker Pavillon?«

»Ich habe den Namen gegoogelt. Ich will mehr über Opaline Drucker erfahren.«

»Opaline ist so vermögend, dass es ihr nie an etwas fehlen wird. Das Geld ist natürlich geerbt. Größtenteils Landbesitz, aber auch Phosphatabbau und andere Beteiligungen.«

»Ich mache mir keine Sorgen, dass ihre Schecks platzen.«

Oliphant entging mein Sarkasmus. Oder vielleicht ignorierte er ihn lieber. »Das müssen Sie auch nicht. Ich verwalte Opalines Portfolio seit Jahren. Sie ist nach wie vor eine der reichsten Frauen in South Carolina.« Bekümmertes Kopfschütteln. »Ihr gesamtes Vermögen wäre an Mary Gray und die Kinder gegangen.«

Schon wieder ihr Vermögen. Ich wollte mehr über ihre Persönlichkeit erfahren.

»Aber wie ist Opaline als Mensch?«, hakte ich nach.

Oliphant schwenkte seinen Cognac. Seine Nägel glänzten manikürt, die Nagelhaut war mit derselben chirurgischen Präzision getrimmt wie sein Haar. Als er schließlich antwortete, wählte er seine Worte sorgfältig. Gute Kinderstube? Professionelle Zurückhaltung? Oder etwas anderes?

»Opaline ist das letzte lebende Mitglied einer alteingesessenen Familie aus Charleston. Sie ist zweiundachtzig und wuchs in einer anderen Zeit auf.«

»Das heißt?«

»Sie ist eine Frau mit einem sehr starken Willen. Und schlau wie ein Windhund. Aber Töchter in ihrer Stellung wurden nicht so erzogen wie die Mädchen heute. Opaline wurde auf ein Mädcheninternat in Europa geschickt. Sie lernte sticken, Klavierspielen, Italienisch und Französisch.«

Draußen am Fenster, das Oliphants Kopf einrahmte, suchte eine unternehmungslustige Taube das Fensterbrett ab. Unten auf der Meeting Street versperrte eine Pferdekutsche einem Budweiser-Lastwagen den Weg. Der Verkehr staute sich. Durch die Scheibe konnte ich gedämpftes Hupen hören.

»Davon abgesehen«, fuhr Oliphant fort, »hat Opaline zwei Ehemänner überlebt. Und die schreckliche Tragödie, die uns nun zusammenführt.«

Oliphant holte Luft, als wollte er fortfahren, sagte dann aber doch nichts.

»Was erzählen Sie jetzt nicht?«

»Lassen Sie sich nicht vom äußeren Schein täuschen, Miss Night. Opaline Drucker ist schlau, gerissen und hart wie Stahl. Wenn sie etwas will, kann sie nichts aufhalten.«

»Ist dieses ›Etwas‹ vielleicht Rache?«

»Ich bin kein Psychologe. Opalines Motive kann ich nicht beurteilen.«

»Nehmen wir an, ich finde die Leute, die ihre Tochter und ihren Enkel umgebracht haben. Nehmen wir an, man kann sie nicht anklagen. Was würde sie tun?«

»Das kann ich nicht sagen.«

»Was können Sie sonst noch tun, abgesehen davon, dass Sie mir Geld schicken?«

»Ich kann den Kontakt zu Opalines Leuten in Chicago herstellen.«

»Sie hat Leute in Chicago?«

»Ihre finanziellen Interessen sind breit gestreut.«

»Ich dachte, Sie kümmern sich um all ihre Geschäfte.«

»Opaline ist nicht gerade das, was man eine passive Klientin nennt.«

»Sie haben angedeutet, dass sie nicht gerade auf der Höhe der Zeit ist.« Nicht unbedingt das, was er gesagt hatte.

»Ich meinte, dass sie keine richtige Ausbildung in Bereichen wie Recht und Wirtschaft hat. Aber sie hat sich vieles selbst beigebracht. In vielen Bereichen.«

»Mordanschläge?«

»Wie bitte?« Oliphant klang gekränkt.

»Der Kontakt zu Ihrem Kollegen in Chicago wäre hilfreich.«

Oliphant zog ein iPhone aus der Tasche und scrollte seine Kontakte durch. »Layton Furr.« Er las mir Telefonnummer und Adresse vor. Ich notierte sie auf meinem Schreibblock.

»Wenn ich gerade dabei bin, könnte ich Ihre Nummer haben?« Oliphant hob die Daumen, um die Zahlen einzugeben.

»Nein.«

Perplex und alles andere als erfreut, steckte er sein Smartphone wieder in die Tasche.

»Furr soll ein Hotelzimmer für mich buchen«, sagte ich. »Ich fliege morgen früh.«

»Wir nehmen im Allgemeinen das Ritz.«

»Das dürfte genügen.« Wir?

»Wäre es sehr schlimm, wenn Sie einen Linienflug nehmen müssten?«

»Entbehrung ist gut für den Charakter.«

»Soll meine Sekretärin einen Flug für Sie buchen?«

»Ja danke.«

»Haben Sie bestimmte Sitzplatzwünsche?«

»Drinnen.«

Ein leichtes Zusammenziehen der Augenbrauen, dann ging Oliphant zu seinem Schreibtisch, tippte eine Nummer und gab die Information weiter. »Mr. Furr wird Sie am O'Hare-Flughafen treffen.« Er kehrte zu seinem Sessel zurück, legte das Telefon auf den Tisch und schlug wieder die Beine übereinander. »Er kann Ihnen Hintergrundinformationen zu der ganzen hässlichen Geschichte geben.«

»Ich muss mit den Polizisten sprechen, die den Fall bearbeitet haben.«

»Mr. Furr wird das arrangieren.«

»Und der Schule einen Besuch abstatten, wo der Anschlag stattfand.«

»Natürlich. Er wird gerne alles organisieren, was Sie während Ihres Aufenthalts benötigen.«

»Vielleicht diese Pfannenpizza.«

»Wie bitte?«

»Die wird in sämtlichen Reiseführern erwähnt.«

Das Telefon klingelte. Oliphant ging dran, hörte zu, presste dann das Gerät an die Brust.

»Morgen Vormittag geht ein Flug ab Charleston. Ein Regionalflug, ich fürchte, es gibt keine erste Klasse.« Er wirkte bei dem Gedanken ehrlich bekümmert.

»Das schaffe ich schon«, sagte ich.

»Das geht in Ordnung, Mary.« Oliphant legte auf.

»Erzählen Sie mir, was Sie über Stella wissen.«

Oliphant sah mich so lange an, dass ich dachte, er hätte mich nicht gehört. Ich wollte meine Frage schon wiederholen, als er dann doch anfing zu reden.

»Was ich jetzt sage, muss unter uns bleiben.«

»Mr. Oliphant, ich …«

»Ich werde auf nichts Illegales Bezug nehmen.«

Ich antwortete nicht.

»Nach dem Anschlag wurden vier Leichen gefunden. Zum Glück waren die meisten Schüler schon nach Hause gegangen. Alle Leichen waren …« Ein kurzes Zögern. »… entstellt.« Oliphant hielt inne, überlegte, ob er näher darauf eingehen sollte, beließ es dann aber dabei. »Die Opfer wurden vom Gerichtsmediziner identifiziert. Mary Gray, Bowen und zwei Mitglieder der Gruppe, mit der sie unterwegs waren. Stella war nicht unter den Toten.«

»Das hat Mrs. Drucker mir auch schon erzählt. Die Polizei hat das sicher untersucht. Das FBI.«

»Umfassend und meiner Ansicht nach sehr kompetent. Das Problem war, dass sie nichts hatten, worauf sie ihre Ermittlungen stützen konnten. Abgesehen von einer Frau, die dachte, sie hätte eventuell einen verdächtigen SUV gesehen, gab es keine Augenzeugen. Kein Fahrzeug. Kein Bekennerschreiben, das an die Medien geschickt wurde. Ein Modus Operandi, der zu keinem anderen passte. Keine anderen Hinweise außer den Aufzeichnungen einer Überwachungskamera auf der anderen Straßenseite, die keine guten Bilder lieferte. Die Attentäter schlugen zu und verschwanden wieder. Und in dem Chaos verschwand auch Stella.«

Ich wartete eine weitere Pause ab. Oliphant überlegte und sprach dann weiter.

»Was Opaline Ihnen nicht gesagt hat: Drei Wochen nach dem Anschlag erhielt sie bei sich zu Hause einen Anruf. Ein Mann behauptete, er hätte ihre Enkelin in seiner Gewalt, und verlangte fünfzigtausend Dollar. Er drohte, Stella sofort und qualvoll zu töten, falls Opaline die Polizei verständigte.«

»Hat Opaline Beweise verlangt?«

»Der Mann las ein Zitat vor, von dem er behauptete, er habe es von Stella. *Wissen kommt und geht, doch Weisheit bleibt.*«

»Alfred Lord Tennyson.« Woher um alles in der Welt wusste ich das?

»Beeindruckend, Miss Night. Das war ein Lieblingszitat von Stella.«

»Opaline hat das Lösegeld bezahlt«, vermutete ich.

»Gegen meinen Rat.«

»Und sah ihre Enkelin nie wieder.«

»Nein.«

»Und die Polizei hat es nie erfahren.«

»Opaline ist eine sehr stolze Frau. Stolz und stur.«

Und reich und leichtgläubig. Aber das sagte ich nicht.

Oliphant sah auf die Uhr, eine blaue und goldene Rolex Yachtmaster, die jeden Wind und jede Tidenzeit auf dem Globus anzeigte.

»Du meine Güte. Ist es schon so spät? Sie haben sicher noch jede Menge zu erledigen vor Ihrer Abreise.«

Bedauernd trank ich die letzten verbleibenden Moleküle meines Cognacs. Oliphant stand auf. Ich stand auf.

»Miss Night, erlauben Sie mir eine persönliche Bemerkung?«

Ich hob eine Augenbraue.

»Mir ist aufgefallen, dass Sie eine Schusswaffe tragen.«

»Ich fliege nicht nur wegen der Pizza nach Chicago.«

»Ich verstehe. Das soll auch kein Vorwurf sein. Ganz im Gegenteil. Ich finde das Vorhandensein einer Waffe seltsam beruhigend. Ich erwähne sie nur, weil ich sicher bin, dass es für Flüge bestimmte Vorschriften gibt. Und auch die Stadt Chicago hat vermutlich Gesetze, was das versteckte Tragen von Waffen anbelangt. Benötigen Sie da irgendwelche Hilfe?«

»Nein, danke.«

»Ich nehme an, Sie haben einen Waffenschein?«

»Alles in Ordnung.«

»Wollen wir's hoffen.« Oliphant verzog die Lippen und ließ ein kurzes Lächeln aufflackern. »Sollten sich die Dinge ungünstig entwickeln, gehe ich davon aus, dass der Name Drucker damit nicht in Verbindung gebracht wird.«

»Opaline und ich plauderten bereits über Diskretion.«

»Die ist unverzichtbar.«

»Ich habe nicht einmal nach dem Namen des Hundes gefragt.«

»Ja.«

Oliphant stand auf und ging zu einem Gemälde rechts neben der Tür. Jede Menge Bäume, ein See, ein Schwanenpaar. Er schwang es von der Wand, drehte einen Knopf und beugte sich vor. Nur wenige Sekunden später schloss er den Safe und brachte das Gemälde wieder an seinen Platz. Mit einem Bündel Geldscheine wandte er sich zu mir. Einem dicken Bündel.

Ich nahm das Geld und steckte es in meine Tasche.

»Macht es Sie nicht nervös, so viel Geld mit sich herumzutragen?«

»Ich finde meine Waffe seltsam beruhigend.«

»Noch eine kleine Warnung. Opaline kann sehr ...« Wieder zögerte er. »Wie soll ich das sagen? Unberechenbar sein.«

»Das heißt?«

»Seien Sie vorsichtig.« Er deutete zur Tür. »Sollen wir?«

»Los.«

Ich schaffte es, meinen Wagemut bis hinaus auf die Straße zu bewahren. Doch auf dem Weg zum Parkplatz löste er sich in Luft auf.

4

Chicago hatte früher einmal mit die schärfsten Waffengesetze überhaupt. Dann kam eine Niederlage vor dem Obersten Gerichtshof. Heutzutage kann dort jeder Idiot eine geladene Waffe mit sich herumtragen.

Es sei denn, die Waffe fällt in die Kategorie »Angriffswaffe«. Eine Vorschrift, die mir ganz schön die Tour vermasselte.

Als ich bei der Polizei war, stieß mir ein Junkie sein Messer ins linke Auge. Geblendet vom Blut und Murray's Haarpomade, dachte ich, der Typ würde zum Revolver greifen. Er landete im Leichenschauhaus. Ich landete im vorzeitigen Ruhestand.

Der Verlust meines Sehvermögens um dreißig Prozent und die Tatsache, dass der von mir Festgenommene doch keine Schusswaffe bei sich gehabt hatte, stellte mich vor die Entscheidung, meine Zeit im Innendienst zu fristen oder vorzeitig in den Ruhestand zu gehen. Schicht am Schreibtisch? Nicht mit mir. Ich nahm meinen Abschied und gab meine Marke zurück. Als pensionierte Polizistin mit Handicap habe ich dank einer besonderen gesetzlichen Regelung das Recht, überall im Land verdeckt eine Waffe zu tragen.

Ich wusste, dass es laut Flugsicherheitsbestimmungen erlaubt ist, ungeladene Handfeuerwaffen im Gepäck mitzunehmen, wenn die Waffe sicher verstaut ist. Ich wusste auch, dass ich dafür meine Waffe beim Einchecken anmelden, meine Papiere zeigen und vielleicht ein Formular ausfüllen müsste. Und mein Gepäck kontrollieren lassen müsste. Eine Praxis, die mich an russisches Roulette erinnerte.

Charleston ist nicht London oder LA. Trotzdem kann der Feierabendverkehr fies sein. Während ich im Schneckentempo durch die Stadt kroch und beruhigend auf mich einredete, ging ich im Kopf mein kleines Waffenarsenal durch und entschied mich für meine Glock 23. Klein, aber ausreichend. Wenn sie mir aus dem Koffer geklaut wurde, beliefe sich der Verlust nur auf fünfhundert Dollar.

Nachdem ich den Cooper River überquert hatte, lag der schlimmste Stau hinter mir. Zumindest dachte ich das. Die Ravenel Bridge hat eine seltsame Wirkung auf mein Hirn. Der hohe weiße Bogen über dem Wasser macht mich leicht schwindlig. Oder die Höhe und die himmelstrebenden Träger machen mir eine Heidenangst.

In Mount Peasant legte ich zwei kleine Zwischenstopps ein. Im Wal-Mart kaufte ich ein Handy mit Prepaidkarte zum Telefonieren und Surfen für dreißig Tage. Bezahlte bar und aktivierte mein neues Spielzeug. Bei Petco schnappte ich mir eine Tüte mit drei Pfund Kürbiskernen.

Zwanzig Minuten später überquerte ich den Intracoastal Waterway zu Sullivan's Island. Eine kurze Fahrt, eine weitere Brücke (bei der man sich nicht in die Hosen machen musste), und ich war auf der Isle of Palms. Die Sonne ging bereits hinter dem Bootshaus unter und tauchte die Bucht von Breach Inlet in goldenes Licht.

Ich warf einen prüfenden Blick auf die Straße und die Böschung auf beiden Seiten. Ein paar Autos vor dem Restaurant, auf dem Steg hier und da ein paar Pelikane und Möwen. Noch ein schneller Blick in den Rückspiegel, dann ließ ich die Scheibe herunter. Ein Mischmasch aus Besengras, Salzwasser und weggeworfenen Krabbenschalen stieg mir in die Nase.

Fast daheim. Fast in Sicherheit.

Ich fuhr weiter den Palm Boulevard entlang, vorbei an der Isle of Palms Connector Bridge und an zwei kleinen Ladenzeilen bis zum Morgan Creek Drive, wo ich mich weiter zu einer selten genutzten Stichstraße schlängelte, die Lower Waterway hieß. Palmettopalmen und Eichen warfen sehnige Schatten auf die Windschutzscheibe. Hier und da glühte das Fenster eines Hauses gelb in der einfallenden Dämmerung.

Kurz vor dem Ende der asphaltierten Straße, am letzten Grundstück, bog ich neben einem verbeulten Briefkasten mit der Aufschrift *P Beaumonde* in eine geschotterte Auffahrt ein. Ein schneller Rundumblick, dann parkte ich und stieg aus.

Kein Lüftchen regte sich. Ich blieb einen Moment stehen und lauschte in die Stille.

Es war erst April und damit noch zu früh, doch schon bald würden sich die Touristen und Ferienhausbesitzer auf der Isle of Palms drängen. Sie machten sich schick, gingen an den Strand, schlugen sich die Bäuche mit Austern und Krabben voll und kauften Plastikschnickschnack in den Andenkenläden. Goat Island blieb davon verschont. Dort hörte man nur Vögel, Palmwedel im Wind und gelegentlich ein Boot.

Wiep-Wiep. Ich schloss Beaus Audi ab und ging zu dem eingeschossigen Holzhaus mit verwitterter grauer Fassade und einem einzelnen Fensterpaar, das zur Straße zeigte. Ein Carport. Ein Schuppen, dessen Lebensdauer fragwürdig schien, das allerdings schon seit Jahrzehnten. Doch wenn man dem Pfad aus Muschelschalen ums Haus herum folgt, ist der Ausblick grandios.

Ich schaute aufs Wasser. Zwei vertäute Boote, keins am Steg.

Drei Stufen hinauf zur Veranda.

»Jemand zu Hause?« Ein Rufen durch die Fliegentür.

Eine Reihe kehliger Grunzer, dann watschelte wachsam eine Bulldogge herbei.

»Hey, Sherman.« Ich machte die Tür auf.

Sherman drängte heraus, ein kleiner Panzer, der seine Aufgabe ernst nahm. Nachdem er meine Jeans beschnüffelt hatte, ein Vorgang, der mindestens einen halben Liter Sabber hinterließ, wackelte er mit dem kurzen Stummel, der bei ihm als Schwanz durchging. Ich tätschelte ihm den Kopf. Er setzte sich auf eine Pobacke und schnaufte durch die Nase.

»Yo!«, rief ich.

Beau meldete sich irgendwo außer Sichtweite. »Nur die Ruhe! Ich komm ja schon.«

»Ich bin draußen auf der Veranda.«

Ich klopfte gegen meinen Oberschenkel. Sherman sprang auf die Beine und schloss sich mir an, allerdings verriet sein träger Gang, was er von einem Ausflug nach draußen hielt. Ich setzte mich auf die Schaukel und stieß mich mit einem Fuß vor und zurück. Ich wollte schon den Hund fragen, wie sein Tag gewesen sei, als Beau hinter der Fliegentür auftauchte.

»Bier?«

»Ja.«

Schritte entfernten sich und kehrten wieder zurück, dann quietschte die Tür in den Angeln. *Whirrp.* Beau kam heraus und reichte mir ein Amstel.

»Danke.«

Beau ließ sich in einen Schaukelstuhl fallen, lehnte sich zurück und legte die Füße auf der Verandabrüstung ab. Wir ließen uns Zeit, genossen die Aussicht auf Wasser und Marschland. Tranken Bier. Oh ja, unser Verhalten ist leicht berechenbar.

»Hat Sherman dir erzählt, dass er seine neue Diät nicht mag?«

»Noch nicht«, sagte ich.

»Wird er noch.«

Ich sah einer Schar Pelikane hinterher, die zuerst hoch und dann immer tiefer flogen, bis sie fast die Wellen berührten. »Ist Opaline Drucker die alte Hexe, für die ich sie halte?«

»Sie ist ein zäher alter Brocken. Alle Druckers sind so. Waren so«, korrigierte sich Beau. »Hast du sie getroffen?«

»Und ihren Finanzberater, ein Typ namens Jules Oliphant.«

»Ein arroganter Arsch, aber einer mit Manieren.«

»Oliphants Schreibtisch hat wahrscheinlich mehr gekostet als dein Haus.«

»Er hat gute Beziehungen.«

»Kennst du ihn?«

»Ich habe von ihm gehört.«

»Und?« Noch ein Schluck Amstel. Nicht so gut wie der Cognac des Arschs mit Manieren, aber immerhin etwas.

»Oliphant verwaltet nur sehr wenige Portfolios. Alte Klienten, noch älteres Geld. Seine Kunden halten ihm die Treue – er scheint also die richtigen Worte zu finden.«

»Oder gar keine.«

Beau neigte den Kopf, um zu zeigen, dass auch das eine Möglichkeit war.

»Hat's je Probleme gegeben? Wurde gegen ihn ermittelt?«

»Da bin ich überfragt. Eigentlich wollte ich ein paar Würstchen auf den Grill schmeißen. Hast du Hunger?«

»So lange kann ich nicht bleiben.«

»Du musst ein bisschen langsam machen. Halte inne und genieße den Duft der Blüten.«

»Ich bin allergisch.«

»Seit wann?«

»Typisches Altersleiden.«

Beau schnaubte. Sherman verdrehte die Augen, ohne den Kopf zu heben.

»Spuck's aus«, sagte ich. »Was weißt du über die Drucker-Geschichte?«

»Nicht zu fassen, dass du nicht zwei und zwei zusammengezählt hast. Die Medien haben die Geschichte wochenlang ausgeschlachtet.«

»Ich habe keinen Fernseher. Und der Nachname der Opfer lautete Bright, nicht Drucker. Also, was steckt dahinter?«

Ein großer Schluck Amstel, dann: »Das Vermögen der Familie reicht weit zurück. Opaline ist die Letzte der Familie, stammt von einem Soldaten der Konföderierten ab.«

»UDC?« Ich meinte die Organisation United Daughters of the Confederacy, die Töchter der Konföderation.

»Genau. Als Mary Gray sechzehn war, hat Opaline das Debütantinnen-Ding mit ihr durchgezogen. Aber das Mädchen hatte keine Lust auf Bälle und Abendkleider. Nach ihrem Debüt wurde sie aufsässig, und Opaline hat sie in ein Schweizer Internat abgeschoben, wo sie ihren Schulabschluss machte.«

»In einem Kommentar von Opaline kam raus, dass sie Mary Grays Mann nicht mochte.«

»Das kann man ihr nicht vorwerfen. Alex Bright ist ein Schleimer.«

»Das wirst du mir sicher genauer erklären.«

»Bright war an einem Immobilien- und Hypothekenschwindel beteiligt. Die Bundespolizei hat ihn verknackt, nicht wir, deshalb kenne ich die genauen Details nicht. Er kam ins Gefängnis. Opaline hat Freudentänze aufgeführt, als Mary Gray ihn hat sitzen lassen.«

»Wo war Bright zum Zeitpunkt des Bombenanschlags?«

»Hat im Butner die Vollpension auf Staatskosten genossen.«

»Im Bundesgefängnis in Raleigh.«

Beau nickte. »Bright zählte nie zu den Verdächtigen, falls du darauf hinauswillst. Hat sich still vom Acker gemacht, nachdem Mary Gray die Scheidung eingereicht hatte. Die Kinder waren noch richtig klein. Er hat sich null für sie interessiert, weder vor noch nach der Scheidung.«

»War Bright Jude?«

»Danach habe ich nie gefragt. Aber die Familie Drucker ist so weiß und angelsächsisch wie Old Whitey.«

»Wer ist Old Whitey?«

»Der Präsidentenschimmel, Zachary Taylors Pferd.«

»Und warum sind die beiden dann bei einem Terroranschlag auf Juden ums Leben gekommen?«

»Mary Gray war so eine Art Beatnik, wie man sagt.«

»Wie *du* sagst. Als ich geboren wurde, war *Dobie Gillis* schon lange abgesetzt.«

Beau spielte den Gekränkten. »Was weißt du denn über *Dobie Gillis?*«

»Hab in einem Geschichtsbuch drüber gelesen.«

»Weißt du, was du bist?«

»Zu jung, um Fernsehserien aus den Sechzigern zu kennen. Erzähl weiter.«

Beau schaukelte ein paarmal vor und zurück auf dem Schaukelstuhl, dann: »Mary Gray war nicht viel älter als du. Nach allem, was man hört, war sie dir sogar ziemlich ähnlich.«

»Inwiefern?«

»Impulsiv. Hitzköpfig.«

»Ich liebe dich auch.«

»Als ob sie auf der Suche wäre.«

»Wonach?«

»Nach etwas, das über Charleston hinausging. Zumindest über blaues Blut und die Töchter der Konföderation.«

Beau trank noch einen Schluck und blickte auf die Pelikane. Die meisten waren weitergezogen, aber ein paar schwammen auf dem Wasser gegen die Strömung an. Ich machte eine ungeduldige Handbewegung. Sinnlos, aber Bewegung hält ja bekanntlich fit.

»Sie ist zu den Bahai konvertiert«, fuhr Beau endlich fort. »Ich weiß nicht, ob man das da so sagt. Konvertiert, meine ich.«

»Gibt es hier eine Bahai-Gemeinde?«

Jetzt probierte es Beau mit gespielter Entrüstung. »Wenn du öfter von deiner Insel runterkommen würdest, wüsstest du, was los ist.«

»Die Bahai sind keine Juden.« Davon abgesehen wusste ich allerdings wenig über die Glaubensgemeinschaft.

»Mary Gray wollte den Kindern so eine Art multireligiöse Erfahrung bieten. Sie haben Kirchen besucht, Synagogen, Tempel, Schulen, Kulturzentren und so weiter. Um ihnen möglichst viele verschiedene Eindrücke zu vermitteln.«

Ich nickte.

»Du musst das noch mal überprüfen, aber wenn ich mich nicht täusche, wurde die Tour von einem Bahai-Tempel in der Nähe von Chicago organisiert. An dem Tag hat die Gruppe eine jüdische Mädchenschule im Norden der Stadt besucht. Die anderen Opfer waren Juden. Zwei Frauen, die beide mit der Gruppe unterwegs waren.«

»Stella war fünfzehn?«

»Sie war auf der Highschool, das müsste hinkommen.«

»Drucker sagte, sie sei ungelenk gewesen.«

»Wenn Opaline das sagt, kann das alles Mögliche heißen.«

»Oliphant meinte, Drucker sei unberechenbar.«

»Sie hat einige spontane Entscheidungen getroffen, die einen üblen Nachgeschmack hinterließen. Hat einen Rückzieher bei der Unterstützung von Wohltätigkeitsorganisationen gemacht, Geschäftspartner vor den Kopf gestoßen, Leute entlassen, solche Sachen.«

»Was glaubst du, was ist mit Stella passiert?«

»Wahrscheinlich tot.«

»Warum glaubst du das?«

»Am Tag nach dem Anschlag wurde ein verlassener Subaru Forrester gefunden. Hat zur Beschreibung des SUVs gepasst, den man am Tatort gesehen hatte. Die Spurensicherung hat Blut im Wagen gefunden. Laut DNA-Test war es Stellas Blut.«

»Was nicht heißt, dass sie nicht mehr lebt.«

»Natürlich nicht.«

Ich überlegte, ob es moralisch vertretbar war, Beau zu erzählen, was mir anvertraut worden war. Entschied, dass die Information bei ihm gut aufgehoben war. »Hast du gewusst, dass Opaline ein paar Wochen nach dem Anschlag eine Lösegeldforderung erhielt?«

Beaus Gesicht verriet mir, dass er keine Ahnung davon hatte.

»Fünfzigtausend. Sie hat gezahlt, aber Stella blieb verschwunden.«

Beau puhlte mit seinem gelben Daumennagel am Etikett seiner Bierflasche herum.

»Was denkst du?«, fragte ich.

»Eine viel zu niedrige Summe.«

»Sehe ich auch so. Klingt nach einem Amateur.«

»Weiß die Polizei in Chicago von dem Lösegeld?«

»Keine Ahnung. Sind die ermittelnden Beamten noch im Dienst?«

»Natürlich. Bernie Clegg und Roy Capps. Die Kollegen dort nennen die beiden C hoch zwei.«

»Ein Amateur, trotzdem haben C hoch zwei nie das Mädchen oder seine Leiche gefunden. Auch keinen der Attentäter?«

»Nein.«

»Seltsam.«

»Total verzwickt. Deshalb habe ich dir ja den Fall aufs Auge gedrückt.«

»Du hast gesagt, weil du mich vor mir selbst retten willst.«

»Das auch.«

»Ich bin nicht mehr bei der Polizei.«

»Du hast dort genug Erfahrungen gesammelt.«

»Ungefähr fünf Minuten lang.«

»Ich dachte, die Situation des Mädchens würde dich anrühren.«

Beau konnte schon immer meine Gedanken lesen. Meistens besser als ich selbst.

»Wäre einfacher, wenn du ein Telefon hättest«, sagte er.

»Habe ich ja jetzt.«
»Kannst du schlafen in letzter Zeit?«
»Klar, letzten Mittwoch habe ich geschlafen.«
»Nimmst du immer noch Tabletten?«
Nein.
»Morgen fliege ich nach Chicago.«
»Wie lange bleibst du dort?«
»Weiß ich noch nicht.«
»Kann ich was für dich erledigen?«
»Ein Auge auf mein Boot haben.«
»Mache ich doch immer.«
»Und mal nach Bob sehen.«
Beaus Blick besagte, dass er lieber Klärschlamm trinken würde.

5

Ich gab nach. Beau wollte Gesellschaft, und ich war ihm was schuldig für die Informationen über Drucker.

Außerdem: Daheim warteten sowieso nur die Geister auf mich.

Beaus Weber-Grill war schon länger auf dieser Erde als ich. Nach dem Grillen saßen wir wieder auf der Veranda und aßen die Würste vom Plastikteller, zusammen mit Coleslaw und Rote-Bete-Salat frisch vom Supermarkt. Klammheimlich setzte ich mich über Shermans neue Diätregeln hinweg. Der Hund wich mir nicht von der Seite.

Als es dunkel wurde, zündete Beau seine alte Coleman-Laterne an. Vielleicht wollte er die Spinnen auf die Probe stellen, die in meinem Kopf nisteten. Ich zwang sie mit großer Willensanstrengung zur Ruhe und blieb auf der Schaukel sitzen. Vermied es, in die helle kleine Flamme zu schauen. Das Gespräch wanderte von Booten über Alkohol zu der Frage, welche Waffen ich auf meine anstehende Reise mitnehmen würde.

Wir waren bei unserem dritten Amstel und einem Teller Oreo-Kekse, als sich Beau nach meiner Strategie für Chicago erkundigte.

»Zuerst will ich mich mit Capps und Clegg treffen, um ihre Version zu hören.«

»Ich könnte mal vorfühlen, damit du so schnell wie möglich die Akte bekommst.«

»Das wäre gut. Dann will ich mit verschiedenen Leuten reden, Interesse bekunden, abwarten und schauen, was so passiert.«

»Ein äußerst präziser Plan«, sagte Beau trocken.

»Ja.«

»Könnte schwierig werden, die Spur in dem Fall ist seit einem Jahr kalt.«

»Wenn nichts passiert, bringe ich ein bisschen Bewegung in die Sache.«

»Wie willst du das anstellen?«

»Du hast gesagt, der Bombenanschlag und die Suche nach Stella waren Topnachrichten?«

»Bis die nächste Topnachricht sie verdrängt hat.«

»Ich gehe nachher noch ins Netz und frage nach Informationen in den sozialen Medien, vielleicht kann ich ja ein paar alte Erinnerungen wachkitzeln.«

»Was weißt du von sozialen Medien?«

»Ich lebe auf einer Insel, nicht in einem Gulag.«

»Du könntest eine Anzeige in die Zeitung setzen, für uns Dinosaurier, die nicht bei Facebook oder Twitter sind.«

»Gute Idee.« Ich überlegte kurz. »Opaline hat eine dicke Brieftasche. Vielleicht biete ich eine Belohnung.«

»Du glaubst, eine Belohnung könnte einen von denen dazu bringen, die anderen zu verpfeifen?«

»Jeder Beteiligte an einem Attentat oder Bombenanschlag hat ein Unterstützernetzwerk mit mindestens drei oder vier Leuten.« Wie oft hatte ich das in meinen SERE-Kursen gepredigt? »Wer weiß, vielleicht hat sich ihre Gruppendynamik verändert. Weißt du, was Opaline zu mir gesagt hat?«

»Etwas über deine Haare?«

»Sie sagte, manche Leute würden für Geld alles tun. Wie auch immer, für eine hübsche Belohnung meldet sich vielleicht einer der Attentäter bei mir.«

»Oder versucht, dich umzubringen.«

»Auch eine Form der Kontaktaufnahme.«

»Und du hast die Glock.«

»Genau.«

»Glaubst du, sie sind immer noch in Chicago?«

»Einer würde schon reichen. Täter verschanzen sich gern dort, wo sie sich sicher fühlen.« Noch so eine Weisheit aus den SERE-Kursen.

»Ich würde nicht bleiben.«

»Du würdest auch keine Schule in die Luft jagen.«

»Klingt gefährlich.«

»Ja. Gefällt mir.«

»Du willst witzig sein, aber ich vermute, dass das auch stimmt.« Beau glaubt, in meinem Unterbewusstsein würde eine Art Todessehnsucht lauern.

»Sundays Abenteuer in der großen Stadt.« Ich zog die Hand durch die Luft, als wollte ich den Titel unterstreichen.

»Ich bereue jetzt schon, dass ich dich zu dem Fall überredet habe«, sagte Beau schnippisch.

»Mein Gott. Ich mache das für das Mädchen.«

Unsere Blicke trafen sich kurz, dann schaute Beau weg. Wir schwiegen, Beau wippte auf dem Schaukelstuhl, ich schaukelte, Sherman stupste mich am Bein.

»Soll ich dich zum Flughafen bringen?« Eine Wiedergutmachung für die Laterne vorhin. Dafür, dass er mir meine Psychoticks nicht durchgehen lassen will.

»Ich kann selbst fahren«, sagte ich.

»Das war nicht die Frage.«

»Klar. Eine Mitfahrgelegenheit wäre nett.«

Es war stockdunkel und kein Mond am Himmel, als ich zu meinem Boot ging. Egal. Die Überfahrt war kurz, und ich kannte die Strecke in- und auswendig.

Auf Goat Island vertäute ich das Boot, nahm meine Sachen

und prüfte die Angelschnur, die ich auf niedriger Höhe am Ende meines Bootsstegs gespannt habe. Unberührt. Zufrieden machte ich mich auf den Weg zum Haus.

Drinnen verriegelte und verschloss ich alles und stellte die Alarmanlage von »abwesend« auf »anwesend«. Ohne groß Licht zu machen, steckte ich eine Jazz-CD in den Player, als ich Krallen am Fenster hörte. Ich durchquerte die Küche, die ganzen drei Schritte, entriegelte den Haken und schob das Fenster zur Seite. Ein Eichhörnchen saß draußen auf dem Sims, die Augen wie zwei glänzende schwarze Perlen, die auf mich gerichtet waren.

»Was macht das Leben?«

Bob zuckte mit dem Schwanz, sagte aber nichts.

»Hunger?«

Bob richtete sich auf. Zuckte wieder mit dem Schwanz.

Ich beugte mich vor, zog ein Metallschüsselchen über den Sims und in die Spüle, füllte es mit den neu gekauften Kürbiskernen und stellte es wieder auf die Fensterbank. Bob huschte zur Schüssel und stürzte sich wie ein Turmspringer ins Futter.

»Gern geschehen«, sagte ich.

»Ich bin im Schlafzimmer.« Ich legte Pistole und Holster ab. »Wir müssen reden.«

Ich schob das Fenster zu, ließ dabei aber einen Spalt offen und schob einen Holzkeil in die Schiene. Meine improvisierte eichhörnchenfreundliche Sicherung. Sunday Night, ein Mädchen, das sich zu helfen weiß.

Das Packen war schnell erledigt. Zwei Jeans, dazu T-Shirts und Pullis, Unterwäsche, Socken. Zwei Sets mit Waschsachen. Ein Rucksack. Die Box für die Glock. Mehrere Magazine Kaliber 40 Smith & Wesson mit dreizehn Schuss.

Ich hielt inne. Überlegte. Nahm meine Glock 17 und ein Ersatzmagazin aus dem Waffenschrank, packte alles ebenfalls in eine Box und legte sie zum Gepäck. Lieber dabeihaben und nicht brauchen als brauchen und nicht dabeihaben. Alles andere würde ich in Chicago kaufen.

Im Bett klappte ich mein MacBook Air auf und ging ins Internet. Ja, sogar auf Goat Island. Ein Laptop, ein Bluetooth-fähiges Telefon, und der Cyberofen heizt.

Ich verband mein Handy mit dem Computer und surfte eine Weile durchs Netz auf der Suche nach allem, was über den Mord an Mary Gray Bright und ihrem Sohn und über das Verschwinden ihrer Tochter zu finden war.

Nach dem Anschlag berichtete jeder Fernsehsender, jede Radiostation und jede Zeitung in Amerika fieberhaft mehrere Wochen lang über den Fall, lieferte Details und Spekulationen. Als es nichts mehr zu berichten gab, zog der Medientross weiter.

Stellas Foto tauchte immer wieder auf. Die kupferroten Haare. Das verdrießliche Stirnrunzeln. So hatte ich als Kind auch immer ausgesehen. Jedes Bild traf mich wie ein Schlag in die Magengrube.

Es war völlig irrational. Aber wenn ich in diese Augen schaute, hörte ich einen geflüsterten Hilferuf. Stella, die von irgendeinem finsteren Ort versuchte, Kontakt zu mir aufzunehmen.

Nachdem ich ein Pseudonym genannt hatte, um ein Gmail-Konto einzurichten, betrachtete ich das kleine Kästchen, in das ich den Benutzernamen eingeben sollte.

Diana Kralls schmeichelnde Stimme verbündete sich mit den Würstchen und dem Bier. Meine Gedanken wurden langsam träge, meine Lider schwer. Ich schloss kurz die Augen. Nur ganz kurz.

Meine Gedanken wanderten zurück zu einer Unterhaltung vor langer Zeit. Keine Unterhaltung. Ein Verhör.

Name?

Sunday.

Sunday und weiter?

Nur Sunday.

Komm schon, Mädchen. Du hast doch auch noch einen Nachnamen.

Der Asphalt zu meinen Füßen pulsiert rot und blau. Mein Herz hämmert. Moskitos sirren schrill und gierig in meinen Ohren.

Hörst du mir überhaupt zu?

Liedzeilen aus einem weit entfernten Radio.

Hot August night, and the leaves hanging down ....

Entweder du sagst deinen Namen hier und jetzt oder auf dem Revier.

Night. Sunday Night.

Mit einem Ruck war ich wieder da. Ella Fitzgerald flehte jemanden an, bald nach Hause zu kommen.

Ich gab *hurryhome* ein und hängte noch drei Ziffern von meiner Dienstnummer bei den Marines dran. Schon hatte ich *hurryhome406@gmail.com* für mich reserviert.

Mit den wenigen Informationen, die ich hatte, ging ich auf die Webseite der *Chicago Tribune* und gab eine altmodische Kleinanzeige auf. Eine Spalte, drei Zeilen:

> Informationen zum Attentat auf Bnos Aliza School im Oktober 2014 in der Devon Ave gesucht. Kontakt unter S. Night, Ritz Carlton Hotel.
> *hurryhome406@gmail.com.* 5000 Dollar BELOHNUNG.

Für 62 Dollar erschien die Annonce fünf Tage lang in der *Tribune,* außerdem drei Tage lang in der spanischsprachigen *Hoy* und für einen Montag in *Red Eye.* Noch dazu war sie sieben Tage im Netz unter *classifieds.chicagotribune.com* zu sehen.

Am Schluss eröffnete ich noch einen Twitter-Account. Mein erster Tweet war eine zweiteilige Version der Annonce in der *Tribune,* 280 Zeichen lang, die ich nur um die Information ergänzte, dass der Anschlag in Chicago stattgefunden hatte. Einen ähnlichen Eintrag machte ich in sämtlichen sozialen Medien, die ich kannte.

Neunzig Minuten später loggte ich mich aus.

Ich war im Vorraum und reinigte gerade meine Glock, als Bob auf den Tisch hüpfte. Ich erklärte ihm meine anstehende Reise. Sagte, dass Beau sich um ihn kümmern würde, während ich weg war. Er wirkte nicht begeistert, erhob aber auch keine Einwände.

»Bleibst du über Nacht?«, fragte ich.

Bob sprang auf den Boden und flitzte den Flur entlang.

Ich schob das Küchenfenster zu und verriegelte es. Dafür machte ich das Fenster im Schlafzimmer einen Spalt auf und sicherte es wieder mit einem Holzkeil.

Kalt duschen. Bett.

Ich wälzte mich hin und her in der Dunkelheit, die Spinnen krochen aus ihren Höhlen, haarige Beine und viel zu viele Augen. Bedrängten mich mit Fragen, alten und neuen.

Hatte Beau recht, neigte ich zur Selbstzerstörung? War ich deshalb zum Militär gegangen? Zur Polizei? Erklärte das meine Faszination für Schusswaffen?

Ging es bei der Suche nach Stella eigentlich um mich, um irgendein verdrehtes Bedürfnis? Wenn ja, warum krampfte sich dann jedes Mal mein Magen zusammen, wenn ich an das Mädchen dachte?

Warum hatte ich mich auf Goat Island verschanzt? Näherte ich mich allmählich einem Schicksal wie dem von Henry und Blanche? Würden in ein paar Jahren Leute auf Booten vorbeifahren und das Ufer nach der verrückten Alten absuchen, die mit Eichhörnchen redete?

Vielleicht war ich schon verrückt? Würde ich wie Arthur enden, an einem Seil baumelnd, mit Möwenscheiße auf dem Kopf?

Wenn ich mich in Stella hineinversetzen konnte, würde ich

mich irgendwann auch in andere hineinversetzen können? Würde etwas für andere empfinden? Für alles?

Am anderen Ufer leuchtete Beaus Coleman-Laterne in der Nacht.

Zwei Wochen

Sie ist wieder im Keller eingesperrt. Ein kleiner, fensterloser Raum mit einer schweren Holztür, die sich rau anfühlt. Sie wird nicht dagegen hämmern oder daran kratzen, den Fehler macht sie nicht noch mal. Die Splitter tun weh. Und es kommt sowieso niemand.

Sie tastet nach der Mauer. Sie weiß, die Steine sind kalt. Sie sind es.

Sie zittert. Hockt sich hin und zieht die Beine an. Die wunden Knie schmerzen.

Irgendwas hat sie gemacht, weil sie jetzt unzufrieden mit ihr sind. Aber sie weiß nicht was.

Sie verschließt die Augen vor der Dunkelheit und versucht zu überlegen. Sie ist erschöpft. Sie waren die ganze Nacht auf. Zuerst die Prüfung. Dann das starre Sitzen auf den alten Holzstühlen mit geradem Rücken, aufrecht.

Sie hat zugehört, sie weiß, dass sie das Richtige wollen. Das ist der Grund, warum sie auf der Welt ist.

Ihr Steißbein schmerzt. Ihr Rücken auch. Sie muss an die Narben denken, manche rot, manche wachsweiß, alle in einem Meer aus heller, sommersprossiger Haut. Sie hat sie einmal im Spiegel gesehen. Dann nie wieder.

Was hat sie getan, warum sind sie böse auf sie?

Das ist es. Sie ist unruhig geworden, hat zugelassen, dass ihre Gedanken abschweifen. Etwas, was sie gehört hat, kann nicht stimmen. Ihre Frage schien gerechtfertigt.

Eine ältere Frau hatte ebenfalls die Hand gehoben.

Unterbrechungen sind erlaubt. Aber ihre Frage hat alle verärgert.

Sie wird nicht ewig hier eingesperrt sein. Die Mahlzeiten sind ihr Zeitmesser. Zwei am Tag. So macht sie das immer.

Sie weiß, dass sie selbst schuld ist, wenn sie bestraft wird. Sie lieben und schätzen sie. Sie will sich ja auch bessern. Stärker sein.

Sie würde so gern den Himmel sehen. Stellt ihn sich vor: Blau mit Wolken wie durchscheinende weiße Baumwollstreifen.

Sie stellt sich die Wiese vor. Wenn sie brav ist, darf sie dorthin. Nie allein, aber das macht nichts.

Die Krokusse schieben sich schon durch die Erde. Der Judasbaum hat Blüten wie kleine verschrumpelte Gesichter. Sie darf das Buch über Pflanzen lesen, das sie auf dem Dachboden gefunden hat. Das hätte sie jetzt gerne bei sich. Und eine Taschenlampe.

Stille.

Es riecht modrig und feucht.

Sie würde gern die Sonne im Gesicht spüren. Rennen. Hüpfen. Radschlagen und Handstand machen.

Stille.

Kälte und Dunkelheit werden immer dichter.

Sie macht die Augen auf. Schließt sie wieder.

Sie zittert. Zieht die Beine enger an.

Stille.

Sie döst. Wacht auf. Denkt an Vögel. Sie mag auch Vögel.

Stille.

Ein Quietschen der Türangeln. Rostig. Widerwillig.

Schwere Schritte auf der Treppe.

Ihr Herz schlägt viel zu schnell.

6

Beau war nicht gerade gesprächig auf der Fahrt zum Flughafen. Auch recht. Mir ging viel durch den Kopf.

Zum Abschied eine Anweisung. »Halt mich auf dem Laufenden.«

»Verstanden«, sagte ich. »Vergiss nicht, nach Bob zu sehen.«

»Ich mag keine Eichhörnchen.«

»Aber er mag dich.«

»Warum nennst du ihn eigentlich Bob?«

»Weil er darauf hört.«

Charleston International Airport. Ich mag den Namen. Sagt, was Sache ist. Ist nicht nach einem toten alten Mann benannt. Der CHS ist benutzerfreundlich, und es ist selten viel los. Das mag ich auch.

Das Einchecken war einfach. Ich füllte das Formular zum Mitführen einer Schusswaffe aus. Die Frau am Schalter nahm mein Gepäck in Empfang, lächelte und wünschte mir einen guten Flug. Ich ging durch die Sicherheitskontrolle und weiter zum Gate.

Im Flugzeug ließ ich mich auf meinen Platz am Fenster fallen, mit Blick auf das Flugfeld, und zog mein Buch aus der Tasche. *Anna Karenina:* stets bemüht um Weiterbildung. Teil meines Versuches, all die Lektüre aufzuholen, die mir früher verwehrt wurde und um die ich dann als Teenager einen Bogen gemacht hatte. Aber ich konnte mich nicht konzentrieren. Sah immer wieder das Foto von Drucker, eine Familie in der Sonne. Zwei Personen tot, eine vermisst.

Ein Wunder der Luftfahrt. Wir landeten pünktlich.

Ich hatte gerade meine Tasche vom Gepäckband genommen, als mir ein Mann auffiel, der durch die Menge auf mich zukam. Ein stämmiger Bär mit sauber gestutzten braunen Haaren und unrundem Gang. Ich tippte auf Knieprobleme nach einer Sportlerkarriere als Football- oder Fußballspieler.

»Willkommen in Chicago, Miss Night«, sagte der Bärenmann. »Ich bin Layton Furr.«

Wir gaben uns die Hand. Furrs Anzug war von der teuren Sorte, maßgeschneidert, um seinen massigen Körper zu verbergen. Er trug eine rote Krawatte, und sein Hemd war so weiß, dass es mich fast blendete.

»Darf ich Ihre Tasche nehmen?« Furr war groß genug, um mir direkt in die Augen zu sehen.

»Das schaffe ich schon«, sagte ich.

»Sauber.« Er klang wie ein Trainer auf der Highschool. »Da lang.« Furr legte eine Hand an meinen Ellbogen und steuerte mich durch die Menge. Ich brachte mich mit einem Schritt außer Reichweite. Er wirkte überrascht und deutete dann zum Ausgang. Ich folgte am langen Zügel.

Draußen vor dem Terminal telefonierte Furr kurz. Sekunden später rollte ein schwarzer Wagen heran. Der Kofferraum öffnete sich. Auf der Fahrerseite stieg ein dunkler Mann in dunklem Anzug aus. Er umrundete den Wagen, kam auf uns zu und griff nach meiner Tasche. Ich gab sie frei. Furr und ich setzten uns nach hinten, und wir fuhren los. Zwischen uns stand eine braune Papiertüte, oben zusammengerollt und zugeklebt.

»Zum Ritz Carlton, bitte«, sagte Furr zum Fahrer. Und zu mir gewandt: »Kennen Sie Chicago, Miss Night?« Der Städter zum Bauerntrampel von der Plantage.

»Ich habe *Scarface* gesehen.«

»Der war gut.« Furr zielte mit einer Fingerpistole auf mich. »Das Ritz liegt an der Magnificent Mile. So nennen wir die Prachtmeile an der Michigan Avenue.«

»Klingt prächtig.« Ich dachte an das letzte Hotel, wo ich abgestiegen war, ein schäbiges Loch in Kandahar mit Blick auf eine Werkstatt und eine Baustelle, das Fenster versperrt durch eine Klimaanlage, die das Zimmer nicht auf eine Temperatur unter 27 Grad kühlen konnte.

»Meine Sekretärin hat eine Suite für Sie gebucht. Mehr Geld, mehr Aussicht.«

»Mrs. Drucker ist sehr großzügig.«

»Da sagen Sie was.«

Furr lehnte sich zurück und verschränkte die Hände im Schoß. Kurze Stummelfinger, die nicht so recht zum restlichen Körper passten.

»Sie wissen, warum Mrs. Drucker mich hierhergeschickt hat?«, fragte ich.

»Ich weiß ein bisschen was, aber nicht alles«, wich Furr aus.

»Jules Oliphant meinte, Sie könnten mich hier mit den richtigen Leuten zusammenbringen.«

»Ja.«

»Ich möchte mit denjenigen sprechen, die die Ermittlungen geleitet haben.«

»Natürlich.«

»So schnell wie möglich.«

»Werde mein Bestes tun.«

»Wie wird die Polizei auf eine Zivilistin und Ermittlerin von außen reagieren?« Die Begeisterung würde sich sicher in Grenzen halten.

»Das kann ich wirklich nicht sagen.«

»Kennen Sie sie?«

»Wir haben uns einmal getroffen.« Furr deutete auf die Papiertüte. »Das haben sie für Sie mitgeschickt.«

Mein Magen wählte genau den Moment, um zu bekunden, dass er bisher nur einen schlechten Kaffee im Flugzeug bekommen hatte.

»Sie können gern den Roomservice nutzen.«

»Ich hatte den ganzen Morgen noch nichts, nur ein Bier im Flugzeug.«

»Benötigen Sie sonst noch etwas?«

»Ich muss Munition kaufen.« Ich wollte den dicken Kerl schocken.

Furr schob mit seinem Stummelfinger den Ärmel mit goldenem Manschettenknopf zurück und warf einen Blick auf seine Armbanduhr. »Wie wär's, wenn wir heute Abend zusammen essen, ich versuche, ein Treffen zu arrangieren.«

»Passt mir gut rein.«

Das Ritz befand sich in einem Wolkenkratzer aus Glas und Stahl namens Walter Tower Place. Furr bat den Fahrer zu warten und begleitete mich hinein. Ich glaube, er hatte so seine Zweifel, ob ich fern des Auenlandes überleben konnte.

Die Rezeption befand sich im zwölften Stock. Schweigend fuhren wir mit dem Aufzug hinauf, Furr schmollte, weil ich ihm meine Tasche nicht geben wollte. Die im Übrigen Rollen hatte und gerade mal fünf Kilo wog.

Die Lobby war riesig, mit kunstvollen Kronleuchtern und einem Brunnen mit gigantischen flügelschlagenden Kranichen. Vielleicht waren es auch Reiher.

Furr wartete, bis ich eingecheckt hatte. Als ich die Schlüsselkarte schließlich in der Hand hielt, fragte er: »Essen heute Abend steht?«

»Das ist der Plan«, sagte ich.

Furr lächelte vorsichtig, er wusste nicht so recht, was er von mir halten sollte. »Wie wär's mit Lawry's?«

»Klingt gut.«

»Ist in der McCormick-Villa ganz in der Nähe. Soll ich Sie so gegen sieben abholen?« Er musterte kritisch meine Jeans, Lederjacke und die widerspenstigen Haare.

»Ich finde alleine hin«, sagte ich.

»Chicago ist sehr groß und sehr voll. Die Orientierung ist nicht ganz einfach.«

»Ich kaufe mir einen Stadtplan.«

»Wie Sie wollen.« Furr nannte mir die Adresse und ging.

Meine Suite war im 24. Stock. Die Sitzmöbel im Wohnzimmer waren in kunstvoll aufeinander abgestimmten Malventönen bezogen, es gab eine Bar, einen fußballfeldgroßen Flatscreen-Fernseher und einen Schreibtisch. Vom Fenster aus sah man den Michigansee und die Navy Pier.

Das Schlafzimmer war so groß wie mein Haus. Es bot außer dem Doppelbett die üblichen Kommoden, Nachttischchen, einen Stuhl und einen weiteren Monsterbildschirm. Und wieder eine fabelhafte Aussicht.

Für Badezimmer und Toilette hatte man massiv in Marmor investiert. Es gab aber keine Sauna. Darüber musste ich ein ernstes Wort mit Furr reden.

Ich packte einen Satz Kleider und Waschsachen aus und legte den anderen zusammen mit der Glock 17, Furrs Papiertüte, meinem Portemonnaie und dem Laptop in meinen Rucksack. Dann baute ich die Glock 23 wieder zusammen und lud sie. Überlegte. Beschloss, sie im Safe zu lassen. Ich schlüpfte in meine Jacke, nahm den Rucksack am Tragegurt und ging zum Aufzug.

Vom Ritz ging ich auf der Pearson Street nach Westen und bog dann Richtung Süden auf die Michigan Avenue ab. Auf dem Gehweg drängten sich Einkäufer, Gassigeher, Geschäftsleute und Touristen. Von irgendwo war Old Blue Eyes zu hören, der über die »Toddling Town« Chicago sang. Nach ein paar Kreuzungen schwenkte ich links auf die Ohio Street. Neben einer Kombination aus Eisdiele und Espressobar bog ich unter einer schwarzen Markise ein und betrat das Inn of Chicago.

Die Lobby war in Weinrot und Zebramuster gehalten, hatte einen offenen Kamin und versprach eine Bar auf der Dachterrasse. Ich bezahlte bar für eine Nacht und bekam ein Zimmer, das Opaline Drucker 150 Dollar kostete. Es lag im vierten Stock.

Der Aufzug war klein, der Flur schwach beleuchtet. Ich wusste nicht, ob das aus konservatorischen Gründen war, fürs Ambiente oder aus Sparsamkeit.

Das Zimmer hatte ein Doppelbett, Nachttischchen mit Lampen, einen Fernseher, einen kleinen Sekretär und einen lindgrünen Sessel. Ansonsten war gerade noch Platz, um meinen Rucksack auf dem Boden abzustellen. Das Bad war sauber, es gab Seife, Shampoo, Toilettenpapier und einen Föhn, der an der Wand befestigt war. Alles, was man brauchte.

Ich stellte Furrs Tüte auf den Sekretär, packte meine Kleider aus und stellte die Waschsachen ins Bad. Lud die Glock 17 und verstaute sie im Safe. Danach schnappte ich mir meinen Laptop und ein kleines Gerät, das aussah wie eine glänzende schwarze Maus. Die Open-Source-Verschlüsselungstechnologie sollte dafür sorgen, dass meine Aktivitäten im Netz vor neugierigen Blicken verborgen blieben. Ich setzte mich im Schneidersitz aufs Bett, schaltete das Gerät ein und fuhr den Mac hoch.

Das WLAN des Hotels meldete sich. Nachdem ich mich bereit erklärt hatte, sechs Dollar am Tag zu bezahlen, sah ich zu, wie der kleine Kreis an der Toolbar auftauchte. Verbindung am Laptop hergestellt, danach der gleiche Vorgang bei meinem Smartphone von Wal-Mart.

Anschließend ging ich zum Schrank und holte einen meiner winzigen Bewegungsmelder aus der Tasche einer Jeans. Das Zimmer bot nur wenige Verstecke mit direktem Blick zur Tür. Ich stellte den schmalen Zylinder neben eine Lampe und probierte ein bisschen herum, bis ich mit der Position der Sensoren zufrieden war. Dann öffnete ich eine App auf meinem Handy. Zeit für einen Probelauf.

Ich machte einen Schritt zur Tür. Das Telefon vibrierte in meiner Hand. Nicht schlecht. Paranoia hat auch ihre Vorteile.

Nur mit meinem Schlüssel bewaffnet, ging ich zu einem beleuchteten Notausgangschild am anderen Ende des Ganges und öffnete die schwere Metalltür. Das Treppenhaus war in geschmackvollem Beton gehalten. Auf dem Weg hinunter in die Lobby sah ich mir jede Etage genau an. Zufrieden kehrte ich in mein Zimmer zurück, setzte mich an den Sekretär und öffnete die braune Papiertüte. Meine Uhr zeigte 13.20 Uhr.

In der Tüte war ein Ordner aus Wellpappe. Name und Nummer auf dem Klappdeckel gaben an, dass es sich um die Ermittlungsakte zum Bombenanschlag auf die Bnos Aliza School handelte. In Anbetracht der Schwere des Verbrechens war ich überrascht, wie dünn die Akte war. Aber ich war dankbar, dass Furr sie mir besorgt hatte.

Ich wickelte das Gummiband ab, leerte den Inhalt des Ordners auf den Sekretär und sortierte los. Jede Menge Seiten, lauter Fotokopien. Standardverfahren. Die Originalakte in einem Mordfall verlässt nie das Dezernat. Ich dankte dem armen Handlanger, den man dazu verdonnert hatte, das alles zu kopieren.

Die leitenden Ermittler Roy Capps und Bernie Clegg vom Chicago Police Department waren in der Abteilung für Gewaltdelikte, der sogenannten Area Three tätig, hatten jedoch mit der Central Investigation Division, der CID, zusammengearbeitet, unter anderem auch mit Experten für Bomben- und Brandanschläge, und mit der Violent Crime Task Force des FBI.

Vor mir lagen drei Packen mit Fotos. Eine Serie von der Spurensicherung am Tatort. Eine von der Gerichtsmedizin. Bei der dritten Serie, die nur wenige Bilder umfasste, war ich mir nicht sicher. Ich schob alle drei Packen beiseite.

Dann las ich alles durch. Den Bericht vom Tatort. Die Zusammenfassungen der unzähligen Zeugenaussagen. Die Formulare, in denen das am Tatort gefundene Beweismaterial und Eigentum der Opfer aufgelistet wurden. Capps' und Cleggs Aufzeichnungen zu den Ermittlungen, sowohl zum Bombenanschlag wie zur Suche nach Stella Bright. Capps' Zusammenfassung der Ermittlungen. Kommentare eines gewissen Penzer zur Viktimologie. Spekulationen über Zusammenhänge mit ähnlichen Fällen und Verdächtigen. Ein Bericht über den Subaru Forrester. Ein Bericht über die DNA, die im Forrester gefunden wurde. Die Übereinstimmung mit Stella. Die Übereinstimmung mit einem engen Verwandten von Stella. Ein Bericht über ein Hundehaar, das aus dem Forrester stammte, schwarz und von unbestimmter Rasse.

Anschließend befasste ich mich mit dem Bericht der Gerichtsmedizin. Sarah Ruth Gellman, Alter dreiunddreißig. Judith Rachel Vance, zweiundfünfzig. Mary Gray Drucker Bright, vierundvierzig. Bowen Andrew Bright, zwölf.

Ich las gerade Bowens Bericht zum zweiten, gründlicheren Mal durch, als bei einem Abschnitt ein Lämpchen in meinem Hirn aufflammte.

Eine plötzliche Erkenntnis, ein Blitzschlag direkt ins Herz.

Ich wollte es genauer wissen, sosehr ich auch die Bestätigung fürchtete. Ich holte ein Foto vom Tatort aus dem Umschlag in meiner Tasche. Fand die entsprechende Aufnahme in der Fotoserie, die ich gerade durchgesehen hatte. Legte die Bilder nebeneinander aus.

Die Fotos zeigten alle eine mit Blut und Körpermaterial bespritzte Steinmauer. In dem Blut war mir ein Detail aufgefallen, das sich in meinem Unterbewusstsein festgesetzt hatte.

Ich starrte auf die beiden Bilder, und mir wurde übel. Furchtbar, und ich konnte nichts daran ändern.

Inmitten der Spritzer aus Blut und menschlichem Gewebe

zeichnete sich schwach eine Silhouette ab, ein Schattenriss, wo die Mauer sauber geblieben war. Eine Leere, geschaffen von jemandem, der rechts vom Felsblock gestanden hatte. Aufrecht und dicht an der Mauer.

Ich kniff die Augen zu, war mir sicher, dass die Person, die an der Schulmauer gestanden hatte, Stella war. Ich wusste jetzt, dass sie den brutalen Tod ihres Bruders mit angesehen hatte. Ich wusste, dass Teile von Bowens verstümmeltem Körper in ihr entsetztes Gesicht geschleudert worden waren.

Flammender Zorn feuerte von einem Neuron zum anderen. Ich holte tief Luft. Noch einmal. Machte die Augen auf. Bestärkt in meiner Entschlossenheit, Stella zu finden. Falls sie noch lebte. Sie musste noch leben.

Ich wandte mich wieder der Akte zu, wobei ich hin und wieder einen Blick aus dem Fenster warf. Der Himmel blieb bedeckt, der See unbeirrbar grau. Navy Pier regte sich nicht.

Ab und zu senkte ich den Kopf und schloss die Augen. Wollte Stella dazu bringen, mit mir zu sprechen. Nichts.

Ich sah mir sechsunddreißig Farbfotos im Format acht auf dreizehn durch, alle von einem Fotografen des Chicago Police Department. Ein paar waren Nahaufnahmen, andere von weiter weg, aus verschiedenen Blickwinkeln aufgenommen. Ich betrachtete das zweistöckige Schulgebäude aus Stein mit einem klaffenden Loch in der Seite, wie ein Mund mit Zahnlücken. Ein Fahrradständer, zu einer grotesken Spirale verdreht. Blutpfützen auf dem Betonboden. Zerrissene Kleidungsstücke, zerfetzte Bücher, ein einsamer Schuh auf dunkel geflecktem Rasen. Vier Leichen, zuerst offen daliegend, dann als stumme Erhebungen unter blauen Plastikplanen. Ein Moment des Schreckens, verewigt im Bild. Die blutverschmierte Mauer.

Das dünne Bündel enthielt die gleichen vergrößerten Standbilder, die mir Opaline Drucker gegeben hatte. Drei Männer, eine Frau, die Gesichter verschwommen aufgrund der großen

Entfernung, der Bewegung und der Windschutzscheibe. Die Frau reagierte auf etwas. Stella, die hinaus auf die Straße taumelte? Tot an der Bordsteinkante lag?

Wieder fragte ich mich, was die Frau aufgeschreckt hatte. Sie wandte sich um. Sagte sie da etwas? Ich betrachtete die vier, die gerade einen mörderischen Anschlag verübt hatten. Mein Hass und meine Abscheu fühlten sich an wie etwas Lebendiges.

Ich wollte sofort losziehen und das Mädchen finden. Sie den Fängen derjenigen entreißen, die ihr Leben und ihre Sicht der Dinge für immer verändern würden. Ich musste beruhigend auf mich einreden, um wieder runterzukommen. Um einzusehen, dass voreiliges Handeln mehr schaden als nützen würde. Sowohl Stella als auch mir.

Meine Uhr zeigte zehn nach fünf.

Ich schaute nach meinen E-Mails und ging die sozialen Netzwerke durch, wo ich um Informationen zum Anschlag gebeten hatte. Nichts.

Ich recherchierte antisemitische Zwischenfälle in Chicago. Fand Berichte über Schmierereien auf einer Garage und einer Synagoge, Vandalismus auf einem Friedhof, Cybermobbing an einer Highschool.

Ich informierte mich über Bernie Clegg und Roy Capps. Beide hatten an einem aufsehenerregenden Fall mitgearbeitet, der Ermordung eines Politikersohns im Jahr 2008. Capps hatte 2012 vom Kiwanis Club eine Art Auszeichnung erhalten. Ansonsten war über die beiden nichts zu finden.

Um sechs kehrte ich ins Ritz zurück, wo ich in null Komma nichts und kostenlos ins Internet gehen konnte. Ich stellte den zweiten Bewegungsmelder auf. Ein kurzer Test. Dann los.

7

Das Publikum auf der Magnificent Mile sah anders aus – mehr gehetzte Büromenschen, weniger Kindermädchen –, es war aber immer noch viel los. Ich ging Richtung Süden zur Ontario Street, bog rechts ab, und schon war ich bei Lawry's.

Hohe Decken, Bronzelöwen, Gemälde im Stil der Alten Meister und jede Menge glänzende Holzvertäfelungen. Ich wandte mich an den Maître d'hotel, der mich mit der gleichen Missbilligung beäugte wie Furr. Ich fragte mich, ob die beiden das miteinander geübt hatten.

Der Maître überließ mich einem Untergebenen, der mich zu Furr führte. Er saß an einem Ecktisch auf einem Lederstuhl mit hoher Lehne und goldenen Nieten. Daneben ein Typ in Sakko und Hosen, die eindeutig nicht von Furrs Schneider stammten.

Furr erhob sich. Billigsakko blieb sitzen.

»Sie haben hergefunden.« Er wirkte überrascht.

»Hab einen Polizisten gefragt.«

»Ich habe mir erlaubt, Detective Capps einzuladen. Das ist Ihnen doch recht?«

Capps trug einen stachligen silbergrauen Bürstenhaarschnitt. Unter dem schlecht sitzenden Sakko verbarg sich ein fitter Körper, vielleicht ein bisschen zu schmal für seine Größe. Die ich auf höchstens 1,65 Meter schätzte.

Der Kellner zog einen Stuhl für mich heran. Ich setzte mich. Streckte die Hand aus und drückte die Flamme der Kerze mit

Daumen und Zeigefinger aus. Die Männer wechselten einen Blick. Der Kellner räumte kommentarlos den Kerzenständer weg.

Capps schwenkte ein Kristallglas mit einer bernsteinfarbenen Flüssigkeit auf Eis. Kein Händedruck zur Begrüßung.

Furr setzte sich wieder und fragte: »Lust auf einen Cocktail?«

Wie aus dem Nichts erschien eine Kellnerin.

»Einen dirty Martini mit Wodka und extra Oliven«, sagte ich. »Tito's, falls Sie den haben.«

Die Kellnerin strahlte. »Sehr gerne.« Ich glaubte ihr.

Furr bestellte einen zweiten Macallan. Capps trank aus und hob sein Glas. Die Kellnerin lächelte wieder und eilte davon.

»Ich könnte ein ganzes Pferd essen.« Furr schlug die Speisekarte auf, ein nicht ganz so dezenter Hinweis, dass wir voranmachen sollten.

Die Kellnerin kam mit unseren Drinks zurück. Capps und ich bestellten das Prime Rib Steak. Furr entschied sich für ein Porterhouse Steak und eine Flasche La Tâche von 2010. Die Kellnerin schien hell entzückt.

Als sie weg war, wandte sich Furr an mich. »Ich habe Ihr Vorhaben Detective Capps erläutert. Er und sein Partner untersuchten den Bombenanschlag, bei dem Mary Gray Bright und ihr Sohn ums Leben kamen. Sie sind Experten für derartige Gräueltaten.«

»Wir haben schon so einige Hassverbrechen bearbeitet.« Capps' Stimme war nasal und höher, als ich erwartet hatte.

»War es das Ihrer Meinung nach, ein Hassverbrechen?«, fragte ich.

»Alle Anzeichen sprachen dafür.«

»Eine jüdische Mädchenschule?«

»Bnos Aliza. An der Devon Avenue in West Rogers Park. Gemischtes Viertel, aber viele orthodoxe Juden. Sie wissen schon,

Frauen mit Perücken, Männer mit Schläfenlocken und Bart. Etwa ein Jahr vor dem Anschlag hatte es eine Auseinandersetzung gegeben.«

»Was für eine Auseinandersetzung?«

»Die Organisation einer jüdischen Gemeinde behauptete, sie sei bedroht worden, deshalb heuerte die Gemeinde Polizisten außer Dienst an, die im Viertel Streife fuhren. Das Chicago Police Department war nicht gerade begeistert.«

»Haben Sie mit den Polizisten gesprochen, die dort auf Patrouille waren? Wurden die angeblichen Drohungen überprüft?«

Capps zog als Antwort nur die Augenbrauen zusammen. Seine Augen waren dunkel und sahen aus, als ob sie selten lächeln würden. Und als ob ihnen selten etwas entging.

»Und die Lehrer und Mitarbeiter der Schule? Haben Sie alle überprüft? Die Schüler? Die Familien?«

»Ja, Miss Night.« Geduldig. »Lehrerschaft, Angestellte, Schüler, Familien, Anwohner, die Arbeitgeber und Angestellten der Eltern, Rabbis, Kieferorthopäden, Busfahrer, Ballettlehrer, den Typ, der den Mädchen die schwarzen Strumpfhosen verkauft, alle.«

»War jemand an dem Tag nicht in der Schule?«

Wieder ein langmütiges Nicken.

»Ich habe die Akte gelesen«, sagte ich. Und fügte hinzu: »Danke.«

Bevor Capps antworten konnte, kam der Sommelier. Gläser wurden verteilt und der Wein dekantiert. Dann wurde unser Essen serviert.

»Und der Sprengsatz?«, fragte ich, als wir bereits einen Großteil der Vorspeise hinter uns hatten.

»Eine gewöhnliche Rohrbombe«, antwortete Capps. »Nichts Besonderes. Wie sie auch Eric Rudolph beim Anschlag bei den Olympischen Spielen in Atlanta verwendet hat. Harris und Klebold hatten solche Bomben beim Amoklauf in Columbine.«

Ich überlegte. »Warum keine größere, um den Schaden zu maximieren?«

Capps hob kurz eine Schulter, was wohl »Wer weiß?« bedeuten sollte. Trotz Whisky und Wein ging von ihm eine gewisse Spannung aus, wie von einer Schlange, zusammengerollt, aber dennoch wachsam.

»Haben sich anhand der Bestandteile der Bombe irgendwelche Spuren ergeben?«

Capps schüttelte den Kopf. »Das übliche Zeug, alles leicht zu kaufen. Verdammt, im Netz gibt es Anleitungen, wie man diese Scheißdinger baut. Videos auf YouTube.«

»Fingerabdrücke an den Fragmenten?«

»Nein.«

»Opaline Drucker hat mir Bilder einer Überwachungskamera gegeben. Drei Männer, eine Frau. Hat sich daraus was ergeben?«

»Die Aufzeichnungen waren scheiße. Mit Scheiße kann niemand was anfangen.«

»Ich würde sie gern sehen.«

Keine Antwort.

»Was war mit dem Subaru Forrester?«

»Gestohlen vor einem Einkaufszentrum in Oakbrook, abgestellt bei einem Studentenwohnheim in DeKalb. Das Nummernschild wurde mit einem anderen getauscht, das an einem Wagen am Flughafen O'Hare abgeschraubt worden war.«

»DeKalb. Ist da nicht eine Uni?«

»Die Northern Illinois University. Und ja, wir haben die Verbindung zu Studenten und zum Campus überprüft.«

»Wurde vielleicht ein Mautpass verwendet? Oder wurde das Auto an Mautstellen registriert, irgendwas in der Richtung?«

»Nein.«

»Und die einzigen verwertbaren Beweismittel, die man im Forrester fand, waren Blutspuren, von denen ein Teil eine DNA-Übereinstimmung mit Stella ergab?«

»Und Hundehaare.« Capps' Ton verriet nichts. »Ein Blutfleck passte nicht zu Stella. Die Analyse ergab, dass das Blut von einem engen Verwandten Stellas stammen musste.«

»Das heißt?«

»Das Mädchen war bei seiner Familie, in diesem Blutbad.«

»Kam Ihnen das nicht komisch vor, dass sonst nichts gefunden wurde?«

»Da wurde ganz offensichtlich gründlich geputzt. Die Kriminaltechnik hat die Blutspuren tief unter den Sitzen gefunden.«

Ich stellte mir vor, wie Stella blutend auf dem Boden eines Autos lag, gefahren von Fremden, völlig verängstigt oder bewusstlos. Mein Mund wurde trocken. Mein Appetit war dahin.

»Wie groß ist die Gruppe?«, fragte ich.

»Wir waren nie sicher, ob es sich überhaupt um eine Gruppe handelt.«

»Wie meinen Sie das?«

»Wir haben den Modus Operandi mit ViCAP abgecheckt.« Capps sprach vom Violent Criminal Apprehension Program, einer Abteilung beim FBI, die für die Erfassung und Analyse von Gewaltverbrechen zuständig ist. »Haben ihn mit anderen Bombenanschlägen abgeglichen, anderen Spuren, fanden aber keine in- oder ausländischen Gruppen oder Vorfälle, die zu unserem Profil passten.«

»Und niemand bekannte sich zum Anschlag.«

»Nein. Kein fanatisches Manifest in den Medien, kein Prahlen in einem Gefängnis, keine verräterische betrunkene Bemerkung in einer Bar. Nichts. Und auch keine Wiederholung der Tat. Die Arschlöcher haben zugeschlagen und sind dann im Nichts verschwunden.«

»Und was glauben Sie, haben Sie irgendeine Theorie?«

Ein Mundwinkel von Capps wanderte nach oben. Er schüttelte den Kopf. »Welche wollen Sie hören?«

Ich machte eine unbestimmte Handbewegung.

»Das Ganze wirkte total amateurhaft.«

»Immerhin Amateure, die nicht erwischt wurden.«

»Wissen Sie, was ich besonders mag, Miss Night? Zivilisten, die in meine Stadt kommen und mir sagen, dass ich meine Arbeit nicht richtig gemacht habe.«

Capps trank einen Schluck Wein. Stellte langsam das Glas ab.

»Der Anschlag wirkte schlampig. Warum wurde zum Beispiel die Überwachungskamera nicht ausgeschaltet? Warum waren die Attentäter nicht maskiert? Warum zeigten sie sich überhaupt auf der Straße?«

»Vielleicht dachten sie, Tarnung oder Vandalismus würden zu viel Aufmerksamkeit erregen?«

»Warum wurden keine Forderungen gestellt? Geld? Irgendwelche Bedingungen? Warum nicht die Entlassung des Schulleiters? Warum jagt man Menschen in die Luft, wenn nicht aus Rache oder zur Durchsetzung bestimmter Forderungen?«

»Irgendeine Verbindung zu einer kriminellen Bande oder zur Mafia?«, fragte ich.

»Keine.«

»Sie haben von einem Hassverbrechen gesprochen.«

»Warum nutzte man dann nicht die Berichterstattung in den Medien, um die eigene Sache voranzubringen? Es gab keine antiisraelischen Tiraden. Keine propalästinensischen Auslassungen. Kein Schwadronieren darüber, dass Mädchen nicht lesen lernen sollten.«

Ich überlegte. »Vielleicht wurde die Schule ganz zufällig ausgesucht.«

Beide Männer sahen mich nur an.

»Vielleicht war das Ziel der Gruppe gar nicht so klar definiert.« Ich sprach einfach die Ideen aus, die mir gerade in den Kopf kamen. »Die Stadt. Autorität. Minderheiten im Allgemeinen.«

»Sie meinen irgendeine durchgeknallte Miliz?« Capps klang nicht überzeugt.

»Vielleicht wollte man einfach nur Angst erzeugen. Das Establishment verstören, die Regierung, die Polizei. Vielleicht sieht die Gruppe den Anschlag als ersten Schritt in einem größeren Krieg. Ein Impuls. Wie Charles Manson und Helter Skelter.«

»Warum wurde der Krieg dann nicht fortgesetzt?«

»Wer sagt, dass er das nicht wird?«

»Wie meinen Sie das?«

»Was, wenn der Modus Operandi darin besteht, nie denselben Modus Operandi zu verwenden?«

»Sie sagen, die sind gar nicht so schlau, wir sind einfach nur zu dumm?« Capps' Ton hatte jetzt eine gewisse Schärfe.

»Wie weit sind Sie denn gekommen, Detective?«

»Ich habe mit dem gearbeitet, was ich hatte. Und was ich hatte, war scheiße.«

»Sie hatten ein Video. Einen Sprengsatz. Ein Fahrzeug. Ein verschwundenes Mädchen. Wussten Sie, dass Opaline Drucker Lösegeld für Stella bezahlt hat?«

Capps sah zu Furr. Er hatte es eindeutig nicht gewusst.

»Wie genau haben Sie hingeschaut?«, hakte ich nach.

»Sehr genau.« Der Ton wurde noch schärfer.

Furr wollte die angespannte Atmosphäre lockern. »Die Polizei hat so sorgfältig gearbeitet, wie jedes Dezernat in jeder Stadt bei einem so schrecklichen Verbrechen arbeiten würde, über das noch dazu landesweit in den Medien berichtet wurde. Alle notwendigen Ressourcen wurden dafür abgestellt. Es gab keine Informanten, keine Zeugen, fast keine Beweismittel. Was hätte man sonst noch tun können?«

»Ermitteln Sie noch?« Meine Frage war an Capps gerichtet.

»Wir arbeiten an verschiedenen Theorien.« Der Mann gab nicht so schnell klein bei.

»Ich verstehe das schon«, sagte ich. »Überall im Land ist die Polizei überlastet. Sie haben getan, was Sie konnten, alles unter die Lupe genommen, die Terroristendateien überprüft, Kriminaltechnik und Gerichtsmedizin waren dran. Schluss und Ende. Ein Jahr später ist das Mädchen immer noch verschwunden, und Sie kommen nicht weiter.«

Einen langen, eiskalten Moment sah Capps mich nur an. Ich verstand seinen Ärger. Ich war auch einmal an seiner Stelle gewesen.

»Stella könnte tot sein.« Capps wollte mich unterbrechen. Ich ließ ihn nicht. »Oder irgendwo festgehalten werden. Gefangen. Missbraucht. Noch ist der Fall offiziell nicht geschlossen, aber geben Sie es doch zu. Niemand reißt sich den Arsch auf, um irgendwelche neuen Spuren auszugraben.«

Die Kellnerin kam und fragte, ob wir fertig gegessen hätten, nur Furr erwiderte ihr Lächeln. Sie trug die Teller ab.

Niemand bestellte Nachtisch.

Es war nach neun, als ich das Restaurant verließ. Die Luft fühlte sich feucht und viel kälter an als vorhin, als ich gekommen war.

Ich kehrte ins Ritz zurück, fuhr mit dem Fahrstuhl hoch zu meinem Zimmer und fand ein Baseballspiel im Fernsehen. Das zehnte Inning im Heimstadion der Chicago Cubs. Seit dem vierten Inning stand es unentschieden gegen die Cardinals. Das Spiel interessierte mich nicht besonders, aber ich wollte mir bis zu meinem Aufbruch die Zeit vertreiben.

Ich hörte mit halbem Ohr auf den Spielkommentar und schaute dabei aus dem Fenster. Aufgewühlt. Unfähig, mich zu konzentrieren. Ich sah dauernd das blutverschmierte Mädchen im Auto.

Vierundzwanzig Stockwerke tiefer glitzerte und pulsierte die Stadt vor Energie. Nicht wie Charleston, wo man um die Zeit die Bürgersteige hochklappte. Chicago schläft nie.

Schließlich, gegen Ende des 14. Innings, kam der entscheidende Schlag, die Zuschauer verstummten zuerst, dann brach der Jubel los. Die Stadionsprecher drehten durch. Ein Sieg für die Heimmannschaft.

Ich schaltete den Fernseher aus. Kontrollierte noch einmal den Bewegungsmelder, verließ das Zimmer und machte mich auf den Weg zu meinem anderen Hotel.

Im Fahrstuhl hoch zu meinem Zimmer sah ich auf die Uhr und rechnete eine Stunde Zeitverschiebung dazu. In Charleston war es 23.40 Uhr. Ich fragte mich, ob Beau zur Insel übergesetzt und Bobs Napf gefüllt hatte.

Dreizehn Tage

Sie braucht keine Uhr, sie kann die Zeit anhand des Mondlichts bestimmen. Anhand der Neigung und Tiefe der Schatten. Zumindest nimmt sie an, dass ihr Hirn das so bewerkstelligt. Ganz sicher ist sie sich nicht.

Aber hier ist es anders. Sie traut ihrem Instinkt nicht, weiß nur, dass es kurz nach Mitternacht ist.

Ihre Augen wandern durch den Raum. Die Umrisse sind anders, die Ecken und Winkel in der Dunkelheit sind falsch.

Sie sind umgezogen. Haben ihre Habseligkeiten in Autos und Lieferwagen gepackt und sind stundenlang gefahren. Hierher. In die Stadt.

Draußen hört sie das leise Klackern eines Zuges. Das Kratzen eines Astes an der Scheibe, wie ein Fingernagel. Aus der Küche das gedämpfte Kreischen eines Wasserkessels.

Hier sind weniger Leute. Sie schläft in einem Zimmer mit nur zwei Betten. Sie schläft nicht gern in Stockbetten.

Er kommt jetzt allein zu ihr. Manchmal früh, manchmal spät. Wenn die anderen schlafen. Oder beschäftigt sind.

Sie ist nicht gern mit ihm allein. Die verschlossene Tür. Die zugezogene Jalousie. Sie liebt und fürchtet ihn. Weiß, dass er ihre einzige Hoffnung auf Erleuchtung ist.

Die Prüfung findet unter vier Augen statt. Nur sie beide. Sie mag es nicht, wie sein Blick über ihren Körper wandert. Die erweiterten Pupillen, wenn sie stöhnt oder keucht. Sein schneller Atem, wenn sie schreit.

Als ob er ihre Schmerzen genießen würde.

Was natürlich nicht sein kann. Es tut ihm auch weh. Er tut es für sie. Um sicherzustellen, dass sie die nötige Stärke hat.

Nötig wofür?

Sie steht vom Bett auf, geht zum Fenster und schaut nach unten. Kein Judasbaum. Keine Krokusse. Ein kleines Stück Rasen, eine schmale Gasse, dunkle Silhouetten, von denen sie weiß, dass sie Bäume sind. Hinter den Bäumen ein verlassenes Grundstück. Hinter dem Grundstück das schwache Glühen von Neonlicht.

Durch die Fußdielen hört sie Stimmen. Leidenschaftlich. Laut.

In letzter Zeit sind die Diskussionen hitzig geworden. Sie machen ihr Angst. Ihre Haut juckt andauernd. Vom vielen Kratzen hat sie einen Ausschlag. Die roten Quaddeln halten sie wach.

Aber sie muss doch eingedöst sein.

Sie lauscht. Schnappt einzelne Sätze auf. Der Aufstieg, natürlich. Darüber wird ständig gesprochen. Von Freude. Belohnung. Einer besseren Welt. Aber da ist eine neue Intensität, die sie beunruhigt. Ihr das Gefühl gibt, als würde ihr Säure über das Rückgrat gegossen.

Sie hört Worte, die sie verwirren.

Heute Abend ist sie wieder früh nach oben geschickt worden. Er wird bald kommen.

Irgendetwas ist los. Sie weiß nicht was.

Sie wird keine Fragen stellen, aber sie will es herausfinden. Nur wie?

Lauschen? Schränke durchstöbern? Im Müll wühlen?

Bei dem Gedanken daran herumzuschnüffeln prickelt ihre Kopfhaut. Sie weiß, dass das keine gute Idee ist.

Aber sie hat keine bessere.

Es gibt nur einen Menschen, dem sie wirklich vertrauen kann. Sie wird ihn fragen. Wenn er Nein sagt, wird sie den Plan aufgeben.

Sie muss einen Ort finden, wo sie allein sein können.

8

Am nächsten Morgen war ich immer noch die Einzige, die wusste, dass ich neuerdings in den sozialen Netzwerken aktiv war. Die Annonce in der *Tribune* war erschienen. Ich war nicht allzu aufgeregt. Ich rechnete mir keine großen Erfolgsaussichten aus. Wer las heutzutage noch gedruckte Zeitungen?

Ich rief an der Rezeption vom Ritz an. Auch dort hatte niemand versucht, mich zu kontaktieren. Ich rief Capps an, erreichte nur den Anrufbeantworter, hinterließ eine Nachricht.

Um sieben gab ich meinen Schlüssel ab, verließ das Inn und ging Richtung Norden. Der Himmel war grau, der Wind eisiger als am Abend zuvor. Weiter östlich flitzte der Verkehr in zwei Richtungen vorbei. Jenseits des Verkehrs klatschten Wellen gegen die Felsbrocken, die das Ufer des zweitgrößten Sees Amerikas säumten. Düstere Fragen gingen mir durch den Kopf. War Stella irgendwo und schaute auch auf das eiskalte Wasser? Oder vermoderte ihre Leiche langsam in den Tiefen des Sees?

Ich weigerte mich, das zu glauben.

Am Delaware Place ging ich ins Raffaello Hotel. Anscheinend war nicht viel los. Der Rezeptionist ließ mich früh einchecken. Akzeptierte meine Barzahlung, auch wenn ich ihn erst überzeugen musste. Siebter Stock, Mikrowelle und Kühlschrank, zehn Dollar fürs Internet. Die Waffe im Safe verstaut, den Bewegungsmelder aufgestellt, die hintere Treppe überprüft, dann weiter.

Meine Lederjacke war für den April im Norden leider viel zu leicht. Auf dem Weg ins Ritz studierte ich den Plan der Water Tower Place Mall und machte im sechsten Stock Station. Ich kaufte zwei Rollkragenpullover bei Abercrombie and Fitch, einen hellbraunen Wollhut, Lederhandschuhe und einen Kaschmirschal. Opaline wollte bestimmt nicht, dass ich Kunstfasern trug. Ein schneller Kaffee und ein Stück Zitronenrührkuchen bei Starbucks, dann fuhr ich hoch in den 24. Stock.

Noch einmal ein erfolgloser Anruf bei Capps. Bei Clegg. Ein Blick ins Netz. Nichts.

Da ich nicht so recht wusste, was ich sonst tun sollte, richtete ich eine Webseite und einen Blog ein und schmückte meine Kommentare über den Anschlag auf die Schule mit einem Bild, das ich im Internet gefunden hatte. Ich erwog, auch die vergrößerten Aufnahmen von der Überwachungskamera einzustellen, die Gesichter zu posten, damit die Mistkerle mich verklagten. Entschied mich dagegen. Falls sie auftauchten, wollte ich den Vorteil haben, dass ich wusste, wie sie aussahen, während sie von mir keine Ahnung hatten.

Gegen neun ging ich zur Bnos Aliza School. Niemand wollte mit mir reden. Eine Stunde lang inspizierte ich die Umgebung der Schule. Entdeckte nichts.

Anschließend besuchte ich das Bahai House of Worship in Wimlette, ein kleiner Ausflug mit dem Taxi, der meine Arbeitgeberin eine hübsche Stange Geld kostete. Schöne Fahrt am See entlang und durch die Vororte am Nordufer. Ich erfuhr, dass der Tempel der älteste Bahai-Tempel weltweit ist und der einzige in den USA. Mehr aber auch nicht. Auch dort wollte niemand mit mir reden.

Ich wollte losstürmen und Mauern einrennen. Jemanden mit Waterboarding zum Reden bringen. Vielleicht Capps oder Clegg.

Zurück im Ritz blinkte das Zimmertelefon. Überrascht drückte ich auf die Taste. Eine Stimme sagte, dass es eine Nachricht für mich gebe, allerdings keine Sprachnachricht, ich solle die Vermittlung anrufen. Das tat ich auch. Und landete in der Warteschleife. Dann:

»Ja, Miss Night. An der Rezeption wurde etwas für Sie hinterlegt. Mit der Anweisung, dass nur Sie persönlich es abholen sollen. Ansonsten hätte ich es auf Ihr Zimmer bringen lassen.«

»Vielen Dank. Ich komme gleich runter.«

Das »Etwas« war ein verschlossener Umschlag, auf dem vorne in Großbuchstaben S. NIGHT stand. Kein Umschlag hier vom Hotel. Überhaupt keine Kennzeichnung. Keine Briefmarke, kein Absender.

»Ist das per Kurier gekommen?«, fragte ich den Rezeptionisten, einen sorgfältig frisierten Schwarzen, auf dessen Namensschild Noah stand.

»Ich bin mir nicht sicher, Madam. Ich habe gerade erst meinen Dienst angetreten. Soll ich meinen Kollegen fragen?«

»Ja bitte.«

Noah verschwand hinter einer Tür zu seiner Rechten. Nach ein paar Minuten kam er zurück.

»Der Brief wurde von einer Frau abgegeben, die ihren Namen nicht nennen wollte. Mein Kollege hatte sie danach gefragt.«

»Wann war das?«

»Vor etwa einer Stunde.«

»Wollte die Frau mit mir sprechen? Hat sie nach meiner Durchwahl gefragt?«

»Das weiß ich nicht, Madam.«

»Ist sie noch da?«

»Tut mir leid, Madam. Auch das kann ich Ihnen nicht mit Sicherheit sagen.«

»Danke.«

Ich stand mit dem Brief in der Hand da. Verwirrt. Warum sollte ich den Umschlag persönlich abholen? Warum war er nicht mit der Post geschickt worden? Oder noch einfacher, warum hatte man nicht einfach angerufen? Oder mich online kontaktiert? Um keine Spuren zu hinterlassen? Das ergab keinen Sinn. Ein geschickter Nutzer kann im Netz völlig anonym bleiben. Genauso wie mit einem Wegwerf-Handy.

Dann ging mir ein Licht auf. Man wollte mich sehen. Den Umschlag abgeben, jemanden postieren und warten, wer den Umschlag abholt. Vielleicht gleich ein paar Fotos machen. Meine Widersacher würden mich kennen, ich sie nicht. Schlau. Aber nicht schlau genug.

Ich winkte Noah kurz, ganz beiläufig. Dann ging ich nach rechts, zwei Stufen hinunter, am Brunnen mit den Kranichen/Reihern vorbei, und setzte mich in einen Sessel am Fenster. Von dort konnte ich den Großteil der Lobby überblicken.

Ich tat so, als ob mich das Licht vom Fenster blenden würde, und setzte meine Ray-Ban auf. Dann studierte ich mit geheucheltem Interesse den Umschlag, ließ dabei aber hinter den dunklen Gläsern den Blick durch die Lobby schweifen.

Es waren nur wenige Leute da. Ein Typ, der Zeitung las. Eine Frau mit zwei Kindern und einem Berg Gepäck. Ein halbes Dutzend asiatischer Touristen, die auf den Rest ihrer Reisegruppe warteten. Oder auf den Bus.

Ich öffnete den Umschlag. Er enthielt ein Blatt Papier, unliniert, das lange Ende ausgefranst, als ob es aus einem Notizblock oder Buch gerissen worden war.

Ich las. Spürte einen heftigen Adrenalinstoß. Die Nachricht war kurz. Sie lautete:

Heute Abend. Mitternacht. Foster Beach. Ostende der Fußgängerunterführung des Lake Shore Drive. Kommen Sie allein. Wenn Sie sich nicht daran halten, stirbt Ihre junge Freundin.

9

Ich blieb noch einen Moment sitzen, bis sich meine Nerven etwas beruhigt hatten, dann stand ich auf und ging zurück zur Rezeption. Auf einen Ellbogen gestützt, den Körper halb zur Seite gedreht, stellte ich meinem neuen Freund Noah eine Reihe unnützer Fragen, während ich verstohlen beobachtete, was hinter mir vor sich ging. Als ich nichts Verdächtiges feststellte, bedankte ich mich bei Noah und ging am Reiher/Kranich-Brunnen vorbei bis zu einer Spiegelwand neben den Fahrstühlen.

Ich arrangierte vor dem Spiegel Schal und Hut und hielt dabei den Blick auf die Lobby hinter mir gerichtet. Sah niemanden, der besonders unauffällig tat. Niemand erhob sich vom Sofa oder von seinem Sessel. Niemand sprach verstohlen in sein Handy.

An der Wand gegenüber vom Spiegel reihten sich Vitrinen aneinander, die präsentierten, was die Shops im Ritz so alles zu bieten hatten. Weiter hinten, bei der Tür, betrachtete eine Frau einen Artikel auf einem der Glasborde. Sie trug einen Trenchcoat, Stiefel und eine Kappe der White Sox. Ich sah, wie sie ein Smartphone hob und mich durch den Sucher auf dem Bildschirm heranzoomte. Ich ging in die Knie und fuhr mit der Hand über den Boden, als ob mir etwas hinuntergefallen wäre. Sie hatte mich nicht erwischt.

Ich überlegte, ob ich auf mein Zimmer gehen und meine Glock holen sollte. Entschied mich dagegen. Wenn mich jemand verfolgte, wollte ich ihn nicht verlieren. Oder sie.

Ich verließ das Hotel und wandte mich Richtung Michigan Avenue. Nachdem sie mich gefunden hatten, wusste ich nicht so recht, was ich tun sollte. Wer waren *sie?* Wenn es die Attentäter von der Schule waren, hatten sie womöglich Stella. Sie waren schon einmal über Leichen gegangen. In der Nachricht hatten sie gedroht, wieder jemanden zu töten. Stella?

Vielleicht wollten sie auch mich aus dem Weg räumen. Also lieber immer schön unter Menschen bleiben.

Ich bin gut bei Beschattungen, kenne alle Tricks. Ich entdeckte meine Verfolgerin einen Block weiter südlich, auf der anderen Straßenseite. Die Frau, die den überteuerten Firlefanz in der Vitrine betrachtet hatte.

Ich schlenderte weiter, blieb hier und da vor einem Schaufenster stehen in der Hoffnung, dass sie sich darin spiegelte. Und um zu zeigen, was für ein Amateur ich war.

Weiter südlich überquert die Michigan Avenue den Chicago River. Mitten auf der Brücke blieb ich stehen und genoss die Aussicht.

Die Frau zeigte sich nicht auf der Brücke. Ich wusste, dass sie nicht riskieren konnte, mir einen zu großen Vorsprung zu lassen, und ging deshalb schneller. Auf der anderen Seite blieb ich wieder stehen. Ich entdeckte die White-Sox-Kappe zwischen den Fußgängern gut zehn Meter hinter mir, auf der anderen Straßenseite.

Zeit, noch eine Schippe draufzulegen. Nachdem ich den Fluss hinter mir hatte, flitzte ich zu einer steinernen Treppe und nahm zwei Stufen auf einmal hinunter zum Riverwalk. Wenn meine Verfolgerin an mir dranbleiben wollte, musste sie rennen. Wenn nicht, hatte ich trotzdem Informationen gesammelt.

Wenn Baseballkappe nicht rannte, hatte sie entweder bekommen, was sie brauchte, oder sie reichte mich an einen Partner weiter. Wenn sie rannte, war es ihr egal, dass ich sie entdeckt hatte. Vielleicht, weil sie mich umbringen wollte. Oder ihr Partner. Keine der beiden Möglichkeiten schien mir besonders verlockend.

Baseballkappe kam nicht die Treppe herunter. Ich sah sie nirgends auf dem Riverwalk. Im Zickzack kehrte ich zum Water Tower Place zurück. Auch dort keine Spur von ihr. Sie war auch nicht in der Lobby im Ritz.

Ich ging in mein Zimmer und legte Jacke, Hut und Schal ab. Holte die Glock 23 aus dem Safe und legte sie aufs Nachttischchen. Fuhr mir mit den Fingern durch die Haare. Ließ die Schultern kreisen. Verschränkte die Finger, streckte die Arme und knackte mit den Fingerknöcheln. Fühlte mich total aufgekratzt. Eineinhalb Tage, an denen ich nicht weitergekommen war, und jetzt tat sich endlich was. Und ich hatte die Frau ausgetrickst, die dachte, sie hätte mich ausgetrickst. Aber wer in aller Welt war sie?

Ich hatte ihr Gesicht nicht richtig gesehen. War sie die Frau, die beim Attentat im Subaru gesessen hatte? Wenn ja, dann dachten die Attentäter, sie wären mir gegenüber im Vorteil. Dass ich sie nicht kannte, aber sie mich. Zumindest die Frau. Ich klopfte mir im Geist lobend auf die Schulter, dass ich die Aufnahmen von der Überwachungskamera nicht ins Netz gestellt hatte.

Aber was, wenn Baseballkappe gar nicht zu den Attentätern gehörte? Wenn sie eine Betrügerin war, die mal schnell fünftausend Dollar verdienen wollte? Oder zu einer Gruppe von Betrügern gehörte? Was, wenn die Nachricht ein Trick gewesen war, um mich auf die Probe zu stellen? Um zu sehen, wie sorgfältig ich vorging. Wie schlau. Wie vorausschauend.

Egal, auf jeden Fall ging der Punkt an mich. Ich wusste jetzt, wie eine von ihnen aussah. Zumindest so ungefähr. Sie wussten nichts von mir, nur, dass ich groß war. Und dass ich im Ritz übernachtete. Was ich nicht tat.

Ich fuhr mit dem Fahrstuhl runter zu Abercrombie and Fitch

und kaufte eine schwarze Daunenjacke und eine grüne Kappe mit einem roten Elch über dem Schild. Ein kurzer Zwischenstopp bei Sunglass Hut, wo ich eine blaue Sonnenbrille von Maui Jim erstand. Bei Finish Line noch ein Paar Adidas Ultra Boosts, giftgrün mit schwarzen Streifen. Eine Stunde später war ich wieder in meinem Zimmer. Es gibt doch nichts Schöneres als eine Shoppingmall gleich im Hotel.

Ich schaltete den Mac ein und öffnete Google Maps. Betrachtete Karten- und Satellitenansicht. Dann verbrachte ich einige Zeit auf der CTA-Webseite, den Verkehrsbetrieben von Chicago, und ging verschiedene Strecken durch. Nach wenigen Minuten hatte ich einen prächtigen Plan.

Ich steckte die Haare unter die Baseballkappe mit dem Elch, was nicht ganz einfach war, und zog die neuen Schuhe an. Ich schnallte mein Holster um, das ich dieses Mal an der Hüfte und nicht auf dem Rücken trug. Ich schob das Magazin in die Pistole und steckte sie ins Holster. Zum Schluss zog ich die neue Jacke an.

Mein Herz klopfte heftig, als ich den Bewegungsmelder noch einmal testete. Zufrieden stellte ich das »Bitte-Nicht-Stören«-Lämpchen an der Tür an und machte mich auf den Weg.

Ich ging Richtung Süden zur Chicago Avenue und dann nach Westen zur State Street, wo es neben einem McDonald's eine Metrostation gab. Viele Obdachlose auf dem Gehweg, die rauchten, schliefen, bettelten oder nichts taten. Ein bärtiger Typ in einer zerlumpten Militärjacke löste sich aus einer Dreiergruppe und schwankte auf unsicheren Beinen auf mich zu. Er hatte keine Zähne mehr, die Augen waren verkrustet, die ausgestreckte Hand zitterte. Ich gab ihm fünf Dollar. Dutzende Augen beobachteten uns. Hoffentlich konnte er das Geld lang genug behalten, um sich einen Big Mac zu kaufen.

Ich fuhr mit der Red Line Richtung Norden bis Bryn Mawr, ging von der Station nach Osten und nahm dann eine Unterführung unterm Lake Shore Drive zum Lakefront Trail. Dort wandte ich mich nach rechts. Ich wollte mir den Treffpunkt ansehen, bevor ich in der Nacht hinging. Falls jemand die Stelle observierte, rechnete er wahrscheinlich damit, dass ich von Süden kam.

Links von mir erstreckte sich eine Parklandschaft mit dem einen oder anderen Baum, dahinter ein Damm, dahinter der See. Um die Zeit war einiges los. Jogger, Inlineskater, Radfahrer und Hundebesitzer passierten mich in beide Richtungen, Kinder spielten Ball oder Frisbee. Pärchen schmiegten sich auf Bänken aneinander, ertrugen die Kälte, um ein bisschen zu schmusen.

Die Sonne stand immer noch hoch, die Büro- und Wohngebäude im Westen warfen lange, rechteckige Schatten über den Verkehr, den Weg und das Gras. Ich wusste, dass die Gegend gottverlassen sein würde, sobald es dunkel wurde. Die Jogger, Radfahrer und Liebespaare würden sich daheim hinter ihren Türriegeln und Alarmanlagen verschanzen.

Mein Blick schweifte hin und her. Meine Ohren blieben in Alarmbereitschaft. Eine Herausforderung: Wellen klatschten an den Strand, Möwen kreischten, Autos rauschten auf dem Lake Shore Drive vorbei.

Als ich weiter Richtung Süden ging, rückte das Ufer näher, das Grün wurde schmaler, und die Bäume standen dichter. Beim Anblick des Treffpunkts prickelte meine Kopfhaut. Genau, wie ich befürchtet hatte.

Die Unterführung war lange und gerade, vielleicht sechs Meter breit. Keine Nischen oder Vertiefungen. Keine Verstecke. Wenn ich die Unterführung betrat und jeweils eine Person Ein- und Ausgang versperrte, saß ich in der Falle. Von der Unterführung musste ich mich also fernhalten.

Zur Seeseite hin standen dichte Laubbäume. Wenn ich den Weg entlangkam, egal ob von Süden oder von Norden wie jetzt, konnte sich jemand im Gehölz verstecken und mich aus der Deckung der Bäume erledigen. Auch nicht gut.

Wenn meine Verfolger richtig clever waren, hatten sie Leute in der Unterführung und im Gehölz platziert. Wenn sie so clever waren. Capps hielt sie für schlampig. Und er hatte immerhin eine Auszeichnung vom Kiwanis Club.

Ich starrte auf die Unterführung. Selbst am Nachmittag lag sie im tiefen Schatten. Eine Reihe Deckenlichter bemühte sich redlich, erreichte aber nicht viel. Und wenn meine Verfolger schlau waren, zerschlugen sie vorher die Lampen. Wenn.

Ich ging weiter, rüber zum Strand, starrte auf den See, kalt und eisig, der sich bis hinauf zum Huronsee bei der Straße von Mackinac erstreckte. Ich sah mir den Parkplatz, ein Basketballfeld und einen kleinen Pavillon an. Machte Fotos mit meinem Smartphone.

Es war nach drei, als ich wieder bei der Station Bryn Mawr war. In der Nähe der Metrostation fand ich einen Imbiss namens Hellas Gyros. Obwohl mein Magen etwas ganz anderes meldete, wusste ich, dass ich etwas essen musste. Während ich Souvlaki im Pitabrot hinunterwürgte und mit einem Beck's nachspülte, scrollte ich durch die Fotos, die ich gemacht hatte, und ging die Optionen durch. Ich überlegte, was ich tun sollte.

Wenn sie mich erwischten, war ich tot. Wenn ich entkam, musste dann Stella sterben?

Ich weigerte mich, eine der beiden Möglichkeiten in Betracht zu ziehen.

»Wenn du die Schwachstelle deines Gegners gefunden hast, schlag mit aller Kraft darauf ein.«

Das hatte ich wohl laut gesagt, denn der Junge, der neben mir die Theke abwischte, fragte: »Brauchen Sie noch was?«

»Taktik«, sagte ich.

»Was?« Er wischte die fettigen Hände an seiner Schürze ab. Die einmal weiß gewesen war.

»Ein Zitat von einem sehr klugen Mann.«

»Ach ja? Wie Platon?«

»John Heisman.«

Ich knüllte die Serviette zusammen, trank mein Bier aus und machte mich auf den Weg zur Bahn. Während ich im ratternden Zug hin- und hergeworfen wurde, gingen mir immer wieder dieselben Fragen durch den Kopf. Waren meine Verfolger die Attentäter? Wollten sie mich erschießen? Lebte Stella noch? War die Drohung gegen meine »junge Freundin« auf Stella gemünzt? Wenn meine Verfolger Stella gefangen hielten, war sie durch meine Aktionen in Gefahr?

Als ich an der Station Chicago and State ausstieg, hatte ich mir grob eine dreiteilige Strategie für das anstehende Treffen zurechtgelegt. Erstens wollte ich mich dem stellen, was meine Widersacher für mich vorgesehen hatten. Zweitens wollte ich mindestens einen von ihnen in die Flucht schlagen. Drittens wollte ich den Flüchtenden verfolgen, ohne dass er oder sie es bemerkte. Und ich wollte nicht umgebracht werden. Das war dann wohl Punkt vier.

Die Glock mitnehmen, unbedingt. Die Typen hatten eine Bombe gelegt. Ein Kind getötet. Ich wollte niemanden erschießen. Ich lockte sie auch nicht in eine Falle. Wenn es eine Falle gab, dann war sie für mich gedacht. Vielleicht unter den Bäumen. Vielleicht in der Unterführung. Vielleicht auf dem Weg südlich vom Treffpunkt.

Wenn ich es mit den Attentätern zu tun hatte, dann hatte ich dank der Bilder von der Überwachungskamera zumindest eine Vorstellung davon, wie sie aussahen. Nur die Frau mit der Baseballkappe wusste, wie ich aussah. Groß, schicke Sonnenbrille. Wenn ich es nicht mit den Attentätern zu tun hatte, waren die Chancen gleich verteilt.

Wie auch immer, die Frau mit der Baseballkappe musste dabei sein, um mich für die anderen zu identifizieren. Falls es andere gab. Bilder, die sie eventuell von mir gemacht hatte, waren nutzlos.

Wie groß war die Gruppe? Wenn sie mich in der Unterführung stellen wollten, brauchten sie zwei Leute für den Ein- und Ausgang, zusätzlich zu der Frau mit der Baseballkappe, die Schmiere stehen würde. Auf den Bildern von der Bnos Aliza School waren vier Personen, drei Männer und eine Frau. Hatten sich die anderen im Auto geduckt? Woanders gewartet? Einen Fluchtweg frei gehalten? Wie viele andere?

Sie brauchten nicht unbedingt vier Leute. Aber wäre einer allein bereit zurückzubleiben? Weigerte sich mitzumachen? Unwahrscheinlich. Zu feige. Doch innerhalb eines Jahres konnte sich in einer Gruppe viel verändern. Mitglieder konnten sterben. Paare konnten sich trennen, waren danach vielleicht verfeindet. Neue Rekruten konnten dazustoßen.

Trotzdem rechnete ich mit vier Leuten. *Falls* ich es mit den Attentätern zu tun hatte. Wenn ja, waren sie genauso auf der Hut wie ich. Sie würden nach Hinweisen auf eine Falle suchen. Nach postierten Polizeibeamten. Der Trick mit der Nachricht an der Rezeption. Die Observierung. Sie waren vorsichtig. Oder dachten, sie wären es.

Attentäter? Betrüger? Es gab so viel, was ich nicht wusste, ich hätte damit das Soldier-Field-Stadion füllen können.

Mir blieb nichts anderes übrig, als mich auf die Sache einzulassen. Ich würde nicht in die Unterführung gehen. Mich von den Bäumen fernhalten. Die Glock an der Hüfte haben.

Was sagte Heisman noch?

Im Zweifel einfach drauflos.

10

Ich war zu angespannt, um still zu sitzen, also checkte ich beim Raffaello aus und nahm mir ein neues Zimmer im Tremont an der East Chestnut Street. Ein Blick auf meine Online-Posts zeigte, dass ich immer noch die Einzige war, die sich dafür interessierte. Immerhin hatte *@hurryhome406* einige Follower bei Twitter. Das soll mal einer verstehen.

Ich machte ein Perückengeschäft in der State Street ausfindig, steckte die Glock 17 ins Holster, zog die schwarze Daunenjacke an und machte mich auf den Weg nach Downtown.

Eine hervorragende Auswahl. Ich kaufte eine kinnlange blonde Perücke und eine mit langen schwarzen Haaren, mit der ich am liebsten gleich den Shoop Shoop Song angestimmt hätte. Kaum war ich wieder aus dem Laden, vibrierte mein Handy in der Tasche. Ich schaute aufs Display. Der Bewegungsmelder im Ritz war ausgelöst worden.

Ich raste zum Water Tower Place. Im 24. Stock ging ich an meinem Zimmer vorbei und bog am Ende des Ganges rechts ab. Ich duckte mich und spähte schwer atmend um die Ecke.

Niemand zu sehen. Seltsam. Wenn man in ein Hotelzimmer einbricht, besteht die übliche Vorgehensweise darin, dass eine Person reingeht und die andere draußen Schmiere steht.

Das »Bitte-Nicht-Stören«-Lämpchen war an, wie ich es hinterlassen hatte. Ich ging verschiedene Möglichkeiten durch. Ein

Fehlalarm? Das Zimmermädchen oder ein Handwerker? Ein Bombenleger, der mich aus dem Weg räumen wollte?

Ich stellte Handtasche, Rucksack und die Tüte mit den Perücken auf den Boden und zog die Glock aus dem Holster. Die Pistole hinterm Oberschenkel verborgen, kontrollierte ich den Gang, in dem ich stand, dann den nächsten und die parallelen Gänge. Niemand.

Ich zog meine Schlüsselkarte aus der Tasche und klemmte sie mir zwischen die Zähne. Hielt die Pistole mit beiden Händen, den Lauf nach unten gerichtet, die Sinne aufs Äußerste konzentriert. Ich ging los.

Alle Geräusche traten in den Hintergrund. Ich sah nur die Tür. Die Zimmernummer 2417.

Vor meiner Suite blieb ich stehen und lauschte. Hörte nur mein hämmerndes Herz. Ich stellte mich links neben die Tür, ließ die Pistole mit einer Hand los und zog die Schlüsselkarte durchs Schloss. Das leise Klicken dröhnte wie eine Kanone in einer Höhle.

Ich sprang nach links und presste die Schultern gegen die Wand. Packte die Pistole wieder mit beiden Händen, den Lauf jetzt nach oben gerichtet.

Nichts passierte.

Ich wartete ganze zehn Sekunden. Holte mehrmals tief Luft. Horchte angespannt, ob sich hinter der Tür etwas tat.

Dann zog ich die Karte noch mal durch und trat gleichzeitig gegen die Tür. Die Tür flog auf, prallte gegen die Wand und klappte wieder zu. Ich fing sie mit meinem Stiefel ab und huschte dann um die Ecke, außer Sichtweite.

Wieder geschah nichts. Niemand schrie. Niemand stürmte heraus.

Mit der Waffe am Oberschenkel schlich ich durch den Gang, bis ich schräg in mein Zimmer sehen konnte. Die Lichter waren aus, die Vorhänge waren zugezogen, ließen aber ein nachmittägliches Glühen durch. Ich konnte mich nicht erinnern, ob ich sie zu- oder aufgezogen hatte.

Ich ging an Zimmer 2417 vorbei und auf die andere Seite des Ganges. Wenn jemand herausgerannt kam, erwartete er mich in derselben Position, von der aus ich die Tür aufgetreten hatte. Ich senkte die Glock und wartete. Die halb offene Tür wartete.

Zwanzig Minuten verstrichen. Der Fahrstuhl summte mehrmals. Ich hoffte, dass er nicht im 24. Stock anhielt. Plötzlich tat er es.

Die Türen glitten auf, und ein Kellner schob ein Speisewägelchen heraus. Blond, ehrgeiziger glatter Scheitel, vielleicht achtzehn. Er bemerkte mich nicht. Oder tat so, als ob er mich nicht sehen würde. Doch er blieb kurz vor der offenen Zimmertür stehen, wirkte unentschlossen, verschwand dann aber um die Ecke, wo ich mich vorhin versteckt hatte.

Wieder und wieder sah ich auf die Uhr. 15.30 Uhr. 15.35 Uhr. 16.10 Uhr. Ich überlegte mir, was ich tun sollte, wenn ich aufs Klo musste.

Kurz nach fünf hielt der Aufzug wieder. Ein Mann und ein Junge stiegen aus. Der Mann hatte kurz geschnittene silberne Haare und sah aus, als käme er gerade von Fotoaufnahmen für Armani. Der Junge war nicht ganz so elegant – Bartflaum, verwaschene Jeans, dreckige Jacke über dem T-Shirt. Der Mann sah kurz zu mir und schnell wieder weg, bedauerte, dass er einen Augenkontakt zwischen uns ermöglicht hatte. Der Junge musterte mich langsam, frech. Sie gingen in ein Zimmer, das acht Türen von meinem entfernt lag.

Wieder schlich die Zeit dahin. Ich stellte mir das Wohnzimmer meiner Suite vor. Die Möbel. Die Türen zum Bad und zum Schlafzimmer. Ging im Kopf Fluchtwege durch. Angriffsrouten.

Ich überlegte, dass ich mir ziemlich idiotisch vorkommen würde, wenn niemand in der Suite wäre und ich im Flur alt und grau würde, mit geladener und entsicherter Waffe. Ich überlegte auch, wie viel idiotischer ich mich fühlen würde, wenn ich direkt hineinmarschieren und geschnappt werden würde. Ich beschloss, Geduld zu haben und alt und grau zu werden.

Aber mein Gegner, ob allein oder zu mehreren, war ebenfalls geduldig. Und er hatte es einfacher und bequemer, mit Sofa, Sesseln und Kommoden. Doch ich nahm trotzdem an, dass ihn seine Nerven früher im Stich lassen würden, weil er befürchten musste, dass ihn irgendwann das Hotelpersonal oder der Sicherheitsdienst entdecken würde. Eine weit offen stehende Tür fällt auf.

Mein Nacken und mein Rücken begannen zu schmerzen. Meine Hand krampfte sich um die Pistole. Geladen musste ich sie vorsichtig halten, aber trotzdem außer Sichtweite.

Ein Paar trat aus dem Fahrstuhl. Er war klein, mit rotem Gesicht und einem Bauch, der über den Gürtel hing. Sie war ebenfalls klein, aber schlank und hager. Beide trugen Windjacken mit dem Schriftzug der Pittsburgh Steelers und Polyesterhosen. Beide waren sehr darauf bedacht, stur geradeaus zu schauen, als sie an mir vorbeieilten und am Ende des Ganges links abbogen.

Als Nächster kam ein Typ im Pullover und mit einer Brille mit Schildpattgestell. Ein Akademiker. Oder jemand, der so aussehen wollte. Ich spielte »Beruferaten bei Nerds«. Anthropologe. Volkswirtschaftler. Dichter. Als Komplize eher unwahrscheinlich. Trotzdem sah ich ihm nach, bis er sicher in seinem Zimmer war.

Das Licht, das schräg aus meinem Zimmer fiel, änderte sich langsam. Ich behielt es im Auge, achtete auf die kleinste Bewegung. Ein Schatten. Ein Flackern. Ein Hinweis darauf, dass der- oder diejenigen, die im Zimmer waren, unruhig wurden.

Ich fragte mich, wie lange er oder sie oder die ganze Bande es noch aushalten würden. Falls sie vorhatten, mich entweder hier umzubringen oder um Mitternacht am Foster Beach. Schön. Ich hatte bis dahin nichts vor.

17.20 Uhr. Der Fahrstuhlbetrieb nahm zu. Nicht gut.

Als Nächstes kam eine vierköpfige Familie. Mama, Papa, der Junior und das Töchterchen. Beide Kinder trugen Taschen vom Disney Store. Familie Griswold in der großen Stadt auf der Suche nach Kultur. Der Junior beäugte mich mit unverhohlener Neugier.

»Dad!« Er packte seinen Vater am Arm. »Die Frau hat eine ...«

Der Papa brachte ihn mit einem scharfen Zischen zum Schweigen.

»Aber Dad ...«

»Behalt's für dich, bis wir im Zimmer sind.«

Die Körpersprache des Jungen signalisierte deutlich, was er davon hielt. Kaum waren sie um die Ecke gebogen, setzte das Gezeter ein. Wurde durch das Zuknallen der Tür abgeschnitten.

Der Stress meiner Flurwache forderte seinen Tribut. Mein Nacken war so hart wie der Ast einer Eiche, mein Kreuz schmerzte höllisch. Mein gutes Auge zuckte. Mein schlechtes Auge zuckte noch stärker. Ich schwitzte in der dicken Daunenjacke.

Ich betrachtete die Tür. Sie stand etwa zu zwei Dritteln offen. Wenn jemand dahinter lauerte, um durch den Spalt zu schießen, musste er von rechts kommen, Augen und Waffe auf die Stelle gerichtet, wo er mich zuletzt gesehen hatte. Oder sie.

Und wenn es nun ein *Team* war? Dann würde der Anführer vielleicht die Tür auftreten, wie ich vorhin, und beide würden herausrennen und schießen, der eine nach links, der andere nach rechts. Vielleicht würden sie sich auch zusammenkauern und herausschleichen. Oder in verschiedene Richtungen hechten und sich abrollen.

Oder aber sie hatten viel mehr Geduld, als ich erwartet hatte. Vielleicht blieben sie einfach reglos sitzen, bis ich mich rührte.

Was würde *ich* an ihrer Stelle tun? Wahrscheinlich hinaushechten und mich abrollen. Mich möglichst schnell bewegen. In der Hoffnung, dass ich agiler war als der Gangster, der schon den ganzen Tag im Gang herumgelungert hatte.

Vielleicht war die Suite aber auch leer.

17.40 Uhr.

Ich spürte meine rechte Hand kaum noch. Die Augen weiterhin fest auf den klaffenden Spalt zwischen Tür und Angel gerichtet, lockerte ich den Griff um die Glock, ließ das Handgelenk kreisen und öffnete und schloss die Finger. Sie prickelten, als ob ich Erfrierungen hätte. Als das Blut wieder zirkulierte, griff ich die Pistole wieder fester, den Zeigefinger flach neben dem Abzug.

18.06 Uhr.

Ich überlegte, den Sicherheitsdienst anzurufen. Oder die Rezeption. Ich könnte sagen, ich wäre hochgekommen und hätte gesehen, dass meine Zimmertür offen stand – dass ich glaubte, in meinem Zimmer sei ein Eindringling. Aber wenn wirklich ein bewaffneter Killer auf mich wartete, könnte ein unschuldiger Hotelangestellter ums Leben kommen. Vielleicht der Junge mit dem glatten Scheitel. Oder Noah. Also lieber warten. Mindestens bis 22.30 Uhr.

Der Typ kam in geduckter Haltung aus dem Zimmer und schoss zweimal auf die Wand gegenüber von der, wo ich stand. Er war groß und trug einen schwarzen Trainingsanzug und eine Strickmütze, die er tief ins Gesicht gezogen hatte.

Er erstarrte, als er erkannte, dass ich nicht dort war, wo er mich vermutet hatte. Wirbelte herum, die Waffe auf mich gerichtet.

Bumm!

Meine linke Schulter wurde zurückgeschleudert. Feuer raste an meinem Arm hinunter.

Ich schoss.

Die Welt um mich herum verschwamm, als ich abdrückte. Ich holte nicht Luft. Blinzelte nicht. Zuckte nicht beim Rückstoß.

Meine Kugel ließ den Typen taumeln, aber er fiel nicht um. Er zielte auf meine Brust. Ich sah die tödliche kleine Mündung im blauschwarzen Stahl. Sein Finger spannte sich am Abzug. Ich schoss ein zweites Mal. Er ging in die Knie, stürzte dann mit dem Gesicht auf den Teppich. Ich behielt ihn im Blick. Er rührte sich nicht. Eine Neun-Millimeter-Beretta lag neben seiner Hand.

Ein Herzschlag. Zwei, drei.

Ich stürzte über den Flur, sprang über seinen Körper und mit dem Kopf voraus durch die offene Tür in meine Suite. Meine Schulter und mein Brustkorb krachten hart auf die Fliesen gleich hinter der Tür. Die Lungen krampften, ich rollte mich hinters Sofa.

Ein paar Herzschläge, dann rang ich nach Luft, stützte mich auf die Knie und spähte über das Sofa. Sah ein graues Rechteck aus Himmel und See. Eine Bewegung, die sich im riesigen Bildschirm spiegelte?

Ich schoss erneut.

Die Kugel prallte ab und ließ die Scheibe splittern. Die Ladestation des Telefons explodierte im Fensterglas. Der Apparat fiel herunter und schlitterte über den Boden.

Ein Rufton in der plötzlich einsetzenden Stille.

Meine Augen huschten durchs Zimmer. Es war leer.

Ich setzte mich auf den Hintern, zog die Knie vor die Brust und versuchte zu atmen. Es funktionierte nicht. Lag vielleicht an der Kugel. Vielleicht am harten Aufprall auf dem Boden.

Der Rufton brach ab. Eine roboterartige Stimme sagte etwas, das ich nicht verstand. Es war mir egal.

Nachdem ich es endlich geschafft hatte, etwas Luft zu holen, krabbelte ich auf allen vieren – genauer gesagt auf allen dreien, meine linke Schulter war nutzlos – zu dem Typen, den ich erschossen hatte. Er lag reglos da, die Beretta neben sich.

Mit schussbereiter Waffe in der rechten Hand fasste ich mit der linken an den Hals des Mannes. Kein Puls. Auf seinem Trainingsanzug und auf dem Teppich darunter breitete sich ein Blutfleck aus.

Ich verstaute die Glock im Holster. Krabbelte zurück ins Zimmer und griff nach dem Telefon auf dem Boden. Hörte nichts, nur verkabelte Stille. Ich drückte eine Taste, wartete, versuchte es noch einmal.

Ich schleppte mich gerade ins Schlafzimmer, als ich aufgeregte Stimmen draußen im Gang hörte. Ich drehte um Richtung Wohnzimmer.

»Sicherheitsdienst! Kommen Sie raus! Sofort!«

»Alles okay«, rief ich. »Im Gang liegt ein toter Mann.« Als ob sie das nicht sehen würden. »Ich bin angeschossen. Ich komme vor, damit Sie mich sehen können.« Mit erhobener rechter Hand ging ich zur Tür.

Sie waren zu zweit, der eine schwarz, der andere weiß, beide klein und schlank, beide in schwarzen Anzügen und roten Krawatten. Blacky sah aus, als käme er frisch von der Highschool. Whitey dagegen hätte auch schon Rente beziehen können.

Wahrscheinlich verdienten beide gerade mal fünfzehn Dollar die Stunde. Ich machte einen Schritt zurück. Ganz. Langsam.

Whitey und Blacky kamen in die Suite. Auf Whiteys Namensschildchen stand S. Harvey. Bei Blacky stand J. Fix.

»Hände über dem Kopf verschränken!« Harveys Gesicht war in zahlreiche Falten gelegt, die Haut am Kiefer hing nach unten, die Augen waren grüne Halbmonde unter schweren Lidern.

»Ich bin angeschossen«, sagte ich. »Meine linke Schulter ist hinüber.«

Harvey schien nicht so recht zu wissen, wie er damit umgehen sollte. Fix schlängelte sich um mich herum Richtung Telefon.

»Ich habe eine Waffe in einem Holster an der rechten Hüfte«, sagte ich.

»Keine Bewegung!«, befahl Harvey. Fix hatte kein Glück mit dem Telefon.

»Ich kann Ihnen die Waffe geben, aber dazu muss ich den Arm runternehmen«, sagte ich.

»Mit einem Finger.«

Ich hob die Glock wie angewiesen hoch. Harvey zeigte auf den Boden. Ich legte die Glock ab und schob sie mit dem Fuß in seine Richtung. Er hob sie auf.

»Bluten Sie?« Fix hatte mittlerweile zum Handy gegriffen, um die Rezeption anzurufen.

»Ja«, sagte ich.

»Ja«, sagte er ins Telefon. Eine Pause, dann: »So bald wie möglich. Wahrscheinlich haben wir hier oben einen Toten.« Fix beendete das Gespräch. »Streifenwagen ist unterwegs, außerdem ein Rettungswagen.«

»Mir ist ein bisschen schummrig«, sagte ich.

Harvey zeigte aufs Sofa. »Halten Sie die Hände so, dass ich sie sehen kann.«

Ich setzte mich. Fix stellte sich neben seinen Partner. Beide musterten mich. Die Narbe. Die schwarz lackierten Fingernägel. Die roten Haare, ungebändigt, sträubten sich um meinen Kopf wie eine Löwenmähne. Ich sah Fix an, dass er es kaum erwarten konnte, seinen Freunden heute Abend die Geschichte zu erzählen.

»Okay.« Harvey übernahm. »Was ist hier passiert, Ma'am?«

»Ich ermittle in einem Fall außerhalb Ihres Bundesstaats«, sagte ich. »Es geht um einen Bombenanschlag und eine Entführung.«

»Können Sie sich ausweisen?«

»Um die Ecke, im Flur.« Hoffentlich war noch alles da. »Eine Handtasche, ein Rucksack, eine Plastiktüte.«

Fix ging los und war gleich wieder mit meinen Sachen zurück. Ich zeigte meinen Führerschein, meine Papiere, die mich als Polizistin im Ruhestand auswiesen, und meinen Waffenschein. Harvey überflog die Dokumente und reichte sie dann an Fix weiter.

»Okay, South Carolina. Jetzt wissen wir, wer Sie sind. Wer ist der Typ, den Sie gerade abgeknallt haben?«

»Ich schätze mal, ihm gefiel es nicht, dass ich wieder in dieser alten Geschichte herumstochere.«

»Woher wussten Sie, dass er in Ihrem Zimmer war?« Sherlock Harvey.

»Ich bin Profi«, log ich.

»Aber Sie haben keine Ahnung, wen Sie da gerade erschossen haben.«

Da hatte er recht. »Meine Schulter fühlt sich ziemlich mies an.«

»Der Rettungswagen ist unterwegs«, sagte Fix.

»Für ihn?« Ich nickte mit dem Kinn Richtung Tür.

»Für Sie.« Ironie war nicht gerade Fix' Stärke. »Für ihn kommt die Gerichtsmedizin.«

»Gut mitgedacht.« Die Schmerzen wurden stärker, dafür waren meine Antworten weniger schnippisch.

Die Minuten schleppten sich dahin. Endlich hörte ich, wie sich die Fahrstuhltüren im Flur öffneten. Stimmen. Eilige Schritte. Das Klappern einer Krankenliege, Räder, die über den Teppich sirrten.

»Könnten Sie noch einen Anruf für mich machen?« Das Sprechen fiel mir zunehmend schwer.

Harvey und Fix sagten nichts.

»Könnten Sie Roy Capps oder Bernie Clegg informieren?«

»Anwälte?« Harvey hätte seine Abscheu nicht deutlicher zeigen können.

»Polizisten. Area Three.«

Etwa vier Minuten später wurde ich mit kreischenden Sirenen zum berühmt-berüchtigten Emergency Room des Cook County Hospital gefahren.

Zwölf Tage

Sie hat ein Fleckchen Erde auf dem verlassenen Grundstück gefunden. Nackter Boden, umgeben von Bäumen. In ihrem winzigen Kokon sind die Geräusche gedämpft.

Gefiltert nach ihrer gewundenen Reise durch Nadeln und embryonenhafte Blätter.

Sie wird bestraft, wenn herauskommt, dass sie das Haus verlassen hat. Das Risiko nimmt sie in Kauf. Schleicht durch den schmalen Durchgang, wann immer sie kann. Sie hat sogar eine Decke aus dem Haus geschmuggelt.

Sie liegt auf dem Rücken, die Beine aufgestellt, und blickt auf das Gitter aus Formen über ihrem Kopf. Sie überlegt sich Gründe, warum die Äste sich herabneigen könnten. Um ihre Hand zu halten. Um zu tanzen. Zu beten.

Um sie zu bestrafen. Ihr die Augen aus dem Kopf zu schlagen.

Ihre verkrusteten Knie sind wieder aufgeplatzt. Sie nässen und brennen. Unbewusst tasten ihre Finger danach. Untersuchen sie. Pulen winzige Salzkörnchen aus dem Fleisch.

Sonne und Schatten sprenkeln ihr Gesicht. Sie zwingt sich zur Ruhe. Sie liebt die Ruhe.

Zu viel Neues in letzter Zeit. Der Umzug. Das Gerede. Endlose Diskussionen über den Aufstieg. Aber immer verschlüsselt. Formulierungen, die sie nicht versteht.

Endlose Prüfungen. Endlose Schmerzen.

Seine Augen. Seine Hände. Sein heißer Zwiebelatem in ihrem Gesicht.

Jeder wirkt gereizt, die Bewegungen sind ruckartig, die Blicke wandern unruhig hin und her. Niemand sagt ihr, was los ist oder wann es passieren wird. Aber sie weiß, dass etwas passieren wird. Sie fühlt sich machtlos. Voller Schwächen und Fehler. Hat Angst, dass sie Angst hat. Fürchtet, dass die anderen ihre Schwäche bemerken.

Sie ist den ganzen Tag angespannt. Alles kribbelt, wenn sie nachts im Bett liegt. Ihre Haut zeigt Rottöne in allen Schattierungen. Ihre Rippen pochen. Womöglich ist eine gebrochen.

Ihre Mutter kommt sie in der Dunkelheit besuchen, mit angespanntem Gesicht, ihr Blick ruht viel zu lange auf ihr. Was denkt sie? Dein Bruder und ich lieben dich? Sei tapfer? Wir werden immer zusammen sein?

Das ist natürlich Einbildung. Sie weiß, dass sie sich das nur ausmalt.

Sie versucht, sich von früher zu lösen. Davon, wie es einmal war. Versucht, die Dinge ins Gleichgewicht zu bringen. Am Guten festzuhalten und das Böse weit von sich zu schieben. Zusammen mit den Schmerzen alles zu vergessen.

Ihr Zufluchtsort ist schön. Und gehört ihr allein. Wenn sie dort ist, verschwinden die dunklen Vorahnungen. Alles ist weit weg. Spielt keine Rolle mehr. Ist nicht real.

Aber es ist real.

Sie atmet den würzigen Duft der Rinde ein, der feuchten Erde und der sonnenwarmen Nadeln. Letztes Mal waren die Nadeln nass vom Regen. Sie weiß nicht, was ihr lieber ist.

Hinter der grünen Stille heult eine Sirene, ein Hund bellt, ein Mülllaster rumpelt und malmt. Geräusche aus dem normalen Leben. Nicht aus ihrem.

Bienen summen dicht vorbei. Wespen vielleicht. Sie kann sie nicht sehen, aber es beruhigt sie, dass sie da sind. Sie denkt an Pollen, an Honig. Auf der Farm gab es Bienen. Sie stellt sich die Farm vor, die Scheune. Nicht einmal eine Tagesfahrt mit dem Auto entfernt, aber ein ganzes Leben weit weg.

Genug, sagt sie sich. Jetzt leben sie hier. Ihr gefällt es hier nicht, aber ein weiterer Umzug wäre noch schlimmer. Das Bekannte ist besser als das Unbekannte.

Das Unbekannte.

Leute sind verschwunden. Sie hat keine Ahnung, warum. Sie

dürfen jetzt nicht mehr miteinander reden. Nicht mehr so wie früher. Waren sie nicht stark genug?

Sie ist stark. Sie wird durchhalten. Sie wird Außergewöhnliches leisten.

Ein Windstoß wagt sich von draußen herein. Angenehm auf ihrer geschundenen Haut. Federleicht.

Auf der anderen Seite der Gasse ruft jemand ihren Namen.

Ihr Herz explodiert.

Wie Wespen summt das Blut unter ihren Rippen.

11

Es heißt gar nicht mehr Cook County Hospital. Der Moloch am Eisenhower Expressway nennt sich jetzt John H. Stroger Jr. Hospital. Die kompletten 900 000 Quadratmeter. Und man sagt gar nicht Emergency Room. Man sagt Abteilung für Notfallmedizin.

Der Name war mir eigentlich egal. Genauso wie das Chaos um mich herum. Der Typ, der obszön herumschrie, das brüllende Baby, die klingelnden Telefone, die Sirenen, die die Lieferung weiterer Verletzter ankündigten.

Durch diese Kakofonie des Elends versuchte ich zu verstehen, was Roy Capps sagte. Ich hörte ihn hinter dem Vorhang herumschnauzen. Keine Ahnung, wer seine Kanonade abbekam.

Ich setzte mich auf und schwang die Beine vom Untersuchungstisch. Spürte kurzen Schwindel. Senkte das Kinn und holte ein paarmal tief Luft. Im Rettungswagen war ich ohnmächtig geworden, aber beim Röntgen, Desinfizieren, bei der Untersuchung und beim Nähen war ich wieder hellwach gewesen, damit mir auch ja nichts entging. Keine große Sache. Ich bin schon häufiger wieder zusammengeflickt worden.

Der Vorhang schwang zur Seite, und der Arzt, der den Großteil der Arbeit an mir geleistet hatte, kam herein. Lange Beine, langer Hals, ich musste an die Kraniche im Ritz denken. Auf seinem Namensschild stand Dr. Tedescani.

Hinter Tedescani stand Capps. Hinter Capps ein Typ Mitte

fünfzig mit einem großen Schädel, über den er bald sein spärliches Haar frisieren würde. Kleine blaugraue Augen, die hin- und herhuschten. Ich nahm an, das war Clegg.

Tedescani kam zu mir und zog die Schlinge fester, in der mein linker Arm steckte. »Sie haben heute eine ordentliche Portion von Ihrem Karma verbraten. Zum Glück hatten Sie die Jacke an.« Er deutete auf die Daunenjacke, die in zwei Teilen neben mir lag, am Rücken längs aufgeschnitten.

»Und zum Glück bin ich so wieselflink«, sagte ich.

»Die Kugel touchierte den Muskel, rotierte, blieb stecken, verursachte aber keine größeren Schäden. Ich nehme an, Sie sind nicht gerade still gesessen. Oder Ihr Angreifer war der schlechteste Schütze der Welt.«

»Haben Sie das bei einer Kugel schon einmal so gesehen?« Für mich klang das nach komplexer Physik.

»Ich habe schon alles gesehen.« Tedescani gab mir einen Zettel. »Ich habe Ihnen ein Rezept für Vicodin und ein Antibiotikum aufgeschrieben.«

»Ein Hoch auf die Pharmaindustrie.«

»Nehmen Sie die Tabletten oder lassen Sie es. Ist ja Ihre Schulter.«

»Danke.«

»Halten Sie die Wunde trocken. Und wechseln Sie alle vierundzwanzig Stunden den Verband.«

»Das ist alles?«

»Keine komplizierten Würfe beim Baseball.«

»Darf ich gehen?«

»Die Herren würden gern noch mit Ihnen reden.« Er nickte zu C hoch zwei. »Was es mit den Polizisten im Gang auf sich hat, weiß ich nicht.«

Tedescani ging, um den nächsten glücklichen Patienten zu behandeln.

»Würden Sie mir dann mal sagen, was zum Teufel da passiert

ist?« Die Röte in Capps' Gesicht passte zu den Flecken auf den traurigen Überresten meines Rollkragenpullovers.

»Ich habe einen Typ im Ritz erschossen.«

»Was Sie nicht sagen.«

»Er wollte mich erschießen.«

»Na super.«

»Haben Sie mit Starsky und Hutch gesprochen?«

»Wenn Sie damit Harvey und Fix meinen, ja, deren Version kennen wir. Jetzt wollen wir Ihre hören.«

»Ich nehme an, das ist Ihr Partner?« Ich nickte zu Clegg, der mit verschränkten Armen breitbeinig dastand, als ob er schon als Cop auf die Welt gekommen wäre. Er war größer als Capps, aber wer war das nicht?

»Also, wer war der Typ?«, fragte Capps.

Clegg glotzte nur.

»So genau habe ich ihn gar nicht gesehen.«

Capps warf mir eine rote Fleecejacke zu, die jeder Obdachlose verschmäht hätte.

»Dann haben Sie jetzt die Gelegenheit. Er empfängt seine Besucher nur ein paar Gebäude weiter.«

*

Das Pathologische Institut des Cook County Hospital lag nur wenige Minuten entfernt. Was mir in Hinblick auf die Überlebensrate der Patienten im guten alten John H. Stroger Jr. Hospital zu denken gab.

Ein Mitarbeiter erwartete uns am Empfang und führte uns zu einem Tisch in einem leeren Sezierraum. Auf dem Tisch lag ein Leichensack. Der Mitarbeiter zog den Reißverschluss auf, trat zurück und lehnte sich an die Wand. C hoch zwei und ich traten näher.

Der Mann im Leichensack trug immer noch den Trainingsanzug, in dem er gestorben war. Ein Weißer mit struppigem blondem Schnauzbart.

Ich holte die Standbilder der Überwachungskamera aus der Tasche, die Opaline Drucker mir gegeben hatte, und suchte das Foto mit den drei Männern heraus. C hoch zwei und ich blickten vom Foto auf die Leiche. Der Mann im Leichensack hatte den Subaru Forrester vor der Bnos Aliza School gefahren.

»Ka-tsching«, sagte Capps.

Ich sah ihn an.

»Furr hat erzählt, dass Sie pro Kopf bezahlt werden.«

»Der Junge ist noch keine dreißig.« Capps' Unterstellung war eine Beleidigung.

»Und seinen nächsten runden Geburtstag wird er nicht mehr feiern.«

»Wie viel bekommen Sie für ihn?« Clegg sprach die Vokale nasal und flach aus, durch und durch Chicago-Slang.

»Fünfundzwanzig Riesen.« Capps antwortete, bevor ich die Frage parieren konnte.

»Der Scheißkerl hat auf mich geschossen«, schnauzte ich.

»Na klar.«

»Sie haben da was falsch verstanden. Er hat *mir* aufgelauert, nicht ich *ihm.*«

»Woher wussten Sie, dass er in Ihrem Zimmer ist?«, fragte Clegg.

Ich erzählte von dem Bewegungsmelder.

»Sie haben also die Tür aufgetreten und dann im Gang gewartet.«

»Ja.«

»Wie lange?«

»Ein paar Stunden.«

»Ganz schön hartnäckig.«

»Das ist meine Spezialität.«

»Und die Perücken?«

»Die auch.«

Eine Weile betrachteten wir alle den Mann im Leichensack. Er war blass wie ungekochter Fisch. Und viel zu jung für die Leichenstarre.

»Jetzt mal Klartext«, sagte Capps. »Egal was Drucker Ihnen zahlt, wir können nicht zulassen, dass Sie hier durch die Gegend rennen und Leute abknallen, von denen Sie glauben, sie würden Juden so sehr hassen, dass sie deren Kinder in die Luft jagen.«

»Und fünfundzwanzigtausend pro Schuss kassieren.« Clegg nahm an dem Geld mindestens genauso Anstoß wie am Tod des Mannes.

»Ich bin kein Killer. Ich wurde beauftragt, einen Fall abzuschließen, den Sie und Ihre Kollegen nicht gelöst haben. Ich habe den Typen nicht wegen des Geldes erschossen, sondern weil er zuerst auf mich geschossen hat.«

»Und die Annoncen, die Sie im Internet und in der *Tribune* geschaltet haben? War das kein Köder?«

Aha. C hoch zwei hatten mich also überwacht. Ich sagte nichts.

»Was ist mit den Perücken?«, fragte Capps.

»Ich stehe auf blond«, sagte ich.

»Sie tarnen sich, weil ...?« Capps ließ die Frage in der Luft hängen.

»Einer von denen könnte mich identifizieren.«

»Identifizieren.«

»Mich erkennen.«

»Ich weiß schon, was identifizieren heißt. Ich will wissen, warum.«

»Ich wurde gestern beschattet.«

»Sie haben Kontakt zu denen?« Capps strahlte am ganzen Körper Missbilligung aus.

»Im Ritz wurde eine Nachricht für mich hinterlassen. Vielleicht von den Attentätern, vielleicht auch nicht.«

»Um ein Treffen zu vereinbaren?«

Ich wollte nicht, dass C hoch zwei mein abendliches Rendezvous versauten. Womöglich diejenigen verscheuchten, die es arrangiert hatten. Wofür Stella Bright dann womöglich mit dem Leben bezahlen würde.

»Nein. Ich glaube, die wollten mich eher in Augenschein nehmen. Sehen, wer ich bin, abschätzen, ob ich eine Bedrohung darstelle. Daher auch der Impuls, mein Erscheinungsbild ein bisschen zu ändern.«

Capps und Clegg tauschten Blicke. Ich hatte den Eindruck, dass keiner der beiden mir glaubte.

»An dem Typen werden sicher Fingerabdrücke genommen.« Ich deutete mit dem Daumen auf den Seziertisch. »Ich wette, er ist im System.«

»Gehört der Name auch zu Ihrem Deal?«, fragte Clegg.

»Nein.«

Capps gab dem Mitarbeiter ein Zeichen, dass wir fertig waren.

Der Mitarbeiter zögerte, dann: »Vielleicht sollten Sie sich noch seine Hände ansehen.«

»Sollten wir?«

Der Mitarbeiter zuckte mit den Schultern. Mimte Desinteresse, obwohl er uns eindeutig zugehört hatte.

Capps wedelte ungeduldig mit der Hand.

Der Mitarbeiter stieß sich von der Wand ab, stellte sich zu uns an den Tisch, angelte im Sack nach dem rechten Arm des Mannes und legte ihn auf dessen Bauch. Als er die Papiertüte löste, in die die Hand eingepackt war, kam am Daumengelenk eine grobe einfarbige Tätowierung zum Vorschein.

»Haben Sie eine Lupe?«, fragte Clegg.

Der Mitarbeiter reichte ihm ein Vergrößerungsglas. C hoch zwei und ich sahen nacheinander durch.

»Zwei ineinander verschlungene J«, sagte Clegg.

»Sieht amateurmäßig aus, stammt vielleicht aus dem Knast«, meinte Capps.

»Kennen Sie das Symbol?«, fragte ich.

»Nein«, murmelten beide.

Capps griff zum Smartphone und machte Fotos. Der Mitarbeiter steckte die Hand des Toten wieder in den Leichensack, zog den Reißverschluss zu und schob den schnauzbärtigen Leichnam zurück in den Kühlraum.

»Endlich eine Spur«, sagte ich.

»Hoch die Tassen«, sagte Capps.

Im Gang hörte man die automatische Schiebetür und ein Klappern. Der Mitarbeiter kehrte zurück. »Brauchen Sie noch was?«

»Wir sind fertig«, sagte Capps.

»Finden Sie alleine raus?«

»Ja klar.«

Der Mitarbeiter ging.

»Was ist mit meiner Waffe?«, fragte ich Capps, obwohl ich bereits die Antwort kannte.

»Die behalten wir erst mal.«

»Der Typ hatte eine Beretta.«

»Wie jedes zweite Gangmitglied in den USA.«

Auch wieder wahr.

Die Uhr an der Wand zeigte 22.23 Uhr. Analog, mit altmodischen schwarzen Ziffern und Sekundenzeiger. Ich musste mich beeilen.

»Wie wär's mit einer Freifahrt zum Ritz?« Begleitet von meinem charmantesten Lächeln. Bei dem sich zahlreiche Muskeln zusammenzogen und die Narbe eine neue Richtung erhielt. Gesichtsausdruck Nummer drei. Mein Repertoire ist groß.

Sie setzten mich am Hotel mit der Anweisung ab, erreichbar zu bleiben. Ich musste an Beau am Flughafen von Charleston denken. Als ihr Wagen um die Ecke gebogen war, ging ich schnell zum Tremont.

Ich warf meine Tasche und die Perücke aufs Bett, zog die Fleecejacke aus und legte die Schlinge ab. Mit zusammengebissenen Zähnen schälte ich mich aus meinem blutverschmierten, neuerdings einarmigen Rollkragenpullover und zog einen sauberen Pulli an. Dann holte ich die Glock 17 aus dem Safe und schob sie in das leere Holster an meinem Gürtel.

Ich schaffte es, mir die schwarze Perücke mit der rechten Hand aufzuziehen. Nachdem ich mir wieder die Fleecejacke übergezogen hatte, wobei ich mehr als einmal fluchte, warf ich einen kritischen Blick in den Spiegel. Ein bisschen Natascha, ein bisschen Femme fatale, aber es würde reichen. Auf jeden Fall anders als gestern, sie würden mich also nicht sofort erkennen.

23.17 Uhr. Ich prüfte den Bewegungsmelder, ging in die Lobby hinunter, verließ das Hotel und winkte einem Taxi.

Während der Fahrt auf dem Lake Shore Drive in nördlicher Richtung überlegte ich, wen ich nachher treffen würde. Clevere Leute. Rücksichtslos. Sie hatten einen Bombenanschlag auf eine Schule verübt. Sie hatten mit mir ein Treffen um Mitternacht vereinbart, aber die ganze Zeit geplant, mich mittags zu erschießen. Wussten sie schon, wie die Begegnung im Hotel ausgegangen war? Wohl schon. Und jetzt? Würden sie überhaupt auftauchen?

Hatten sie Stella? Hatten sie sie schon umgebracht?

Waren die Attentäter dieselben Leute, die ich am Foster Beach treffen sollte? Wenn nicht, wer wollte mich dann umbringen? Wenn ja, würden sie es in der Unterführung erneut versuchen? Sollte ich überhaupt hin? Hätte ich Capps und Clegg davon erzählen sollen? Wahrscheinlich lautete die Antwort auf alle drei Fragen Ja.

Hätte ich mir mehr Zeit und das Schmerzmittel nehmen sollen? Die Lokalanästhesie ließ nach. Meine Schulter fühlte sich an, als ob ich sie in einen Industrieventilator gehalten hätte.

Ich musste zu diesem Treffen. Abgesehen von dem Typen im

Leichenschauhaus war das meine einzige Spur. Opaline Drucker hatte gefragt, ob ich überleben würde. Ich hatte mir zehn von fünf Punkten gegeben.

Wieder die aufblitzenden Bilder. Der Umriss mitten im Blutbad. Das Entsetzen im Gesicht der Attentäterin. Die Autopsiefotos von Bowen Bright.

So irrational das auch war, mein Bauchgefühl sagte mir, dass Stella noch lebte. Und wenn nicht, dann wussten diese Leute vielleicht, wo ihre Leiche war.

Ich lehnte mich zurück. Was gleich in zweifacher Hinsicht keine gute Idee war. Meine Perücke verfing sich im schäbigen Sitzpolster. Und durch den Druck auf die Wirbelsäule fuhr mir ein stechender Schmerz durch die Schulter bis zum Handgelenk.

Ich beugte mich vor, den linken Arm auf dem Schoß, den rechten Ellbogen auf dem Knie. Draußen zuckten die Straßenlaternen als zerrissene gelborange Dunststreifen vorbei. Jenseits der Lichter war der See, ein dunkles, abschreckendes Nichts in der Nacht.

12

Ich entdeckte die Baseballkappe, als ich noch zwanzig Meter vom Treffpunkt entfernt war. Anfängerfehler. Im Vollmondlicht leuchtete das weiße Logo der Sox neongrell.

Die Frau stand neben einer Eiche, auf der Seeseite des Weges, kurz hinter der Fußgängerunterführung. Sonst sah ich niemanden. Aber da mussten noch andere sein. Mit Waffen. Ich vermutete, dass sie sich zwischen den Bäumen und in der Unterführung positioniert hatten.

Ich bog nach Osten Richtung Strand ab, hielt mich im Schatten der Bäume und ging einen Bogen, bis ich mich hinter der Frau befand. Ich war die einzige Fußgängerin weit und breit und wollte mich nicht allzu sehr darauf verlassen, dass meine Verkleidung funktionierte.

Die Frau blickte Richtung Süden. Sie hatte von mir im Ritz keine Fotos machen können, deshalb musste sie hier vor Ort sein und mich persönlich identifizieren. Allerdings nahm ich an, dass sie mich den anderen beschrieben hatte. Ich kannte sie nur von den Standbildern der Überwachungskamera, die alles andere als scharf waren. *Falls* es sich überhaupt um die Attentäter der Bnos Aliza School handelte.

Also warteten wir. Sie war nervös, blickte sich suchend nach mir um, nach Polizisten, nach Anzeichen für eine Falle. Ich behielt sie im Auge. Und hielt Ausschau nach ihren Begleitern. Und versuchte, die verdammte Perücke an Ort und Stelle zu halten. Die eisige Brise vom See her machte das nicht gerade einfacher.

Es war genau wie im Ritz. Dieses Mal unter erschwerten Bedingungen bei Wind und Wetter, nicht im Hotelflur. Ich trug nur die Fleecejacke. Und hatte ein Loch in der Schulter, das wie die Hölle brannte.

Flashback. Ein Dorf mit Lehmhäusern, in dem ein Soldat gefangen gehalten wird, der vor laufender Kamera enthauptet werden soll. Ein Einsatzteam, das in der schlammbraunen Wüste kauert. Eisige Kälte. Ein Stück Metall in meiner Schulter von einer Sprengfalle.

Die Zeit schleppte sich dahin. Jenseits vom Lake Shore Drive summte die Stadt in allen Tönen einer mitternächtlichen Symphonie. Hip-Hop-Fetzen aus vorbeifahrenden Autos, Sirenen, Hupen. Gelegentlich eine Stimme, wütend oder singend.

Die Frau war kleiner, als ich sie in Erinnerung hatte. Ihr Trenchcoat reichte fast bis zu den Knöcheln. Darunter trug sie eine dunkle Hose und Laufschuhe. Keine Tasche. Wahrscheinlich hatte sie die Pistole im Mantel.

Hin und wieder schaute ich auf die Uhr, dann wieder auf die Frau. Ihr Blick schweifte jetzt weiter, sah prüfend in jede Richtung. Ich sah ein paarmal ihr Gesicht. Ihre Augen waren schwarze Löcher unter dem Schild der Kappe.

Um 1.30 Uhr zog die Frau ein Handy aus der Tasche, sprach kurz und beendete dann das Gespräch. Am Eingang der Unterführung tauchte eine Gestalt auf. Winkte. Die Frau winkte ebenfalls, die Hand weiß in der Dunkelheit. Ich fragte mich, ob an ihrem Daumen zwei kleine dunkle J zu sehen waren.

Die Frau blieb noch ein paar Minuten auf ihrer Position und ging dann Richtung Unterführung.

Ich war neunzig Minuten zu spät. Sie gaben auf.

Oder doch nicht? Hatte die Frau mich gesehen? Oder ihr Begleiter? War es möglich, dass man mich aus dieser Entfernung entdecken konnte? Hatte die Frau angerufen oder war sie angerufen worden? Hielten noch mehr Leute Ausschau, die ich nicht gesehen hatte?

Sollte ich ihr folgen? Ich wollte nicht in die Unterführung. Die Beleuchtung war zwar schwach, aber sie war an. Wenn dort noch jemand lauerte, war ich eine leichte Beute. Sollte ich der Frau Zeit lassen, bis sie die Unterführung verlassen hatte, und mich dann weiter westlich vom Lake Shore Drive an sie dranhängen? Allerdings wollte ich sie nicht verlieren. Es hatte mich einiges gekostet, sie zu finden. Ich war deshalb angeschossen worden. Das nahm ich zumindest an. Vielleicht war sie auch eine Betrügerin, die allein handelte. Wie auch immer, ich musste es herausfinden.

Ich rückte meine Perücke zurecht. *An die Arbeit, Natascha.* Ich schlich zur Unterführung.

Die Frau verließ gerade die Unterführung auf der anderen Seite. Ansonsten war der lange düstere Schlauch leer. Ich ging schnell hindurch, horchte auf jedes Geräusch, eine Frau allein in der Nacht an einem gefährlichen Ort. Eine schwarzhaarige Frau. Mit einer Glock in der Hand.

Die Frau zu verfolgen stellte kein Problem dar. Es war spät, sie war wahrscheinlich müde, hatte mich nicht gesehen oder gehört, rechnete nicht damit, dass sie beschattet wurde. Sie ging auf der Foster Avenue Richtung Westen, eilig, aber nicht hektisch. An der Sheridan Road wandte sie sich nach Süden, dann an der Argyle Street wieder nach Westen. Wir kamen an kleinen Lebensmittelläden und Restaurants vorbei, alle geschlossen. Den Namen nach ein vietnamesisches Viertel. Mir fiel das Tank Noodle Restaurant auf und ein Sandwichladen namens Ba Le. Prägte mir alles ein.

Am North Broadway ging sie nach Süden und bog dann an einer Kombination aus Tankstelle und Waschanlage an der Ainslie Street nach Westen ab. Einen Block weiter, dann Richtung Norden auf der Magnolia Avenue.

Ich fragte mich, wer die Komplizen der Frau waren. Warum waren die anderen am Foster Beach gewesen? Waren es die Attentäter? Wenn ja, wo waren sie jetzt? Wenn nicht, wo waren sie jetzt?

Ich studierte den Gang der Frau. Zum ersten Mal fiel mir ihre gebeugte Haltung auf, als ob sie kleiner wirken wollte, vielleicht die Menge an Person reduzieren wollte, die sie für die Welt darstellte. Trotzdem schritt sie flott aus.

An der Argyle Street bog sie wieder nach Westen ab. Der Umweg brachte mich ins Grübeln. Hatte sie mich doch bemerkt? Wollte sie mich abschütteln? In eine weitere Falle führen? Dann erkannte ich, dass die Argyle Street einen Straßenzug lang unterbrochen war. Daher der Schwenk Richtung Süden und Norden. Ich legte einen Schritt zu und bog um die Ecke.

Ein schwach beleuchtetes Wohnviertel. Mein Blick schweifte die Straße entlang. Ein schmaler Grünstreifen auf jeder Seite, der zurzeit überwiegend aus Dreck und Hundehaufen bestand, im Sommer aber hoffentlich grasbewachsen war. Geparkte Autos auf beiden Seiten. Die wenigen struppigen Bäume reckten winterkahle Finger in den Nachthimmel.

Die Bebauung war eine Mischung aus älteren Einfamilien- und neueren Mehrfamilienhäusern. Auf der Nordseite umschloss ein großes Miets- oder Apartmenthaus einen Hof mit einem Brunnen, der schon bessere Tage gesehen hatte. Die Einfamilienhäuser schmückten sich mit Veranden und verblassten Holzfassaden. Die anderen Häuser hatten sich dem Backstein verschrieben.

Vor manchen der drei- und sechsstöckigen Mehrfamilienhäuser lagen winzige, durch Zäune abgetrennte Gärten. Die Frau ging in ein Haus ohne Garten. Die Tür lag auf der linken Seite, es ging fünf Betonstufen hinauf, an Pflanzkübeln vorbei, in denen schon lange nichts mehr lebte. Rechts klebte ein Erker am Gebäude. Drei Stockwerke, drei Fenster pro Erker. Nach nicht einmal einer Minute ging im Fenster im zweiten Stock das Licht an. Nicht nach vorne raus, sondern an der Seite.

Stellas Gefängnis? Ich musste den Impuls unterdrücken, hineinzustürmen und die Wohnung zu durchsuchen.

Die Straße lag völlig verlassen. Ich stellte mir einen schlaflosen Nachbarn vor, einen Anruf bei der Polizei, mich, wie ich Clegg und Capps erklärte, warum ich hier herumlungerte. Ich fror in meiner Perücke, dem Pullover und der leichten Fleecejacke. Ich beschloss, nicht länger als eine halbe Stunde zu warten.

Ich schlich in den Hof und fand eine Ecke, von der aus ich sowohl die Tür sehen konnte, durch die die Frau hineingegangen war, als auch das beleuchtete Fenster. Ich lehnte mich an eine Mauer und hielt mit dem rechten Arm meinen linken Ellbogen.

Das Licht blieb an. Niemand verließ das Gebäude.

Um eine Vorstellung von der Umgebung zu bekommen, schirmte ich mit den Händen mein Smartphone ab und rief Google Maps auf. Ein kleines College in südlicher Richtung, wiederum südlich davon ein riesiger Friedhof. Keine Ahnung, ob das was brachte. Aber wenigstens verging die Zeit schneller.

Um 2.35 Uhr wurde das Fenster dunkel.

Schlafenszeit, dachte ich. Ich weiß nicht, wer sie ist oder was sie will. Betrügerin oder Attentäterin. Aber ich weiß, wo sie wohnt. Das ist doch immerhin etwas.

Und jetzt?

Die Leute denken immer, Detektivarbeit würde aus wilden Verfolgungsjagden und Konfrontationen bestehen, bei denen einem das Herz hämmert und das Adrenalin durch den Körper strömt. Verfolgung in vollem Lauf. Ein kurzer Kampf. Die Verhaftung. Das gibt es manchmal. Aber meistens verbringen Ermittler endlose öde Stunden mit Warten und Beobachten.

Niemand kam. Niemand ging. Niemand schrie. Kein Schuss wurde abgefeuert. Kein lebloser Körper wurde eingerollt in einen Teppich herausgetragen. Ich vermutete, dass in der Nacht nicht mehr viel passieren würde. Ich fror, ich hatte Hunger und Durst. Mein Arm pochte vor Schmerzen. Obwohl ich so gerne etwas unternommen hätte, wusste ich, dass es klüger war, für heute Schluss zu machen.

Ich kaufte mir unterwegs nichts zu essen. Stattdessen stürzte ich mich, zurück in meinem Hotelzimmer im neunten Stock, *sans Vicodin* auf die Minibar. Der erste Scotch reduzierte das Bohren und Stechen in meiner Schulter von sieben auf vier auf der Schmerzskala. Der zweite machte mich so weit benommen, dass mein Gehirn endlich abschaltete.

Fast. Eine letzte Szene hatte mein überreiztes Hirn noch für mich parat. Ich mit achtzehn, Schweiß, Rotz und Blut im Gesicht. In Handschellen, neben mir ein Cop. Beau, der dann doch die Geduld verloren hatte, probierte es mit Strenge. Militärbasis oder Gefängniszelle. Such dir eine Unterkunft aus, Mädchen. Ich wollte auf keinen Fall ins Gefängnis.

Elf Tage

Eine Kette endloser feuchter kalter Tage. Niemand geht raus. Sie kann nicht zu ihrer Lichtung.

Nach dem Abendessen versammeln sie sich wie immer. Der Anführer spricht in seiner Predigt von Erlösung und einer glorreichen neuen Ordnung. Von Erfüllung. Erleuchtung. Mit donnernder Stimme. Seine Augen sind so feurig, dass sie die Hitze im Gesicht spürt.

Sonst brennt bei seinen Predigten das Feuer in ihrer Brust. Dann hat sie das Gefühl, auserwählt zu sein. Heute bebt sie vor nervöser Energie. Die Worte brauchen ewig, bis sie zum Ende kommen.

Er spürt ihren Aufruhr. Oder ihr Kratzen stößt ihn ab. Er schickt sie weg. Sie soll warten. Sie weiß, dass es schlimm wird. Die Prüfung ist immer schlimm, wenn sie ihn verärgert hat.

Allein in ihrem Zimmer stellt sie sich die Lichtung bei Nacht vor. Mondlicht, das durch die Bäume schimmert. Oder überall Dunkelheit, dicht und samtweich. Schattenhafte Gestalten. Blätter, die dunkel und blass blinzeln, je nach der Krümmung ihrer Mittelrippen. Sie malt jedes Mal ein anderes Bild.

Heute Nacht ist die Nacht. Eine Frau namens True hat in ihrem Zimmer geschlafen. True ist nicht mehr da, und niemand will ihr sagen, wo sie ist. Oder wann sie zurückkommt. Die alte Frau, die zu viel gefragt hat, ist ebenfalls verschwunden.

Seine Stimme dröhnt weiter, hebt und senkt sich. Endlich verstummt sie. Stuhlbeine schaben über den Holzboden. Dann die vertrauten abendlichen Geräusche. Schritte auf der Treppe. Türen schließen sich. Toiletten rauschen. Wasser plätschert in den Leitungen.

Die Geräusche scheinen endlos. Sie wartet, bis sie vorbei sind. Wartet auf ihn. Egal, wie weh es tut, sie wird nicht jammern oder zusammenzucken. Keine einzige Träne wird sie weinen. Sie hat gelernt, sich an einen anderen Ort zurückzuziehen. Sich in das in ihrer Vorstellung gemalte Bild zurückzuziehen, weg von den Schmerzen.

Er kommt nicht. Stattdessen hört sie draußen Stimmen. Ein Motor startet. Reifen auf dem Schotter. Sie ist dankbar für den Aufschub. Sie hat aber auch Angst. Ist er so wütend, dass er sie aufgegeben hat? Wird er sie verstoßen? Schlimmeres?

Wo sind True und die alte Frau?

Soll sie ihren tollkühnen Plan aufgeben?

Nein. Sie muss Gewissheit haben.

Als endlich alles ruhig ist, setzt sie sich im Bett auf. Lauscht. Das Blut pocht in ihren Ohren.

Sie stellt sich jeden Zentimeter ihrer Route vor. Durchs Fenster, das sie einen Spalt offen gelassen hat. Mit dem Hintern übers Dach rutschen. Die Leiter hinunterklettern. Über den Hof rennen.

Sie ist ganz starr. Sie ist aufgeregt. Die Leiter ist da, weil irgendwelche Reparaturarbeiten durch den Regen unterbrochen wurden. Aber was, wenn jemand aufwacht und beschließt, sie wegzuräumen? Was, wenn True zurückkommt? Eine Katastrophe. Das hat sie nicht berücksichtigt.

Sie wagt kaum zu atmen, während sie sich Sweatshirt und Jeans anzieht und ihre Jacke und die Schuhe unter dem Bett hervorholt. Sie presst das Bündel an die Brust. Ihr Herz hämmert gegen den Nylonstoff.

Fast wäre sie wieder umgekehrt.

Nein. Sie muss die Lichtung bei Nacht sehen. Sie riechen. Nur einmal.

Sie zieht die Jacke über, steckt die Füße in die Turnschuhe, bindet die Schnürsenkel. Schleicht auf Zehenspitzen zum Fenster.

Der Regen hat aufgehört, die Welt ist in Nebel gehüllt. Sie schiebt die Füße durchs Fenster, dreht sich um, liegt mit dem Bauch auf dem Fensterbrett.

Das Dach ist steil und glatt wie Zellophan. Sie rutscht. Schnell.

Zu schnell. Ihre Handflächen harken über die Ziegel, ohne Halt zu finden. Fast hätte sie aufgeschrien.

Eine furchterregende Rutschpartie, dann stoßen ihre Sohlen gegen die Dachrinne. Sie sucht ihr Gleichgewicht, mit angehaltenem Atem, überzeugt, dass das Rattern auf den Schindeln sie verraten hat.

Doch im Haus rührt sich nichts. Kein Fenster wird hell.

Mit brennenden Handflächen schiebt sie sich auf dem Hintern zur Leiter. Klettert hinunter, rennt über die Gasse und verschwindet zwischen den Bäumen. Sie hat es getan!

Mit ausgebreiteten Armen liegt sie auf der Decke und blickt durch die stachligen Äste über ihrem Kopf.

Der Nebel ist ein grauer Schmierfleck vor dem Mond. Er befeuchtet ihre Wimpern. Sammelt sich in ihren Haaren und in den Ohrmuscheln. Kühlt ihre Handflächen.

Stille umgibt sie.

Aber seine Worte brennen und brodeln in ihrem Kopf.

Noch nie in ihrem Leben war sie so durcheinander. Hatte solche Angst.

Was sie vermutet, kann einfach nicht wahr sein.

13

Am nächsten Morgen war ich um sieben wieder in der Argyle Street, bewaffnet mit einem Kaffee und einem halben Dutzend Donuts mit Schokoglasur und Zuckerstreuseln – Kalorien, die ich nach nur vier Stunden Schlaf, mit meiner schmerzenden Schulter und meinem Kater vom Scotch-gilt-als-Abendessen gestern dringend benötigte. Heute ging ich als blonder Wuschelkopf.

Zunächst kundschaftete ich die Umgebung ein bisschen besser aus als mitten in der Nacht nach meinem Abenteuer bei der Unterführung. Landete in einer anderen Ecke desselben Hofes, der immerhin winterkahles Buschwerk und eine Betonbank zu bieten hatte.

Die Frau verließ um die Mittagszeit das Haus. Dieses Mal trug sie keine Baseballkappe, ihre Haare waren lang und kastanienbraun, im Nacken zu einem lockeren Knoten zusammengebunden.

Sie ging in ein libanesisches Lebensmittelgeschäft am Broadway und kam mit einer umweltfreundlichen Tasche voller Einkäufe wieder heraus. Um zwei ging sie zu einer Reinigung und kam mit in Plastik gehüllten Kleidungsstücken über der Schulter wieder zurück. Sie merkte nicht, dass ich sie beschattete.

Um fünf ging ich in einen Nudelimbiss am Broadway und eilte dann zurück in die Argyle Street. Um sechs ging das Licht im Fenster im zweiten Stock an. Derweil tobten heftige Schmerzen in meiner Schulter, und mir tat das Kreuz weh, weil ich meine rechte Seite geschont hatte. Ich blieb noch, bis um zehn das Licht ausging. Mit dem Gefühl, dass Stella für mindestens eine weitere Nacht sicher war, und dem dringenden Wunsch, endlich etwas anzupacken, gönnte ich mir ein Taxi und fuhr zurück zum Ritz.

Der Fahrer war ein weinerlicher Typ und klagte verbittert, dass Uber ihm das Geschäft verdarb. Ich war froh, als wir endlich am Ziel waren, und sah erleichtert dem Qualm aus seinem Auspuff nach. Im Fahrstuhl auf dem Weg in den zwölften Stock schmeckte ich immer noch die Abgase im Hals.

In der Lobby herrschte reges Treiben. Jede Menge Leute mit Ausweisen an Bändern um den Hals. Ich sah niemanden, der seine Umgebung besonders aufmerksam beobachtete oder sich durch die Menge auf mich zuschlängelte. Niemand, der hastig auf seinem Handy herumtippte. Ich drückte auf die Taste für den Fahrstuhl.

Der war ebenfalls voll. Hatte eine gigantische Konferenz die Stadt heimgesucht? Ich sah in den Spiegel, der oben in einer Ecke hing. Durch den Fischaugeneffekt wirkten alle gedrungen und bedrohlich.

Ich spürte eine vertraute Hitze in meiner Brust. Atmete wie vorgeschrieben tief ein und aus. Versicherte mir, dass alles in Ordnung war.

Aber das nahm ich mir selbst nicht ab. Pass auf dich auf, warnte mein Instinkt. Und hol dir das Vicodin.

Im 24. Stock stieg eine Fünfergruppe aus. Drei bogen rechts ab. Ich mischte mich unter sie, ging bis ans Ende des Ganges und schlüpfte durch den Notausgang. Nach ein paar Minuten öffnete ich die Tür wieder und spähte den Gang entlang.

Ein paar Meter von meiner Suite entfernt, lag der Korridor, wo ich am Vortag meine Sachen gelassen hatte. An der Wand, wo der Fahrstuhl und meine Zimmertür in den Quergang abgingen, hing ein gold gerahmter Spiegel, darunter war ein Sideboard mit Blumengesteck und Haustelefon.

Im Spiegel sah ich einen Mann, der dort stand, wo ich gestern gekauert hatte, ein dürrer Typ in einer Cordjacke, schwarzen Hosen und Nike-Schuhen. Seine linke Hand steckte in der Tasche. Ich sah, wie er eine Schulter an der Wand entlangschob und um die Ecke spähte.

Ich zog den Kopf ein. Instinkt.

Die Haare des Mannes bildeten einen zerzausten blonden Ring um die Glatze an seinem Hinterkopf. Wie eine Mönchstonsur. Ein verstohlener Blick, wie eine Maus, die aus ihrem Loch späht, dann zog er sich wieder zurück.

Wagten meine Widersacher einen weiteren Versuch? Oder machte mein Verfolgungswahn Überstunden? Ich behielt den Flur durch einen winzigen Spalt in der Tür im Auge.

Der Fahrstuhl hielt, und zwei Frauen stiegen aus. Beide mit Namensschildern. Auf dem einen stand Miller, auf dem anderen Wryzniak. Sie bogen nach links ab und verschwanden um die Ecke. Sekunden später lugte der Mönch wieder den Gang entlang.

Wenn der Typ nicht auf mich wartete, warum war er dann hier? Ein heimliches Stelldichein? Ein eifersüchtiger Liebhaber? Ein Ehemann, der hoffte, seine Gattin auf der Konferenz *in flagranti* zu erwischen?

Wie schon bei der Frau mit der Baseballkappe überlegte ich, ob der Mönch einen Partner hatte. Ich hätte einen. Der wäre dann im Treppenhaus postiert, wo ich mich gerade versteckte. An jedem Ende des Korridors ein Mann. So könnte man mich im Kreuzfeuer festnageln.

Hatte die Frau mit der Baseballkappe deshalb bei der Unterführung telefoniert? Wir nehmen Plan B? Sie konnte mich beschreiben, daher wussten sie so ungefähr, wie ich aussah. Außerdem hatte ich eine Schlüsselkarte für die Suite. Damit war meine Identität geklärt.

Wieder hielt der Fahrstuhl. Zwei Männer stiegen aus, ohne Ausweise. Sie wandten sich in meine Richtung. Ich sah, wie der Mönch um die Ecke spähte, um zu sehen, wohin sie gingen.

Ich wartete noch eine Viertelstunde. Niemand sprach den Typen an. Er nutzte kein Handy, gab niemandem in einem anderen Zimmer oder im nächsten Gang ein Zeichen.

Ich überlegte. Er stand neben einem Spiegel, der jede seiner Bewegungen verriet. Der Typ war kein Profi. Wahrscheinlich arbeitete er allein.

Ich hatte die Glock, ich könnte ihn einfach erschießen. Aber ich wollte ihn ausfragen. So viel wie möglich über Stella erfahren. Außerdem würde eine weitere Schießerei meinen Stellenwert bei C hoch zwei nicht gerade verbessern. Und im Ritz auch nicht.

Geräuschlos schob ich die Tür zu und ging eine Treppe tiefer. Die 23. Etage war genau wie die 24. angelegt. Ich suchte den Personalaufzug. Fand ihn am Ende des Korridors, wo der Mönch Wache schob.

Ich drückte die Taste. Wartete. Fuhr ein Stockwerk tiefer. Lauschte. Fuhr noch eins tiefer. Lauschte wieder. Kein Rattern, keine ächzenden Seile oder Kabel, nur das Surren des Motors und Summen der Tür.

Ich fuhr in den 24. Stock zurück und landete in einer großen Besenkammer, wie ich sie auch schon einige Stockwerke tiefer gesehen hatte. Eimer, Wischmopps, Staubsauger, Servicewagen. Mit jeder Menge Adrenalin in den Adern schlich ich über den Fliesenboden und öffnete die Tür. Der Mönch stand mit dem Rücken zu mir.

Ich holte tief Luft und betrat den Gang. Das musste jetzt funktionieren. Ich hatte keinen Plan B.

Aber ich hatte Erfahrung im Nahkampf, wusste, wie man Schmerzen zufügt und einsteckt. Die Muskeln bereit, aber entspannt näherte ich mich meiner Beute.

Als ich mich gerade duckte, um zuzuschlagen, sah der Mönch in meine Richtung. Er riss die Augen auf. Er wirbelte herum, beugte ein Knie und trat mit dem Bein nach mir. Ich folgte seiner Bewegung, wich zurück. Zu langsam. Sein Schuh traf mich hart an der Hüfte. Ich verlor das Gleichgewicht und stürzte. Rollte mich schnell weg, um außer Reichweite zu sein.

Bei so viel Adrenalin ist das Zeitgefühl ausgeschaltet. Die nächsten Augenblicke schienen ewig. Aber das war für mich nichts Neues.

Der Typ machte einen Satz und griff nach meinen Haaren, um meinen Kopf zurückzureißen. Doch stattdessen hielt er nur meine Perücke in der Hand. Er schleuderte sie weg, ging mit gesenktem Kopf auf mich los, riss mich zu Boden und packte mich flinker als erwartet am linken Arm und am Nacken in einem Ringergriff. Meine Halswirbel knirschten. In meiner verletzten Schulter explodierte ein Feuersturm.

Das Gesicht des Mönches war dicht an meinem, sein Atem heiß und feucht auf meiner Haut. Ich roch Knoblauch und abgestandenes Bier vom Abendessen.

Mein Körper erschlaffte kurz. Mein Gegner fiel auf den Trick herein, reckte den Oberkörper und lockerte selbstgewiss den Griff seiner Finger, um mein rechtes Handgelenk besser zu packen. Ich machte mir seine Unachtsamkeit zunutze, versteifte meinen Arm, riss mich aus seiner Umklammerung und drückte mit aller Kraft nach oben.

Durch die heftige Bewegung meines Oberkörpers kippte der Typ zur Seite. Sein Ringergriff löste sich. Ich drehte mich um und schlug mit dem Handballen gegen seine Nase. Knorpel knackten, und das Blut spritzte.

Ich rutschte auf dem Hintern rückwärts, um meine Beine frei zu bekommen. Wir kämpften uns beide auf die Knie. Er ging auf mich los. Ich rammte ihm meinen Ellbogen gegen den Kiefer. Sein Kopf schleuderte zur Seite. Er landete auf dem Teppich, kam wieder hoch und kroch zum Sideboard. Er zog sich gerade daran hoch, als ich ihn mit einem Tritt in die Nieren wieder zu Boden schickte. Der dürre Kerl war zäher, als er aussah. Wieder versuchte er, auf die Beine zu kommen.

Ich drückte ihm den Lauf meiner Glock in den Nacken.

»Nicht so schnell, mein Freund.«

Er erstarrte.

»Beide Hände über den Kopf.«

Er gehorchte.

»Finger verschränken.«

Auch das tat er. Direkt auf der Tonsur. Die aus der Nähe betrachtet schuppig und rosa war. Genau wie seine Finger.

Die Glock weiter fest an seinen Nacken gedrückt, durchsuchte ich seine Jackentaschen. Entdeckte eine Beretta neun Millimeter und eine Hotelschlüsselkarte. Ich filzte ihn mit meiner freien Hand. Bei der Bewegung zuckten heftige Schmerzen durch meine verletzte Schulter. Ich fand nichts weiter.

Als ich die Beretta in den Hosenbund steckte, öffnete sich hinter mir eine Tür. Im Spiegel sah ich Wryzniak den Gang entlangkommen, einen Eisbehälter aus Edelstahl im Arm. Von vorn sah sie aus wie ein glutenfreier Muffin.

Als Wryzniak uns entdeckte, blieb sie wie angewurzelt stehen, machte kehrt und huschte zurück in ihr Zimmer. Ich wusste, sie würde gleich zum Telefon greifen und die Polizei rufen.

»Sie und ich werden uns jetzt mal ein bisschen unterhalten.« Meine Stimme war leise und stahlhart. »Die Hände bleiben schön da, wo sie sind. Luftholen oder blinzeln sind verboten. Gehen Sie direkt zu meiner Suite, wehe, Sie machen einen falschen Schritt.«

Der Mönch wollte etwas sagen. Ich drückte ihm die Pistole fester in den Nacken. »Ihren Kumpel hab ich schon erledigt. Auf einen mehr oder weniger kommt's mir nicht an.«

Wir gingen schnell, ich drängte mich an seinen Rücken wie

ein Jockey an sein Rennpferd. Allerdings war ich deutlich größer als ein Jockey. Vor der Tür gab ich ihm meine Schlüsselkarte.

»Aufmachen«, sagte ich.

»Du wirst mich erschießen.«

»Vielleicht«, sagte ich. »Aufmachen.«

Er schloss die Tür auf, rührte sich aber nicht von der Stelle. »Rein mit dir, Arschloch.« Ich gab ihm einen Tritt in den Hintern. Er stolperte ins Wohnzimmer. Niemand sprang aus der Deckung oder schoss auf uns. Ich folgte ihm und trat die Tür mit dem Fuß zu.

»Hinsetzen.« Ich nickte zum Sofa. »Und wehe, Sie versauen den Teppich mit Ihrem Blut. Der wurde schon einmal gereinigt. Ich zahl nicht noch mal dafür.«

Er setzte sich und fuhr sich mit dem Handrücken übers Gesicht, betrachtete das Blut, wusste nicht, was er tun sollte.

Ich ging zum Sekretär, entlud die Beretta und legte sie auf die Schreibunterlage. Meine Glock legte ich daneben.

»Wer sind Sie?« Ich blieb stehen, wollte den Vorteil der Höhe nutzen und das grelle Licht vom Fenster.

Keine Antwort.

»Ich wiederhole ungern meine Fragen, das macht mich wütend. Und wenn ich wütend bin, bin ich unberechenbar.« Ich griff nach der Glock.

Der Mönch schwieg weiter. Ein Auge schwoll bereits zu. Seine rechte Wange war blutig, und aus der Nase floss immer noch Blut.

»Wie heißen Sie?«

»Leck mich.«

»Ein ungewöhnlicher, volkstümlicher Name. Okay, Mr. Leck-Mich. Was läuft hier?«

Er starrte mich ungerührt an. Ich schätzte ihn auf Mitte bis Ende zwanzig. Schwer zu sagen bei der Frisur.

»Also gut. Sie sind schüchtern. Dann fange ich an. Hier

kommt eine interessante Information für Sie. Ich bekomme fünfundzwanzigtausend für Ihren Arsch. Und mein Auftraggeber ist nicht wählerisch, was Ihre gesundheitliche Verfassung betrifft.«

»Ich brauche einen Arzt.«

»Gut. Sie teilen sich mit.«

»Könnte ich wenigstens ein Kleenex haben?«

Ich deutete auf die Schachtel am anderen Ende des Sekretärs. Wäre fast zusammengezuckt vor Schmerzen. Fast.

Der Mönch stemmte sich hoch, das Kinn hochgereckt, die Finger an der Nase. Drei Schritte, dann tat er so, als würde er nach einem Taschentuch greifen. Drehte sich im letzten Moment abrupt um und wollte mir an die Gurgel.

Dieses Mal war ich gewappnet. Ich schob mich hinter ihn und verdrehte seinen Arm abrupt nach hinten und oben, während ich ihm gleichzeitig das Handgelenk ausrenkte. Und fest zudrückte. Die Knochen lösten sich mit einem hässlichen Knacken. Ich ließ los.

Der Mönch schrie auf und ging in die Knie. Aus dem Schreien wurde allmählich ein Stöhnen. Seine Hand hing verdreht hinunter, der Daumen stand in einem merkwürdigen Winkel ab. Mir fiel auf, dass die Haare auf seinen Fingern blond und dick waren.

»Anfängerfehler, Mr. Leck-Mich.« Ich zeigte auf die Couch.

Er setzte sich wieder hin, zuckte zusammen und hielt schützend seinen Arm mit der anderen Hand.

»Wie heißen Sie?«, fragte ich.

Er glotzte nur, mit blassem Gesicht und zusammengebissenen Zähnen.

»Das war vielleicht zu schwierig. Wir probieren es später noch einmal. Warum sind Sie hier?«

Weiteres Schweigen.

»Ich könnte mir die andere Hand vornehmen.« Keine

Chance, aber das brauchte er ja nicht zu wissen. »Kommt leider häufig vor, wie man so hört. Die Leute stolpern, fallen ungeschickt und brechen sich beide Handgelenke.« Ich wusste nicht, ob das stimmte, aber es klang gut.

»Blöde Fotze.«

»Muss wehtun.«

»Leck mich ...«

»Wenn Sie meine Fragen beantworten, rufe ich einen Arzt.«

»Lass mich gehen, und wir vergessen das Ganze.«

»So funktioniert das nicht. Wie heißen Sie?«

»Fick dich.« Das klang nicht so überzeugend, wie er es gern gehabt hätte. Vermutlich hatte er deutlich schlimmere Schmerzen als ich.

Ich holte die Aufnahmen von der Bnos Aliza School aus meiner Tasche und betrachtete die beiden verbleibenden Männer. In einem Jahr konnte sich viel ändern. Und die Bildqualität war schlecht. Ich war noch beim Vergleichen der Gesichter, als es an der Tür klopfte. Wryzniak hatte tatsächlich telefoniert.

Ich ging ins Schlafzimmer und steckte meine Glock hinter den Flachbildschirm. Kam zurück. Der Mönch hatte sich nicht gerührt.

»Herein«, rief ich.

Harvey und Fix, wie schon nach der Schießerei.

»So sieht man sich wieder«, sagte Harvey tatsächlich.

»In der Tat«, antwortete ich. »Um diesen Herrn hier sollte man sich kümmern.«

»Was ist passiert?«

»Hingefallen.«

»Sie sind vielleicht ein zähes Ding.« Auch das sagte er tatsächlich.

»Stimmt.«

»Wer ist das?«

»Will er nicht verraten.«

Wie beim letzten Mal übernahm Fix das Telefonieren. »Die Hotelärztin ist unterwegs.«

»War er in Ihrer Suite?«, fragte Harvey.

»Nein.«

»Warum haben Sie ihn zusammengeschlagen?«

»Er hat was gegen mich.«

»War er bewaffnet?«

»Auf dem Sekretär.«

»Und Sie?«

Ich schüttelte den Kopf. Ich hätte auch die Taschen meiner Fleecejacke nach außen gestülpt, aber die theatralische Geste war die Schmerzen in meiner Schulter nicht wert.

»Ihre Kumpels sind auch schon unterwegs«, sagte Fix.

»Capps und Clegg?«

Fix nickte.

Wir warteten schweigend auf die Ärztin. Mokkafarbene Haut, kurze schwarze Haare, frisch von der Uni. Sie trug eine Seidenbluse, einen kurzen schmalen Rock und eine Arzttasche im Vintage-Stil. Auf ihrem Namensschild stand Dr. Jefferson. Im Ritz achtet man wirklich darauf, dass die Gäste wissen, mit wem sie es zu tun haben. Gefällt mir.

»Schauen Sie sich den Typen an.« Harvey deutete mit dem Daumen auf den Mönch.

Jefferson setzte sich auf die Couch, nahm Latexhandschuhe aus der Tasche und zog sie routiniert über. Nachdem sie das Gesicht des Mönches mit einem feuchten Tuch abgetupft hatte, betastete sie seine Nase. Er biss die Zähne zusammen, schrie aber nicht auf.

Sie untersuchte sein Handgelenk und sagte: »Nur ausgerenkt, nicht gebrochen. Trotzdem sollten Sie zu einem Orthopäden gehen.« Zu Harvey: »Darf ich ihm ein Schmerzmittel geben?«

»Er muss zuerst eine Aussage machen«, sagte ich.

»Ach ja?«, fragte Harvey.

»Ja«, sagte ich.

Der Mönch sagte nichts.

Jefferson zog gerade den Reißverschluss an ihrer schicken Ledertasche zu, als Capps und Clegg hereinstürmten. Clegg sah zu mir, dann zum Mönch. »Schon wieder fünfundzwanzigtausend verdient?«

»Ich bin mir nicht sicher«, sagte ich.

»Ist er tätowiert?«

»Hab noch kein Tattoo gesehen.«

»Könnte trotzdem ein Komplize von dem Typen sein, den Sie erledigt haben«, meinte Clegg.

»Ihnen entgeht wirklich nichts.«

Clegg kniff die Lippen zusammen und wiegte langsam mit dem Kopf.

»Dieser Mann sollte zu einem Facharzt«, sagte Jefferson. »Jetzt gleich. Sonst könnte er dauerhaft seine Bewegungsfähigkeit einbüßen.«

»Eine Schande bei der tollen Zukunft, die er vor sich hat«, bemerkte ich.

Jefferson fand das nicht komisch. Sie nahm ihre Tasche und marschierte zur Tür.

»Noch einen gesegneten Tag«, rief ich dem verschwindenden Bleistiftrock hinterher. Die Ärztin reagierte nicht auf meinen frommen Wunsch.

»Brauchen Sie uns hier noch?«, fragte Harvey.

»Das können wir jetzt regeln«, sagte Capps.

»Noch einen schönen Tag.«

»Sie sind ziemlich fleißig«, sagte Capps, als Harvey und Fix weg waren. »Und welche Geschichte tischen Sie uns dieses Mal auf?«

Ich tischte auf. »Können Sie ihn festnehmen?«

»Was soll das denn, verfluchte Scheiße?« Der Mönch war plötzlich wieder zum Leben erwacht.

»Aus welchem Grund?«, fragte Capps, sehr zur Freude des Mönches.

»Er hatte eine Beretta bei sich«, sagte ich.

»Das ist nicht verboten«, sagte der Mönch. Dann bemerkte er seinen Fehler und fügte hinzu: »Wer sagt, dass die Waffe mir gehört?«

»Möglicherweise ist die Waffe nicht registriert«, sagte ich. »Oder gestohlen. Er könnte vorbestraft sein. Oder psychische Probleme haben.«

»Als ob man damit irgendwen in diesem Land aufhalten könnte.« Clegg, Meister des Sarkasmus.

»Wir haben immer noch die Körperverletzung«, sagte ich.

»Ist das Ihr Ernst?« Die bleichen Wangen des Mönches leuchteten rot. »Sie sind auf mich losgegangen! Sie haben mir den verdammten Arm gebrochen!«

»Laut Ärztin ist er nicht gebrochen«, stellte ich fest.

Capps sah zu Clegg. Clegg zuckte mit den Schultern ein »Mir egal«.

»Wir können ihn achtundvierzig Stunden lang festhalten«, sagte Capps. »Dann brauchen wir was Handfestes oder müssen ihn laufen lassen.«

»Sie sperren mich ein?« Der Mönch spielte den Empörten, wirkte aber nicht sonderlich glaubhaft.

»Wohnen Sie hier im Hotel, Sir?«, fragte Capps.

Der Mönch glotzte nur.

»Egal. Das lässt sich leicht überprüfen.«

»Wahrscheinlich ist er mit einer geklauten Schlüsselkarte hier hochgekommen.«

»Wie der Typ, den Sie abgeknallt haben«, sagte Clegg.

Capps konzentrierte sich wieder auf den Mönch. »Wie heißen Sie?«

Weiteres Starren.

»Was hatten Sie draußen im Gang zu suchen?«

»Ich habe auf jemanden gewartet.«

»Auf wen?«

»Leck mich.«

»Das sagt er gern«, flocht ich ein.

Capps und Clegg wechselten wieder einen dieser Blicke. »Ich rufe einen Krankenwagen«, sagte Clegg. »Wir wollen schließlich keine Vorwürfe wegen Polizeigewalt.«

Während Clegg telefonierte, nahm Capps Handschellen von seinem Gürtel, legte die eine Seite um das unverletzte Handgelenk des Mönches und befestigte die andere an einem metallenen Querstück am Ende der Couch. Dann nickte er Richtung Schlafzimmer. Ich ging hinein. Er folgte.

»Alles okay?«

»Mir geht's glänzend.«

»Sie sehen grauenhaft aus.«

»Die verletzte Schulter hat einen Schlag abbekommen. Ich werd's überleben.«

»Ich würde gern mit Ihnen reden. Zum einen ist das Ritz nicht gerade erfreut. Der einzige Grund, weshalb Sie noch nicht vor die Tür gesetzt wurden, ist Druckers Einfluss.«

»Sie ist informiert?«

»Layton Furr ist ein sehr gewissenhafter Angestellter.«

»Ich hab den Typen nicht umgebracht.« Ich nickte mit dem Kopf Richtung Wohnzimmer.

»Das weiß das Management sicher zu schätzen. Und ich auch, ehrlich gesagt. Im besten Fall sind er und seine Kumpel bezahlte Schläger mit einem IQ, der noch niedriger ist als ihre moralischen Standards.«

»Und mit Bomben.«

»Vielleicht.«

»Und einem entführten Mädchen in ihrer Gewalt.«

»Das vielleicht auch.«

»Und was wäre der schlimmste Fall?«, fragte ich.

»Dass sie Terroristen mit höheren Ambitionen sind. Vielleicht Teil eines Netzwerks, das es geschafft hat, unter dem Radar zu bleiben. Bis jetzt. Wir werden den Scheißkerl in die Mangel nehmen.«

»Entlocken Sie ihm ein paar Informationen über Stella.«

»Das Mädchen ist wahrscheinlich tot.«

Sie lebte. Das spürte ich. Aber ich sagte es nicht.

»Ich würde gern das Überwachungsvideo von der Bnos Aliza School sehen.«

Capps zögerte, dann: »Mein Partner und ich wollen Sie nicht hierhaben, Miss Night. Sie machen das für Geld.«

Ich wollte widersprechen. Er schnitt mir das Wort ab.

»Wir wollen aber auch nicht, dass Sie hier umkommen.«

»Das heißt?«

»Diese Leute haben es schon zweimal versucht. Aller Wahrscheinlichkeit nach werden sie es wieder versuchen.«

»Damit rechne ich.«

»Ich weiß, dass Sie Vorsichtsmaßnahmen getroffen haben. Aber diese Vorsichtsmaßnahmen sollten keine weiteren Leichen beinhalten.«

»Sie haben meine Pistole.«

Capps' Miene sagte alles. Ich dachte, er wäre fertig, aber er redete weiter.

»Wir haben einige beunruhigende Informationen über Sie gefunden. Ich hoffe, dass die Presse nichts davon erfährt. Bisher hat das Hotel stillgehalten. Aber überlegen Sie mal, Miss Night. Wie oft werden im Ritz Leute erschossen?«

Durch die Tür hörten wir die Sanitäter kommen. Stimmen.

»Erschossen von einer Frau mit einer gelöschten Jugendstrafe und ...« ein knappes Kopfschütteln, »... einer alles andere als vorbildlichen Militärakte.«

Meine Halsschlagader pochte. Ich bemühte mich um einen neutralen Gesichtsausdruck.

»Ich weiß, dass eine schwere Kindheit massive Traumata hinterlassen kann.« Capps' Stimme war kalt und hart wie Stacheldraht. »Aber ich lasse nicht zu, dass Sie Ihre Probleme hier in mein Revier tragen. Haben wir uns verstanden?«

Ich traute meiner Stimme nicht und sagte lieber nichts.

Capps lächelte kurz. »Noch einen schönen Tag.«

Capps' Sohlen auf dem Teppich. Das Klicken der Handschellen. Das Rattern der Krankentrage. Geräusche, die ich wahrnahm, die mich aber nicht erreichten. Ich stand wie gelähmt, mit pochendem Herz und brennender Brust. Konfrontiert mit meinem Leben. Wieder einmal.

Das Gesicht meiner Mutter, erstarrt in einem überstrapazierten Neuronenknäuel, die wenigen Splitter ihrer Geschichte, die ich herausgefunden hatte. Als Au-pair von Dublin nach Manhattan gelockt, noch keine zwanzig Jahre alt, ohne Papiere, der Traum jedes Pädophilen. Ihre Flucht in ein Leben auf der Straße. Die Begegnung mit einem charismatischen Guru, einem pathologischen Narzissten, der Erlösung versprach, aber am Ende den Tod verlangte.

Von meinem Vater lieferte mein Gehirn keine blitzlichtartigen Erinnerungen. Es gab keine, nur Fragmente seiner Geschichte, widerwillig preisgegeben. Ein großer dunkelhäutiger Mann, in Ungnade gefallen und verbannt, weil er seinen Samen verteilt hatte. Für mich?

Die Zeit verstrich. Keine Ahnung, wie lange ich im Schlafzimmer blieb. Dann, ganz allmählich, registrierte ich die Stille. Die Art von Stille, die aus leerem Raum und Tausenden Alltagsgeräuschen besteht. Das Summen der Minibar. Ein Dialog im Fernsehen, der durch die Wand des Nebenzimmers dringt. Das gedämpfte Brummen eines elektronischen Geräts außer Sichtweite.

Ich holte tief Luft. Nahm mir einen Scotch und leerte die Hälfte der kleinen Flasche in einem Zug. Drängte den Feind zurück in die Untiefen meines Bewusstseins, wo ich ihn gefangen hielt.

Als der Scotch geleert und mein Puls wieder normal war, betrachtete ich das große Bett. Den Jacuzzi. Den gigantischen Fernseher. Meine Schulter sagte Ja. Mein Kopf sagte Nein.

Ich angelte die Perücke unter dem Sideboard hervor und machte mich auf den Weg ins Tremont. Ein langes heißes Bad und ein paar Schmerztabletten, und ich fühlte mich schon fast wieder wie ein Mensch. Ich legte mich aufs Bett und tippte eine Nummer in mein Wal-Mart-Handy.

Weit weg klingelte es zweimal. Eine Stimme meldete sich.

»Hey.«

»Bist du beschäftigt?«, fragte ich.

»Allgemein?«

»Die nächsten paar Tage. Vielleicht länger.«

»Ein paar Lieferungen. Eine Bootstour. Nichts, was ich nicht verschieben könnte, wenn du mich brauchst. Das weißt du.«

»Ja.«

»Das ist der Deal.«

»Das ist der Deal.«

»Steckst du in Schwierigkeiten?«

»Ich doch nicht.«

»Dann erzähl.«

Und das tat ich.

Zehn Tage

Manche sind gegangen, andere sind gekommen. Fremde.

Am Abend holen sie Stühle aus jedem Winkel des Hauses zusammen. Sie sitzt auf einem, ein braves Mädchen, das nur für seine Worte lebt. Für die Mission.

Seine Stimme poltert, eine Trommel, die zur Schlacht ruft.

Die Worte sind schwammig, doch die Botschaft ist klar.

Es ist so weit.

Bald.

Der Aufstieg.

Wieder schickt der Anführer sie ins Bett, bevor die Versammlung zu Ende ist. Er muss ebenfalls gehen. Und ein paar andere. Sie fragt sich, warum. Niemand hat lästige Fragen gestellt. Sie auch nicht.

Sein Blick begegnet ihrem, als sie aufstehen. Seine Augen sagen ihr nichts. Seit sie hier im neuen Haus sind, war er zu beschäftigt, um mit ihr zu reden. Oder er spürt ihren Wahn und geht ihr aus dem Weg. Wahn. *So nennt er ihre Zweifel.*

Ist sie wahnsinnig?

Sie muss mehr erfahren.

Sie achtet auf die richtigen Geräusche. Wasser laufen lassen. Die Toilettenspülung. Die Tür schließen.

Dann schleicht sie wieder aus dem Zimmer und setzt sich oben auf den Treppenabsatz. Sie stellt sich vor, wie sie da sitzt, ein kleiner dunkler Schatten im grauen Dämmerlicht, das weit hinten im Flur durchs Fenster fällt.

Sie lauscht, mit flachem Atem, jede Zelle mucksmäuschenstill.

Unser Kreuzzug.

Die übliche verschleierte Rhetorik.

Zukünftige Ordnung. Auf den rechten Weg zurückkehren.

Dann wird ihr eiskalt.

Unschuldige opfern. Ein Werk der Liebe.

Eine Frage. Sie weiß nicht, wer sie stellt.
Die Antwort klingt wütend, da ist nichts von Liebe zu hören.
Tod. Die einzige Lösung.
Sie kriegt keine Luft mehr.
Noch eine Frage.
Noch mehr Worte, die sie nie wieder vergessen wird.
Keine Ausnahmen. Babys. Kinder. Totale Hingabe.
Sie hat Mühe zu atmen.
Ihr Gehirn pocht.
Nein.
Nein.
Nein.

14

Beim Aufwachen war meine Schulter so steif, dass ich sie mit der rechten Hand wieder lockern musste. Eine Übung, die alles andere als angenehm war. Die Wunde hatte geblutet, also wechselte ich den Verband und warf ein paar Ibuprofen ein, bevor ich versuchte, mich anzuziehen und die blonde Perücke aufzusetzen. Ebenfalls alles andere als angenehm. Trotzdem entschied ich mich gegen das Vicodin. Schmerzen wie in alten Zeiten. Immer wieder neu.

Noch war der Frühling in der Stadt am Michigansee nicht angekommen. Mein Smartphone verkündete, dass die Temperaturen am Nachmittag auf stolze 8,8 Grad steigen würden. Es regnete. Womöglich war das der Frühling in Illinois.

Ich verzichtete aufs Frühstück, war zu angespannt, um zu essen. Mein vierter Tag hier und immer noch nichts über Stella. Wo war dieses Mädchen, das nachts durch meine Träume geisterte und mir tagsüber nicht mehr aus dem Kopf ging? Die Attentäter von der Bnos Aliza School wussten, dass ich herumschnüffelte. Verdammt, ich hatte jemanden erschossen. Hatten sie Stella ermordet, weil sie zur Belastung wurde? Weil sie Angst hatten, dass sie gegen sie aussagen könnte?

Weil ich zu viel herumfragte?

Die Zeit rann mir durch die Finger. Ich musste bald einen Durchbruch schaffen.

Ich fuhr mit der Red Line in nördlicher Richtung nach Lawrence und ging von der Hochbahnstation kreuz und quer durch die Straßen. Immer auf der Hut, falls mir jemand folgte. Ich sah niemanden. Wenn ich beschattet wurde, dann von Profis. Doch nach der Vorstellung am Foster Beach und im Ritz zu urteilen, hatte ich daran meine Zweifel.

In einem Café an der Winthrop Avenue nahm ich zwei Kaffee mit, dazu gab es ein Snickers aus der Drogerie. Am Gebäude der Chicago Housing Authority boten mir mehrere fleißige Dealer richtig guten Stoff an. Um Viertel nach acht. Ich verzichtete. Ich hatte Koffein, Schokolade und Erdnüsse. Und ich hatte eine super Tarnung. Falls meine Zielperson aus dem Fenster schaute, würde sie eine schlecht gekleidete Blondine sehen, die Tolstoi im Nieselregen las.

Um zehn war der zweite Kaffee kalt, ein Zustand, der seinen Geschmack nicht unbedingt verbesserte. Er erinnerte stark an Schlamm aus dem Arghandab. Wobei ich ehrlich gesagt noch nie Wasser aus einem afghanischen Fluss getrunken habe.

Ich schüttete den Rest weg, steckte das Buch und die Pappbecher in meine Tasche und ging über den Hof zur erkergeschmückten Front. Riskant, aber die Wirkung der Schmerztabletten war verpufft und der Schokoriegel aufgegessen. Ich musste unbedingt etwas tun.

Ich nahm die fünf Stufen und ging hinein. Die Haustür führte in einen kleinen Eingangsbereich mit Fliesenboden, der dringend einmal geschrubbt werden musste. An der linken Wand vier Briefkästen aus Messing. Neben jedem Briefschlitz hingen eine Klingel und ein handgeschriebenes Namensschildchen hinter fettigem Glas.

Vier Wohnungen, eine im Erdgeschoss, drei darüber, vermutete ich. Vielleicht gab es in einem Stockwerk auch zwei Wohnungen. Ich las die Namen. B. Nakulabye, Dr. T. Fugakawa, T. & F. Leighter, J. Kerr.

J. Kerr war im zweiten Sock. Bingo.

Ich drückte die Klingel. Eine Stimme aus der kleinen runden Sprechanlage, blechern und verzerrt, aber eindeutig weiblich.

»Ja?«

»Mr. Hawthorn?«

»Wie bitte?«

»Mr. Hawthorn.«

»Der wohnt hier nicht mehr.«

Die Sprechanlage verstummte.

Ich verließ das Haus und ging wieder zu meiner Bank. Fünf Minuten später kam Kerr heraus und ging auf der Argyle Street in westlicher Richtung. Ich folgte ihr, bis sie an der North Clark Street links abbog. Wartete, bis sie in einen Bus stieg. Dann schleunigst zurück, rein ins Haus. Ich drückte wieder die Klingel von J. Kerr.

Keine Antwort. Ich klingelte noch einmal. Beim dritten Mal blieb ich volle zehn Sekunden auf der Klingel. Nichts.

Ich versuchte, die Haustür zu öffnen. Natürlich war sie abgeschlossen. Ich taxierte die Tür. Ein altes Haus. Ein altes Schloss. Ein Kinderspiel.

Ich holte ein kleines Etui aus meiner Tasche und bewunderte meinen jüngsten Einkauf. Kompakt. Ergonomisch. Der beste Freund des Einbrechers.

Ich machte mich an den Schließmechanismus, lauschte immer wieder, arbeitete größtenteils nach Gefühl. In weniger als zwei Minuten war ich drin.

Das Treppenhaus schwang sich über mehrere Treppenabsätze nach oben und kündete von einstigen besseren Zeiten. Das Geländer und die schön geschnitzten Pfosten waren mit einer dicken gelblichen Lackschicht überzogen. Der Läufer war ähnlich schmuddelig wie die Fliesen im Eingangsbereich.

Im zweiten Stock gab es nur eine Wohnung. Ich klopfte an die Tür. Keine Reaktion. Ich klopfte noch einmal, wartete und machte mich dann erneut ans Knacken des Türschlosses. Ich brauchte gerade einmal fünfundvierzig Sekunden.

Ich öffnete die Tür und rief. Keine Antwort.

In J. Kerrs Wohnung war es völlig still. Trotzdem nahm ich die Glock und kontrollierte schnell die Räume. Wohnzimmer nach vorn, zwei Schlafzimmer, die von einem langen, schmalen Gang abgingen, Esszimmer und Küche nach hinten raus.

Ich spähte aus dem Küchenfenster. Sah einen kleinen betonierten Hinterhof. Dahinter eine Gasse. Auf der anderen Seite der Gasse Müllcontainer und die Rückseite eines Wohnblocks wie der, in dem ich mich befand.

Ich durchsuchte kurz die Schränke und den Kühlschrank, um mehr über die Frau zu erfahren, die hier wohnte. Alles Bio, völlig überteuert. Eine Vorliebe für Joghurt, Grünkohl und Vollkornbrot. Zumindest aß sie das Zeug. In einer Schublade war eine kleine Pillendose mit Brahmi-Kapseln. Ich hatte keine Ahnung, was das war. Aus der Verpackung ging hervor, dass die Kapseln im Internet bestellt worden waren. Ich sah mir die Lieferadresse an und machte mit dem Smartphone ein Foto vom Etikett.

Ich eilte ins Wohnzimmer und wieder zurück in die anderen Zimmer, nahm so viele Details wie möglich auf. Die Wohnung wirkte wie ein möbliertes Apartment für Geschäftsleute. Langweilige Möbel, kein individueller Stil. Hier und da Schnickschnack aus dem Kaufhaus für den Allerweltsgeschmack. Sensationell nichtssagende Polstermöbel, Bettwäsche und Teppiche, überwiegend in Braun- und Beigetönen. Vorhänge im Wohnzimmer, Jalousien in den anderen Räumen, alle geschlossen, doch ein bisschen Morgenlicht drang durch.

Das Bad lag zwischen den beiden Schlafzimmern. Wie die Küche gab es nichts über J. Kerr preis. Nichts Mädchenhaftes oder Persönliches in der Dusche oder im Waschbeckenschrank. Keine Schminke, kein Nagellack, keine Bodylotion oder Gesichtscreme. Shampoo, Duschgel und andere Waschsachen waren typische Drogeriemarken: Deo, Zahnpasta, Zahnseide, Rasierer, Kamm und Bürste, Haargummis, Tampons.

In den Schlafzimmern setzte sich die nichtssagende Banalität fort. Ein Buch auf dem Nachttisch: *A Treasury of English Sonnets.* Kerr hatte also eine poetische Ader. Oder die Gedichte gehörten zur Wohnung und sie war keine große Leserin.

Ein kurzes Stöbern in der Kommode ergab, dass sie ausschließlich Unterwäsche aus weißer Baumwolle besaß. Die Söckchen waren ebenfalls aus weißer Baumwolle, dazu schlichte graue Sweatshirts ohne lustige Sprüche, Markenlogos oder College-Abzeichen. Im Schrank hingen drei dunkle Polyesterblusen und drei Jeans. Daneben, noch in der Plastikhülle, ein schwarzer Rock und zwei schwarze Pullover. Im Fach darunter schwarze Stiefel, Laufschuhe und ein paar flache Lederschuhe. Im Fach darüber ein schwarzer Wollschal und die Baseballkappe mit dem Sox-Logo. So viel zu ihrer poetischen Ader.

Das erleuchtete Fenster, das ich gesehen hatte, gehörte zum hinteren Schlafzimmer. Doppelbett, Nachttisch, Lampe, kein Buch. Jalousien.

An der Wand gegenüber vom Bett stand ein schwarzer Schreibtisch, wahrscheinlich von Pottery Barn, mit einer langen Schublade in der Mitte und drei Schubladen übereinander auf jeder Seite. Auf dem Schreibtisch ein MacBook Air, wie ich eins hatte.

Aber hallo.

Ich sah auf die Uhr. Ich war schon seit fast sieben Minuten in der Wohnung. Ich hatte mir dreißig Minuten gegeben, maximal.

Ich ging schnell zum Schreibtisch und durchsuchte die Schubladen. Fand die üblichen Stifte, Notizblöcke, Umschläge und Klebeband. Die unterste Schublade rechts war vollgestopft mit Wegwerf-Handys, die noch in der Packung steckten. Bisschen viele, auch wenn es keinen Festnetzanschluss in der Wohnung gab.

In der untersten Schublade links lag die Post. Ich blätterte sie durch. Hauptsächlich Reklame und Handzettel, adressiert an die »Bewohner« der Argyle Street. Ich fragte mich, warum Kerr den Plunder nicht weggeworfen hatte, und musste an den Stapel auf meinem Sideboard daheim denken, den ich vom Postamt auf die Insel mitgebracht, aber nie sortiert hatte.

Dann entdeckte ich den eigentlichen Zweck des Stapels. Tarnung. Im Ernst?

Unter den Umschlägen und Anschreiben versteckt, lagen zwei Pässe, zusammengehalten mit einem Gummi. Beide US-amerikanisch. Beide für eine Frau mit kastanienbraunen Haaren, weit auseinanderliegenden braunen Augen und einer Nase, die viel zu groß für ihr Gesicht war. Ich schätzte sie auf Anfang zwanzig. Ich hatte sie unter ihrem Baseballkäppi nie richtig zu Gesicht bekommen, aber ich nahm an, dass ich sie jetzt vor mir hatte. Ich glaubte nicht, dass sie die Frau auf dem Video der Überwachungskamera vor der Bnos Aliza School war.

Der erste Pass war auf Jasmine Helena Kerr ausgestellt, geboren am 22. Dezember 1988. Fast ein Christkind. Schlechtes Timing. Der andere lautete auf Jennifer Claire Latourneau, geboren am 15. Oktober 1990. Ich machte wieder mit dem Handy Fotos von den Pässen und legte sie dann zurück in die Schublade.

Neun Minuten.

Mit kribbelnden Nerven setzte ich mich auf den Schreibtischstuhl und klappte den Laptop auf. Der Bildschirmschoner erwachte zum Leben. Eine Löwin, die mit ihrem Jungen über die Savanne blickt. Ein blinkendes Kästchen verlangte ein Passwort. War ja klar.

Ich fuhr den Laptop herunter und wechselte bei gedrückter Steuerung- und S-Taste zum Einzelplatzmodus. Ich gab ein paar Befehle, startete neu und legte ein neues Administratorkonto an, bei dem ich die Mindestinformationen angab, die verlangt wurden. Nachdem ich einen Benutzernamen und ein Passwort genannt hatte, ging ich auf Systemeinstellungen, änderte und bestätigte das Passwort für den ursprünglichen Administrator, meldete mich ab und dann mit den neuen Informationen wieder an. Voilà! Ich war drin.

Sechzehn Minuten.

Ich öffnete den Dokumentenordner. Es gab drei Dateien. Eine On-Screen-Gebrauchsanweisung für einen Drucker. Eine Datei namens *Delfine,* eine dritte namens *KD.* Ich entschied mich für *KD.*

Eine Liste mit E-Mail-Adressen. Mit Domains, die auf kommerzielle Anbieter verwiesen. Dotcoms. Ich erkannte Gmail, Yahoo, AOL, Hotmail, Domains verschiedener Länder.

Warum wurden Kontaktinformationen in einem Dokument gespeichert? Eine falsch verstandene Vorstellung davon, wie man sich im Netz schützt? Um die Adressen schnell auszudrucken oder auszutauschen? Anscheinend war J. Kerr nicht gerade ein Cyber-Genie. Ich überlegte, ob ich mir die Datei als E-Mail schicken sollte, machte aber dann doch lieber ein Foto vom Bildschirm.

Delfine enthielt Namen und Adressen von Tier- und Naturschutzorganisationen. The Humane Society of the United States. Society for the Prevention of Cruelty to Animals. Greenpeace. Animals Asia. Alley Cats. World Wildlife Fund. African Wildlife Foundation. Ich schloss die Datei und sah mir die Mails an.

Nichts gespeichert. Nichts im Papierkorb.

Nichts über Stella Bright.

Mit tapsigen Fingern und feuchten Handflächen klickte ich auf den Posteingang. Vier Nachrichten. Alle waren innerhalb der letzten halben Stunde eingetroffen.

Zwei Mails waren Spam, die eine pries Belize als Steueroase, die andere versprach Hilfe bei Erektionsstörungen. Die beiden anderen stammten von Absendern, die sich Trailblazer und Infidel nannten. Ich öffnete die Mail von Infidel.

Godolphin Vintage Claret Beauty 05 05 06. FL1X: LM-inf/JC-GR/B5-S2+4

Eindeutig verschlüsselt. Ich sah mir Kerrs E-Mail-Adresse unter Empfänger an. *Jhk1222@gmail.com.* Ich trug sie in die Notiz-App meines Handys ein.

Mithilfe von Safari fand ich Kerrs Gmail-Account. Wieder wurde ein Passwort verlangt. Ich klickte direkt auf die sechs Punkte, wählte »Element untersuchen«, klickte zweimal auf »Input« und änderte den Befehl »Passwort« in »Text«. Anstelle der Punkte sah ich nun das Passwort. Ach du liebes bisschen. Sie hatte doch tatsächlich ihren Geburtstag genommen.

Sieben E-Mails. Alle in den letzten vierundzwanzig Stunden erhalten. Zwei Spam-Mails und eine Mail von einem lieben Glaubensbruder.

Ich öffnete die Nachricht von Infidel und sah mir den Absender an. *Infidel566@gmail.com.* Ich tippte die Adresse unter die von Kerr in mein Handy.

Neunzehn Minuten, zwanzig Sekunden. Ich schwitzte unter meiner Jacke und der Perücke.

Ich klickte auf ein kleines Dreieck rechts vom Antworten-Pfeil und ging dann auf den Befehl »Original zeigen« im Drop-Down-Menü.

Ein Datenblock erschien. Ungefähr in der Mitte stand eine Zeile mit dem Titel »Empfangen«. Eingebettet ins Kauderwelsch waren vier Zahlen mit Punkten dazwischen, die IP-Adresse des Absenders. Ich machte ein Foto vom Bildschirm.

Dreiundzwanzig Minuten.

Zurück zu Gmail.

Trailblazers Nachricht war kurz und knapp.

Bestätigt.

Ich sah mir auch die IP-Adresse von *Trailblazer744@gmail.com* an und trug sie unter den anderen ein. Versuchte ein Foto. Musste ein bisschen fummeln. Hatte es.

Sechsundzwanzig Minuten.

Die beiden letzten E-Mails stammten von *spearhead2020@yahoo.com* und *loyalc2020@aol.com.* Beide hatten die gleiche Nachricht wie Trailblazer geschickt. Ich ergänzte meine Liste um die beiden E-Mail-Adressen.

Ich suchte noch ein bisschen länger, iPhoto, iCalendar, iCloud, AirDrop. Nichts. Kerr nutzte das Potenzial ihres Mac eindeutig nicht aus. Oder sie speicherte ihre Dateien offline.

Achtundzwanzig Minuten.

Meine Zeit war um. Ich machte alle Änderungen rückgängig und brachte den Mac wieder in seinen ursprünglichen Zustand. Ein Experte oder ein Hacker würde bemerken, dass ich herumgeschnüffelt hatte, aber ich glaubte nicht, dass Kerr dazu in der Lage war. Und eine Hackerin war sie schon gar nicht.

Vierunddreißig Minuten.

Ein schneller Kontrollgang durch die Wohnung, ob alles unberührt wirkte. Und um noch einmal nachzuschauen, ob es nicht doch Hinweise auf einen weiteren Bewohner gab. Oder darauf, dass Stella Bright hier gewesen war. Beides negativ.

Sechsunddreißig Minuten nachdem ich die Wohnung betreten hatte, verließ ich sie wieder, kehrte zu meiner Bank im Hof zurück und übergab mich. Wie aufs Stichwort fing es wieder an zu regnen.

Eine Stunde später kam Kerr angetrottet. Oder Latourneau. Oder wie auch immer sie in Wirklichkeit hieß. Sie schaute weder nach rechts noch nach links, als sie die Stufen hochging und das Haus betrat.

Ich machte mich gerade auf eine lange, nasse Wartezeit gefasst, als mein Handy vibrierte.

15

»Wollen Sie das Video sehen?«

»Detective Capps. Wie nett, dass Sie sich nach meinem Befinden erkundigen. Ja, ich hatte einen höchst angenehmen Vormittag.«

»Ist es gerade ungelegen? Vielleicht müssen Sie gerade jemanden erschießen?«

»Geben Sie mir die Adresse.«

»Western Avenue, nördlich von Belmont. Nicht zu übersehen. Sieht aus wie der Buckingham Palace.«

»Bin schon auf dem Weg.«

»Ich sage unten am Empfang Bescheid.«

Ich ging zum Broadway und winkte einem Taxi. Opaline wollte bestimmt nicht, dass ich C hoch zwei warten ließ.

Capps' Beschreibung traf den Nagel auf den Kopf. Falls die Königsfamilie in einem zweigeschossigen Backsteinklotz umgeben von Asphalt lebte, aber immerhin mit eigenem Sendeturm.

Die meisten Polizeireviere sehen von innen gleich aus. Manche noch gleicher. Das Revier von Area Three war da keine Ausnahme. Trübe Fenster, abgewetzte Böden, Wände, die um einen frischen Anstrich bettelten. In der Luft hing der schwere Geruch nach Reinigungsmittel, feuchter Kleidung und menschlichem Missbehagen.

Um die Mittagszeit war der Eingangsbereich nur schwach mit

den üblichen Verdächtigen besetzt. Zwei Streifenpolizisten machten einen auf Macho. Eine Prostituierte in Hotpants und Neon-Make-up protestierte lautstark gegen die ihrer Meinung nach ungerechte Verhaftung. Ein alter Knacker in Overall und Gummistiefeln jammerte über eine tote Katze in seinem Pick-up. Ein Betrunkener, die Haut so grau wie geronnene Milch, sagte überhaupt nichts.

Ich stellte mich bei der Polizistin vor, die den undankbaren Dienst am Empfang schieben musste. Ihre Haare hatten einen unechten Bronzeton, und ihr Blick war auf die Morgenausgabe der *Tribune* gerichtet. Sie hieß Varga.

»Mein Name ist Sunday Night«, sagte ich und strapazierte dann die Wahrheit ein bisschen. »Ermittlerin aus Charleston.«

»Ich bestelle einen Festzug.«

»Roy Capps erwartet mich.«

Varga sah auf ihr Klemmbrett. »Gewaltdelikte. Zweiter Stock rechts, hinter der Jugendkriminalität.« Ihr Blick wanderte schon wieder zurück zur Zeitung.

Ich ging hinter einem ungepflegten, stoppelhaarigen Typen die Treppe hoch, vermutlich ein Undercover-Drogenfahnder. Oder ein Cracksüchtiger, der einen so subtilen Hinweis wie *Zutritt für Unbefugte verboten* nicht deuten konnte.

Ich fand den Weg ohne Schwierigkeiten. Anscheinend hatte ich Varga unterschätzt. Die Frau war in Bestform.

Wie schon im Eingangsbereich gab es auch im Dezernat für Gewaltdelikte keine Überraschungen. Jalousien an den Fenstern und Fliesen auf dem Boden. Schreibtische mit Akten, Telefonen, Kaffeetassen und Starbucks-Bechern. Auf manchen gab es persönliche Gegenstände – ein gerahmtes Foto, eine witzig gemeinte Trophäe, Basketball-Wackelköpfe.

Geschäftiges Treiben, es wurde telefoniert, Kaffee getrunken, auf Tastaturen getippt. In einer Ecke wurde über Bissspuren als Beweismaterial diskutiert.

Ich fragte nach Capps und Clegg und wurde an ein Fenster im hinteren Teil verwiesen. Durch das Glas konnte ich jenseits der Betonbauten und anderer gesichtsloser Flachdachgebäude aus Backstein einen Streifen Grün am Wasser sehen, das Wasser hatte die Farbe von Bohnensuppe.

Die Schreibtische von Capps und Clegg standen einander direkt gegenüber. Capps saß an seinem. Clegg war nicht da. Wahrscheinlich unterwegs, um mein Bankkonto zu hacken. Viel Glück, Bernie. Meine Kohle ist im Steuerparadies.

»Tolle Aussicht«, sagte ich.

Capps saß vornübergebeugt und schrieb etwas. Er trug ein avocadofarbenes Hemd und eine Krawatte in Rosttönen, eine Kombination, die er sicher nicht aus dem Brooks-Brothers-Katalog hatte. Über der Stuhllehne hing sein Jackett. Braunes Fischgrätmuster, nicht gerade der letzte Schrei. Er sah auf, antwortete aber nicht.

»Was ist das für ein Gewässer?« Ich nickte zum Fenster.

»Der Chicago River, nördlicher Teil.«

»Hübsch.« Mal abgesehen von der Schnellstraße und den spuckhässlichen Gebäuden. Aber das sagte ich nicht.

»Jemals was von Riverview gehört?«, fragte Capps.

»Nein.«

»The Bobs?« Er sah mich an, als ob ich gesagt hätte, ich wüsste nicht, was Käse wäre.

Ich schüttelte den Kopf.

»Ist ja auch nur die berühmteste Achterbahn ihrer Zeit gewesen. Damals fuhr jeder Jugendliche in Chicago mit der Achterbahn, ein großer Spaß und irrer Nervenkitzel.«

»Und Sie erzählen mir das weil?«

»Der Freizeitpark wurde 1967 plattgemacht, und stattdessen wurde das hier gebaut.« Er hob die Arme und bezog das gesamte Revier mit ein. »Ironie des Schicksals, was?«

»Warum?«

»Die Jugendlichen, die heute herkommen, kommen sicher nicht, um sich hier zu amüsieren.«

Capps angelte mit einem Bein nach einem Stuhl, zog ihn zum Schreibtisch und bedeutete mir, mich zu setzen.

»Was Neues über unseren tätowierten Freund im Leichenschauhaus?« Ich setzte mich.

»Nichts. Er ist nicht erfasst.«

Das überraschte mich. »Und was ist mit der Tätowierung?«

»Nichts, in keiner einzigen Datenbank. Dabei hat Bernie das Bild von hier bis zum Mars und wieder zurück gejagt.«

»Und was ist mit dem Mönch?«

Capps sah mich nur an.

»Der Typ von gestern Abend.«

»John Scranton. Hat eine Mutter, die das bestätigt.«

»Wo wohnt er?«

»Bei Mama im Keller.«

»Wo arbeitet er?«

»Er orientiert sich gerade neu.«

»Was hatte er im Ritz zu suchen?«

»Wartete auf einen Freund, als plötzlich eine Irre auf ihn losging.«

»Haben Sie seine Fingerabdrücke überprüft?«

»Ebenfalls nicht im System.«

»Der Typ hatte eine Waffe.«

»Er sagt, dass sie ihm nicht gehört.«

»Ich sage, doch.«

»Die Beretta war in Ihrem Zimmer.«

»Ein Hotelgast, eine Frau namens Wryzniak, hat ihn damit gesehen.«

»Wryzniak sagt nur, dass sie auf dem Gang ein kämpfendes Paar gesehen hat.«

»Nehmen Sie Scranton seine Geschichte ab?«

»Nein.«

»Halten Sie ihn weiter fest?«

»Wir haben keinen Grund dafür.«

Ich hob eine Braue.

»Wir lassen ihn laufen, behalten ihn aber im Auge. Hoffen, dass er uns zum Versteck führt. Falls es ein Versteck gibt.«

»Hat er auch so ein Tattoo mit zwei verschlungenen J?«

»Nein. Aber er hat eine so üble Schuppenflechte, dass man meinen könnte, er würde sich häuten. Hat daher wahrscheinlich nichts für Bodyart übrig.«

Hinter uns klingelte ein Telefon. Ein Kollege von Capps ging dran. Meldete sich mit Gomez.

»Erzählen Sie mir, was ich auf der Aufzeichnung der Überwachungskamera zu sehen bekomme«, sagte ich.

Capps legte den Stift weg und lehnte sich auf seinem Stuhl zurück.

»Schwarz-weiß. Einzelheiten sind aufgrund der Entfernung und des Blickwinkels kaum zu erkennen. Die Kamera wurde vor Jahrzehnten installiert, vermutlich fuhr da noch die Achterbahn. Eine Videokamera mit Zeitraffer.«

Das klang nicht gut. Heutzutage zeichneten die meisten Kameras auf Festplatten auf. Bei einer Videokamera mit Zeitraffer kann man die Aufnahme so programmieren, dass sie achtundvierzig Stunden lang läuft. Eine langsamere Aufzeichnung führt zu einer schlechteren Bildqualität. Und zu Verlusten aufgrund des häufigen Überspielens.

»Wo war die Kamera installiert?«, fragte ich.

»Auf der anderen Straßenseite, etwas westlich von der Schule. In Moishes Bake Shop. Moishe hatte zwei Kameras – eine draußen, die war auf den Parkplatz gerichtet, und eine drinnen mit Blick auf die Kasse. Beide waren mit einem Videorekorder im Hinterzimmer verbunden. Die Kamera drinnen war ausgeschaltet. Die draußen filmte die Straße und den östlichen Teil der Bnos Aliza School.«

»Keine Kameras in der Schule oder sonst irgendwo in der Straße?«

»Nein.« Capps holte ein Notizbuch aus der linken Schublade, blätterte ein bisschen und überflog seine Notizen. »Die wichtigen Szenen wurden am 17. April aufgezeichnet, am Tag des Anschlags. Die Aufzeichnung beginnt um vier Uhr morgens. Zeigt jede Menge nichts, dann die Kinder, die in die Schule kommen und später wieder gehen. Vorbeifahrende Autos. Passanten. Die Aufnahmen, die Sie interessieren, beginnen um 16.16 Uhr. Man sieht, wie Bowen, Stella und Mary Gray Bright die Schule mit drei anderen Frauen verlassen. Die Frauen bleiben stehen. Stella und Bowen gehen in westlicher Richtung weiter und verschwinden aus dem Blickwinkel.

Um 16.16 Uhr und 23 Sekunden sieht man einen dunklen Subaru Forrester, der auf der Devon Avenue von Osten nach Westen fährt. Die Nummernschilder sind nicht zu erkennen, entweder mit Schlamm verkrustet oder absichtlich abgedeckt. Im Auto befinden sich eine Frau und drei Männer. Der Blonde, den Sie im Ritz erschossen haben, sitzt am Steuer. Die Frau auf dem Beifahrersitz. Die zwei anderen Männer sitzen hinten. Der Forrester fährt an der Schule vorbei und verschwindet.

Mary Gray und zwei der Frauen gehen los und verschwinden um 16.16 Uhr und 43 Sekunden aus dem Blickfeld. Man sieht Schutt von Westen her ins Bild fliegen. Eine Staubwolke. Die Frau, die auf dem Gehweg stehen blieb, wird gegen das Gebäude geschleudert.«

Capps warf das Notizbuch auf den Schreibtisch. Ich spürte den Luftzug beim Landen.

»Das war's?«, fragte ich.

»Das war's. Wenige Sekunden nach der Explosion fällt die Kamera aus.«

Das klang nach einer weiteren Sackgasse. Ich hatte die Akte durchgelesen und nichts gefunden, was den anderen vielleicht entgangen war. Ich überlegte. Sollte ich Capps von meinem Ausflug an den Foster Beach erzählen? Von Jasmine Kerr?

Capps und Clegg könnten einen Durchsuchungsbeschluss besorgen, um Kerrs Wohnung auf den Kopf zu stellen. Kerr hatte falsche Pässe. Erhielt verschlüsselte E-Mails. Hortete genug Wegwerf-Handys, um einen eigenen Laden zu eröffnen. Aber ich wollte nicht, dass sie Panik bekam und sich absetzte. Noch nicht. Nicht bevor ich in Erfahrung gebracht hatte, was sie über Stella wusste.

Und ganz ehrlich. Ich könnte es nicht ertragen, wenn noch ein Mensch meinetwegen sterben würde.

Aus irgendeinem Grund war Capps richtig mitteilsam. Ich beschloss, das zu nutzen.

»Erzählen Sie mir, was passiert ist.«

Capps' scharfe kleine Augen wanderten über mein Gesicht. Dann: »Ein Haufen feiger Arschlöcher hat eine Schule in die Luft gejagt.«

»Ich meinte die Reaktionen direkt nach dem Anschlag.«

»Eine Million besorgter Bürger setzten per Handy einen Notruf ab. Eine Frau meldete einen Subaru Forrester, der auf der Devon Avenue nach Westen raste. Sie dachte, sie hätte den Forrester in derselben Woche schon mal in der Gegend gesehen. Lieferte eine ziemlich gute Beschreibung. Da die Notrufe so schnell eintrafen, bestand die Hoffnung, dass die Attentäter noch im Forrester und in der Gegend unterwegs waren. Einheiten in einem Umkreis von einer halben Meile wurden an den Tatort beordert. Einheiten, die sich eine halbe Meile oder weiter entfernt befanden, riegelten die Gegend ab. Abgesehen von Rettungsfahrzeugen, durften Fahrzeuge oder Fußgänger weder in den abgesperrten Bereich rein, noch durften sie raus. Wir wollten den Forrester finden.«

»Und das Mädchen.«

»Zu dem Zeitpunkt wusste man noch nicht, dass sie verschwunden war.«

»Aber Sie haben das Fahrzeug nicht gefunden.«

Capps sagte nichts.

»Die Attentäter haben also nicht blindlings zugeschlagen, sie haben vorher alles ausgekundschaftet.« Ich dachte laut. »Haben Sie alte Aufzeichnungen aus der Bäckerei? Um zu überprüfen, ob der Forrester schon früher unterwegs war? In derselben Woche? Im selben Monat? Ob jemand vor der Schule herumlungerte?«

»Ja, Miss Night. Haben wir überprüft. Leider ist Moishe ein Geizkragen. Er hat die Aufzeichnungen als Endlosschleife programmiert, wir hatten also kaum Material.« Capps stand auf. »Das Band ist sehr lang. Das Auto ist nur wenige Sekunden zu sehen. Wollen Sie sich trotzdem alles anschauen?«

»Ja.«

»Zeitverschwendung.«

»Wahrscheinlich.«

Capps zuckte mit den Schultern.

Ich folgte ihm in einen fensterlosen Raum mit einem Videorekorder, einem Monitor, einem Tisch und zwei Stühlen. Die nächsten Stunden sah ich zu, wie auf einem kleinen Abschnitt vor der Bäckerei Fahrzeuge vorbeifuhren. Eine endlose Autoparade auf der Devon Avenue. Die östliche Hälfte der Bnos Aliza School. Die Rasenflächen der Schule, die Wege, die schwarzen Poller, die für Sicherheit sorgen sollten.

Die Heizung im Raum lief auf Hochtouren. Zunächst machte mir das nichts aus. Ich war durchnässt und durchgefroren bis auf die Knochen von meiner stundenlangen Warterei auf der Betonbank im Hof. Aber irgendwann forderte die übermäßige Wärme ihren Tribut. Ich begann zu schwitzen. Ich drückte immer öfter und länger auf die Vorspultaste.

Zwischen sieben und halb acht trafen die Lehrer und Mitarbeiter vor der Schule ein. Kurz darauf kamen die Mädchen, einige wurden mit dem Auto gebracht, andere waren zu Fuß unterwegs. Sie trugen marineblaue Faltenröcke, die sittsam die Knie bedeckten. Pullover oder leichte Jacken. Polohemden mit dem Logo der Schule auf der linken Brust aufgestickt. Die Mädchen sammelten sich zu zweit oder zu dritt, gelegentlich auch in größeren Gruppen. Die Haare trugen sie offen, als Pferdeschwanz oder Zöpfe. Rucksäcke hingen über Schultern oder wurden am Arm getragen. Sie lachten und schwatzten ahnungslos.

Ich schmeckte bittere Galle im Mund. Schluckte.

Um zehn vor acht waren die letzten Mädchen auf einem Weg verschwunden, der in westlicher Richtung aus dem Bild führte. Ich nahm an, dass sich dort der Eingang für die Schüler befand.

Den ganzen Tag über kamen und gingen Leute. Eine Mutter, die ein vergessenes Buch brachte. Eine andere, die ihre Tochter abholte. Autos, Lastwagen, Busse, Arbeiter, Radfahrer, Jogger. Ich beschleunigte und verlangsamte ihre Bewegungen in einer wilden Mischung aus Vorspulen und Zeitlupe.

Um 13 Uhr lief eine kleine Gruppe von Ost nach West durchs Bild. Zwei Männer, vier Frauen, drei Kinder. Darunter auch die Brights. Stellas Haare leuchteten wie ein frisch geprägter Penny in der Mittagssonne.

Bowen und seine Mutter hatten nur noch gute drei Stunden zu leben. Und Stella?

Ein Gefühl der Leere und Sinnlosigkeit machte sich in mir breit. Mir schnürte sich die Kehle zu.

Ich krallte den Daumennagel tief in mein Handgelenk. Atmete ein.

Ab 15.27 Uhr kamen nach und nach die ersten Mädchen wieder ins Bild. Um 15.45 Uhr waren Weg, Rasen und Gehsteig wieder leer.

Capps hatte recht. Um genau 16.16 Uhr tauchten Mary Gray, ihre Kinder und drei Frauen auf, zwei aus der früheren Gruppe, die andere neu. Die Bright-Kinder liefen aus dem Bild.

Bowen und seine Mutter hatten noch 43 Sekunden zu leben.

Um 16.23 Uhr und 23 Sekunden fuhr der Forrester langsam von Osten nach Westen.

Um 16.16 Uhr und 43 Sekunden folgten Mary Gray und die beiden Frauen, mit denen sie gekommen war, Bowen und Stella aus dem Bild. Die neue Frau blieb.

In weniger als einer Sekunde explodierte vor der Schule ein Strahlenkranz aus Staub und Geröll. Die Frau auf dem Gehweg wurde nach hinten geschleudert und prallte gegen den Fels. Ihr Körper fiel zerschmettert zu Boden, dann wurde der Bildschirm schwarz.

Ich spulte zurück, drückte auf Pause und starrte auf die Gesichter im Wagen. Verwaschen. Schattig. Das hätte jeder sein können.

Ich spielte die Szene wieder und wieder ab. Dreiundvierzig Sekunden, die ein Leben für immer veränderten.

Capps hatte wieder recht.

Sich das Video anzusehen war komplette Zeitverschwendung.

Neun Tage

Das Haus hat keinen Keller, deshalb ist sie wieder in der Kiste. Sie ist lang und schmal, mit einer Reihe schwerer Beschläge, um den Deckel zu sichern, wie ein Sarg.

Sie weigert sich, sich das Wort auch nur vorzustellen, dieses Bild im Kopf.

Zuerst konnte sie noch Licht durch die schartigen Spalten zu ihren Füßen sehen. Sie hat beobachtet, wie sich die Außenwelt von Bernstein zu Dunkelgrau und dann zu Schwarz verfärbt hat.

In ihrer Aufregung war sie unvorsichtig geworden, war erwischt worden, wie sie allein zur Lichtung ging. Sie ist in die Kiste gesperrt worden, um über ihre Schlechtigkeit nachzudenken. Ihre Hingabe für die Sache.

Aber sie kann nur noch an ihr winziges Gefängnis denken. Die Löcher der Nägel, die ihre einzige Quelle für Sauerstoff sind. Den Stahl um sie herum, der schon bald kalt werden wird.

Sie lauscht. Hört nur Geräusche, die von ihr selbst kommen. Ihr rasender Puls. Ihr hektischer Atem. Sie bemüht sich, beides zu verlangsamen. Um den Sauerstoff zu erhalten. Um nicht den Verstand zu verlieren.

Außerhalb der Kiste herrscht völlige Stille.

Sie späht in die schwarze Dunkelheit. Sieht nichts. Nicht einmal die Turnschuhe, die sie schneeweiß gebleicht hat.

Sie riecht Öl. Und etwas Modriges, wie alte Vorhänge, die man auf dem Dachboden aufbewahrt.

Sie fährt mit den Fingern über das Metall unter ihr. Spürt flache Furchen, abgeteilt durch parallele Erhebungen. In den Furchen kleine Partikel, vielleicht Erde, vielleicht Rost.

Sie hebt die Hand. Ihre Handfläche stößt wenige Zentimeter über ihrem Gesicht an den Deckel. Sie weiß das. Weiß nicht, warum sie das probiert.

Sie hat keine Ahnung, wie lange sie schon in der Kiste ist. Hat auch nicht versucht, irgendwie die Zeit zu messen. Sie will sich abschotten. Nichts erwarten. Kein Essen. Kein Licht. Keine Freiheit. So ist es einfacher.

Sie döst. Oder doch nicht. Ohne Sinneseindrücke kann sie nicht erkennen, was real ist und was nicht. Ob sie wach ist oder schläft.

Sie sieht den Anführer. Er beobachtet sie, das Gesicht reglos und kalt wie Eis.

Das ist ein Traum. Der Anführer ist nicht da. Einen Moment lang ist sie froh über die Wände, die sie von ihm trennen. Von seiner Strenge. Seinen Prüfungen. Seinem Schmerz.

Seine Worte kreiseln durch ihren Kopf. Oder bildet sie sich das auch ein? Verrät sie ihr Gedächtnis, macht es aus der Realität einen Albtraum, der zu schrecklich ist, um wahr zu sein?

Ein Wadenkrampf. Sie versucht, ihr Bein auszustrecken. Sie hat zu wenig Platz. Sie kann nicht flach liegen. Sich nicht umdrehen.

Plötzlich hat sie das Gefühl, dass die Wände immer näher rücken.

Ein winziges Geräusch lenkt sie ab. Das sie gar nicht hören könnte, wenn es nicht so völlig still wäre. Ein fast unhörbares Schaben, wie eine kleine Schlange, die sich durch den Sand windet.

Noch tiefere Dunkelheit.

Noch tieferes Nichts.

Sie ist oben auf der Treppe. Der Anführer poltert unten. Tod. Keine Ausnahmen.

Aufruhr in ihrem Magen.

Eine Feder kitzelt sich von ihrem Handgelenk bis zum Ellbogen. Oder eine Million winziger Füße.

Ihr Herz klopft so wild, dass sie fürchtet, es könnte in ihrer Brust explodieren. Lebhafte Bilder verdrängen die vom Anführer. Haarige Beine. Giftige Reißzähne.

Sie reißt abrupt den Arm hoch. Ihr Ellbogen kracht gegen Stahl.

Sie schiebt sich in eine Ecke, zieht das Kinn zur Brust und macht sich ganz klein.

Sie wird nicht an Spinnen denken. An Tausendfüßler. An Schaben.

Sie wird nicht an den Anführer denken.

Sie wird nicht an die Vergangenheit denken. Nicht an die Zukunft.

Sie wird sich nur darauf konzentrieren, nicht verrückt zu werden. Alles andere ist unwichtig.

Obwohl jedes einzelne Nervenende prickelt, versucht sie ihren neuen Trick. Sie zieht sich zurück in die Bilder, die sie in ihrem Kopf gespeichert hat.

16

Nach dem Besuch bei Capps trat ich wieder meine Hinterhofwache an. Der Regen hatte aufgehört, aber die Bank war klatschnass. Als echter Profi hatte ich mir unterwegs Zeitungen aus einem Mülleimer geholt. Und so saß ich da, den Hintern gepolstert mit Artikeln, die Varga ein paar Stunden zuvor gelesen hatte.

Um acht war das Licht im hinteren Schlafzimmer angegangen. Um zehn ging es wieder aus. Um halb elf kehrte ich ins Tremont zurück, duschte, wechselte den Verband und legte mich schlafen. Eine weitere Nacht im selben Hotel. Riskant. Aber mir war kalt, ich war nass, und meine Schulter schmerzte wie der Teufel.

Ich hatte überlegt, Beau anzurufen. Stattdessen schickte ich eine E-Mail. Er hätte eine Million Fragen gestellt. Ich hätte nur wenige Antworten gehabt. Und über die Schießerei wollte ich auf keinen Fall reden. Oder über meinen Kampf mit dem Mönch. Danach hatte ich überprüft, ob sich in den sozialen Medien oder den E-Mail-Accounts etwas getan hatte, die ich vor meiner Abreise aus Charleston eingerichtet hatte. Nichts.

Es war neun Uhr morgens. Sechs Tage waren vergangen, seit ich Opaline Drucker kennengelernt hatte. Ich war nicht mehr Gast im Tremont. Und ich hatte meinen Beobachtungsposten auf der Bank aufgegeben. Mir war klar, dass ich mit einem weiteren Tag an derselben Stelle mein Glück überstrapazierte. Ich stand um die Ecke, Rucksack über der Schulter, blonde Perücke und Outdoor-Hut auf dem Kopf. Unter den Arm hatte ich die *Tribune* geklemmt, falls ich zusätzliche Tarnung benötigte. Keine durchweichte Ausgabe aus dem Müll, sondern die brandaktuelle von heute Morgen. Der älteste Trick der Welt, aber ich fühlte mich nicht sonderlich kreativ.

Der Wind blies kräftig, und am Himmel hingen tiefe Wolken, die die Farbe von Blutergüssen hatten. Immerhin konnte ich die Zeitung auch als Regenschutz verwenden.

Der Blickwinkel war nicht perfekt, aber ich sah von meinem Posten aus den Hauseingang von Kerr/Latourneau. Stundenlang tat sich gar nichts, niemand kam oder ging. Auf der Argyle Street war auch wenig los. Ein paar Leute, die zu ihren geparkten Autos gingen oder ausstiegen. Ein paar Passanten. Niemand, der aussah, als hätte er eine Beretta bei sich. Aber wir waren in Chicago. Laut der Zeitung unter meinem Arm hatten in der Nacht vierzehn Personen eine Kugel abbekommen. Ein gefährliches Pflaster.

Dass sich nichts tat, machte mich wahnsinnig. Aber ich hatte keinen anderen Anhaltspunkt außer Kerr. Ich hatte beschlossen, sie einstweilen so zu nennen. Einfacher als Latourneau. Um die Zeit totzuschlagen, erstellte ich im Kopf eine Liste der Dinge, die ich über sie wusste.

Kerr war vermutlich Anfang zwanzig, hatte kastanienbraune Haare, braune Augen und eine zu große Nase, gegen die sie etwas hätte tun können, es aber nicht gemacht hatte. Das gefiel mir.

Kerr kaufte teure Biolebensmittel und billige Toilettenartikel. Sie kleidete sich überwiegend schwarz. Sie mochte Tiere oder zumindest Tierschutzorganisationen und die White Sox. Allerdings konnte die Baseballkappe auch ein Geschenk sein. Oder sie hatte sie geklaut.

Kerr hatte kein Interesse daran, ihre Wohnung zu dekorieren, war ein Fan von Textilreinigungen und fuhr mit dem Bus. Sie hatte keine Angst, mitten in der Nacht allein zum Foster Beach und wieder zurück zu spazieren. Falls sie allein gewesen war.

Kerr nutzte das Internet, hatte aber nur wenige Dateien auf ihrem Laptop. Sie hatte Freunde auf der ganzen Welt. Zumindest hatte sie deren E-Mail-Adressen. Sie löschte regelmäßig ihre Browser-Chronik und die Eingänge in ihrem Postfach, vielleicht nach jeder Sitzung. Davon abgesehen war ihr Computer jedoch nicht sonderlich gut geschützt.

Ich hatte nichts gefunden, was darauf hindeutete, dass Kerr etwas über Stella Bright wusste. Aber mein Instinkt sagte mir, dass sie die Verbindung war.

Kerr verließ das Haus um 13.15 Uhr. Ich folgte ihr zu einer kleinen Kunstgalerie an der Clark Street. Auf dem Schild über der Tür stand *Dancing Dolphin,* dazu ein entsprechendes Bild. Sehr künstlerisch.

Hineinzugehen konnte ich nicht riskieren, aber ich sah mir die Galerie von der anderen Straßenseite durch das große Schaufenster an. An den Wänden überwiegend abstrakte Bilder. Manche waren ganz okay. Manche einfach nur groß. Aber bestimmt hatte jedes Gemälde eine tiefe Bedeutung.

Miss Kerr war schon seltsam. Interessierte sich nicht für Deko, liebte aber die Kunst.

Ich fragte mich, ob der Besuch der Galerie etwas mit der verschlüsselten Nachricht zu tun hatte. Godolphin Vintage Claret Beauty 05 05 06. FL1X: LM-inf/JC-GR/B5-S2+4.

War Godolphin der Hinweis, zum *Dancing Dolphin* zu gehen? Hatte der Absender etwas mit der Galerie zu tun? Wusste er oder sie etwas über Stella? Der Inhaber vielleicht? Ein Mitarbeiter? Ein Künstler?

Kerr kam zehn Minuten später wieder aus der Galerie. Mit leeren Händen. Sie ging auf der Clark Street in südlicher Richtung bis zu einem Restaurant namens Café Raw. Ich blieb zurück und schlenderte dann vorbei. Sie saß allein an einem Zweiertisch links neben der Tür. Ich wechselte auf die andere Straßenseite.

Kerr ließ sich Zeit mit ihrem Tofu. Oder Karottenpüree. Oder was immer sie sich da Veganes einverleibte.

Ich vertrieb mir währenddessen die Zeit mit Google auf meinem Handy. Buchte ein Zimmer im Warwick-Allerton an der North Michigan Avenue. Das Hotel hatte eine Bar namens Tip Top Lounge. Mir gefiel der Klang.

Ich war gerade fertig, als mein Handy vibrierte. Unbekannter Anrufer. Ich ging wortlos dran.

»Chille in der Lobby«, sagte eine Stimme.

»Bin unterwegs«, sagte ich.

Ich nahm ein Taxi zum Ritz.

*

Er saß im gleichen Sessel, in dem ich gesessen hatte, als ich die Nachricht von Kerr gelesen hatte, und ließ unter einem cremefarbenen Filzhut mit schwarzem Band den Blick diskret durch die Lobby schweifen. Die Beine hatte er lang ausgestreckt, der eine Fuß lag auf einem kleinen Schalenrollkoffer von Tumi, der andere auf dem Teppich. Keine große Streckung, so lang waren die Beine nicht.

Sein Blick streifte mich und wanderte weiter. Mit unbewegtem Gesicht wechselte er vom Sessel zu einem freien Sofa, das etwas abseits stand.

Ich blickte mich kurz um und ging zu ihm. Sein Kopf bewegte sich nicht. Aber ich wusste, dass er mich hinter den kupferfarbenen Gläsern seiner Sonnenbrille beobachtete. Eine Maui Jim Hang Ten. Ich kannte sie von meinem Einkaufsbummel bei Sunglass Hut. Nicht mein Stil, aber zu ihm passte sie.

Abgesehen von der Sonnenbrille und dem Hut, fiel er nicht

weiter auf – wenn er auf einer Veranda in New Orleans oder Savannah gesessen hätte. Die beigefarbene Hose war wahrscheinlich von Tommy Bahamas, das langärmelige mintgrüne Polohemd irgendeine hochwertige Seidenmischung. Beim weißen Gürtel erlaubte ich mir kein Urteil. Ein braunes Jackett lag quer über seinem Schoß. Ralph Lauren? Seine Slipper waren aus Leder, vermutlich italienisch.

»Ich sehe mir all deine Turniere auf dem Golf Channel an«, flüsterte ich und setzte mich auf die andere Seite der Couch.

Er schob die Brille tiefer und musterte mich unter der Hutkrempe hervor. Seine Augen waren so jadegrün wie meine, die Wimpern reine Verschwendung bei einem Vertreter seines Geschlechts. Karamellbraune Haut mit dunkleren Sommersprossen auf der breiten und flachen Nase, die aussah, als ob er einen Anker im Gesicht hätte.

»Hast du ein Problem mit meinen Klamotten?« Obwohl er leise sprach, klang seine Stimme weich und üppig, ähnlich wie seine Kleider.

»Ich freue mich wirklich auf dein nächstes Turnier bei der PGA-Tour.«

»So klugscheißerisch wie eh und je.« Er schob die Sonnenbrille wieder hoch und schaute geradeaus.

»Ich bemühe mich.«

»Extrem. Neue Frisur?«

»Perücke.«

»Blond sieht nicht gut aus zu käseweißer Haut.«

»Hast du eine Pistole dabei?« Ich ignorierte seinen Stylingtipp.

»Ich reise nur mit Handgepäck.«

»Sollte kein Problem sein, sich eine zu besorgen.«

»Hast du nur eine dabei?«

»Lange Geschichte.«

Eine Frau ging dicht an uns vorbei. Zu starke Dauerwelle, zu starke Tönung. Ihr Make-up betonte ihre Falten noch zusätzlich. Wir schwiegen, bis sie außer Hörweite war.

»Einen hast du schon erledigt.« Die Augen hinter den getönten Gläsern schweiften ständig durch die Lobby.

»Von den vier Personen im Video«, sagte ich.

»Das heißt?«

»Später.« Ich schlug die Zeitung auf und tat so, als ob ich lesen würde.

»Was soll ich tun?«

»Nimm dir hier ein Zimmer.«

»Wo bist du untergekommen?«

»Hier in der Gegend.«

»Ist Drucker zu geizig, dir ein Zimmer im Ritz zu spendieren?«

Ich sprach jetzt noch leiser. »Ich habe hier eine Suite, aber da schlafe ich nicht.«

»Natürlich nicht.«

»Hast du Kreditkarten?«, fragte ich. »Papiere?«

»In mehreren Varianten.«

»Frag beim Einchecken nicht nach mir. Sag nicht, dass du mich kennst. Hier wurde versucht, Kontakt zu mir aufzunehmen. Und mich umzubringen.«

»Da sollte man uns besser nicht zusammen sehen.«

»Blitzmerker.«

»Und wenn wir jetzt beobachtet werden?«

»Werden wir nicht.«

»Sicher?«

»Ich bin Profi.«

»Daher auch die Perücke.«

Ein Mann im Trenchcoat kam in unsere Richtung, blieb stehen und betrachtete etwas in seiner Hand. Kehrte wieder um.

»Eine Suite, sagst du?«

»Klar«, sagte ich. »Ruf an, wenn du drin bist.«

Ich ging ins Warwick-Allerton und nahm für eine Nacht ein Zimmer. Sechster Stock. Glänzende schwarze Möbel und eine flauschige blaue Chaiselongue. Ich freute mich über die Chaiselongue. So langsam kam ich mit den Hotelzimmern, den verschiedenen Stockwerken und Zimmernummern durcheinander. Die leuchtend blaue Liege half bei der Orientierung.

Er rief an, als ich mir gerade etwas Trockenes anzog. Beim Telefonieren fiel mir eine Zeitschrift mit einer Anzeige für ein Restaurant ins Auge. Ich sagte ihm, dass wir uns in einer Stunde im Italian Village in der Monroe Street treffen würden.

»Wie finde ich das?«

»Die haben sicher ein Schild.«

Ich war zuerst da. Es war noch früh am Abend, das Restaurant fast leer. Ich bekam einen Tisch in einer Nische oben im hinteren Teil des Lokals, wo sonst wahrscheinlich die bösen Buben saßen, die nicht gesehen werden wollten.

Ich hatte gerade einen Martini bestellt, als Gus kam, immer noch von Kopf bis Fuß in Hilfiger und Ralph Lauren gekleidet. Keine Sonnenbrille. Ich hatte auf Hut und Perücke verzichtet.

Gus setzte sich zu mir in die Nische und legte den Hut links neben sich ab.

Der Kellner kam, ein kahlköpfiger Typ mit hängenden Schultern, der vermutlich schon bei der Eröffnung in den Zwanzigerjahren die Spaghetti serviert hatte. Gus bestellte Jim Beam auf Eis.

Die Drinks und die Speisekarte kamen schnell. Ich nahm Ossobuco. Gus entschied sich für Cacciucco. Ich hatte keine Ahnung, was das war. Gus fragte nach der Weinkarte. Der Kellner schlug Chianti vor. Sie einigten sich auf einen bestimmten Winzer.

»Ich werde morgen ein bisschen rumtelefonieren, eine Waffe besorgen«, begann ich, als der Kellner gegangen war.

»Schon erledigt«, sagte er.

»Du hast eine Pistole?«

»Ich werde eine haben. Erklär mir lieber noch mal, warum ich hier bin.«

Ich erzählte ihm alles, was sich seit meinem Treffen mit Opaline Drucker ereignet hatte. Der Bombenanschlag auf die Schule. Das Verschwinden von Stella Bright, das Lösegeld, das bezahlt wurde, ohne dass Stella auftauchte, der kürzlich versuchte Zugriff auf das Bankkonto. Der Subaru Forrester. C hoch zwei. Die Nachricht für mich im Ritz. Mein Ausflug zum Foster Beach. Der tätowierte Typ im Leichenschauhaus. Meine Keilerei mit dem Mönch, John Scranton. Jasmine Kerr/Jennifer Latourneau. Mein Einbruch in der Argyle Street. Die nutzlosen Aufzeichnungen der Überwachungskamera. Die Fotos vom Tatort.

Während wir redeten, kam unser Essen und hüllte die Nische in eine Knoblauchwolke. Das Cacciucco war eine Art Fischeintopf. Das Ossobuco war gut, der Chianti spektakulär.

»Du glaubst also, dass Stella noch lebt«, sagte Gus mit einem Bissen Fisch im Mund, aber trotzdem ganz vornehm. Eine Eigenschaft, die mir völlig abging.

»Ja.«

»Warum wurde sie bei der Explosion nicht getötet?«

»Sie war durch einen Steinbrocken geschützt, auf den die Schülerinnen ihre Namen schreiben, das Maskottchen der Sportmannschaft malen oder was auch immer.«

Gus dachte darüber nach. »Warum sollte sie bei den Leuten bleiben, die ihre Familie umgebracht haben?«

Ich stellte mir Stella Bright auf einer sonnigen Strandpromenade vor. Der leere Fleck in all den Blutspritzern.

Blitzlichtartig kamen wieder die Erinnerungen hoch.

Ein heißer Sommerabend. Verdrehte Körper, mit dem Gesicht nach unten, die Arme miteinander verknäult. Verkohlte Kleidung, die ich so gut wie meine eigene kannte.

Wieder das vertraute eisige Feuer in meiner Brust. Ich unterdrückte die Bilder und die Wut, schob sie mit ein paar tiefen Atemzügen beiseite. Legte die Gabel weg. Richtete sie gerade.

»Ich glaube nicht, dass sie eine Wahl hat.«

Schweigen in der Nische. Knoblauchdunst.

»Deshalb hast du dich bereit erklärt, nach ihr zu suchen«, sagte Gus leise.

»Ja.«

»Deshalb bin ich hier.«

»Du bist wegen meiner unwiderstehlichen Anziehungskraft hier.«

»Und weil ich so ein eloquenter Tausendsassa bin.«

Ich verdrehte die Augen. Aber es stimmte. Während ich oft schroff bin und schnell aufbrause, strahlt Gus Ruhe aus, was andere Menschen anzieht. Die alte Geschichte. Der Typ, der so gut zuhören kann.

»Drucker weiß über uns Bescheid«, vermutete Gus. »Deshalb hat sie dich überredet, den Fall zu übernehmen.«

»Eine schlaue alte Schachtel.«

»Wie hat sie dich gefunden?«

»Über Beau. Ich glaube, da gibt es irgendeine alte Verbindung.«

Gus hob bedeutungsvoll beide Augenbrauen, wodurch sich seine Stirn in Falten legte. Und der stoppelkurze Haaransatz gen Norden rutschte. Ich zog als Antwort ebenfalls die Brauen hoch.

Wieder eine Pause, während wir beide in Gedanken unsere Vergangenheit durchgingen, die Gegenwart. Das Bekannte und Unbekannte. Die Möglichkeiten.

»Wie passt John Scranton in die ganze Geschichte?« Gus, stets pragmatisch.

»Keine Ahnung.«

»Abgesehen von den Pässen, ein paar Toilettenartikeln und Kleidungsstücken hast du nichts Persönliches in Kerrs Wohnung gefunden?«

»Nur den Laptop. Wo regelmäßig ausgemistet wird. Sie speichert wenige Dokumente, löscht ihre Browser-Chronik nach jeder Online-Sitzung, löscht die Mails, nachdem sie sie gelesen hat.«

»Und sie benutzt Wegwerf-Handys.«

»Ja.«

»Irgendwelche Bilder?«

»Nein.«

»Irgendetwas, das darauf hindeutet, dass Stella je dort war? Irgendeine Verbindung zu ihr?«

»Nein.«

Gus aß den letzten Bissen, tupfte sich den Mund ab und lehnte sich zurück, das Weinglas elegant in der Hand balancierend.

»Bisher hast du Kerr mit niemand anderem als der Gestalt in der Unterführung gesehen. Und es gab keinen weiteren Versuch, Kontakt zu dir aufzunehmen.«

»Genau.«

»Weiß sie, dass du bei ihr eingebrochen bist?«

»Ich war vorsichtig.«

»Vielleicht sollte sie es wissen.«

»Was, wenn es ihnen ernst ist und sie Stella etwas antun?«

»So konkret war die Nachricht doch gar nicht.«

»Wen sollten sie sonst meinen?«

»Du willst Kerr weiter observieren.«

Ich nickte.

»Und du willst, dass ich dir dabei den Rücken freihalte.«

»Ja.«

»Ist Kerr die Frau im Forrester?«

»Ich bezweifle es.«

»Du hoffst, dass sie dich zu dem Mädchen führt.«

»Und zu den Attentätern.«

»Nehmen wir an, das tut sie. Was machst du dann mit ihnen?«

»Ich liefere sie an Capps und Clegg aus.«

»Das werden sie nicht so einfach mit sich machen lassen.«

»Wohl nicht.«

»Vielleicht wehren sie sich.«

»Vielleicht.«

»Und was dann?«

»Ich habe ja meinen Zwillingsbruder, der mir den Rücken freihält.«

Acht Tage

Sie hat eine Entscheidung getroffen. Sie wird nach Beweisen suchen. Sie braucht mehr als die wenigen Worte, die sie aufgeschnappt hat.

Am Abend nimmt der Anführer sie mit in sein Büro, einen schmuddeligen kleinen Raum, der von der Küche abgeht und in dem nur ein Klappstuhl und ein Schreibtisch aus grauem Metall stehen. Unten auf dem Boden entlang der Sockelleisten reihen sich Kartons, die bei der Ankunft dort abgestellt und nie ausgepackt wurden.

Er riecht nach Männerschweiß. Sein Gesicht ist angespannt.

Sie weiß, dass die Prüfung hart sein wird. Sie ist es. Zwei Stunden lang knien. Er nimmt, was er gerade in den Küchenschubladen findet. Einen Kartoffelschäler. Einen Anzünder. Kebabspieße.

Der Schmerz ist so stark, dass sie nicht in die Bilder fliehen kann, die sie in ihrem Kopf vorbereitet hat. Stattdessen konzentriert sie sich auf die Kartons. Auf jedem steht, was einmal drin war. Del-Monte-Zuckererbsen. Alpha-Bits-Frühstücksflakes. Nesquik.

Sie beißt die Zähne zusammen. Verfasst ein stummes Mantra.

Zucker. Bits. Quick.

Zucker. Bits. Quick.

Zucker. Bits. Quick.

Um zwei entlässt er sie.

Obwohl im Haus alles still ist, wartet sie eine ganze Stunde lang. Zählt die Sekunden und Minuten, sechzig Mal sechzig. Gibt noch zehn Mal sechzig dazu, um ganz sicher zu sein.

Sie hebt die Decke und schiebt sich vorsichtig aus dem Bett. Eine Frau schläft bei ihr im Zimmer. Sie weiß nicht, warum. Weiß nicht, welchen Namen die Frau benutzt.

Sie steht im Dunkeln, das Herz klopft ihr bestimmt neunzig Mal pro Minute.

Die Frau schnarcht leise.

Sie hat sich die Bodendielen eingeprägt. Sie meidet die Dielen, die knarzen. Sie hat das Gefühl, als würde sie diese Details schon immer kennen.

Millimeter für Millimeter dreht sie den Türknauf, öffnet die Tür und schleicht hinaus auf den Flur. Sie bleibt stehen. Schleicht zur Treppe und huscht hinunter.

Sie hat Glück. Oder das Schicksal meint es gut mit ihr. Oder Gott. Obwohl sie jetzt nichts mit Göttern zu tun haben will. Die Nacht ist mondlos und das Haus dunkel wie ein Grab.

Dieses Mal hat sie einen Plan B. Wenn sie erwischt wird, wird sie sagen, dass sie einen Albtraum hatte und sich einen Schluck Milch holen wollte.

Sie beginnt im Büro. Auf dem Boden liegt immer noch Salz verstreut, ihr Blut hat an einigen Stellen dunkle Flecken darauf hinterlassen.

Sie durchsucht den Schreibtisch. Findet nur das Übliche: Notizblöcke, Büroklammern, Bleistiftspitzer, Stifte. Einen Handschuh in einer unteren Schublade. Nichts Bedrohliches. Nichts, das erklärt, was Schreckliches geschehen wird.

Sie betrachtet die Kartons. Jeder ist mit Klebeband verpackt, das verblasst und brüchig geworden ist. Wenn sie es löst, wird es nie wieder halten. Sie weiß nicht, wie sie die Kartons öffnen soll, ohne dass es auffällt.

Sie geht durch die Speisekammer. Die Küche. Das Esszimmer. Im Haus brodelt die Stille. Die Dunkelheit ist schwarz und undurchdringlich. Manche Stellen kommen ihr noch dunkler vor. Sie würde so gern etwas sehen, traut sich aber nicht, Licht zu machen.

Sie befürchtet, dass der Anführer ihre Geschichte nicht glauben wird. Weiß, dass es sowieso egal ist. Er wird ihren Verstoß gegen die Regeln als Vorwand nehmen, um sie zu quälen. Da ist sie sich mittlerweile sicher. Er genießt es, sie leiden zu sehen.

Sie ist im Wohnzimmer, als sich ein ganz leises Geräusch zwischen die Herzschläge schleicht, die in ihren Ohren dröhnen.

Riff!

In ihrem Nacken sträubt sich jedes einzelne Härchen.

Ihr Kopf dreht sich ruckartig zu dem Geräusch. Sie sieht nichts.

Ihr Blick sucht den Raum ab. Der alte grüne Sessel ragt aus der Dunkelheit auf, ein Thron, auf den die Holzstühle ausgerichtet sind, angeordnet wie die Sitzreihen in einem römischen Kolosseum. Daneben liegt vergessen eine Tasche.

Sie kennt die Tasche. Kennt ihren Besitzer.

Sie geht zur Tasche und nimmt sie. Das Leder riecht nach Haaröl und Handschweiß. Sie trägt die Tasche zu einem kleinen Beistelltisch, auf dem eine Lampe steht. Sie riskiert es und macht das Licht an. Zieht den Reißverschluss auf. Das Whrrp *ist wie ein Schrei in der Dunkelheit.*

Schachteln mit Remington-Patronen. Bunt bedruckte Papiere. Sie zieht die Seiten mit zitternden Fingern heraus und blättert sie durch.

Bestellformulare, Rechnungen, Quittungen. Sie hat Mühe, die Schrift zu lesen, erkennt fast nur die Überschriften. Beim Namen eines Unternehmens wird ihr eiskalt in der Magengrube.

Sie überfliegt die Rechnung. Noch eine. Eine dritte.

Das Eis bildet Tentakel, breitet sich immer weiter aus.

Sie weiß jetzt, wie sich die Tragödie zutragen wird.

17

Wir observierten Kerr den ganzen Tag. Sie kaufte Lebensmittel, ging in die Dancing-Dolphin-Galerie, gab ihre schwarzen Stiefel zur Reparatur ab, aß in einem vegetarischen Sandwichshop zu Mittag. Sie traf sich mit niemandem. Niemand kam bei ihr in der Wohnung vorbei. Eine ganz und gar einsame Existenz ohne einen Hinweis, wovon sie eigentlich lebte.

Während ich Kerr folgte, war Gus hinter uns, vor uns oder auf der anderen Straßenseite. Er war jetzt unauffälliger gekleidet, hatte auf den Countrychic verzichtet. Er trug eine Luger 22 bei sich. Ich fragte nicht, woher er sie hatte.

Von den Personen auf dem Video der Überwachungskamera sahen wir niemanden. Auch niemanden mit einer Tätowierung bestehend aus zwei verschlungenen J. Niemanden, dessen Tasche von einer Beretta ausgebeult war.

Später am Tag rief Capps an und teilte mir mit, dass John Scranton wieder auf freiem Fuß war. Doch Scranton sahen wir auch nicht.

Gegen Abend war ich unter Hochspannung, meine Gedanken sprangen gleichzeitig in tausend Richtungen. Ich wollte Kerr schnappen und die Wahrheit aus ihr herausprügeln. Gus redete mir meine dumme Idee wieder aus.

Bei unserem letzten Treffen sagte mir Gus, ich solle einmal in meinem Leben vernünftig sein, genau das waren seine Worte, und im Ritz bleiben. Erinnerte mich daran, dass er mir »den Rücken freihalten« würde. Dass wir die Luger hatten.

Zögernd willigte ich ein. Sein Zimmer war in der 19. Etage, fünf Stockwerke tiefer als meins. Ich hatte den Bewegungsmelder und die Glock. Meine Schulter heilte gut, und in letzter Zeit hatte niemand versucht, mich umzubringen. Und der ständige Hotelwechsel nervte allmählich.

Am Abend aßen Gus und ich zusammen in meiner Suite. Gyros aus dem Einkaufscenter, Heineken aus der Minibar. Kerr schlief in ihrer Wohnung in der Argyle Street. Oder wanderte in ihren schwarzen Stiefeln mit nagelneuen Sohlen durch die Straßen.

»Vielleicht haben sie sich verkrochen«, sagte ich.

»Meinst du?«

»Anscheinend beobachten sie mich nicht mehr.« Ich ignorierte seinen Sarkasmus.

»Du hast einen von ihnen erschossen und einen anderen zum Krüppel gemacht.«

»Scranton ist kein Krüppel.«

»Er wird lange nicht mehr Mandoline spielen können.«

»Wahrscheinlich hast du recht«, sagte ich. »Wahrscheinlich sind sie auf der Hut.«

»Auf der Hut? Die haben eine Scheißangst.«

»Falls es ›sie‹ überhaupt gibt.« Ich malte Anführungszeichen in die Luft. »Und ›sie‹ diejenigen sind, die den Anschlag auf die Schule verübt haben.«

»Stimmt.«

Wir konzentrierten uns wieder auf das würzige Fleisch, Zaziki und Pita. Gus holte uns noch zwei Heineken aus dem Kühlschrank.

»Glaubst du, Kerr weiß, dass ich sie observiere?«, fragte ich nach einem langen Schluck Bier. Hätte kälter sein können.

»Ich denke, sie hat keine Ahnung.«

»Sie hätten sich erkundigen können, ob ich hier noch wohne. Du weißt schon, anrufen und sich zu meinem Zimmer durchstellen lassen, eine Nachricht hinterlassen, etwas in der Art.«

»Hattest du irgendwelche Anrufe, bei denen sich niemand meldete?«

Ich schüttelte den Kopf. »Aber bevor du gekommen bist, war ich kaum in meiner Suite, nachts überhaupt nicht.«

»Okay. Nehmen wir an, es gibt ›sie‹. Nehmen wir an, sie sind noch in Chicago, planen vielleicht sogar einen weiteren Anschlag. Sie wissen, dass du noch in der Stadt bist. Sie sind abgetaucht, bis du die Stadt verlässt. Das wäre der schlimmste anzunehmende Fall.«

»Oder der beste.« Ich ließ die Augenbrauen hüpfen wie Groucho Marx.

Vielleicht lag es am Bier. Oder am langen, öden Tag. Jedenfalls klang Gus leicht verärgert, als er wieder sprach.

»Weißt du, Beau hat recht. Deine Kommt-nur-her-Haltung wird dich eines Tages das Leben kosten.«

»Deckt aber die Lebenshaltungskosten.«

»Das ist nicht witzig.«

»Sollte es auch nicht sein.« Sollte es wohl.

Sekundenlanges lastendes Schweigen. Dann: »Unterschätz diese Leute nicht, Sunnie. Die wollen dich umbringen.«

»Das wollten andere auch schon.«

»Weil du's darauf anlegst.«

»Und was sollte ich deiner Meinung nach tun? Mir den Hintern platt sitzen und abwarten, bis das Mädchen tot ist? Haben wir nicht schon genug Menschen auf dem Gewissen, weil wir nichts unternommen haben?«

»Wir wussten das damals nicht.«

»Wir hätten es aber wissen müssen«, erwiderte ich scharf. Die ganze alte Geschichte kam wieder hoch.

»Dieses Mädchen können doch auch andere finden.«

»Ach wirklich? Und warum wurde Stella dann noch nicht gefunden?«

»Vielleicht ist sie schon tot«, sagte Gus leise.

»Oder sie lebt und wird mit einem Gummischlauch verprügelt.«

Gus' Augen bohrten sich in meine, dunkel und frustriert. Ich hielt seinem Blick stand. Er sah zuerst weg, senkte den Kopf und legte den Zeigefinger an die rechte Schläfe. Die vertraute kleine Geste schnitt mir mitten ins Herz.

Wortlos knüllte er seine Serviette zusammen und schob sie in die Papiertüte. Ich legte meine dazu. Er hob die kleine Bierflasche. Ich nickte. Er holte noch zwei Bier und gab mir eins.

»Danach gibt's nur noch Budweiser«, sagte er.

»Genau wie Opaline gesagt hat: Der Auftrag verlangt wirklich große Opfer.«

Gus streckte sich auf der Couch aus und schlug die Beine übereinander. Als er wieder sprach, klang er, als ob unser uralter Zwist gar nicht aufgebrochen wäre.

»Das hier ist deren Revier. Sie können dich lange schmoren lassen.«

»Stimmt. Oder sie schicken mir Stellas Ohr in einer Schachtel.« Bei dem Bild krampfte sich mein Magen zu einem harten Knoten zusammen. Trotzdem, unsere derzeitige Taktik führte zu nichts.

»Ich würde vorschlagen, dass wir Kerr ein bisschen auf den Zahn fühlen«, sagte Gus.

»Gefällt mir.« Endlich Action. »Wir schrecken Kerr auf, sie macht sich aus dem Staub, wir folgen ihr.«

»Vielleicht führt sie uns zu ›denen‹«, meinte Gus.

»Vielleicht.«

Vielleicht würde sie uns zu Stellas blutverschmierter Leiche führen.

*

In der Nacht zog ein neues Hochdruckgebiet auf. Der Morgen war klar und sonnig. Die Temperaturen sollten auf sagenhafte 10 Grad springen.

Ich zog Jeans und Stiefel an. Dazu noch meine Jacke aus Charleston und die Glock. Sonnenbrille, keine Perücke. Kampfbereit nahm ich den Fahrstuhl zu Starbucks im zweiten Stock.

Gus trank eine Latte und aß einen Muffin, der aussah wie gepresstes Unkraut. Ich holte mir Kaffee und setzte mich zu ihm. Wir gingen unseren Plan durch. Dann fuhren wir mit der Red Line Richtung Norden und gingen zu Fuß zur Argyle Street.

Ich setzte mich in den Hof. Gus verschwand. Kerr kam um 12.20 Uhr mit einer großen Tasche über der Schulter aus dem Haus. Sie ging in westlicher Richtung zur Clark Street. Ich überquerte den Hof und brach in ihre Wohnung ein.

Dieses Mal ging ich ein bisschen anders vor. Ich veranstaltete keine Unordnung, hinterließ aber ein paar Hinweise darauf, dass jemand in ihrer Wohnung gewesen war. Die umgeschlagene Ecke eines Teppichs. Eine Schublade, die nicht richtig zugeschoben war. Ein vorsichtiger, aber eben auch ein bisschen schlampiger Eindringling.

Mir fiel auf, dass der Laptop nicht mehr auf dem Schreibtisch stand. Daher die Umhängetasche? Ich nahm mir nicht die Zeit, darüber nachzudenken. Nach sechs Minuten war ich wieder draußen.

Beim Militär hatte ich gelernt, wie man jemanden überwacht, beschattet und sich Informationen beschafft. Mein erster Ausbilder war Sergeant Edwin A. Maddux gewesen. Ein sadistisches kleines Arschloch, ständig rieb er uns unsere Fehler unter die Nase und machte uns zur Schnecke. Aber ein unglaublicher Spion. Es ging das Gerücht, dass sich Maddux zwischen den Arschbacken seiner Zielperson materialisieren konnte, ohne dass sie etwas davon mitbekam. Ich erfuhr nie, wofür das A. stand. Vielleicht für Arschloch.

Ich musste an Maddux denken. Überlegte. Was würde er tun?

Kerr kam um 14.15 Uhr zurück. Ich stand auf der anderen Straßenseite, halb durch einen Baum verdeckt, aber in ihrem Sichtfeld. Gus war irgendwo hinter ihr.

Als Kerr näher kam, senkte ich den Kopf und tat so, als ob ich in meiner Tasche herumkramen würde. Sie sollte mich zwar sehen, ich wollte es aber auch nicht übertreiben.

Falls sie mich erkannte, ließ sie sich nichts anmerken. Als sie im Haus war, ging ich in den Hof. Ich stand hinter dem Brunnen, setzte mich nicht auf die Bank. Ich überlegte, auf den alten Trick mit der Zeitung zurückzugreifen. Entschied, dass das definitiv zu viel wäre, Overacting sozusagen.

Ob der inszenierte Einbruch wohl funktionierte? War Kerr schlau oder aufmerksam genug, um die Hinweise zu erkennen? Und würden wir sie damit aufscheuchen?

Ich musste nicht lange überlegen. Wenige Minuten nachdem Kerr ins Haus gegangen war, wackelte ein Vorhang am Erker. Und ich machte mir Gedanken über Hollywood-Klischees?

Ich stand hinter dem Brunnen, das Gesicht diskret nach unten gerichtet. Dann trat ich vor, wandte mich zu Kerrs Gebäude und sah zu ihrem Fenster im zweiten Stock hoch. Die gute alte Sonne setzte mich schön in Szene. Eine 1,83 Meter große Rothaarige mit einer Narbe, die sich über ein Auge zieht, ist kaum zu übersehen. Und gut zu erkennen.

Kerr hatte Grund zur Sorge. Oder Latourneau. Mindestens einer der Pässe in ihrem Besitz war falsch, wahrscheinlich gestohlen und manipuliert. Ein gefälschter Pass könnte sie bis zu fünfzehn Jahre hinter Gitter bringen. Wenn es einem Staatsanwalt wirklich ernst war, gab es eine Million anderer Anklagen wie Identitätsdiebstahl oder Betrug.

Aber ein gefälschter Pass reichte nicht. Ich wollte ja nicht nur Kerr. Ich wollte die kaltherzigen Mistkerle, die eine Schule in die

Luft gejagt und ein Mädchen entführt, vielleicht sogar getötet hatten. Sie womöglich für ihre Zwecke als Geisel hielten. Kerr war mein Köder. Sie waren meine Beute.

Der Vorhang fiel zurück an seinen Platz. Die Zeit verstrich.

Ich wusste, dass Kerr in ihrer Wohnung ihre Auswege durchging. Sonderlich viele waren es nicht. Still halten. Die Truppe alarmieren. Weglaufen.

In den beiden folgenden Stunden wechselte ich immer wieder meine Position, mal bezog ich Stellung im Hof, mal am Baum auf der gegenüberliegenden Straßenseite. Kerr blieb in der Wohnung und sah mir zu. Wenn sie nicht gerade zwischen den Vorhängen durchspähte, telefonierte sie vermutlich, verschickte Mails, schrieb Kurznachrichten.

Vielleicht gab es ja gar niemand anderen. Vielleicht hatte ich ihren Komplizen, wie Gus es formuliert hatte, eine Scheißangst eingejagt. Vielleicht waren Scranton und der Typ im Leichenschauhaus die einzigen Helfer, die sie aufbieten konnte. Vielleicht ließen sie Kerr hängen. Vielleicht hatte Kerr woanders einen Treffpunkt arrangiert.

Vielleicht warfen sie auch gerade Stellas Leiche in den Michigansee. Wie auch immer die Erklärung lauten mochte, es tauchte niemand auf.

Kerr hätte einfach an Ort und Stelle bleiben können. Aber entweder ertrug sie das Warten nicht, oder sie wusste das nicht. Sie entschied sich für Option Nummer drei.

Um 16.25 Uhr kam sie in einer schwarzen Hose, einer leichten schwarzen Jacke, mit Sox-Kappe und Sonnenbrille aus dem Haus. Die Tasche hing über ihrer Schulter. In der rechten Hand hatte sie eine große geblümte Reisetasche.

Ich stand neben dem Baum. Sie ging an mir vorbei, auf der Argyle Street in westlicher Richtung, und mied jeden Blickkontakt. Ich folgte ihr, weit genug weg, um glaubhaft zu wirken, aber so nahe, dass sie mich bemerkte.

Ich dachte an meinen ehemaligen Sergeant. Fragte mich: Was hätte Maddux jetzt auszusetzen?

Vierzig Minuten lang folgte ich Kerr durch die Innenstadt. Richtung Westen zur Clark Street, nach Norden zur Foster Street, nach Osten zum Broadway, dann nach Süden mit sinnlosen Abzweigen in kleinere Nebenstraßen. Immer in der Gewissheit, dass ich hinter ihr war.

Vom Broadway über die Lawrence Avenue, dann zum Chicago Lakeshore Hospital, wo Kerr im Haupteingang verschwand. Ich folgte ihr durch die bevölkerte Eingangshalle und durch einen Nebeneingang wieder hinaus. Überall, wo sie hinging, war ich auch.

Unterwegs sah ich Gus nur einmal, im Wartehäuschen einer Bushaltestelle gegenüber vom Krankenhaus. Ich war zufrieden mit seinem Outfit. Braune Cargohosen, schwarze Windjacke, keine Spur von der Luger. Was mich andererseits nicht unbedingt beruhigte.

An der Kreuzung Lawrence und Ravenswood Avenue ging Kerr die Treppe zu einer Station der Hochbahn hinauf. Ich blieb um des Effekts willen zurück und folgte ihr dann mit etwas Abstand.

Auf dem Bahnsteig standen etwa ein Dutzend Leute in unterschiedlichen Wartehaltungen. Manche lasen Zeitung oder ein Buch. Andere trugen Kopfhörer oder Ohrstöpsel und groovten zu ihrem eigenen Konzert. Die meisten starrten auf ihre Smartphones, telefonierten oder tippten Nachrichten oder Mails. Ein alter Mann predigte lautstark über Jesus. Oder redete mit ihm.

Ich stellte mich ans andere Ende des Bahnsteigs. Hielt das Gesicht abgewandt. Zwei Minuten später ratterte und rauschte der Zug in die Station.

Kerr stieg ein und blieb direkt an der Tür stehen. Ich stieg einen Waggon weiter hinten ein und tat es ihr nach. Im letzten Moment, kurz bevor sich die Türen schlossen, sprang Kerr wieder heraus. Ich sah ihr nach.

Kerr rannte die Treppe hinunter. Als der Zug hoch oben weiterfuhr, sah ich noch kurz ihre geblümte Reisetasche auf dem Gehweg unten aufblitzen. Gus war hinter ihr, ein Lächeln umspielte seine Lippen.

Eine Woche

Sie starrt auf ihre Schüssel, ihr Magen krampft sich vor Scham zusammen.

Nicht Scham.

Angst.

Der Anführer merkt, dass sie ihr Essen nicht anrührt. Ermahnt sie. Sie müssen stark sein.

Sie nimmt einen Löffel. Der Haferschleim ist ein kalter, glitschiger Klumpen in ihrem Mund. Sie schluckt. Spürt, wie der Klumpen wieder hochkommt.

Sie schaut auf. Mustert verstohlen die Gesichter der anderen am Tisch. Sie sind angespannt. Verschlossen. Sie sagen ihr nichts.

Es gibt nur eine Person, der sie wirklich trauen kann.

Sie muss ihn warnen. Aber das kann sie nicht im Beisein der anderen.

Ihre Knie zittern so stark und schlagen so heftig gegen ihren Stuhl, dass sie fürchtet, die anderen würden es bemerken. Sie hat Gänsehaut. Sie widersteht dem Drang, ihre Haut nach Ungeziefer abzusuchen. Legt die Hände in den Schoß.

Sie trifft eine Entscheidung. Sie wird ihm ihren geheimen Zufluchtsort verraten. Die Gelegenheit ergibt sich, als sie die Teller in der Speisekammer einräumen. Sie sind allein.

Er hört aufmerksam zu, sie sieht es in seinen Augen. Sie erzählt ihm von der Lichtung. Sagt, dass sie sich dringend dort treffen müssten.

Er lehnt ab. Sie drängt ihn. Flüstert streng und eindringlich, wie in der Kirche. Endlich willigt er ein.

Sie sagt, dass sie sich nachts treffen müssten. Erzählt von ihrem nächtlichen Ausflug.

Er reißt ungläubig den Mund auf. Sie hasst diesen Ausdruck. Sie sagt Dinge, die sie später bereut.

Er schaltet auf stur.

Sie muss ihn überzeugen. Sie muss.

18

Ich kehrte in die Argyle Street zurück, um Kerrs Wohnung weiter zu überwachen. Sie tauchte nicht auf, und auch sonst kam niemand heraus oder ging hinein. Ich überlegte, ob ich noch einmal einbrechen sollte, entschied dann aber, dass das unnötig war. Bepackt mit Reise- und Umhängetasche, hatte Kerr sicher andere Ziele. Gut. Alles war besser als dieses Nichtstun. Es sei denn, ich hatte damit das Todesurteil von Stella Bright unterzeichnet.

Um sieben machte ich Schluss, kaufte Reinigungsmittel in einem Sportartikelladen sowie Wattestäbchen und ein neues Wegwerf-Handy im Supermarkt. Um acht war ich wieder im Ritz. Ich reinigte die Glock, aktivierte das neue Handy und schlief irgendwann nach zwei ein.

Ich verfolgte gerade jemanden auf Bahngleisen oder wurde verfolgt, als die Lokomotive pfiff. Der Zug war dicht hinter mir und steuerte direkt auf mich zu.

Jeder Muskel und jedes Neuron sprang von null auf hundert. Ich riss die Augen auf. Mit jagendem Herzschlag schreckte ich auf.

Im Zimmer war es dunkel, das Pfeifen kam vom Nachttisch. Das alte Wal-Mart-Handy. Laut Rufnummer war es Gus. Wer sonst? Nur er und Beau hatten die Nummer.

»Was ist los?« Ich hatte Mühe, meine Stimme auf den gleichen Stand wie das Adrenalin zu bringen.

»Habe ich dich geweckt?«

Ich sah auf die Zeitanzeige des Handys. »Es ist drei Uhr morgens.«

»Hier nicht.«

»Wo bist du?«

»Im Land der Früchte und Nüsse.«

Ich brauchte eine Weile. »Kalifornien?«

»LA. Stadt der Engel. Vielleicht werde ich von Hollywood entdeckt.«

»Wo ist Kerr?«

»Sie ist hier.«

»Geht das auch etwas genauer?«

»Das Marina 7 Motel in Venice. Kostenloses Kabelfernsehen und Parken. Kein Meerblick.«

»Und du bist auch dort?«

Gus nannte mir seine Zimmernummer. Und die von Kerr.

»Ich nehme morgen gleich den ersten Flug. Hat sie sich mit jemandem am Flughafen getroffen? Im Motel?«

»Sie hat sich ein Taxi genommen, sich unterwegs mexikanisches Fast Food geholt, hat hier eingecheckt und seitdem ihr Zimmer nicht mehr verlassen. Ihr Fenster ist seit zwanzig Minuten dunkel. Ich bleibe auf und behalte sie im Auge.«

»Ein Leben auf der Überholspur.«

»Ich könnte jetzt einen Whopper vertragen.«

»Ich bring einen mit.«

»Und die Luger wäre auch nicht schlecht.«

»Wo ist die?«

»In einem Mülleimer am Chicago O'Hare.«

»Ich besorg dir ...«

»Schon erledigt. Die Stadt hier gefällt mir.«

»Ach ja?«

»Ich glaube, ich habe Robert de Niro am Flughafen gesehen.«

»Jeder denkt, er hätte Robert de Niro am Flughafen gesehen.«

»Kannst du meine Sachen einpacken? Bring, was du tragen kannst, den Rest soll der Concierge an Beau schicken.«

»So was macht das Hotel?«

»Wir reden hier vom Ritz, Baby.«

Nach unserem Telefonat ging ich ins Internet. Der erste Flug mit einem freien Platz ging um 9.50 Uhr und war um 12.23 Uhr in Los Angeles. Reihe zwanzig, Platz in der Mitte. Die erste Klasse war schon rappelvoll mit den Reichen und Schönen und den Glücklichen, die ein Upgrade bekommen hatten.

Ich versuchte zu schlafen, schaffte es aber nicht. Um sechs ging ich in Gus' Zimmer und packte seine Sachen. Die er definitiv nicht brauchte. Ich hatte keine Ahnung, wie er so viele Kleidungsstücke in einen so kleinen Koffer bekommen hatte. Noch dazu knitterfrei. Ich fragte mich, ob er nicht heimlich bügelte. Oder warum ihm das überhaupt wichtig war.

Was den Service betraf, hatte Gus recht. Gegen eine Gebühr schickte das Hotel seine Tasche mit Freuden an jede Adresse, die ich nannte. Um halb acht war ich auf dem Weg zum O'Hare International Airport. Vom Taxi aus rief ich Layton Furr an, erklärte ihm, wohin ich flog, und bat ihn, die zwei Rechnungen im Ritz zu übernehmen. Und Roy Capps zu informieren. Und Jules Oliphant in Charleston.

Obwohl ich müde war, konnte ich auf dem Flug nicht schlafen. Von Tolstoi bekam ich allerdings auch nicht viel mit. Ich saß eingezwängt zwischen einem alten Mann mit einem feuchten Schnarchen und einer Frau, die auf den gesamten 3000 Meilen nieste und sich ständig schnäuzte.

Am Flughafen von LA holte ich meine Tasche, fuhr mit dem Shuttle von Terminal 4 zu Terminal 7 und nahm dann ein Taxi zum Motel 6 am Century Boulevard. Nachdem ich eingecheckt und bar bezahlt hatte, ging ich in mein Zimmer und rief Gus an. Er berichtete, dass Kerr einen Salat im Venice Ale House aß. Er sah ihr beim Essen zu.

Ich baute die Glock zusammen und verstaute sie wieder. Ich brauchte in Los Angeles zwar keine Erlaubnis, versteckt eine Waffe zu tragen, wollte aber auch keinen großen Aufwand betreiben. Außerdem war ich mir sicher, dass mich niemand verfolgte. Anschließend nahm ich ein Taxi nach Venice. Unterwegs kaufte ich noch zwei Whopper-Menüs.

Das Marina 7 sah aus wie jedes x-beliebige Motel in den USA – ein zweigeschossiges Gebäude in L-Form, mit Zugängen vom angrenzenden Parkplatz aus, die Zimmer in den oberen Stockwerken waren über eine umlaufende Galerie erreichbar. Ich fragte nach einem Zimmer für eine Nacht, was inzwischen schon zur Routine wurde. Der Alte an der Rezeption hatte ledrige Haut und einen langen grauen Bart, den er zu Zöpfchen geflochten hatte. Er trug eine Surfer-Muschelkette und ein T-Shirt mit den Grateful Dead. Im Gegensatz zu einigen seiner Kollegen an der Magnificent Mile war ihm meine Barzahlung sehr willkommen.

Mein Zimmer lag in der oberen Etage. Die Einrichtung bestand aus schlechten Repliken im amerikanischen Kolonialstil und einem Waschbecken außerhalb des Badezimmers. Am Fenster hingen kurze geblümte Vorhänge in Blutrot und Mintgrün. Die Tagesdecke war ebenfalls mintgrün, über dem Fußende lag eine fusselige rote Decke. Das gewagte Farbenspiel war bei mir allerdings an der falschen Adresse.

Ich packte Jeans, Unterwäsche und die Pullover aus, die ich in Chicago gekauft hatte. Gus' Sachen ließ ich im Koffer. Die Glock hängte ich am Holster an einen Haken im Schrank, anschließend installierte ich den Bewegungsmelder. Dann rief ich in Zimmer 207 an.

Keine Reaktion. Ich überlegte, ob ich Gus auf dem Handy anrufen sollte, entschied mich aber dagegen. Er wusste, dass ich kam, er würde mich anrufen, sobald er konnte.

Nervös schaute ich aus dem Fenster. Ein prüfender Blick auf

die Straße. Den Parkplatz. Die Zimmer im Erdgeschoss. Kerr hatte die Vorhänge zugezogen. Ich öffnete meine Tür und sah auf dem Balkon in beide Richtungen. Gus' Vorhänge waren ebenfalls zugezogen.

Im Zimmer roch es massiv nach gegrillten Burgern und ölgetränkten Kartoffeln. Ich aß einen Whopper und alle Pommes. Schaute wieder aus dem Fenster.

Die kalifornische State Route 1 verläuft von Mendocino County im Norden nach Orange County im Süden und hat viele Namen. Pacific Coast Highway, Coast Highway, Shoreline Highway. Da die Straße an einigen der schönsten Flecken des Landes vorbeiführt – der Golden Gate Bridge, Marin County, Big Sur –, gilt sie als der amerikanische Highway schlechthin.

Wo ich mich befand, sah es nicht ganz so malerisch aus. Der Pacific Coast Highway hieß hier Lincoln Boulevard. Viel Verkehr, Autovermietungen, Läden, eine Autowaschanlage, nach links ging der Venice Boulevard ab.

Egal. Seit ich das letzte Mal nachgesehen hatte, hatte sich nichts getan.

Die Kohlenhydrate und der fehlende Schlaf forderten ihren Tribut. Ich gähnte und ließ die Schultern kreisen. Sah auf die Uhr. 14.10 Uhr. Zehn nach fünf an der Ostküste.

Ich hängte die Glock an den Bettpfosten und streckte mich auf der mintgrünen Tagesdecke aus. Ausnahmsweise schlief ich sofort tief und fest.

Um 14.49 Uhr klingelte mein Handy.

»Hast du die Whopper?«

»Ja.«

»Pommes?«

»Lange Geschichte. Wo bist du?«

»In meinem eigenen kleinen Stück vom Paradies, links den Balkon runter.«

»Komm rauf.« Ich sagte ihm meine Zimmernummer.

Eine Minute später klopfte es an der Tür. Ich spähte durch den Türspion. Gus trug seinen Filzhut, ein lavendelfarbenes Polohemd und Jeans. In der Hand hatte er einen Sixpack Beck's.

Ich öffnete alle Schlösser und Riegel und ließ Gus rein. Er hob die Hände, um mich zu umarmen. Ich unterdrückte den Impuls, mich steif zu machen, und beugte mich zu ihm runter.

Gus trat einen Schritt zurück. Sein Blick wanderte zur weißen Papiertüte mit dem rot-gelben Logo, der zusammengeknüllten Burgerverpackung und den zwei leeren Pommestüten daneben. Er runzelte die Stirn, sagte aber nichts.

»Der Burger ist vielleicht noch warm«, sagte ich. »Die Cola schmeckt vermutlich nicht so mehr toll.«

Er setzte den Hut ab und legte ihn aufs Bett. Wir redeten, während er aß.

»Kerr hat ausgecheckt und ist zu einer Wohnung an der Rose Avenue gegangen, die einen halben Block vom Strand entfernt liegt«, erklärte Gus zwischen leichten Kaubewegungen. »Wir sollten in ein Hotel mit Meerblick ziehen. Vielleicht ins Shutters on the Beach.«

»Irgendein Zeichen von Stella?«

»Nein.«

»Was hat Kerr gemacht?«

»War heute Vormittag sehr beschäftigt. Ein Gang in die Apotheke. Spaziergang am Strand. Dann war sie in einer Surfschule. Danach Mittagessen.«

»Und du hast sie einfach dortgelassen?«

»Sie isst sehr langsam.«

»Konntest du nicht anrufen?«

»Ich habe deine neue Nummer in meinem Zimmer vergessen. Das Leben wäre einfacher, wenn du dauerhaft ein Handy hättest wie normale Menschen auch.«

»Oder kürzer. Du hast da Sauce.« Ich zeigte darauf.

Gus wischte sich mit der Serviette übers Kinn.

»Also gut …«, sagte ich.

»Ja«, sagte er.

»Das war's?«

Ich wartete, bis er gekaut, geschluckt und am Beck's genippt hatte. »Wir sind nicht die Einzigen, die Kerr beobachten.«

»Was?«

»Wir sind nicht die Einzigen, die Kerr beobachten.«

»Das habe ich gehört. Ich will wissen, was du damit meinst.«

»Außer uns betreibt noch jemand eine Observierung in Sachen Kerr.« Übertrieben präzise.

»Echt?« Nur um es ganz genau zu wissen: »Woran machst du das fest?«

»Ein Typ, der hier herumhängt. Hält sich für schlau, ist aber so auffällig wie eine Nutte in der Sonntagsmesse.«

»Wie?«

»Er folgt ihr und treibt sich hier vor dem Motel rum, auf dem öffentlichen Parkplatz. Geht nie zu einem Wagen, steht einfach nur rum und schaut aufs Motel. Spricht in sein Handy. Alle anderen tragen T-Shirts oder Trägerhemden. Oder Bikinis. Ich mag diesen Strand.«

»Gus.«

»Wir haben hier 27 Grad. Dieser Trottel hat sich ausstaffiert wie der Marlboro-Mann. Cowboyhut, Stiefel, Wildlederjacke.«

»Hat er eine Waffe?«

»Aber klar. Schulterholster. Fummelt dauernd dran herum. Schwitzt wahrscheinlich wie ein Schwein unter dem ganzen Leder.«

»Beschreibung?«

Gus zog sein Smartphone aus der Tasche, klickte auf ein Foto und reichte es mir.

Der Typ mit dem Stetson stand mit verschränkten Armen auf einem kleinen Rasenstreifen. Hinter ihm ein sehr breiter Gehweg. Dahinter Sand. Ich zog das Bild größer.

Schwer zu sagen, wie alt der Typ war. Nicht jung, nicht alt. Groß und schlank. Dunkle Oakley-Sonnenbrille. Die Haare unterm Hut waren vermutlich aschblond.

»Einer der Attentäter aus dem Forrester?«, fragte Gus.

»Ich glaube nicht. Wirkt er gefährlich?«

»Er selbst ist davon überzeugt.«

»Hat er dich bemerkt?«

Gus sah mich nur an.

»Okay.« Ich gab ihm sein Handy zurück.

Wir schwiegen. Aber nur kurz.

»Warum beschattet er Kerr?«, fragte ich.

»Weil er etwas von ihr will?«

»Warum sie sich dann nicht einfach schnappen?«

»Hm.«

»Vielleicht ist Kerr gar nicht das Ziel«, überlegte ich.

»Wer dann?«

»Ich.«

»Leuchtet ein.« Er sprach langsam, als ob er die Informationen in seinem Kopf noch einmal durchgehen würde. »Sie ist den ganzen Morgen unterwegs. Kurze Wege, öffentliche Plätze. Stetson folgt ihr, aber mit Abstand. Er soll herausfinden, ob jemand Kerr beschattet. Sie sind ein Team. Er ist der Jäger, sie ist der Lockvogel.«

»Wie wär's, wenn wir uns auf ihr Spiel einlassen?« Ich spürte das Rauschen des Adrenalins. »Ich observiere Kerr. Stetson observiert mich. Du observierst ihn.«

»Und was ist, wenn sie vorhaben, dich zu erschießen, sobald sie dich sehen?«

»Das haben sie schon einmal versucht.«

»Zweimal.«

»Ist ein Argument«, sagte ich.

»Beide Versuche gingen für sie nicht gut aus.«

»Ist auch ein Argument.«

»Vielleicht sind sie dieses Mal besser gerüstet.«
»Das bin ich auch.«
»Du meinst mich?«
»Ja, ich meine dich, mein lieber Zwilling.«

19

Gus nahm den Koffer und ging zurück in sein Zimmer. Nachdem ich an der Rezeption angerufen und mitgeteilt hatte, dass ich auschecken würde, legte ich den Schlüssel auf die Kommode, schnallte die Glock um, zog die Jacke an und verließ das Motel.

Ich folgte der Beschreibung von Gus und bog auf der Lincoln Avenue links ab und auf der Rose Avenue noch einmal links. Der Gehweg war schmal und an den Stellen, wo sich Palmen von kleinen Pflanzlöchern im Asphalt nach oben mühten, mit Kothaufen übersät, tierischen wie menschlichen.

Einige Straßenzüge versuchten angestrengt, hip zu sein – Biosupermärkte, angesagte Restaurants, ein schickes Yogastudio. Andere hatten sich irgendwann in den Sechzigerjahren aufgegeben – Ein-Dollar-Läden, billige T-Shirt-Shops, ein Hare-Krishna-Tempel, ein Restaurant im Countrystil, das Chicken Wings und Sushi anbot.

Über der Kreuzung von Main Street und Rose Avenue thronte an der Nordwestseite ein riesiger Clown, halb Ballerina, halb Landstreicher. Wie ein mit einer Nadel aufgespießtes Insekt schmückte er die Fassade einer CVS-Apothekenfiliale. Als ich ihn sah, bekam ich fast einen Herzinfarkt. Lächerlich, ich weiß. Aber mein Unterbewusstsein hat seine eigene Sicht der Dinge. Die es allerdings selten erklärt.

Richtung Strand mischten sich niedrige Wohnblocks und

Holzbungalows aus dem frühen 20. Jahrhundert. Die Nordseite wurde vom Rose Hotel und dem Venice on the Beach dominiert.

Kerrs Adresse war auf der Südseite, in Richtung Pacific Avenue. Ich ging daran vorbei Richtung Strandpromenade und kaufte beim ersten Händler, den ich sah, eine Schirmmütze. Darauf abgebildet ein Hund mit Sonnenbrille und dem originellen Schriftzug *Venice Beach*.

Mit meiner neuen Mütze und meiner alten Maui-Jim-Sonnenbrille ging ich zum Venice Ale House und fragte bei der Kellnerin nach einem Platz draußen auf der Terrasse. Sie deutete auf eine Reihe Picknicktische, einige belegt, die meisten frei. Ich hatte freie Auswahl. Ich machte es mir an einem Tisch an der Straße bequem. Bestellte ein Anchor Steam. Achtete darauf, aufzufallen und gleichzeitig möglichst clever zu tun.

Die Adresse, wo Kerr abgestiegen war, gehörte zu einer zweistöckigen Katastrophe mit senfgelber Fassade und einer Veranda, die mit einem wilden Müll-Sammelsurium zugestellt war. Davor gab es noch ein geteertes Rechteck, das groß genug für ein Auto war. Der Stellplatz war leer. Eine einsame Palme warf ihren schmalen Schatten über das Ganze.

An der Ostseite gab es weitere Stellplätze, die man sich wahrscheinlich mit den Nachbarn teilen musste. Auf den schrägen Parkplätzen standen ein roter Honda Civic, ein silberner Lexus und ein schwarzer SUV, ein Nissan Pathfinder oder so, alle leer.

Ich betrachtete Kerrs Haus. Beobachtete den Verkehr auf der Rose Avenue und dem Speedway. Die Fußgänger, die sich auf der Straße vor mir und auf der Promenade hinter mir drängten. Die Surfer und Sonnenanbeter hatten kaum was an außer Haut. Die Touristen, Gassigeher, Inlineskater und Skateboarder trugen etwas mehr. Das variierte allerdings. Gus war nirgends zu sehen.

Ich trank gerade einen Schluck Bier, als mir ein weißer VW Jetta auffiel, der langsam vorbeifuhr, wendete und die Rose

Avenue wieder zurückfuhr. Keine große Sache. Gegenüber von meinem Sitzplatz endete die Straße am Parkplatz zum Strand. Hatte sich entweder verfahren oder wollte nicht fürs Parken zahlen, andere Fahrer drehten hier auch um.

Doch sieben Minuten später war der Jetta wieder da. Am Steuer saß ein Mann, den Ellbogen auf den Fensterrahmen gestützt. Der Ellbogen war käsig weiß. Der Mann hatte einen Bulldoggennacken. Mehr konnte ich nicht erkennen. Er fuhr zum Kassenhäuschen, bezahlte und parkte. Er stieg nicht aus.

Zehn Minuten vergingen. Ich leerte mein Bier. Die Kellnerin fragte, ob ich noch eins wolle. Ich wechselte zu Limonade. Sie sah mich mitleidig an. Ich erwiderte ihren Blick.

Die Kellnerin hatte gerade mein tristes Getränk gebracht, als ein Range Rover auf den einzelnen Stellplatz vor Kerrs Haus bog. Zwei Männer stiegen aus. Der eine war Stetson. Er ging hinein. Der andere Mann ging in meine Richtung.

Ich sah über die Schulter. Bulldogge war aus dem Jetta gestiegen und stürmte ebenfalls in meine Richtung. Sehr durchschaubar. Ein schneller Überfall, und *moi* mittendrin. Trotzdem ein schwachsinniger Plan.

Auf der Rose Avenue vor mir war viel los, aber das war kein größeres Problem. Hinter mir auf der Strandpromenade Richtung Süden herrschte dichtes Gedränge, Richtung Norden war sie leer. Auf der anderen Seite der Promenade lagen der Parkplatz, der Strand und sehr viel Wasser.

Ich hatte Deckung und genügend Bewegungsfreiheit. Ein Viertel mit vielen Straßen, wo man mit dem Auto nicht durchkam. Ich hätte leicht entkommen können. Aber ich blieb.

Ich legte Geld unter mein Glas und schlängelte mich zwischen den Tischen durch, bis ich auf dem Gehweg mit dem Rücken zum Lattenzaun des Lokals stand. Die Beine leicht auseinander, die Arme locker an der Seite wartete ich. Entspannt, aber bereit.

Als meine Angreifer merkten, dass ich sie erwartete, blieben sie Schulter an Schulter etwa einen Meter vor mir stehen. Vermutlich nannten sie diese Position »die Mauer«.

Bulldogge war durchtrainiert, aber nicht so groß, wie seine Kragengröße angedeutet hatte, höchstens 1,78 Meter. Er hatte eine Hakennase, kleine Augen und ziemlich üble Aknenarben. Wahrscheinlich war er einer der Attentäter im Forrester vor der Bnos Aliza School.

Bulldogges Kumpel erinnerte an einen Gorilla, allerdings ohne dessen afrikanisch majestätisches Auftreten – Augen in tiefen dunklen Höhlen, übergroßer Kiefer samt Kinn, keine Lippen. Ein Körper wie King Kong.

Beide trugen grelle Hawaiihemden, die allerdings in unserem fünfzigsten Bundesstaat nie durchgegangen wären. Der Grund für ihre Kleiderwahl wurde schnell offensichtlich.

Kong zog eine Beretta aus dem Hosenbund und richtete sie auf mich. Eine Tätowierung mit zwei verschlungenen J zierte sein Daumengelenk. »Keine Dummheiten jetzt.«

»Nein?«, sagte ich. »Kein Aloha?«

»Du kommst jetzt mit.«

»Nein.« Ich lächelte.

»Wir gehen jetzt hier die Straße lang, schön langsam, wie Freunde, die einen Tag am Strand verbringen.« Leichter Akzent. Ein Flachlandgorilla?

»Ich wette, ihr Jungs steht auf diesen Israel Kama-dings. Ich kann mir den Nachnamen einfach nicht merken. Mit diesem komischen hawaiianischen Laut, wie wenn man sich räuspern muss.«

»Umdrehen.« Kong wedelte mit der Beretta.

»Oder doch lieber Don Ho? Ihr steht auf ›Tiny Bubbles‹?« Ich spürte eine brodelnde Hitze in meiner Brust.

Kong ignorierte mich weiterhin. »Hände so ausstrecken, dass ich sie sehen kann.«

Ich begann die Hände zu heben.

»Vom Körper weg! Nicht hoch!« Seine Blicke schossen nervös hin und her, er wollte kein Aufsehen erregen.

Ich streckte die Arme aus. Bulldogge trat vor und durchsuchte mich. Fand die Glock. Nahm sie und schob sie unter seine blauen und orangefarbenen Papageien.

»Hawaii 5-O? Jetzt weiß ich's. Du spielst McGarrett.« Ich zeigte auf Kong. »Und du bist Danno.« Ich zeigte auf Bulldogge.

»Los jetzt.« Anscheinend wussten die beiden die kulturellen Errungenschaften Hawaiis nicht zu schätzen. Und mich konnten sie wohl auch nicht leiden. Kong packte mich mit seiner freien Hand so hart an der Schulter, dass ich fast aufgeschrien hätte. Ich drehte den Oberkörper, und er drängte sich hinter mich, war dicht an meinem Rücken. Ich musste mich konzentrieren, um bei der Berührung nicht zusammenzuzucken.

Bulldogge war jetzt neben mir. Ich hätte die beiden ohne große Mühe ausschalten können. Ein Tritt in den Unterleib, ein Ellbogen gegen die Schläfe. Hätte Spaß gemacht. Stattdessen marschierten wir dicht gedrängt auf das senfgelbe Haus zu.

Kerrs Wohnung lag im Erdgeschoss zur Straße hin, links von einer offenen Treppe. Von der Eingangstür trat man direkt ins Wohnzimmer. Sie war da, saß auf einem großen grünen Kissen auf dem Boden, die Knie zur Brust gezogen. Wenig überraschend trug sie wieder einmal Schwarz.

Stetson saß auf der Couch. Er trug Jeans und ein hellgelbes Cowboyhemd. Keine Jacke. Die Stiefel waren aus Schlangenleder, mit Stahlkappen an den Spitzen. Aus der Nähe wirkte sein Gesicht fast jungenhaft – volle Backen und ein rundes Kinn, geschwungene Augenbrauen, gekräuselter Pony. Aber nicht jungenhaft im positiven Sinn. Mehr so wie die Bösewichte bei *Doctor Who.*

Kong schob mich mit dem Lauf der Beretta Richtung Couch. Ich hörte, wie die Tür hinter uns zuschlug, aber nicht das Klicken eines Schlosses.

Stetson blickte zu Kong. Er senkte leicht das Kinn und kreuzte die Finger. Lange Finger. Lange Daumen. Über eine Daumenwurzel zog sich eine Tätowierung mit zwei verschlungenen J.

»Warum verfolgst du unsere Freundin?« Die Frage galt mir. Kong markierte den harten Typen, um seinen Boss zu beeindrucken.

»Tue ich das?«

Bevor Kong antworten konnte, legte Stetson die Hände auf die Knie und stand auf, wobei er die ganze Zeit so tat, als ob er seine Stiefel betrachten würde. Langsam ging er durchs Zimmer, den Blick immer noch nach unten gerichtet. Er hatte lange Glieder und machte lange, ruhige Schritte. Als er noch zwei Schritte von mir entfernt war, schossen seine Arme nach vorn und seine Finger packten mich am Hals. Starke Finger. Wie Schraubstöcke. Ich versuchte, sie wegzureißen. Sie packten nur noch fester zu. Stetsons Augen bohrten sich in meine. Eisblaue Augen. Böse Augen.

Ich versuchte, Luft durch die Nase zu bekommen. Ging nicht. Tränen liefen mir über die Wangen. Ich sah nur noch verschwommen, hatte Mühe zu denken.

Ich kämpfte gegen die Panik in mir, bis Stetson seinen Griff lockerte und einen Schritt zurücktrat. Ich schnappte nach Luft. Beugte mich vor, um wieder einen klaren Kopf zu bekommen. Fuhr mir mit den Händen übers Gesicht.

Kong stand neben mir, die Beretta war auf meinen Kopf gerichtet. Bulldogge stand zwischen Kerr und der Couch, der Lauf seiner Waffe zeigte auf mein Brustbein.

Ich richtete mich auf. Stetson zog ein Taschentuch aus der Tasche und hielt es mir hin. Ich ignorierte es. Etwas in seinen Augen jagte mir kalte Schauder über den Rücken.

Stetson machte kehrt und ging geschmeidig wie eine Katze zurück zur Couch. Schlug die Beine übereinander.

»Warum verfolgen Sie unsere Freundin?« Dabei würdigte er Kerr, die immer noch auf dem Boden saß, keines Blickes.

»Ich glaube, dass sie an einem Bombenanschlag auf eine Schule in Chicago beteiligt war.«

»Was kümmert Sie das?«

»Dabei kamen Menschen ums Leben.«

»Was kümmert Sie das?«

»Ich habe den Auftrag, die Verantwortlichen zu finden.«

»Und dann?«

Ich sah ihn nur an.

»Verstehe.« Er ging in Gedanken durch, was ich nicht gesagt hatte. »Warum haben Sie sie nicht entführt, als Sie sie zum ersten Mal gesehen haben? Oder erschossen? Sie scheinen sich damit auszukennen.«

»Ich bin ein Weichei.«

»Und Sie haben gehofft, dass sie Sie zu den Hintermännern führen würde.«

»Das auch.«

»Und, hat sie?«, fragte er.

»Hat sie?«, fragte ich zurück.

Einige Sekunden lang herrschte angespanntes Schweigen. Bis ich es brach.

»Hübsches Tattoo.«

»Ich möchte Sie etwas fragen«, sagte Stetson. »Sie haben einen Mann getötet und einen anderen zum Krüppel geprügelt. Sie sind eine aufmerksame Beobachterin und exzellente Verfolgerin. Unseren Leuten in Chicago sind Sie entwischt. Sie haben uns hier gefunden.«

Im Flur zu meiner Linken ging eine Tür auf. Eine Frauenstimme war zu hören. Die Worte konnte ich nicht verstehen. Eine andere Frauenstimme, schärfer. Noch eine Tür ging auf und schloss sich wieder. Ein leiser Luftzug von draußen, wie ein kleiner Schluckauf.

Stella?

Ich bemühte mich, gleichmäßig zu atmen und eine undurchdringliche Miene aufzusetzen.

Stetson hatte innegehalten, wirkte abgelenkt. Oder lauschte.

»War das eine Frage?«, fragte ich.

»Sie sind gut in Ihrem Job. Warum waren Sie heute so nachlässig?«

»Ich hatte ein Bier getrunken.«

»Sie sind eine kluge Frau. Schade, dass ich Sie töten muss.«

»Sie sind ein kluger Mann. Ihnen fällt bestimmt eine Alternative ein.«

»Sicher.« Er lächelte ohne jede Wärme. »Sie sind schlauer als die meisten, mit denen ich mich abgeben muss.«

»Und das sind?«

»Idealisten, die ein sauberes Leben geführt haben.« Er musterte mich, das Kinn auf die Finger gestützt. »Gewalt ist Ihnen nicht fremd.«

Ich sagte nichts.

»Sie können selbstständig denken und Sie wissen sich zu helfen«, fuhr er fort. »Zu schade, dass ich Sie nicht für meine Sache rekrutieren kann.«

»Und was wäre diese Sache?«

»Unseren Lebensstil zu verteidigen.«

»Gegen wen?«

»Gegen die, die ihn zerstören wollen.«

»Ein fünfzehnjähriges Mädchen?«

Die blauen Augen verengten sich ganz leicht.

»Wo ist sie?«

Keine Regung in den Augen.

»Wofür steht das JJ?« Ich nickte mit dem Kinn zu den langen, starken Fingern.

»Jihad for Jesus.«

»Schöne Alliteration.«

»Wir führen einen Kreuzzug für Christus.«

»Sind Sie Galahad oder Gawain?«

»Ich heiße Bronco.«

»Yippie-Ya-Yeah.«

»Sie sind eine sehr respektlose Person.«

»Ich bemühe mich. Und wer sind diese finsteren Gestalten, die Sie fürchten?«

»Außenseiter, die unsere religiöse Freiheit bedrohen. Unser Land. Unsere ureigene Kultur.«

»Sie meinen Veganer?« Ich wollte Zeit schinden. Wo blieb denn Gus, verdammt noch mal?

»Ich rede von Menschen, die an den Islam und sein repressives System der Scharia glauben, das gegen unsere Verfassung verstößt. Menschen, die im Namen Allahs töten, Frauen unterdrücken, die Welt tyrannisieren mit ihren Selbstmordanschlägen, Ehrenmorden, Messerstechereien, Entführungen, Enthauptungen …«

»Bombenanschlägen.«

»Bombenanschlägen.«

»Durchgeknallte Extremisten machen doch keine Religion aus.« Ich versuchte weiterhin zu hören, was im Flur vor sich ging.

»So sehen Sie die Dschihadisten? Diese Terroristen, die einen heiligen Krieg führen, um die Welt zu zwingen, nach der Scharia zu leben? Ich fürchte, Sie unterschätzen den Ernst der Lage. Der Islam ist nicht nur eine Religion. Er ist zu einer globalen politischen Militäroffensive geworden.«

Ich antwortete nicht.

»Die Taliban. Der Islamische Dschihad. Al-Qaida. Boko Haram. Al Shabaab. Der IS. Soll ich weitermachen?«

»Der radikale Rand.« Mittlerweile war es still draußen auf dem Flur.

»Die muslimische Einwanderung in die USA ist auf Rekordhöhe. Die muslimischen Anführer berufen sich auf unsere eigenen, von der Verfassung garantierten Rechte, um ihre Moscheen und Islamzentren zu bauen, und dann nutzen sie diese Zentren, um Dschihadisten zu rekrutieren und zu indoktrinieren. Um Gewalt gegen Ungläubige zu predigen. Gegen die Nachkommen der Männer, die einst unsere freiheitliche Verfassung aufgesetzt haben. Eine Verfassung zum Schutz der jüdisch-christlichen Prinzipien, auf denen dieses Land gegründet wurde. Sagt Ihnen der Begriff Wahhabiten etwas?«

»Die saudische Ausrichtung des Islam.«

»Wussten Sie, dass die große Mehrheit der islamischen Zentren unter wahabbitischem Einfluss steht? Haben Sie schon einmal von der Muslimbruderschaft gehört? Vom Zivilisationsdschihad?«

Ich ließ ihn reden.

»Die Muslimbrüder erschleichen sich Positionen in der Wirtschaft, Regierung, in Schulen und beim Militär. Sie wollen die westliche Zivilisation zerstören, aber nicht mit Bomben und Enthauptungen, sondern von innen heraus.«

»Wie soll das gehen?«

Bronco musterte mich lange, bevor er weitersprach. »Sie und ich, wir haben viel gemeinsam.«

»Ich sprenge keine Schulen in die Luft und entführe auch keine kleinen Mädchen.«

»Sie haben ja keine Ahnung.«

»Dann klären Sie mich auf.«

»Die Schule war nicht das Ziel.«

Wie bei einem Kaleidoskop sah ich die Fotos vom Tatort vor mir. Die Schule. Der bemalte Felsblock. Der nach oben ragende, zur Spirale verkrümmte Fahrradständer. Der leere Fleck. Der Lebensmittelladen. Es machte klick. »Sie hatten es auf den muslimischen Lebensmittelladen nebenan abgesehen?«

»Lassen Sie sich nicht vom äußeren Schein täuschen. Der Inhaber des Ladens spendet enorme Summen an muslimische Organisationen weltweit. Und er hatte Expansionspläne, für eine landesweite Kette. Expansion ist ein Grundpfeiler des Zivilisationsdschihads. Langsames Wachstum, Unternehmen für Unternehmen, Immobilie für Immobilie, Land für Land.«

»Sie meinen, Sie haben die Schule versehentlich getroffen?«

»Leider ist es mir nicht vergönnt, mit so fachkundigen Menschen wie Ihnen zusammenzuarbeiten. Ich kann mir meine Leute nicht aussuchen. Doch das wird sich in Zukunft ändern. Allerdings muss man fairerweise sagen, dass der Fehler in Chicago nicht allein auf deren Kappe ging. Der Rucksack wurde wie angewiesen in der Nähe des Ladens deponiert. Ein Kind sah ihn und wollte wohl was Gutes tun. Traurigerweise explodierte der Sprengsatz, als der Junge den Rucksack gerade zurück zur Schule trug. Sie kennen das alte Sprichwort?«

»Mögen Sie in der Hölle schmoren?« Ich spürte ein warnendes Ziehen im Magen.

»Undank ist der Welt Lohn.«

»Das Kind, das war Bowen Bright.« Brennende Wut überkam mich. Ich hätte dem Scheißkerl am liebsten so fest in die Eier getreten, dass sie ihm gegen die Schädeldecke knallten. Oder Schlimmeres. »Er war zwölf. Die Forensiker haben sein Gesicht vom Asphalt gekratzt, sein Hirn aus den Bäumen. Seine Mutter ist bei der Explosion ebenfalls ums Leben gekommen.«

Bronco zuckte mit den Schultern.

»Was ist mit Stella passiert?« Mein Herz hämmerte.

Broncos Augen waren hart wie blauer Obsidian.

Ich atmete schneller. Ballte die Hände zu Fäusten.

»Wir sind hier fertig.« Bronco sah zu Kerr. Sie stand auf. Auch er stand auf. Zusammen gingen sie zu der Tür, hinter der man die Frauenstimmen gehört hatte.

In meinem Gehirn brannte eine Sicherung durch. Ich wollte diesen Scheißkerl kaltmachen.

Blitzschnell duckte ich mich, um aus dem Schusswinkel der beiden Berettas zu kommen, und stürzte mich auf Broncos Fußknöchel. Er riss ein Bein los und trat nach mir. Die Stahlkappe seiner Stiefel krachte gegen meine Wange. Mein Kopf flog zurück, mein Hintern landete auf dem Boden. Ich rollte mich ab.

Völlig verdutzt zögerten Kong und Bulldogge eine entscheidende Sekunde zu lang. Kong erholte sich zuerst und nahm mich wieder ins Visier.

Die Tür flog auf. Gus stürmte herein, eine Luger in beiden Händen, ein Ersatzmagazin zwischen den Zähnen. Kong und Bulldogge drehten sich wie ein Mann in seine Richtung. Kong schoss. Daneben. Gus schoss und traf. Kong ging mit einem dumpfen Schlag und leisen Grunzen zu Boden.

Ich krabbelte hinter einen Stuhl. Bulldogge duckte sich und arbeitete sich im Schutz der Couch Richtung Tür vor. Gus nutzte den Türrahmen als Deckung und schoss erneut.

Leben und Tod können sich in einem Wimpernschlag kreuzen. Bulldogge erreichte das Ende der Couch und richtete sich etwas auf, um sich einen besseren Schusswinkel zu verschaffen. Im gleichen Moment stemmte sich Kong mit einem Ellbogen vom Boden hoch und schoss blind um sich. Er traf Bulldogge in den Rücken, auf halber Höhe der Wirbelsäule. Bulldogge knallte auf den Holzboden. Es klang wie ein Fleischbrocken, der auf Eis kracht. Kong fiel zurück und rührte sich nicht mehr.

Plötzlich war alles totenstill.

Gus und ich starrten uns an, mit weit aufgerissenen Augen, keuchend. Ich rappelte mich hoch und zeigte auf den Durchgang, in den Kerr und Bronco verschwunden waren. »Vorsicht. Dahinten sind vielleicht noch andere.«

Während ich mir von Bulldogge meine Glock zurückholte, verschwand Gus im Flur. Ich ging ihm nach und fand ihn in einer kleinen Küche, angespannt wie ein Leopard kurz vor dem Sprung. Auf der anderen Seite des Flurs lagen ein Schlafzimmer und ein Bad, beide leer. Auch die Küche war leer. Die Hintertür stand offen.

Unsere Blicke trafen sich. Wir waren immer noch zittrig und voller Adrenalin. Nichts rührte sich.

Wir senkten die Waffen.

Mit Beinen wie Gummi ging ich zurück ins Wohnzimmer, nahm mein Wegwerf-Handy und machte Fotos von den beiden Männern auf dem Boden. Anschließend tastete ich bei jedem nach dem Puls. Ein leises Pochen in Kongs Halsschlagader. Vielleicht. Konnte auch das Zittern meiner eigenen Finger sein. Keiner der beiden schien noch zu atmen. Bulldogges Papageien und Blüten färbten sich rasch dunkel.

Eine schnelle Durchsuchung der Wohnung. Keine Stella.

Vom Festnetz aus wählte ich den Notruf und meldete eine Schießerei.

»Zeit, unseren *okole* zu retten«, sagte ich zu Gus.

»Ist das hawaiianisch für Arsch?«

Ich nickte.

Wir machten uns aus dem Staub.

20

Wir gingen in östlicher Richtung und schlängelten uns durch das Labyrinth der Straßen, die parallel zur Rose Avenue verliefen. Langsam beruhigte sich unser Herzschlag wieder. Meine rechte Wange war rot und geschwollen, aber das schien niemandem aufzufallen. Oder niemand fand es ungewöhnlich.

Um Viertel nach acht waren wir wieder im Marina 7. Gus bei mir zu wissen war beruhigend, also buchte ich eine weitere Nacht. Falls wir länger in LA bleiben sollten, würde ich auf einem Hotelwechsel bestehen. Vielleicht direkt am Meer. Gus würde das gefallen.

Wir tranken warmes Bier und studierten die verschwommenen Gesichter von den Standbildern der Überwachungskamera. Ich sagte Gus, dass der Fahrer des Forrester der schnauzbärtige namenlose Leichnam im Leichenschauhaus von Chicago war. Wir waren uns einig, dass Bulldogge wahrscheinlich einer der beiden Männer war, die auf der Rückbank gesessen hatten.

»Das macht dann zwei«, sagte Gus.

»Wir haben ihn nicht unbedingt geschnappt.«

»Du hast Fotos. Du hast den Notruf gewählt. Das zählt.«

Ich sagte nichts.

»Hör mal, diese Arschlöcher haben dich nicht entführt, um mit dir schön essen zu gehen.« Gus leerte sein Beck's und zog zwei weitere Dosen aus der Plastikhalterung.

»Woher wusstest du, dass ich in der Wohnung war?«

»Hab mich an den Plan gehalten, kleines Schwesterlein.«

»Wir sind Zwillinge.«

»Ich bin sechs Minuten älter«, sagte er.

»Und fünfzehn Zentimeter kleiner.«

»Ich bin kein Zwerg. Bin ein gut gewachsener Bro aus dem Getto.« Gus machte einen auf Gangsta-Rapper. Ziemlich schlecht.

»Im Ernst. Wie hast du mich gefunden?«

»Du hast Kerr beschattet oder zumindest so getan. Ich habe dich beschattet. Ich war auf der Promenade, als Dumm und Dümmer aufgetaucht sind. Übrigens: bewundernswert, wie du dich zurückgehalten hast.«

»Danke.«

»Ich bin dir ins Haus mit Kerrs Apartment gefolgt.«

»Ebenfalls mit bewundernswerter Zurückhaltung.«

»Während ich mich hinter der Treppe versteckt habe, ist mir aufgefallen, dass die Tür nicht richtig eingerastet war. Das hab ich zu meinem Vorteil genutzt.«

»Und zu meinem.«

»Wer ist der Typ, der mit Kerr abgehauen ist?«

»Nennt sich Bronco. Überzeugt von der Überlegenheit der weißen Rasse, Typ Revolutionär. Will die Welt vor der muslimischen Vorherrschaft retten.«

»Indem er eine jüdische Mädchenschule in die Luft jagt?«

»Das eigentliche Ziel war der Lebensmittelladen auf der anderen Straßenseite.«

»Jesus.«

»Genau das ist ihr Mann.« Ich erklärte ihm die Bedeutung der tätowierten J.

»Islamophobe Arschlöcher.«

»Und Bronco ist das Chef-Arschloch. Er ist schlau, fanatisch und gewaltbereit. Eine tödliche Kombination.«

»Hat er irgendwas über Stella verraten?«

Ich schüttelte den Kopf. »Aber ich habe Frauenstimmen gehört.«

»Glaubst du, die planen was?«

»Das hat Bronco angedeutet.«

»Bald?«

»Ich hatte den Eindruck.«

»Was?«

»Keine Ahnung.«

»Hier?«

»Weiß nicht.«

»Und was machen wir jetzt?«

»Weiß nicht.«

*

Gegen zehn war ich in meinem neuen Zimmer. Zwei Doppelbetten. Hier war das Farbthema Traubenmarmelade mit Algensalat.

Ich warf meinen Rucksack auf den Stuhl, holte den Bewegungsmelder heraus und schaltete ihn ein. Dann zog ich die Jacke aus und legte die Glock ab. Beim Ausziehen fiel mir die Schirmmütze wieder ein. Konnte mich nicht erinnern, wo ich sie verloren hatte. Deprimierend. Ich hatte den Hund mit der Sonnenbrille echt gemocht.

Mit der Glock auf dem Rand des Waschbeckens duschte ich und machte mich bettfertig. Im sauberen T-Shirt und frischer Unterwäsche nahm ich mein MacBook aus dem Rucksack und trug es zu dem Bett, das gegenüber vom Fernseher stand. Ich zog die Tagesdecke zurück, holte mir zwei zusätzliche Kissen, legte die Fernbedienung in Reichweite und streckte mich aus, den Rücken an einen Doppelpack synthetischen Schaumstoff gelehnt.

Ich fand den Lokalsender von ABC. Der Abspann einer Krankenhaus- oder Polizeiserie, jede Menge Blaulicht, jede

Menge Angst. Seit dem Abend nach dem Einbruch bei Kerr hatte ich nicht mehr nach meinen E-Mails gesehen oder in den sozialen Medien vorbeigeschaut. Ich stellte den Fernseher auf stumm, klappte den Laptop auf und ging ins Internet.

Von meinen Followern bei Twitter hatte ich alle außer zwei verloren. Und auf Facebook hatte ich immer noch keine Likes. Ein harter Schlag, mit dem ich aber gerade noch fertigwurde. Ich loggte mich bei meinem Gmail-Account ein, den ich vor meiner Abreise in Charleston eingerichtet hatte. Jede Menge Spam und eine Nachricht von *TNT@aol.com.* Ich öffnete sie.

Ihr seid beide tot.

Ich starrte auf die Worte, mein Herz klopfte regelmäßig, aber heftig. Keine Angst. Jagdfieber. Der von Wut getriebene Wunsch, den Schwachkopf dranzukriegen, der mich bedrohen wollte.

Beide tot? Wer noch? Gus? Stella?

»Versuch's doch, du Feigling«, rief ich ins leere Zimmer.

Wie schon in Kerrs Wohnung klickte ich auf das kleine Dreieck rechts vom Antworten-Pfeil und ging im Drop-Down-Menü auf »Original zeigen«. Ein ähnlicher Datenblock erschien.

Ich kopierte die IP-Adresse von *TNT@aol.com* und ging dann auf eine Seite namens *ipTRACKERonline.com.* Mit einer Tastenkombination kopierte ich die Ziffern ins leere Kästchen, drückte die Eingabetaste, und schon wurde mir ein Satellitenbild von Google Earth gezeigt. Mit einer kleinen roten Stecknadel.

Die Daten unter der Karte waren in drei Kategorien unterteilt. Provider, Land, Zeit. Ich überflog die mittlere Spalte. Land, Region, Stadt, Postleitzahl.

TNT hatte die Mail aus Los Angeles, Kalifornien, geschickt.

Ich überlegte. Im Fernsehen versuchte ein Ärzteteam, ein Kind zu retten, das mit abgetrenntem Bein in die Notaufnahme eingeliefert worden war. Das Kind reagierte nicht mehr, was die Ärzte und Schwestern nicht gut verkrafteten.

Ich nahm mein Handy vom Nachttischchen, klickte auf Notizen und nahm mir die Liste der IP-Adressen vor, die ich aus den E-Mails von Kerr hatte. Die vier Mails, die sie kurz zuvor erhalten und daher noch nicht gelöscht hatte.

Ich wiederholte die Ortung bei *trailblazer744@gmail.com.*

Trailblazer hatte seine Nachricht von Corydon in Indiana geschickt. *Infidel566@gmail.com* war in Louisville in Kentucky.

Die beiden anderen Mails stammten von *spearhead2020@yahoo.com* und *loyalc2020@aol.com.* Sie hatten beide in unserer Hauptstadt in die Tasten gehauen.

Als ich mit dem Gedanken gespielt hatte, mich als Privatdetektivin zu versuchen, hatte ich von Anbietern erfahren, die eine Rückwärtssuche bei E-Mail-Adressen ermöglichen. Wenn man Glück hatte, bekam man Namen, Adressen, Fotos, Blogs, familiäre Herkunft, Online-Profile, Aktivitäten in sozialen Netzwerken, die Adressen der Nachbarn und so weiter. Ich meldete mich bei mehreren an und gab die Namen ein. Nichts.

Ich dachte darüber nach. Kein einziger Treffer bei fünf Adressen. Wahrscheinlich waren die Accounts nur für den kurzfristigen Gebrauch eingerichtet und würden bald wieder aufgegeben.

Ich ging die Fotos durch, die ich in Kerrs Wohnung gemacht hatte. Die Pässe. Das Etikett von den Kräuterkapseln und die Lieferadresse.

Als ich aufschaute, liefen die Abendnachrichten. Ein Reporter in flatterndem Regencape hielt tapfer einem Schauer und heftigen Windböen stand. Hinter ihm brandeten Wellen gegen eine Kaimauer. Eine Einblendung informierte die Zuschauer, dass der Tropensturm Atticus Mexiko heimsuchte.

Im Ernst? Atticus?

Schnitt zum ernst dreinblickenden Nachrichtensprecher. Betonfrisur, Jacketkronen, Sonnenstudiobräune. Seine Lippen formten die Worte, dann erschien eine Grafik über seiner Schulter.

Die Schlagzeile *Schießerei in Venice Beach* war eingeblendet, darunter ein Bild vom senffarbenen Haus in der Rose Avenue.

Der Sprecher redete weiter, dann wurde zu einer Reporterin live vor Ort geschaltet. Sie stand hinter einer Polizeiabsperrung beim Eingang zu Kerrs Wohnung. Hinter dem Band drängten sich die Gaffer. Neben der Reporterin standen weitere Fernsehleute. Sie sprach stumm, aber sehr ernst, dann wurden Bilder gezeigt, wie ein Leichensack in den Wagen der Gerichtsmedizin geschoben wurde.

Während ich nach der Fernbedienung tastete, kam ein Polizeisprecher mit strengem Blick ins Bild. Oder vielleicht kniff er auch die Augen wegen der Kamerascheinwerfer zusammen. Mikrofone wurden ihm vors Gesicht gehalten. Reporter umdrängten ihn. Laut Bildunterschrift hieß er Alves.

Ich fand die Fernbedienung. Suchte nach der Stummtaste. Die Reporterin von ABC sprach in ihr Mikro und bewegte die Lippen. Auch ohne Ton wusste ich, was sie fragte. Alves ignorierte sie.

»… erhielten heute gegen 19.10 Uhr einen Notruf. Die entsandten Beamten betraten die Wohnung und fanden zwei männliche Weiße. Auf beide war geschossen worden. Der eine war beim Eintreffen der Polizei bereits tot, der andere befindet sich weiterhin in kritischem Zustand.«

»Wurden die Opfer identifiziert?«

»Noch nicht.«

»Wissen Sie, wer in der Wohnung lebte?«

»Ich bin nicht befugt, Ihnen zum jetzigen Zeitpunkt Einzelheiten zu nennen.«

»Haben die Morde etwas mit Bandenkriminalität zu tun?«

»Waren Drogen im Spiel?«

»Gibt es bereits konkrete Verdächtige?«

»Ich kann Ihnen zum jetzigen Zeitpunkt keine Einzelheiten nennen. Aber ich möchte Ihnen versichern, dass umfassend und gründlich ermittelt wird. Wir werden den oder die Verantwortlichen finden. Vielen Dank.«

Alves trat den Rückzug aus dem Reportergedränge an. Während er die Stufen hinaufging und durch die Tür oberhalb des Müllsammelsuriums verschwand, riefen ihm die Reporter weitere Fragen nach, doch er drehte sich nicht um.

Die ABC-Journalistin sah wieder in die Kamera.

»Das war Emily Mattimore-Green live aus der Rose Avenue in Venice.«

Ich wählte die Nummer von Gus.

»Ich hab's gesehen«, sagte er ohne Begrüßung.

»Kerr und Bronco werden definitiv nicht mehr zurück in die Wohnung gehen.«

»Ich habe das Gefühl, dass du mir gerade unseren nächsten Schachzug erklären willst.«

Ich erinnerte Gus an die vier E-Mails, die ich auf dem Laptop in der Argyle Street gefunden hatte. »Ich habe es mal mit Geotargeting probiert. Zwei Absender haben Kerr von Washington aus kontaktiert. Laut Pass ist sie in Alexandria in Virginia geboren.«

»Also gleich neben DC.«

»Ja.«

»Im Großraum Washington leben sechs Millionen Menschen.«

»Ich habe in ihrer Küche eine Pillendose mit Brahmi gefunden.«

»Kerr ist sicher gestresst. Oder erschöpft. Brahmi soll Energie spenden und gleichzeitig beruhigen.«

»Funktioniert das?«

»Nö.«

»Eigentlich geht's auch darum, dass sie das Zeug im Internet bestellt hat. Die Versandtasche von Amazon war noch in der Schublade. Lieferung an J. Kerr in der Mount Pleasant Street in Washington, DC.«

»Sieht aus, als ob wir demnächst in unsere schöne Hauptstadt fliegen.«

»Ich buche uns einen Flug für morgen früh.«

»Schick mir die Daten per SMS.«

»Ich würde vorschlagen, dass du, wie soll ich das formulieren? Ohne Ballast fliegst? Während wir reden, pult wahrscheinlich gerade irgendein Gerichtsmediziner die Kugeln aus Broncos Handlanger.«

»Ich habe Kontakte in DC.«

Ich fragte nicht nach.

»Venice wird mir fehlen«, sagte Gus.

»Du warst gerade mal zwei Tage hier.«

»Viel Sonne, viel nackte Haut.«

»Es ist Frühling. Die Kirschbäume werden blühen.«

Gus schnaufte. »Meinst du, wir sollten diesen Alves kontaktieren?«

»Noch nicht.«

»Und was ist mit Capps und Clegg? Die Tätowierung erklären, die Gruppe, ihnen sagen, dass das eigentliche Ziel der Lebensmittelladen war?«

»Ja, das sollten wir. Aber nur als Nachricht von einem geeigneten Telefon aus. Ich will nicht, dass sie mich groß ausfragen.«

»Hast du Drucker schon von unserem Abenteuer am Pazifik berichtet?«

»Werde ich noch. Sie schuldet mir noch mal fünfundzwanzigtausend.«

»Ich hoffe, die alte Dame ist noch zufrieden mit dir.«

»Warum nicht?«, fragte ich.

»Mir ständig eine neue Waffe zu beschaffen ist verdammt teuer.«

Sie ziehen schon wieder um.

Den ganzen Tag über sind alle schwer beschäftigt. Die anderen wechseln Blicke, haben steile Sorgenfalten zwischen den Brauen. Niemand will ihr sagen, wo sie hinziehen. Oder wann. Vielleicht weiß es auch niemand.

Meistens wird sie einfach ignoriert. Sie nutzt die seltene Freiheit und stöbert ein bisschen. Findet am Nachmittag eine Taschenlampe im Keller und versteckt sie unter ihrem Bett.

Sie hat ihm nicht gesagt, was sie beim Lauschen gehört hat. Was sie gefunden hat. Es gab keine Gelegenheit dazu. Sie waren nie lange genug allein. Immer nur ganz kurz. Augenblicke, in denen sie mit einem Wort oder einem Satz betteln konnte. Manchmal auch nur mit den Augen.

Aber ihre Hartnäckigkeit hat sich ausgezahlt. Er ist einverstanden, er wird sich mit ihr auf der Lichtung treffen.

Er teilt sich ein Zimmer mit drei anderen Männern. Hoffentlich hält er sich an ihren Plan. Macht genau das, was sie auch macht.

Fünfzehn Minuten vor der vereinbarten Zeit schleicht sie auf Zehenspitzen ins Bad. Sitzt auf dem Klo. Riecht Moder, Toilettenreiniger und Seife. Der Deckel fühlt sich durch die Jeans kalt an. Sie zählt zehnmal bis sechzig.

Beruhigt, dass niemand wach ist, schleicht sie die Treppe hinunter und in die Küche. Die Leiter steht nicht mehr unter ihrem Fenster. Übers Dach kann sie nicht mehr.

Durch die Hintertür. Eine Mondsichel spendet etwas Licht, aber nicht viel. Während sie draußen in der Kälte steht, fragt sie sich, warum der Mond diese Wirkung auf sie hat. Fragt sich, warum sie sich das fragt.

Sie rennt. Aber dieses Mal nicht voller Verzückung. Voller Angst. Angst davor, erwischt zu werden. Oder Angst vor dem, was sie gehört hat.

Über das Gras. Durch die Gasse. Zu den Bäumen.

Ihr Herz setzt einen Moment aus.

Er ist nicht da.

Sie ruft, aber es ist kaum ein Flüstern.

Keine Antwort.

Eine neue Angst steigt in ihr auf.

Er ist loyal. Das liegt in seiner Natur. Aber wem fühlt er sich verpflichtet? Was, wenn er sie verraten hat?

Sie weigert sich, das zu glauben.

Sie zieht die Decke aus dem Versteck im hohlen Baum. Setzt sich im Schneidersitz darauf. Wie ein Indianer, haben sie als Kinder gesagt. Das Mondlicht, das durch die Äste fällt, hinterlässt ein Streifenmuster auf ihren Beinen.

Er wird kommen.

Die Minuten verstreichen. Sie weiß nicht genau, wie viele, ist viel zu angespannt zum Zählen.

Sie legt sich hin. Schließt die Augen. Hört Stimmen in ihrem Kopf. Beruhigende Stimmen, aus der Zeit, als sie klein war. Mama, die sagt, dass sie sie liebt. Dass sie tapfer sein muss. Sich vor nichts fürchten soll. Weder vor Spinnen noch vor Schlangen, weder vor Monstern noch vor Gespenstern. Jetzt drängen die Stimmen und sagen, dass sie den Tod nicht fürchten soll. Verlangen Hingabe und Mut. Versprechen eine bessere Welt.

Eine alte Melodie. Aber jetzt versteht sie den Text.

Ein Zweig knackt.

Sie reißt die Augen auf. Adrenalin rast durch ihren Körper.

Sie lauscht reglos, hat Mühe, ihren Atem zu unterdrücken.

Sie will schreien. Kann nicht.

Eine schwarze Gestalt rechts zwischen den Bäumen. Sie kommt auf sie zu.

21

Unser Flug ging um 7.45 Uhr. Es war dunkel, als ich aufwachte. Es war dunkel, als unser Taxi uns am International Airport absetzte. Ich war nicht in Stimmung für ein Gespräch. Gus auch nicht.

Wir holten unsere Boardingpässe. Ich gab meine Tasche auf, dann gingen wir durch die Sicherheitskontrolle und weiter zum Gate. Gus schlenderte davon. Als er zurückkam, trug er eine braune Windjacke, die er zuvor noch nicht besessen hatte.

Unseren ersten richtigen Satz wechselten wir in einer Höhe von 34 000 Fuß.

»Glaubst du wirklich, dass Kerr und Bronco in Washington sind?«, fragte Gus.

»Bei Bronco bin ich mir nicht sicher. Aber zwei E-Mails, ein Pass und ein Umschlag von Amazon deuten darauf hin, dass Washington zu Kerrs Komfortzone gehören könnte.«

»Hm.« Gus hatte seine Lehne nach hinten gestellt und die Augen geschlossen.

»Andererseits hat Kerr schon in Chicago versucht abzuhauen, und das hat auch nicht funktioniert. Sie könnte auch noch in LA sein.«

»Oder in Paris. Oder Cincinnati. Oder San Juan.«

»Zugegeben, das ist jetzt nicht gerade die Superspur«, räumte ich ein.

Stella war mir die ganze Nacht nicht aus dem Kopf gegangen.

Ich fühlte mich unglaublich zu ihr hingezogen, ich spürte ihre Stimme bis in die Knochen. Sie war irgendwo und rief nach mir. Eingesperrt? Aus dem Grab? Ich erzählte Gus nichts davon.

Nach einer Weile sagte Gus: »Ziemlich viele mögliche Anschlagsziele in Washington für islamophobe Idioten.«

»Das Islamic Heritage Museum. Die Moschee und ein Kulturzentrum an der Massachusetts Avenue.«

»Der Präsident?«

»Einige Kongressabgeordnete, der Senat, das Oberste Gericht, der Vereinigte Generalstab …«

»Und so weiter und so fort. Wo übernachten wir?«

»Im Morgan Inn.«

»Nicht im Ritz?«

»Nicht im Ritz.«

»Warum?«

»Auf der Webseite vom Inn steht, die Zimmer verfügen über eine schnörkellose Eleganz.«

»Schnörkellos?« Er drehte den Kopf zu mir und hob skeptisch die Brauen.

»Dezent.«

»Das heißt billig.«

»Das Morgan Inn liegt ganz in der Nähe der Lieferadresse von der Amazon-Bestellung.«

»Habe ich mein eigenes Bad?«

Bevor ich eingestehen musste, dass das nicht unbedingt der Fall war, kam der Flugbegleiter zu uns, um zu fragen, ob wir uns wohlfühlten, und uns zu danken, dass wir mit American Airlines flogen. Er hieß Justin. Justin erkundigte sich auch nach unseren Frühstückswünschen. Ich bestellte ein Omelett. Gus entschied sich für die gesündere Variante mit Joghurt, Obst und Knuspermüsli. Justin notierte unsere Wünsche und ging weiter.

Nachdem ich versucht hatte, den gummiartigen gelben Klumpen zu essen, den mir Justin als Omelett serviert hatte, griff ich nach meiner Lektüre. Letzten Endes sah ich mir einen alten James-Bond-Film an und döste ein.

Gus verschlief fast den kompletten Flug. Ein Hoch auf die erste Klasse. Ein Hoch auf Opaline Drucker.

Wir landeten kurz vor vier, trennten uns und gingen jeweils zu einem anderen Taxistand.

Mein Fahrer hatte Schuppen auf dem Kragen und hieß Moses. Kein großer Redner. Ein Segen.

Moses fuhr über den George Washington Parkway. Als wir am Ufer des Potomac entlangfuhren, sah ich die Spitze des Obelisken zu Ehren unseres ersten Gründervaters und näher am Wasser das römische Pantheon für Jefferson. Bei der Fahrt über die Memorial Bridge bewunderte ich den dorischen Tempel, der für Lincoln gebaut worden war. Ich dachte über Architektur nach. Über tote Präsidenten. Ich dachte an Stella Bright.

Schließlich schlängelten wir uns durch den malerischen Rock Creek Park. Vorbei an bewaldeten Flussufern, grünem Dickicht und Joggingpfaden. Ich dachte an Chandra Levy, eine Praktikantin, die verschwunden war und deren Skelett man später im Rock Creek Park fand. Ich dachte an Stella Bright.

Wie viele amerikanische Städte ist auch Washington ein verrückter Flickenteppich aus Vierteln, die alle ihre eigene Geschichte, Namen, Atmosphäre und ihren eigenen Stil haben. Capital Hill, DuPont Circle, Georgetown, Mount Pleasant, Columbia Heights.

Moses hielt vor einem breiten dreistöckigen Gebäude in einer Reihe dreistöckiger Gebäude am Lanier Place im Viertel Adams Morgan. Abgesehen vom Hotel und der Feuerwache, alle aus rotem Backstein, standen hier nur Wohnhäuser.

An der Vorderseite führten zwei kurze Treppen über eine lieblos gestaltete Grünfläche zu zwei nebeneinanderliegenden Veranden, die mit einem weißen Lattenzaun abgetrennt und mit Gartenstühlen und Kübelpflanzen bestückt waren. Rostige Klimaanlagen ragten aus den Fenstern in allen drei Stockwerken. Rechts vom Haupteingang hing ein schrecklich uriges »Hotel«-Schild an zwei Ketten.

Ich bezahlte, stieg aus dem Taxi und betrachtete die Straße. Gesäumt mit geparkten Autos, die dicht an dicht in beiden Richtungen standen. Bevor ich die Treppe hochging, ließ ich noch einmal den Blick schweifen. In keinem der Autos saß jemand. Kein Schläger im Hawaiihemd versteckte sich hinter einer Laterne oder einem Busch. Und auch niemand mit Cowboyhut.

Das Hotelinnere entsprach dem Schild außen. Jede Menge astige Kiefernmöbel und Dekokram. Ein Globus. Ein Wandtelefon. Dick gepolsterte Sofas und Sessel. Im holzvertäfelten Speisesaal saßen die Gäste an langen Tischen, um neue Freundschaften zu schließen. Nicht mit mir.

Die Rezeption war mit einem netten alten Herrn besetzt, der dringend ein bisschen Atemgold gebrauchen konnte. Ich fragte nach einem Zimmer mit Bad für zwei Nächte. In Gesellschaft von Gus war ich immer besonders wagemutig.

Während der alte Herr die verfügbaren Zimmer am Computer durchging, las ich von der anderen Seite mit. Anscheinend hatte heute noch niemand eingecheckt. Er kam zu dem Schluss, dass es nur noch ein Zimmer mit Bad gab. Ich verzichtete zugunsten von Gus.

Nachdem der alte Herr mit hochgeschobener Brille meinen Ausweis entziffert hatte, laut dem ich Susan Bullock hieß, akzeptierte er meine Barzahlung, tippte ein bisschen auf der Tastatur und nahm dann einen großen Messingschlüssel vom Haken am Brett hinter ihm. Lächelnd – eine ganz schlechte Idee – erklärte er mir, dass WLAN, Frühstück und Snacks inbegriffen seien. Dann sagte er mir, dass ich nicht rauchen dürfe, man habe da feste Regeln.

»Ich habe auch feste Regeln«, sagte ich.

Dem jovialen Alten fiel das Kinn herunter, dann klappte er es wieder hoch. Er zog die Brauen so weit nach oben, dass er freie Sicht durch die Nickelbrille hatte.

»Niemand geht in mein Zimmer. Niemals. Egal aus welchem Grund.«

»Das Zimmermädchen muss putzen.«

»Das mache ich selbst.«

»Ich weiß nicht, ob wir das erlauben.« Er legte die Hand mit der offenen Handfläche auf die Theke. Anscheinend hatte der alte Knabe aufgrund seines Mundgeruchs besondere Bedürfnisse.

Ich zog zwei Zwanziger aus dem Portemonnaie und legte sie auf die Glasfläche. Er fegte sie zusammen und lächelte.

»Hängen Sie das ›Bitte-Nicht-Stören‹-Schild an die Tür, Ihr Zimmer ist Fort Knox.«

»Vielen Dank.«

Der alte Knabe wünschte mir noch einen schönen Tag.

Ich stieg die breite Treppe hoch, die nach fünf Stufen einen harten Linksschwenk machte. Mein Zimmer war im zweiten Stock am Ende des Flurs. Gelbe Wände, weiße Zierleisten, Kamin und ein weiß gestrichener Heizkörper sowie ein geschwungenes weißes Waschbecken mit einem verspiegelten Medizinschränkchen darüber. Das Bett war aus dunklem Holz, die Schnitzereien am Kopf- und Fußende waren vermutlich während der Weltwirtschaftskrise entstanden. Der einzige Stuhl war ebenfalls aus Holz und musste repariert werden.

Ich machte meine üblichen Kontrollen. Das Schloss funktionierte. Das Telefon funktionierte. Dünne weiße Vorhänge vor einem Fenster, das auf einen winzigen Hinterhof hinter dem Haus hinausging. Keine Feuerleiter, kein Seil. Kein Baum oder Ast in der Nähe des Fensters. Das Zimmer war zwar alles andere als sicher, aber akzeptabel.

Ich zog die Jacke aus und schickte Gus eine Nachricht. Keine Reaktion.

Ich installierte den Bewegungsmelder und machte mich dann daran, meine wenigen Habseligkeiten auszupacken und die Glock zusammenzubauen. Danach googelte ich die Route zu der Adresse vom Amazon-Umschlag. Dann wartete ich. Ich wusste ziemlich genau, was meinen Zwillingsbruder aufhielt.

Um 18.15 Uhr vibrierte mein Handy. Eine SMS mit einer Zahl: 37.

Gus' Zimmer war nobler als meins. Es gab zwei Doppelbetten, rote Wände, schwarze Möbel und ein Bad, das groß genug war, um es sich mit einem sehr kleinen Haustier zu teilen. Ich war neidisch.

Ich musste Gus nicht fragen, wo er gesteckt hatte. Er war im Hemd, darüber trug er ein Schulterholster mit einer Glock 17. Zwillinge. Mit Zwillingswaffen. Potzblitz.

»Fertig?«, fragte ich.

Fertig. Gus zog die Jacke vom Flughafen an, und wir zogen los.

Wir waren keine zehn Minuten unterwegs. Es dämmerte bereits, und die Temperaturen lagen bei angenehmen 17 Grad. Schön, ein bisschen an der frischen Luft zu sein.

Beim Gehen musterte ich alles genau. Die Fußgänger. Die Radfahrer. Die Autos und Busse. Die Türen, Fenster, Gehwege und Dächer auf den Gebäuden. Gus machte es genauso.

Wie am Lanier Place standen auch am Argonne Place auf beiden Seiten Häuser, die man in New York oder Boston Brownstones nennen würde. Gärten in Briefmarkengröße, viele Bäume, viel Backstein.

Wo die Hobart Street in die Mount Pleasant Street mündete, befanden sich eine Kirche und ein kleiner Park. Danach kamen Läden und Geschäfte. Es gab Tee und Kaffee, Alkohol, Lebensmittel und Farbe. Eine Autowerkstatt, Textilreinigung, Wäscherei, ein Nagelstudio. Viele Restaurants. Thailändisch. Vegan. *Dos Gringos, Haydees* und *El Pollo Saboso* servierten so nah nebeneinander Salsa, dass die Gäste miteinander Tango tanzen konnten. Die Restaurants und die spanischen Sprachfetzen, die ich aufschnappte, deuteten auf eine große Latinoeinwohnerschaft hin.

Auf der anderen Straßenseite größere Gebäude, unten meist Läden, darüber Wohnungen. Die Adresse, an die Kerrs Kräuter von Amazon geliefert worden waren, befand sich in einem solchen Gebäude. Es lag in der Nähe der Kreuzung Mount Pleasant und Irving Street, mit Wohnungen in den beiden oberen Stockwerken. Zur Straße hin gab es einen Friseur und einen Laden für Secondhand-Kleidung.

Gus und ich sondierten die Lage. Direkt vor dem Gebäude war eine überdachte Bushaltestelle. An den Plexiglaswänden hingen Linien- und Fahrpläne der Washingtoner Verkehrsbetriebe und ein Plakat für eine Aufführung im Kennedy Center. Zwei Frauen warteten, die eine stand, die andere saß auf der Metallbank. Beide trugen schwarze Jacken mit aufgestickten bunten Blumen, halblange geblümte Röcke, weiße Baumwollsöckchen und Turnschuhe. Beide hatten schwere Einkaufstaschen.

Der Hauseingang lag in der Mitte des Gebäudes, direkt hinter der Haltestelle. Rechts und links der Tür vergitterte Fenster. Der Friseursalon links davon hieß Rosa's. Im Schaufenster Styroporköpfe mit Perücken, deren Frisuren vielleicht einmal in den Achtzigern modern gewesen waren.

Der Secondhand-Laden Ginny's Gently Used lag rechts. Im Schaufenster drei Büsten. Die eine trug ein blau getupftes Trägerhemd, die andere einen rosa Pullover, die dritte ein rotes Strandkleid, dessen Rock sich wie eine Mohnblume auf dem Boden ausbreitete.

»Hat die Wohnung eine Nummer?«, fragte Gus.

Ich zog mein Handy aus der Tasche und klickte auf das Foto vom Adressaufkleber.

»206.«

Wir dachten beide an den obersten Stock. Das Haus war schmal zur Straße hin, zog sich aber weit nach hinten. Vermutlich gehörte immer ein Fensterpaar in den oberen Stockwerken zu einer Wohnung.

Der Himmel färbte sich von schmutzigem Gelb zu Dunkelgrau. Die Straßenlaternen und die Beleuchtung in den Geschäften gingen an. Die Autos auf der Mount Pleasant Street krochen Stoßstange an Stoßstange vorwärts, die Gesichter hinter den Scheiben wirkten müde und mürrisch.

Eine Frau mit einem Kind im Buggy lief vorbei. Beide hatten lange schwarze Zöpfe. Das Kind brüllte. Die Frau wirkte erschöpft. Sie tat mir leid. Daheim wartete wahrscheinlich eine volle Windel auf sie, und das Abendessen musste auch noch gekocht werden.

»Wir observieren durchgehend, vierundzwanzig Stunden am Tag?«, fragte Gus, als die Frau außer Hörweite war.

»Wie wär's, wenn wir mit tagsüber anfangen«, sagte ich, »und schauen, wie's läuft?«

»Kerr ist nicht gerade eine Nachteule.«

»Eben.«

»Gibt uns Zeit, den Komfort unseres Hotels zu genießen.« Gus, der König des Sarkasmus.

»Du hast immerhin ein Zimmer mit Bad.«

»Du nicht?« Gus sah mich aufrichtig überrascht an.

»Schon in Ordnung. Du brauchst morgens sowieso länger im Bad als ich.«

»Das sagst du nur, weil ich immer so gut aussehe.«

»Ich sage das, weil es stimmt. Zeit für einen Ortswechsel.«

»Wir ziehen ins Ritz?«

»Wir ziehen hier weiter. Die Observierung ist jetzt schwieriger. Kerr weiß, wie wir aussehen.«

»Und sie weiß, dass wir sie erschießen könnten.«

»Was sie vermutlich ziemlich nervös macht.«

»Wenn wir hier zu lange herumlungern, interessiert sich

irgendwann die Polizei für uns. Für dich vielleicht weniger, aber definitiv für mich.«

»Das ist rassistisch.«

»Das ist es«, sagte Gus.

Ich ging die Möglichkeiten durch. Auf der anderen Seite der Kreuzung lag eine Weinhandlung namens Irving Wine and Spirits, fast schräg gegenüber von Kerrs Wohnung. Falls Kerr überhaupt hier wohnte. Hinter uns ein Chinarestaurant namens The Mayflower und noch ein lateinamerikanisches Lokal namens Ercilias.

»Vorschlag«, sagte ich. »Du gehst im Ercilias essen. Nimm einen Tisch am Fenster. In der Zeit wechsle ich zwischen der Bank hier und dem Weinladen hin und her. Wenn du fertig bist, gehe ich ins Mayflower und esse ein paar gebratene Nudeln. Du gehst zur Haltestelle und wechselst dann in den Abschnitt der Mount Pleasant Street, der nördlich von Irving liegt.«

»Warum darf ich nicht vor dem Weinladen herumlungern?«

»Wenn ich dir darauf antworten würde, wäre das rassistisch.«

»Das ist rassistisch.«

»Wir wechseln ständig, gehen nie zweimal zur selben Stelle, bleiben nie gleich lang an einem Ort. Wenn Kerr rauskommt, hat einer von uns beiden sie sofort im Blick.«

»Falls sie überhaupt da ist.«

»Falls sie überhaupt da ist.«

»Falls sie überhaupt in Washington ist.«

»Falls sie überhaupt in Washington ist.«

»Ein kurzer Blick in den Hauseingang?«

»Will ich jetzt noch nicht riskieren. Später vielleicht.«

»Was, wenn sie uns sieht und durch die Hintertür abhaut?«

»Triftiger Einwand. Planänderung. Während du deine Tacos genießt, sehe ich mich ein bisschen ums Haus herum um, vielleicht gibt es einen Seiten- oder Hintereingang. Je nachdem stehe ich dann an der Haltestelle oder beziehe woanders Position.«

»Und wenn ich sie sehe, während du irgendwo anders bist?« Was Gus sagen wollte, aber nicht aussprach, war, dass er Rückendeckung haben wollte.

»Wenn Kerr rauskommt und ich dich nicht erreichen kann oder du mich nicht, bleibt der Verfolger an ihr dran und findet heraus, wo sie hingeht. Dann treffen wir uns im Hotel.«

»Klingt vernünftig.«

Ich fand einen weiteren Eingang auf der Rückseite. Die Metalltür war mit einer Kette gesichert, die vom Türknauf zu einem Riegel an der Außenwand führte. Ein Provisorium, das vermutlich gegen jede Brandschutzbestimmung verstieß. Aber wahrscheinlich hatten die Bewohner einfach die Nase voll von Einbrechern. Egal. Kerr würde hier nicht rauskommen.

Gus und ich waren bis Mitternacht kreuz und quer vor Kerrs Haus unterwegs, dann gingen wir ins Hotel zurück. Ohne weiteres Interesse am hoteleigenen Komfort duschte ich in einem Bad auf dem Flur, zwei Türen von meinem Zimmer entfernt. Es war sauber und hatte eine Wanne samt Plastikduschvorhang mit schwarzen Fischen und Luftbläschen in einem rosafarbenen Meer.

Fünf Tage

Schmerzen!

Schmerzen!

Schmerzen!

Es tut so weh.

Zu sehr.

Sie verliert die Kontrolle und bittet ihn aufzuhören.

Ein paar Sekunden. Noch ein paar. Der Anführer lässt ab und tritt einen Schritt zurück.

Tränen laufen ihr über die Wangen. Ihre Kopfhaut schmerzt, weil er sie so fest an den Haaren gepackt hat.

Ein Bild. Ein Gesicht im dunklen Wald. Ein freundliches Gesicht. Beim Gedanken daran krampft sich ihr Magen zusammen.

Das Rascheln von Stoff. Das schwere Atmen des Anführers.

Sie blickt auf.

Der Anführer sieht sie an, mit diesem furchtbaren Lächeln.

Es tut mir leid, sagt sie.

Du musst dich beweisen.

Wie?

Sie kann nicht glauben, was er sagt. Starrt ihn ungläubig an.

Der Anführer sagt es noch einmal lauter. Schweißperlen auf seiner Stirn.

Sie hat sich nicht verhört.

Blut rauscht in ihren Ohren.

Ein plötzlicher schrecklicher Gedanke. Das ist alles falsch.

Ich kann nicht, sagt sie.

Seine Augen werden dunkel. Seine Hände ballen sich zu Fäusten.

Blind vor Tränen und Angst weicht sie zurück. Er folgt ihr dichtauf.

Ihre Schultern stoßen gegen eine Wand. Sie presst sich dagegen, duckt sich, wartet auf den Schlag.

Seine Finger umklammern ihren Hals. Sein Daumen drückt in die kleine Grube unter dem Kehlkopf.

Er sagt es noch einmal.

Er will, dass sie stirbt.

22

Mein Wecker klingelte um sechs Uhr morgens. Zu früh für das im Zimmerpreis inbegriffene Frühstück, also holten wir uns Kaffee und Croissants bei Flying Fish an der Mount Pleasant Street. Um sieben drehten wir dort wieder unsere Runden.

Wir wechselten von einem Beobachtungsposten zum nächsten. Observierten das Haus von Kerr. Falls sie dort wohnte. Oder Bronco. Oder *spearhead2020@yahoo.com.* Oder *loyalc2020@aol.com.* Wir hielten uns außer Sichtweite, falls uns jemand vom Fenster im dritten Stock beobachtete. Schwierig, wenn man nicht genau weiß, um welche Wohnung es sich handelt.

Die Mount Pleasant Street blieb bis in den späten Vormittag relativ ruhig, danach war mehr los. Ein multiethnisches Viertel. Mit verantwortungsbewussten und gewissenhaften Bürgern. Viele umweltfreundliche Taschen, Hunde, lange Haare, Birkenstock-Sandalen. Gelegentlich fuhr ein Streifenwagen durch. Aber weder Gus noch ich wurden kontrolliert. Kerr tauchte nicht auf. Bronco auch nicht.

Während der langen, mühsamen Observierung schlug mein Herz die ganze Zeit schneller als normal. Stella drängte sich in meinem Unterbewusstsein dauernd nach vorne. Stand ich unten vor ihrem Gefängnis? Wartete darauf, die Monster zu sehen, die sie gefangen hielten? Die sie getötet hatten?

Am Abend hätte ich die Wohnung am liebsten gestürmt. Wie

immer hielt mich Gus zurück und konnte mich davon überzeugen, dass das eine völlig irrwitzige Idee war.

Um elf Uhr abends war ich im Waschsalon. Eine junge Frau mit fahler Haut und fraglicher Körperhygiene ließ gleich drei Maschinen parallel laufen. Auf einem kleinen Fernseher hoch oben in der Ecke lief ein Kochwettbewerb. Sie sah Kaugummi kauend zu, die rosa Blasen blähten sich wie kleine Quallen vor ihrem Mund, bevor sie zerplatzten.

In zwei Maschinen wusch sie Turnschuhe, und das Rumpeln und Poltern stellte meine Nerven gewaltig auf die Probe. Ganz zu schweigen vom Kaugummi. Außerdem hatte ich Hunger, obwohl ich den ganzen Tag vor lauter Langeweile ständig etwas geknabbert hatte.

Ich schickte Gus eine Nachricht, dass wir unbedingt aktiv werden müssten. Er schlug vor, sich in einem Restaurant namens The Diner in der 18th Street zu treffen. Dort gab es noch spät etwas zu essen, außerdem lag es in der Nähe vom Morgan Inn. Zögernd stimmte ich zu.

Das Lokal hatte eine Außenterrasse mit blauen, rechteckigen Schirmen, die um diese Zeit allerdings zugeklappt und fest verschnürt waren. Drinnen sah ich links Tischnischen, in der Mitte Tische und auf der rechten Seite eine Theke. Kleine sechseckige Fliesen bildeten schwarz-weiße Muster auf dem Boden.

Gus und ich setzten uns in eine Nische. Ein Kellner kam mit Wasser und der Speisekarte.

Ich bestellte Grillkäse und ein Heineken. Gus entschied sich für einen Patty Melt Burger und ein Sierra Nevada Pale Ale.

Ich warf dem Kellner einen Blick nach. Sah gut aus in seinen Jeans.

Gus' Burger wurde mit Schweizer Käse und Zwiebeln serviert. Schien ganz okay. Auf Roggenbrot. Passte meiner Meinung nach nicht richtig dazu.

Ich versuchte zu essen, schaffte es aber nicht. Gus sah zu, wie ich mein Sandwich nahm und wieder auf den Teller zurücklegte. Wieder und wieder. Ich wartete auf einen belehrenden Kommentar, aber er sagte nichts.

Der Kellner in seiner schicken Jeans brauchte ewig, bis er die Rechnung brachte. Gelangweilt spielte ich mit meinem Handy. Da fiel mir etwas auf. Mein Puls ging schneller.

»Der Bewegungsmelder ist aus.«

»Seit wann?«

»Weiß nicht genau.«

»Die Batterien?«

»Ich habe gestern neue eingesetzt und geprüft, um sicherzugehen, dass alles funktioniert.«

»Muss nicht viel bedeuten.«

»Stimmt.«

Gus legte eilig ein paar Scheine auf die Theke, und wir rannten los.

Der alte Knabe war nicht hinter der Rezeption. Wir rannten vorbei und stürmten die Treppe hoch. Blieben auf dem zweiten Treppenabsatz schwer atmend stehen. Mit Gus hinter mir spähte ich um die Ecke.

Der Flur war leer. Das »Bitte-Nicht-Stören«-Schild hing an meiner Zimmertür. Das Holz neben dem Schloss wirkte leicht eingedellt. Unter der Tür drang ein schmaler Streifen orangefarbenes Licht hervor.

»Hast du das Licht angelassen?«, flüsterte Gus.

Ich schüttelte den Kopf.

Wir zogen unsere Pistolen und schlichen los.

Gus ging rechts mit den Schultern an der Wand. Ich ging links. Wir lauschten beide mit angehaltenem Atem. Im Hotel war es vollkommen still. Zu still?

Ich legte mein Ohr an die Wand, hörte aber nichts. Kein gedämpftes Gespräch. Kein laufendes Wasser. Kein Knarren der Bodendielen.

Ich drehte mich zu Gus. Er tippte auf seine freie Handfläche. Was jetzt?

Ich hatte erst kürzlich lange genug in einem Hotelflur herumgelungert. So lange wie im Ritz würde ich auf keinen Fall warten.

Ich malte mit dem Finger einen Kreis. Gus reckte den Daumen hoch. Während ich mich zurückzog, machte er einen Schritt vor und ging in die Hocke, die Glock hielt er mit beiden Händen vor der Nase.

An den Türrahmen gepresst, steckte ich den großen Messingschlüssel ins Schloss, drehte ihn vorsichtig um und öffnete die Tür. Die Tür schwang nach innen. Gus blieb unten, er wusste, dass ein Killer mit einem aufrechten Ziel rechnet und auf den Oberkörper oder Kopf zielt.

»Ach du großer Gott.« Gus stand langsam auf, die Glock immer noch ins Zimmer gerichtet.

Ich löste mich aus meiner Position, um an ihm vorbeizuspähen.

Der alte Holzstuhl stand an einer anderen Stelle. Kerr saß darauf, die Fußknöchel mit Klebeband an die vorderen Stuhlbeine gefesselt, die Handgelenke mit Handschellen an den Rohren unter dem Waschbecken befestigt. Sie war mit einem Stück schwarz-weißem Stoff geknebelt, das aussah wie ein Schal. Der Bewegungsmelder lag kaputt zu ihren Füßen.

Kerr hatte den Kopf zur Tür gedreht, soweit es die Fesseln zuließen. Eine rote Furche auf ihrer Stirn ließ darauf schließen, dass sie stundenlang mit dem Gesicht nach unten auf dem Waschbecken gelegen hatte. Ihre Augen waren weit aufgerissen und dunkel vor Angst.

Kerr trug einen langen schwarzen Rock, eine schwarze Tunika und die kürzlich reparierten schwarzen Stiefel. Als sie uns sah, stieß sie ein klagendes Wimmern aus.

Ich schob mich an Gus vorbei und kontrollierte mit vorgehaltener Pistole das Zimmer. Gus folgte und tat es mir nach. Ich hörte, wie er die Tür mit dem Fuß zustieß.

Ich sah unter dem Bett nach. Ein anderes Versteck hatte das Zimmer nicht zu bieten. Kein Schrank, kein Bad. Das Fenster war zu und verriegelt. Unten im Hof lauerte auch keine dunkle Gestalt.

»Sauber.« Ich steckte die Glock ins Holster.

Gus hielt die Pistole weiter in der Hand und auf Kerr gerichtet. Sie stöhnte und riss die Hände hoch, soweit es die Handschellen zuließen, dann ließ sie sie wieder sinken. Das tat sie wieder und wieder. Ihre Handgelenke waren zerschrammt und aufgerieben. Ich ging zu ihr, blieb aber in sicherem Abstand.

»Ich entferne den Knebel«, sagte ich. »Aber Schreien oder eine plötzliche Bewegung wären keine gute Idee.«

Kerr stöhnte und nickte übertrieben mit dem Kopf. Sie atmete hektisch durch die Nasenlöcher, ein kurzes, feuchtes Schnüffeln. Ihre Wangen waren nass von Tränen und Rotz.

Gus stellte sich neben mich. Ich tastete Kerr ab. Sie wehrte sich nicht. Ich fand keine versteckte Waffe oder Sprengvorrichtung. Ich band den Knoten auf und entfernte den Schal. Er war feucht von Speichel und Blut. Ich ließ ihn auf den Boden fallen.

»Auf dem Schank.« Kerrs Mundwinkel waren wund. Sie hatte Probleme mit den Konsonanten. »...itte.«

Die Schlüssel zu den Handschellen lagen oben auf dem Medikamentenschränkchen. Mithilfe eines Taschentuchs griff ich danach.

Als wir Kerrs Handschellen aufschlossen, fiel mir ein dunkles Blitzen auf der Kette auf. Ich strich sie glatt. Schwarze Buchstaben, wahrscheinlich mit einem Edding geschrieben.

»...itte.« Kerr war kurz vor einem Nervenzusammenbruch. »Ich ...itze ...chon den ganzen Tag so.«

Ich gab Gus die mit dem Taschentuch umwickelten Handschellen und ging in die Hocke, um Kerrs Fußfesseln zu lösen. Sie roch nach Urin, hatte sich eingenässt.

»Bleiben Sie sitzen.« Streng hob ich den Zeigefinger.

Kerr stellte die Füße nebeneinander und streckte vorsichtig den Rücken. Ich stand auf und wandte mich zu Gus. Ich befürchtete das Schlimmste.

»*hurryhome406@gmail.com*«, las er vor.

»Das ist der Gmail-Account, den ich vor meiner Abreise aus Charleston eingerichtet habe.«

»Schau nach«, sagte er.

Das tat ich.

Eine einzige Nachricht von einem Absender, dessen Name ich noch nie gesehen hatte. Dazu sieben Anhänge. Ich öffnete die Mail.

Wie bedauerlich, dass unser Treffen so abrupt endete. Vor allem für meinen Kollegen, der nicht mehr länger unter uns weilt. Könnte ich selbst über mein Tun bestimmen, würde ich Sie und Ihren kleinen dunkelhäutigen Partner aufspüren und töten. Das wäre eine Herausforderung, aber am Ende würde ich siegen. Sie sind gut, aber nicht so gut wie ich. Leider erfordert meine derzeitige Mission einstweilen meine volle Aufmerksamkeit. Aber wer weiß, was die Zukunft bringt?

Ich habe meine Quellen. Dadurch habe ich erfahren, was Sie antreibt. Und um ehrlich zu sein, bin ich enttäuscht, dass Sie ein so niedriges Motiv haben. Geld, der ewige Verführer. Aber am Ende ist der Mensch nun einmal so.

Auf jeden Beteiligten des Anschlags von Chicago wurde ein Preis ausgesetzt. Bislang haben Sie zwei getötet. Um uns beiden Zeit und Energie zu sparen, liefere ich Ihnen die beiden fehlenden Personen. Die eine ist mein persönliches Geschenk an Sie. Der Tod der anderen ist einem bösartigen Bauchspeicheldrüsentumor zuzuschreiben. Das Ableben der beiden sollte Ihre Auftraggeberin zufriedenstellen. Die junge Dame in Ihrem

Hotelzimmer ist ein Bonus. Machen Sie mit ihr, was Sie wollen. Sie weiß nichts und bedeutet mir nichts.

Ich hoffe, das genügt. Und dass ich jetzt ungestört meiner Mission nachgehen kann. Sollte das nicht der Fall sein, seien Sie gewarnt. Bisher war ich gnädig, aber ich werde nicht zögern, meine Drohungen in die Tat umzusetzen. Für genau diesen Fall habe ich mein »kleines Druckmittel« bei mir behalten. Und damit verweise ich zuversichtlich auf das letzte Foto.

Tut mir leid wegen Ihres kleinen Spielzeugs. Wirklich. Wie nachlässig von mir.

Bronco

Ich wagte kaum zu atmen, als ich auf die Anhänge klickte. Jeweils eine jpg-Datei. Die Bilder erschienen nacheinander, bauten sich langsam von unten nach oben auf. Leuchtende Farben, verstörend scharfe Details.

Beim siebten Foto stockte mir dann komplett der Atem.

»Was?« Gus' Stimme klang weit entfernt.

Meine Haut prickelte. Ich klickte auf Broncos Nachricht und streckte Gus das Handy hin.

Gus sah auf das Display. Kerr saß in sich zusammengesackt auf ihrem Stuhl, den Blick auf die Hände gerichtet, die mit der Handfläche nach oben in ihrem Schoß lagen.

»Dunkelhäutiger kleiner Partner?« Höher konnte man die Augenbrauen wohl nicht ziehen.

»Mein Gott, Gus!«

»Das ist rassistisch.«

»Schau dir die Bilder an.«

Gus scrollte. Er schaute zu mir.

»Verdammte Scheiße«, sagte er.

»Verdammte Scheiße«, sagte ich.

23

Die Frau lehnte auf einem Betonboden in einer Ecke, wie eine Lumpenpuppe, die gegen die Wand geschleudert worden war. Sie trug einen rosa Kapuzenpulli, schwarze Leggings und rosa Converse-Sneaker. Der Kiefer hing schlaff herunter, die Beine waren ausgestreckt, das rechte Knie in einem unmöglichen Winkel verdreht. Ein Schuh lag umgekehrt auf ihrer rechten Hüfte. Eine Ausgabe der *Chicago Tribune* war dagegengelehnt, sodass man das Titelblatt gut sehen konnte.

Auf der Stirn der Frau war ein einzelnes Loch, direkt über der Nase. Blut verdunkelte ihr Gesicht und den Kapuzenpulli. An der Wand geronnenes Blut und Gehirnmasse, wo einmal ihr Hinterkopf gewesen war. Nach unten verschmiert bis zu der Stelle, wo sie lehnte.

Das Gesicht der Frau war leer. Keine Wut, keine Angst, keine Überraschung, dass ihr Leben gleich enden würde. Keine Spuren von Leichenstarre oder Totenflecken. Abgesehen vom Einschussloch, dem Blut und dem verdrehten Bein, hätte die Frau auch schlafen können. Schlussfolgerung: Unmittelbar nachdem die Frau erschossen worden war, hatte man sie fotografiert. Die Zeitung dokumentierte das Datum.

Ich betrachtete das leblose Gesicht, den schlanken Hals, die verfilzten Haare. Kein Zweifel. Das war die Frau, die auf dem Beifahrersitz im Subaru Forrester vor der Schule gesessen hatte.

Auf dem zweiten Bild lag die Frau auf dem Bauch. Der Kapuzenpulli war ein Schlachtfeld, der Hinterkopf ein gähnender Schlund. Ich wusste, die fehlende Gehirn- und Schädelmasse war das, was an der Wand klebte.

Das dritte Bild war eine Nahaufnahme von der Titelseite der *Tribune.* Das Datum traf mich wie ein Faustschlag. Die Frau war am Vortag getötet worden. An dem Tag, an dem Gus und ich in Washington eingetroffen waren.

Mit starren Fingern scrollte ich zum nächsten Bild. Ein Grabstein. In den rosa Granit war der Name *Brian Lee Harkester* eingemeißelt. Unter dem Namen *1973-2015.* Hinter Harkesters Grab konnte ich andere sehen, darunter ein hohes Grabmal in Form eines Weinstocks.

Das fünfte Foto zeigte ein burgähnliches Portal, im gleichen architektonischen Stil wie der Chicago Water Tower. Über dem Torbogen war *Rosehill Cemetery* eingemeißelt.

Dann eine Porträtaufnahme von einem Mann in Tarnuniform und passender Kappe. Das Tarnmuster war das der U.S. Army. Die Streifen und Abzeichen besagten, dass er den Rang eines Sergeants hatte. Laut Aufnäher auf der Brust hieß er Harkester.

Harkesters Mütze saß tief und verdeckte seine Brauen, das Kinn hatte er trotzig vorgereckt. Auch die Augen blickten trotzig. Vom Ohrläppchen zur Wange zog sich eine Narbe. Ich starrte darauf und dachte an meine eigene.

Auf dem siebten Bild war ein Mädchen mit gefesselten Handgelenken und einem Ledergürtel um den Hals zu sehen. Sie hatte den Kopf gesenkt, das Gesicht war halb durch die roten Haare verdeckt. Trotzdem. Ich erkannte sie.

In meiner Brust brach ein Vulkan aus.

»Ich …uss … mal …inkeln.«

Eine weinerliche Stimme. Ich schaute auf.

Ich hatte Gus das Foto von den Brights auf der Strandpromenade gezeigt. Sein Blick sagte mir, dass er Stella ebenfalls erkannt hatte.

»Du weißt nicht, wann das Bild gemacht wurde.« Er kannte den Zorn, der bei mir sämtliche Sicherungen durchbrennen ließ. Versuchte, beruhigend auf mich einzureden. »Das könnte ein Bluff sein.«

Mein Mund war staubtrocken. Ich brachte kein Wort heraus.

»Konzentrier dich auf das Hier und Jetzt.« Er zeigte auf Kerr. »Was machen wir mit ihr?«

In meinem Kopf rutschte Stella immer wieder an die Stelle der erschossenen Frau im Kapuzenpulli.

»Sunnie!« Scharf. »Atmen!«

Versuchte ich ja.

»Bringen wir Kerr erst mal in meinem Zimmer unter«, sagte Gus.

»Warum?«

»Dort gibt es zwei Betten.«

»Warum die Mühe? Warum können wir nicht einfach …«

»Vielleicht wird sie noch *unser* kleines Druckmittel.«

»Er sagt, dass er sie nicht will.«

»Sie kennt seine Leute. Sie kann uns helfen, Stella zu finden.«

Tief Luft holen. Noch einmal.

Natürlich hatte Gus recht.

Ich nickte. Wortlos holte ich Ersatzjeans und Unterwäsche und hängte mir meine Handtasche über die Schulter.

»Los geht's«, sagte ich und richtete die Glock auf Kerr.

Das Zimmer von Gus lag eine Etage höher. Auf der Treppe fiel mir auf, dass Kerr hinkte. Sie war lange gefesselt gewesen. Vielleicht wollte sie auch nur Mitleid erregen. Mir egal.

In Gus' Zimmer gab ich Kerr die Kleider. »Du stinkst nach Pisse.«

Sie huschte ins Badezimmer und schloss sich ein. Ich hörte die Klospülung, dann lief der Wasserhahn.

»Die beiden letzten Attentäter?« Gus nickte mit dem Kinn zu meinem Handy.

»Ja.«

»Meinst du, die Bilder sind echt?«

»Ich werde sie Capps schicken. Aber ja, ich denke schon.«

»Warum willst du Kerr aufgeben?«

»Damit wir schnell hier wegkommen.«

»Riskant«, sagte Gus. »Auch wenn sie behauptet, dass sie nichts weiß.«

»Pol Pot hat behauptet, er würde die Kultur Kambodschas retten.«

»Er droht, Stella zu töten, wenn wir nicht aufgeben.« Minimale Pause, dann: »Warum haben sie sie so lange am Leben gelassen?«

»Um Macht über andere zu haben. Dieser Mann ist ein Tier.« Ich hörte das Quietschen der Wasserhähne, dann das stetige Rauschen der Dusche. »Ich übernehme die erste Wache.«

»Sicher?«

»Ja.« Ich würde sowieso nicht schlafen. Keine Chance.

Gus zog Windjacke und Schulterholster aus, nahm die Glock und legte sie auf das Bett neben der Tür. Er streckte sich aus, schlug die Beine übereinander, schloss die Augen und kreuzte die Arme vor der Brust.

Ich zog ebenfalls Jacke und Holster aus und legte meine Pistole auf das schwarze Schreibpult. Setzte mich auf den schwarzen Stuhl und kramte die Karte von Capps aus meiner Tasche, tippte seine Handynummer ein und leitete die E-Mail und die Fotos an ihn weiter. Es war 1.27 Uhr.

Ich war gerade fertig, als Kerr die Dusche abdrehte. Ich hörte keine Geräusche mehr im Bad. Als ich mir so langsam Sorgen machte, ging die Tür auf, und Kerr kam heraus. Ihre Haare waren nass, und sie trug meine Jeans. Die Beine hatte sie so oft hochgekrempelt, dass die Enden wie Donuts aussahen.

Kerr sah mich an und schnell wieder weg.

»Möchten Sie mir sagen, wie Sie hier gelandet sind?«, fragte ich.

Keine Antwort.

»Hat Bronco Sie ans Waschbecken gekettet?«

Kerr sagte nichts. Ein paar Sekunden verstrichen. Sie holte bebend Luft, fuhr sich mit dem Zeigefinger über die Unterlider und studierte ihre nassen Finger. Ich sah, dass ihre Hände zitterten.

»Legen Sie sich hin«, sagte ich. Empfand plötzlich einen irrationalen Funken Mitleid für sie.

»Ich habe Hunger.«

»Da kann ich Ihnen nicht helfen.«

Kerr hinkte zum Bett und legte sich auf den Rücken, die Arme über der Decke, die Hände auf dem Bauch verschränkt.

Als Kerrs Atem immer regelmäßiger wurde, ging ich zur Kaffeemaschine und machte mir einen Kaffee mit der doppelten Menge Pulver. Eigentlich brauchte ich ihn nicht. Jeder Nerv in meinem Körper lag bloß.

Die nächsten vier Stunden verbrachte ich mit dem Kampf gegen meine persönlichen Dämonen und jeder Menge Koffein. Zum Glück war man im Hotel großzügig mit dem Kaffee. Oder Gus hatte einen Vorrat angelegt.

Ich sah zu, wie die Spinnweben am Lüftungsgitter tanzten, während die Heizung an- und wieder ausging. Vor dem Mond im Fenster zogen Wolken. Die Schatten veränderten im Gefolge der Wolken ihre Gestalt. Der Mond wirkte zwar nicht beruhigend, war aber trotzdem irgendwie tröstlich.

Der Wecker am Bett summte leise. Das alte Hotel spielte eine Serenade aus leisem Klicken, Knacken und Knarren, ein stummer Zeuge der Geheimnisse seiner Gäste in den frühen Morgenstunden.

Um sechs zeigte der Himmel ein dunkelviolettes Grau, das an den Rändern langsam heller wurde. Ich wollte gerade Gus wecken, als mein Handy vibrierte. Ich erkannte die Nummer und ging dran.

»Sie sind früh auf.« Ich sprach leise.

»Was zum Teufel ist bei Ihnen los?«

»Auch Ihnen einen wunderschönen guten Morgen.«

»Wo sind Sie?«, fragte Capps.

»Washington, DC.« Kerr schnarchte leise. Ich ging ins Bad.

»Erklären Sie mir mal die Schlachtplatte.«

»Ich hatte gehofft, dass Sie das tun würden. Der Rosehill Cemetery ist in Chicago, oder?«

»Ja und?«

»Gab es vorgestern irgendwelche Notrufe wegen einer Frau, der das halbe Gehirn weggeschossen wurde?«

»Möglich.« Capps war auf der Hut.

Ich hatte es nie geschafft, ihn zu informieren. Okay. Ich hatte auch keine Lust gehabt. Also erzählte ich ihm alles, was seit meiner Abreise aus Chicago passiert war, wobei ich durch einen Spalt in der Tür Kerr im Auge behielt. Berichtete von Gus. Von Bronco. Jihad for Jesus. Dem vermasselten Bombenanschlag an der Devon Avenue. Der Schießerei in Venice Beach. Den Hinweisen, die uns nach Washington geführt hatten. Der Observierung in der Mount Pleasant Street. Kerr in meinem Hotelzimmer.

Langes Schweigen, während Capps die Fakten ordnete.

»Ihr Zwillingsbruder hat also einen der Killer angeschossen, die Sie auf der Rose Avenue entführt haben.«

»Ja.«

»Und der angeschossene Killer hat seinen Partner erschossen.«

»Versehentlich, ja.« Kerrs Rock hing über der Stange des Duschvorhangs. Ich fasste den Stoff an. Er war feucht. Ich blickte mich um und sah eine zusammengeknüllte weiße Unterhose im Mülleimer.

»Dieser Bronco bestimmt, wo's langgeht«, sagte Capps.

»Ja.«

»Er und seine Gruppe wollen Muslime wegputzen.«

»Er würde das eleganter formulieren, aber ja.«

»Und jetzt ist er über alle Berge.«

»In der Wohnung war *High Noon.*«

»Ja, das sagten Sie schon.« Pause. »Er ist nicht der Einzige.«

»Das heißt?«

»Der Typ, der die Kugel abbekommen hat, hat auf eine längere Behandlung verzichtet.«

»Er ist aus dem Krankenhaus abgehauen? Hat die Polizei von LA keine Wache bei ihm postiert?«

»Der Idiot, der Wache geschoben hat, wird wohl so schnell nicht befördert werden. Ist dieser Bronco in DC?«

»Hab ihn nicht gesehen.«

»Und seinen Nachnamen kennen Sie wahrscheinlich auch nicht.«

»Ich hatte gehofft, dass Sie den herausbekommen. Übrigens, der Tote in Venice war einer der Attentäter.«

»Sind Sie sicher?«

»Er war einer der vier im Subaru Forrester.«

»Name?«

»Auch da hatte ich gehofft, dass Sie das rauskriegen. Ein Typ namens Alves leitet die Ermittlungen. LAPD.«

»Ich soll das rausfinden, und Sie streichen dafür die fünfundzwanzigtausend ein?«

»Ich will die Namen aus persönlichen Gründen. Drucker wollte nur Beweise, dass sie geschnappt wurden.«

»Oder tot sind.«

»Das versuche ich zu vermeiden.«

»Jetzt sind Sie ja wohl durch. Sie haben den Typen im Leichenschauhaus erschossen und den Kerl in Venice.«

»Den in Venice habe nicht ich erschossen.«

»Ich schätze mal, das zählt trotzdem. Bronco hat die Frau auf dem Foto umgebracht. Der vierte Attentäter, Harkester, ist an

Krebs gestorben.« Schweigen, wahrscheinlich ging Capps noch mal die Fotos durch. Oder las die Mail. »Sie glauben, dass das kleine Druckmittel, von dem er spricht, Stella Bright ist.«

»Sie haben das siebte Bild gesehen. Er hat sie.«

»Oder hatte. Das Bild könnte auch älter sein. Warum zeigt er auf dem einen Bild eine Zeitung mit aktuellem Datum und auf dem anderen nicht?«

Daran hatte ich auch schon gedacht. Glaubte es aber nicht.

»Ich weiß, dass Sie richtig gut in Ihrem Job sind, Detective. Und ich weiß, dass Sie viel zu tun haben.« Ich gab die demütige Bittstellerin. »Aber Sie sind auch frustriert. Ich hatte gehofft, dass wir einander helfen könnten.«

»Wovon reden Sie?«

»Sie wollen die Ermittlungen zum Bnos-Aliza-Anschlag und Stella Bright zu einem Ende bringen. Ich auch.«

»Vielleicht spielen Sie auch Ihre Spielchen mit mir. Vielleicht denken Sie, für Bronco gibt's noch einen Bonus obendrauf.«

»Bronco ist nicht auf Druckers Liste.«

»Da hat er aber Glück.«

»Der Mann ist ein Terrorist. Er stammt zwar von hier, ist aber genauso tödlich wie ein Jihad-Kämpfer aus dem Ausland.« Ich ließ das kurz wirken. Dann: »Ich weiß nicht was, aber Bronco plant etwas Größeres.«

»Wann?«

»Bald.«

»Hat er das gesagt?«

»Sie haben seine E-Mail gelesen.«

Nichts, nur summendes Schweigen.

»Wie wäre es mit: Ich tue Ihnen einen Gefallen, Sie tun mir einen Gefallen?«

»Miss Night.« Capps sprach nach einer langen Pause, die mir wohl einen Eindruck von seiner Abneigung gegen mich geben sollte. »Ich mache keine Deals und gebe keine Versprechen.«

Immerhin lag ein Aber in seinem Ton, also sagte ich: »Ich brauche von Ihnen Hintergrundinformationen über Harkester. Eine Bestätigung, dass er tot ist. Er war beim Militär, da könnten Sie anfangen. Ich glaube aber nicht, dass er eine Akte hat.«

»Warum nicht?«

»Bronco sagte, seine Bewegung würde nur Leute mit weißer Weste rekrutieren. Haben Sie den Unbekannten im Leichenschauhaus identifiziert?«

»Nein. Würde ja passen, dass er nicht im System ist.« Plötzlich sah ich Capps im Schlafanzug und mit Pantoffeln vor meinem geistigen Auge, der mir stirnrunzelnd zuhörte. »Und über die Frau im Kapuzenpullover bräuchte ich auch Informationen. Wer war sie? Was hat sie gemacht? Wo wurde sie ermordet? Wer leitet die Ermittlungen? Von welchem Motiv geht man bisher aus? Von welchem Täter?«

»Wenn Ihre Theorie stimmt, laufen die Ermittlungen gerade einmal seit einem Tag.«

»Die ersten achtundvierzig Stunden sind am wichtigsten.«

»Die Informationen im Zusammenhang mit einem Mordfall sind streng vertraulich.«

»Ich dachte, Sie sind Polizist.«

»Ich schon, Sie nicht.«

»Aber ich brauche Fakten, wenn ich die Story ans Fernsehen verkaufen will.« Blöd. Aber wenn ich gestresst bin, werde ich sarkastisch.

»Und Sie selbst können nicht nachforschen, weil ...?«

»Kann ich schon. Aber Sie sind vor Ort. Und Ihr Zugang zu bestimmten Ressourcen würde die Sache enorm beschleunigen.«

»Und welchen Gefallen bieten Sie mir im Gegenzug an?«

»Ich teile mit Ihnen alle Informationen, die ich bekomme. Und halte Ausschau nach Bronco.« Und Stella.

»Ich werde darüber nachdenken.«

Capps legte auf.

Der viele Kaffee machte sich bemerkbar. Ich schaute noch mal zu Kerr, dann schloss ich leise die Tür und ging aufs Klo. Spülte. Wusch mir die Hände.

Als ich aus dem Bad kam, lag Kerrs Decke auf dem Boden. Ihr Bett war leer.

24

Mein Gehirn löste Alarmstufe rot aus.

»Gus!« Meine Augen suchten das Zimmer ab.

Er schaltete sofort von Schlafmodus auf hellwach und war auf den Beinen, die Pistole in der Hand.

Dann sah ich sie, kauernd zwischen dem Heizkörper und dem Schrank.

Das Ausmaß an Beherrschung, das mich davon abhielt, mich auf sie zu stürzen und sie zu schütteln, war fast übermenschlich. »Was zum Teufel machen Sie da?«

Kerr starrte mich mit offenem Mund wortlos an, als ob ich gerade einem Baby bei lebendigem Leib das Herz herausgerissen hätte. Mir fiel auf, dass ich ihr die Glock auf die Brust gerichtet hatte. Gut. Vielleicht brachte die Angst sie zum Reden.

»Ich sollte Ihnen die Seele aus dem Leib prügeln, verdammt noch mal!« Ich tat wütend. Vielleicht war auch nicht alles gespielt.

Kerrs Augen waren groß wie Frisbeescheiben.

»Nein, ich sollte Sie direkt von Ihrem erbärmlichen Erdendasein erlösen. Jetzt gleich und hier.«

»Ganz ruhig.« Wie aufs Stichwort übernahm Gus die Rolle des guten Cops.

»Hast du ein Problem? Dafür wurde ich engagiert.«

»Sie steht nicht auf Druckers Liste.«

»Ich kann sie nicht leiden.«

»Deshalb musst du sie nicht gleich umbringen.«

»Sie hat versucht, mich umzubringen.« Ein zorniger Blick zu Kerr. »Foster Beach? Die Unterführung?«

»Ich wurde dazu gezwungen«, sagte Kerr mit hoher, bebender Stimme, ein verschreckter Spatz in den Fängen einer Katze.

»Von wem?«

Kerr sagte nichts. Ich wusste, dass ihr Verstand raste, nach den richtigen Antworten suchte.

»Vielleicht weiß sie es wirklich nicht«, sagte Gus.

»Sie weiß es. Und sie weiß, dass Bronco uns umbringen würde, wenn er nicht damit beschäftigt wäre, die Ermordung weiterer Kinder zu planen. Oder sind es dieses Mal alte Großmütter?«

»Du könntest recht haben«, meinte Gus.

»Sie weiß bestimmt, wo der Mistkerl ist. Genau. In. Diesem. Moment.« Ich fuchtelte mit der Pistole vor Kerrs Gesicht herum.

»Ich weiß gar nichts.« Flehend. »Sie müssen mir glauben.«

»Nein. Muss ich nicht.« Zu Gus, ohne Kerr aus den Augen zu lassen: »Oder?«

»Nicht wirklich.«

»Bronco hält mich von alldem fern«, sagte Kerr.

»Sie sind seine loyale Jihad-Kämpferin.«

Tränen rannen Kerr über die Wangen. Sie wischte sie mit zitternden Händen ab.

»Hat er Sie deshalb hier ans Waschbecken gekettet und zurückgelassen? Wie einen Hund, den man nicht mehr will? Am Gleis festbinden und weggehen?«

»Wirkt schon ziemlich hartherzig«, sagte Gus.

Ich trat näher zu Kerr. »Wer sind die, Schätzchen?«

Sie wiegte langsam den Kopf.

»Sagen Sie uns jetzt, was wir wissen müssen?«

Kerr sah auf, ein kurzer Blick aus braunen Augen. Die Wimpern glitzerten. Sie waren lang und schwer von Tränen. Dann sah sie wieder nach unten.

»Das war's«, sagte ich. »Wir verplempern unsere Zeit.«

»Vielleicht hilft's, wenn wir ihr etwas zu essen geben«, schlug Gus vor.

»Ich gebe ihr nichts zu essen.«

»Sie hat bestimmt Hunger.«

»Warum gehst du nicht ein bisschen spazieren?« Ich fasste die Pistole fester und schob einen Finger in den Abzug. »Hol Frühstück für zwei. Wenn du zurückkommst, ist das hier alles erledigt.«

»So wie in Atlanta?«

»Das liegt an ihr.«

»Willst du die Namen wirklich so dringend?«

»Geh jetzt.«

»Nein!«, schrie Kerr. Zu Gus: »Lassen Sie mich nicht allein mit der. Sie ist irre!«

»Das hört sie bestimmt nicht gern«, sagte er.

»Irre?«, rief ich mit einem leicht irren Unterton.

»O mein Gott!« Kerr klang jetzt wie ein Teenager in einem Horrorfilm.

»Scheiße, was soll's?« Gus ging zu Kerr und streckte die Hand aus. Sie zuckte zurück, die Schultern gesenkt, die Arme um die Knie geschlungen.

»Was in aller Welt tust du da?«, fragte ich.

»Stehen Sie auf«, sagte Gus zu Kerr.

»Sie wird mich erschießen.«

»Das lasse ich nicht zu.«

»Sie wird mir wehtun.«

»Das lasse ich auch nicht zu.«

»Wirklich?«

»Es sei denn, mir bleibt nichts anderes übrig.«

Kerr stöhnte und umklammerte ihre Beine noch fester.

»Du bist ein Feigling«, sagte ich so gemein wie möglich zu Gus.

Gus knuffte mich mit dem Ellbogen. Zeigte auf Kerr, dann auf den schwarzen Stuhl am Schreibtisch. »Setzen Sie sich da hin.«

»Ich will nicht«, wimmerte Kerr.

»Soll ich Donuts holen?«

Kerr gab ihre Umklammerung auf und bewegte sich in einer Mischung aus Humpeln und Krabbeln zum Schreibtisch. Ihr Blick wanderte zwischen Gus und mir hin und her. Gus zog sich einen Stuhl vom Fenster weg und ließ sich darauf fallen, mit dem Gesicht zu ihr. Ich setzte mich am Fußende aufs Bett, die Glock immer noch in der Hand.

»Fangen wir mit Ihrem Namen an«, sagte Gus. »Er lautet Jasmine Kerr?«

»Derzeit ja.«

»Gut. Belassen wir's dabei. Erzählen Sie uns von Ihrer Gruppe.«

»Das ist Broncos Gruppe.«

»Jihad for Jesus.«

»Ich bin kein Mitglied.«

»Haben Sie deshalb versucht, mich am Foster Beach in eine Falle zu locken?«, fragte ich so bedrohlich, wie ich konnte.

»Ich habe nicht versucht, Sie in eine Falle zu locken.«

»Das habe ich aber anders in Erinnerung.«

»Bronco sagte, ich soll einen Umschlag ins Ritz bringen. Und dann an der Unterführung warten, um die Person zu identifizieren, die den Umschlag abgeholt hatte.«

»Tun Sie immer, was Bronco sagt?«

»Ja.«

»Warum?«

»Das machen alle.«

»Warum Sie? Sind Sie keine Anhängerin?«

Kerrs Wangen waren rosa gesprenkelt. Sie blickte auf die Schreibtischplatte. Fuhr mit dem Daumennagel über eine Kerbe im Holz.

Ich begriff plötzlich.

»Sie vögeln miteinander«, sagte ich.

Das Rosa färbte sich dunkelrot.

Großer Gott.

»Wie heißt Bronco mit Nachnamen?«, fragte ich scharf.

»Nagurski.«

»Im Ernst?« Ich wusste nicht, was stärker war, mein Ekel oder mein Mitleid. »Wie haben Sie und Ihr Süßer sich denn kennengelernt? Haben Sie den Schlüpfer runtergelassen, um ihn in einer Bar aufzureißen?«

»Bronco geht nicht in Bars.«

Ich schnaubte.

Gus versuchte, wieder zum Thema zu kommen. »Erzählen Sie von Jihad for Jesus.«

»Die Muslime wollen die Welt beherrschen.«

»Welche Muslime?« Ich wusste, ich sollte Gus die Befragung überlassen. Aber ich konnte mich einfach nicht zurückhalten.

»Wie bitte?«

»Sunniten? Schiiten? Sufis? Wahhabiten?«

»Ich glaube alle. Sie wollen die ganze Welt zwingen, ihren Regeln zu folgen.«

»Welchen Regeln?«

»Wie bitte?«

»Welchen Regeln?«

»Sie glauben nicht an die Bibel. Bronco wird sie aufhalten.«

»Indem er jüdische Kinder in die Luft jagt?«

»Das war nicht vorgesehen.«

»Warum waren Sie in Chicago?«

»Ich wohne dort.«

»War Bronco in Chicago, als das Attentat auf die Schule verübt wurde?«

»Nein.«

»Letzte Woche?« Ich ließ nicht locker, vielleicht knickte sie doch irgendwann ein.

»Nein.«

»Wer hat die Bombe dort abgelegt?«

»Ich weiß es nicht.«

»Wer war der Killer im Ritz?«

»Ich weiß es nicht.«

»Warum sind Sie nach LA?« Schneller Themenwechsel. Ein alter Trick, um Befragte zu überrumpeln.

»Weil Bronco es mir gesagt hat.«

»Warum?«

»Ich weiß nicht.«

»Lebt er hier?«

»Er lebt an vielen Orten.«

»Wer ist der Typ, der in Venice erschossen wurde?«

»Ich weiß nicht.«

»Sie haben nie einen Namen aufgeschnappt?«

»Ich glaube, jemand hat ihn mal Jano genannt.«

»Gibt es eine Zelle in DC?«

»Ich glaube ja.«

»Ist Bronco hier in der Stadt?«

Sie nickte mit gesenktem Blick, der Daumennagel pulte im Holz.

»Warum?«

»Er organisiert etwas.« Sie hob die Hand. »Ich habe keine Ahnung was, wo oder wann.«

»Sie wohnen in der Mount Pleasant Street?«

»Ja.«

»Wem gehört die Wohnung?«

»Ich weiß nicht.«

»Wer war sonst noch dort?«

»Landmine.«

»Wer ist Landmine?«

»Er ist widerlich.«

»Schwierig, das bei einer Gegenüberstellung zu verwenden.«

»Ich bemühe mich.«

»Geben Sie sich mehr Mühe.«

»Er heißt eigentlich Landon. Hält sich für einen tollen Hengst, geilt sich daran auf, dass man ihn Landmine nennt.«

Einen Augenblick lang tat Kerr mir fast leid. Ihr fehlte es in vielerlei Hinsicht an so vielem, das war schon fast traurig. »Beschreiben Sie ihn«, sagte ich.

»Groß. Dicke Muskeln. Als ob er viel trainieren würde. Sie haben ihn getroffen.«

»Der andere Typ? Der, der in Venice angeschossen wurde?« Ein Gefühl, als ob sich kalter Rauch in meiner Brust kringeln würde.

»Ja, das ist er.«

»Hat uns gestern jemand in der Mount Pleasant Street gesehen?«

Sie nickte. »Ja, Bronco. Als Sie gingen, verließen wir alle die Wohnung.«

»Wohin sind Sie gegangen?«

»In eine Wohnung in der Nähe vom DuPont Circle.«

»Und Bronco hat Sie in mein Zimmer gebracht, während wir gestern die Wohnung in der Mount Pleasant Street observierten.«

Ihre Wangen färbten sich wieder rot.

»Wie hat er den Bewegungsmelder ausgeschaltet?« Eigentlich war mir das egal. Ich ärgerte mich vor allem, dass ich sein letztes Signal nicht bemerkt hatte, während ich mich auf der Mount Pleasant Street herumgedrückt hatte.

»Er ist gut in technischen Dingen.«

»Wo ist die Wohnung am DuPont Place?«

»Da wird niemand mehr sein.«

Ich wedelte mit der Glock.

»20th Street, in der Nähe der R Street. Die genaue Adresse weiß ich nicht. Im Erdgeschoss ist ein Coffeeshop.«

Ich sah zu Gus. Er stand auf, steckte seine Glock ins Schulterholster, streifte es über, zog die Windjacke an und ging.

»So«, sagte ich, »jetzt sind wir Mädels unter uns.«

Kerr schien in sich zusammenzuschrumpfen.

»Bis gestern haben Sie mit Bronco geschlafen. Da gab es doch sicher ein bisschen Bettgeflüster.«

»Nein.«

»Nichts?« Ich klang nicht freundlich.

»Nein.«

»Und Sie waren nie neugierig, was er und seine Kumpels so trieben? Haben nie bei einem Treffen oder Telefongespräch gelauscht? Zufällig eine Nachricht gelesen? Wir wissen, dass Sie fleißig E-Mails schreiben.«

Kerr sah mich an, aber ich konnte ihren Ausdruck nicht deuten. Skepsis. Schuld. Angst. »So ist er nicht.«

»Wie ist er denn dann?«

»Bronco bezieht nie jemanden mit ein. Wenn der richtige Zeitpunkt gekommen ist, sagt er den anderen, was sie tun sollen. Seine Anweisungen kommen immer in letzter Minute, nie vorher.«

Ich nahm mein Handy und scrollte zu dem Bild von der Frau, deren Gehirnmasse an der Wand klebte. Legte es auf den Schreibtisch. Kerr betrachtete es. Ihr stockte der Atem, und sie sah schnell wieder weg.

»Wer ist das?«

Nichts.

»Wer ist das?« Schroffer.

»Tibby Icard.« Sie schluckte trocken. »Lebt in Chicago.«

»Wo?«

»Keine Ahnung.«

»Was können Sie mir über sie erzählen?«

»Nichts. Wir kannten uns nicht richtig. Ich glaube, ich habe sie einmal gesehen.«

»Wo?«

»Bei Bronco.«

»Aber Sie kennen ihren Nachnamen.«

»Dann hat sie ihn mir wahrscheinlich gesagt.«

»Bronco hat befohlen, Icard zu töten.«

»Das glaube ich nicht.«

»Ich weiß es.« Noch einmal ein schneller Wechsel. »Wer war noch in der Wohnung in Venice?«

»Wie meinen Sie das?«

»Keine Spielchen. Ich habe Frauenstimmen im Flur gehört.«

Sie sah mich lange ausdruckslos an. Ich erwiderte ihren Blick.

»Die eine kenne ich nicht«, sagte sie schließlich. »Die andere war Selena.«

Stella?

Plötzlich machte es bei mir klick.

»Was meinten Sie mit ›verließen wir alle die Wohnung‹? Wer war noch in der Wohnung in der Mount Pleasant Street?«

»Selena.«

»Sonst noch jemand?«

»Nein.« Wieder dieser leere Blick, dann sah sie weg. »Ist auch egal, ich glaube nicht, dass sie noch dort sind.«

»Wie heißt Selena mit Nachnamen?« Mein Puls flatterte.

Kerr zuckte mit den Schultern.

»Wie sieht sie aus?«

»Ein bisschen blass und komisch.«

»Jung? Alt?«

»Jung.«

»Das geht noch besser.«

»Vielleicht so alt wie ich.«

»Erzählen Sie mir von Stella Bright.«

War da eine Reaktion? »Wer?«

»Verarschen Sie mich nicht.«

Sie änderte leicht die Haltung, saß aufrechter. Keine Reaktion.

Ich scrollte zum letzten Foto in Broncos E-Mail. »Ist sie das?«

Kerr schaute widerwillig auf das Bild. Wieder hielt sie den Atem an, während sie versuchte, ihre Gefühle in den Griff zu bekommen. Während sie abwog. Entscheidungen traf.

»Man erkennt doch nicht einmal das Gesicht.«

»Könnte das Selena sein?« Oh, wie beherrscht.

»Ich weiß nicht.«

Ich fand das Foto des schnauzbärtigen Blonden in der Leichenhalle in Chicago. Wieder legte ich das Handy vor Kerr.

»Wer ist das?«

»Das ist Lew. Er heißt Lewinoski mit Nachnamen. Seinen Vornamen kenne ich nicht.«

Ich versuchte es mit einem weiteren Themenwechsel.

»Warum sagen Sie, Bronco sei nicht in der Wohnung am DuPont Circle?«

»Er ist viel zu vorsichtig. Er ist schon lange weg.«

»Warum hat er Sie hier in meinem Zimmer gelassen?«

»Das war notwendig für die Sache.«

»Sie mit Handschellen an mein Waschbecken zu fesseln hilft im Kampf gegen den Vormarsch der Islamisten?«

Kerr stützte sich mit den Ellbogen auf den Schreibtisch und ballte die Hände zu Fäusten. Sie presste die Stirn gegen die Fäuste, deren Knöchel vor Anspannung weiß und blutleer hervortraten. Nach wenigen Sekunden hoben und senkten sich ihre Schultern in kurzen kleinen Schluchzern. Tränen tropften auf die Platte, glänzten wie kleine Vollmonde auf dem glatten schwarzen Holz. Eine. Zwei. Ein Dutzend.

»Ich weiß, dass es ihm leidtat.« Kaum mehr als ein Flüstern.
Sie warf sich dramatisch aufs Bett.
Und verlor völlig die Fassung.

25

Während Kerr heulte, ging ich zum Schreibtisch und wählte Capps' Nummer. Er meldete sich sofort.

»Jesus, Maria und Josef, Ihr letzter Anruf ist noch keine Stunde her.«

»Haben Sie einen Stift?«

Ich hörte ein Rascheln, dann einen tiefen Stoßseufzer.

»Ich habe aus Kerr ein paar Namen herausbekommen«, sagte ich.

»Ich höre.«

Ich erzählte ihm von Jano, Lew und Landmine. Und dass Kerr glaubte, Bronco heiße mit Nachnamen Nagurski.

»Sehr gut.« Er klang ungläubig. »Konnte sie die Frau identifizieren, die er auf dem Gewissen hat?«

»Tibby Icard. Aus Chicago.«

»Und was wissen wir noch über Icard?«

»Kerr behauptet, sie weiß gar nichts, sie sagt, sie gehört nicht zur Organisation.«

»Schläft sie mit Bronco?«

»Ja.«

»Glauben Sie, sie deckt den Dreckskerl?«

»Er hat sie mit Handschellen an mein Waschbecken gekettet.«

»Könnte ihre Begeisterung für ihn dämpfen. Ich melde mich, wenn ich etwas habe.«

Nachdem Capps aufgelegt hatte, sah ich zu, wie das Tageslicht allmählich ins Zimmer kroch und rote Glanzlichter setzte. Ich dachte über Stella nach. Kamen wir vorwärts? Würde sie lange genug überleben, bis wir sie fanden?

Ich dachte an Tibby Icard. Irgendwie kam sie mir realer vor, seit ich ihren Namen kannte. Sie war jetzt nicht nur eine Frau auf zwei Bildern, einmal eine Mörderin, einmal ermordet.

Ich fragte mich, was Icard im Auto so beunruhigt hatte. Was sie zum Fahrer gesagt hatte, als sie aus dem Blickwinkel der Kamera verschwanden. Hatte sie gesehen, wie Bowen Bright den Rucksack aufhob? Hatte sie gewusst, dass er gleich in die Luft gesprengt werden würde? Hatte sie Reue empfunden? Panik, dass sie und ihre Freunde erwischt werden könnten?

Meine Haut spannte am ganzen Körper. Mein Herz raste. Ich war wild entschlossen, diese Mistkerle aufzustöbern.

Warum? Ich war nicht für Icards Tod verantwortlich. Und auch nicht für das Blutbad an der Bnos Aliza School. Ich hatte die Aufgabe, Stella zu finden. Dafür zu sorgen, dass sie am Leben blieb. All das hatte nichts mit mir zu tun.

Aber natürlich hatte es das. Ich hatte einmal versagt, vor langer Zeit, in meinen finsteren Jugendtagen. Hatte ein Massaker nicht verhindern können. Ich konnte nicht zulassen, dass wieder Unschuldige ums Leben kamen.

Um neun ging ich schwitzend auf und ab. Meine Fingerspitzen pochten. Ich beschloss, mir noch einmal Kerr vorzuknöpfen.

»Kommen Sie hier rüber«, sagte ich.

Kerr spähte durch einen Wust von Haaren zu mir. Wollte sehen, ob ich die Glock noch in der Hand hatte. Hatte ich. Sie ließ sich Zeit, setzte sich langsam auf, rollte ein Hosenbein ein Stück weiter herunter und ging dann zu dem Stuhl, auf dem Gus vorhin gesessen hatte.

»Erzählen Sie mir von den Pässen«, sagte ich.

Kerrs Augen sahen mich wachsam an. Sie blitzten in einem Spiegel rechts von uns auf.

»Ein gefälschter Pass kann Sie hinter Gitter bringen. Dort finden Sie ganz neue Freunde.« Ich wollte sie ein bisschen unter Druck setzen.

»Einbruch aber auch. Außerdem habe ich die Pässe nicht gefälscht.«

»Aber in den Pässen ist Ihr Foto, außerdem befanden sie sich in Ihrem Besitz.«

»Das war nicht meine Wohnung. Ich habe dort nur übernachtet.«

»Ihr Name stand auf dem Briefkasten.«

»Der Vermieter dachte, er würde mir einen Gefallen tun.«

»Reden wir über den Mac.«

»Welchen Mac?«

»Das Notebook, auf dem Sie jedes Mal alles gelöscht haben, wenn Sie sich ausloggten.«

»Ich habe kein Notebook.«

»Wollte Bronco das so?«

Keine Antwort.

Ich klickte auf die Notizen in meinem Smartphone. »*hk1222@gmail.com.* Wofür steht das H? Hotpants?«

Sie starrte mich nur kühl an. Wahrscheinlich war ihr mittlerweile klar, dass ich sie nicht erschießen würde.

Ich las weiter. »*Infidel1566qgmail.com. trailblazer744@gmail.com. spearhead2020@yahoo.com. loyalc2020@aol.com.* Wer hat Tibby umgebracht? Infidel? Trailblazer? Spearhead? Schlafen Sie auch mit einem von denen? Oder gleich mit allen?«

Kerr tat, als ob sie mir nicht mehr zuhören würde. Aber ihr schnelles Atmen verriet sie.

Plötzlich begriff ich. Bei all dem Schießen, Observieren und Hin- und Herreisen kreuz und quer durchs Land hatte ich die E-Mail vergessen, die Infidel an dem Tag geschickt hatte, als ich die Wohnung in der Argyle Avenue durchsucht hatte. Ich klickte auf das Foto, das ich mit dem Handy davon gemacht hatte, und las laut die erste Nachricht vor. »Godolphin Vintage Claret Beauty 05 05 06.«

»Lassen Sie mich in Ruhe.« Sie hielt sich die Ohren zu wie ein Kind, das dabei ertappt wird, wie es die Tapete bemalt. »Ich rede nicht mehr mit Ihnen.«

»Wie Sie meinen.«

»Ich sterbe vor Hunger.«

»Dann bitte auf dem Bett.«

Kerr räumte fluchtartig den Stuhl.

Was um alles in der Welt hielt Gus so lange auf? Um mich zu beschäftigen und nicht durchzudrehen, recherchierte ich den Begriff Godolphin. Fand Folgendes: eine Mädchenschule in Salisbury in der Grafschaft Wiltshire in England, eine Pferderasse, ein englischer Staatsmann im 17. Jahrhundert, ein australischer Wein, eine Cuvée aus Shiraz und Cabernet.

Vintage? Claret Beauty? Bezog sich der Code auf ein Weingut?

Ich googelte weiter, arbeitete mich von einem Begriff zum anderen. Erfuhr, dass Godolphin von Glaetzer Wines produziert wird, einem edlen kleinen Weingut im Barbarossa Valley im Bundesstaat South Australia. Ich spürte ein Prickeln, als ich ein Bild von der Flasche fand. In der Mitte des Etiketts prangte ein Ankh, das altägyptische Symbol für den Sonnenaufgang und das Weiterleben im Jenseits. Der abgebildete Jahrgang war von 2005.

Ich suchte weiter. Fand einen ungefilterten Shiraz von Glaetzer mit dem Namen Amon-Ra, in der ägyptischen Mythologie der König aller Götter. Auf dem Etikett war das allsehende Horusauge zu sehen, ein uraltes Schutzsymbol.

Ich ging im Kopf verschiedene Möglichkeiten durch. Konnte das Weingut von Glaetzer Broncos nächstes Anschlagsziel sein? Passte ein Ziel im Ausland zum Modus Operandi von Jihad for Jesus? Hatte die Organisation auch eine Zelle in Australien?

Ich überflog die Familiengeschichte der Glaetzers. Einige Mitglieder waren 1888 von Deutschland nach Australien ausgewandert und hatten ein Jahrhundert später das Weingut gegründet. Nichts auf ihrer Webseite deutete darauf hin, dass sie Muslime waren.

Glaubten die Idioten in ihrer verzerrten Weltsicht, dass die ägyptischen Symbole Belege für den muslimischen Glauben der Glaetzers waren? Wenn nicht, hielten sie die Symbole für proislamisch? Aber Australien? Da gab es doch sicher nähere Ziele. Und ein Weingut? Nicht gerade viele Leute.

Ich ging immer noch verschiedene Szenarien durch, als Gus zurückkam, eine Tüte von McDonald's in der Hand. Kerr hatte sich unter ihrer Decke zusammengerollt, mit dem Rücken zu mir, sagte nichts, rührte sich nicht.

Gus sah zu Kerr und dann zu mir. Stellte seine Beute auf den Schreibtisch. Schüttelte den Kopf.

Ich nahm einen Kaffee und einen Egg McMuffin. Gus auch. Wir stellten uns ans Fenster. Angelockt vom Fettgeruch, huschte Kerr, als sie merkte, dass wir uns ein bisschen entfernt hatten, zum Schreibtisch, bediente sich und kehrte zum Bett zurück.

»Leer«, sagte Gus leise.

»Du warst in der Wohnung?«

Er sah mich an, als ob ich ihn gefragt hätte, ob er wüsste, wie man atmet.

»Haben sie irgendwas hinterlassen, das uns weiterhilft? Wer sie sind? Wo sie hin sind?«

»Einen Boardingpass für einen Flug nach Athen. Bronco Nagurski, Platz 3A.«

»Im Ernst?«

Wieder dieser Blick.

»Hat jemand sie gesehen? Ein Nachbar? Der Hausmeister? Der Briefträger?«

»Ein Typ von gegenüber hat drei Personen gesehen, die das

Haus gestern spätabends verließen. War sich nicht sicher, aus welcher Wohnung sie kamen. Ein kräftiger Typ, ein dürrer Kerl und eine Tussi mit schlimmer Frisur. Seine Worte.«

»Klingt wie Landmine, Bronco und Selena.«

»Oder Laurel, Hardy und Sinead O'Connor.«

»Wo sind sie hin?«

»In ein Auto gestiegen und weggefahren. Nein, er hat weder die Marke noch das Nummernschild erkannt.« Gus nickte mit dem Kopf zu Kerr. »Hat sie irgendwas rausgelassen?«

Ich wiederholte, was ich Capps über Tibby Icard, Selena, Jano und Lew berichtet hatte. Und über Broncos angeblichen Führungsstil.

»Glaubst du ihr?«

»Sie hat nicht genug in der Birne, um ihre Lügen durchzuziehen.«

Gus ließ sich das durch den Kopf gehen, während er seinen McMuffin aufaß. »Sie haben sich nach Venice Beach hier in DC neu formiert.«

Zu dem Schluss war ich auch gekommen. »Da gibt's also ein System, mit dem in Notfällen kommuniziert wird.«

Wir sahen zu Kerr. Sie sah zu uns, den Kaffeebecher an die Lippen gepresst.

»Wo ist er, Hotpants?«, fragte ich so bedrohlich, wie ich konnte.

»Nennen Sie mich nicht so.«

»Antworten Sie mir.«

»Ich weiß es nicht.«

»Das reicht nicht.«

»Er könnte überall sein.«

»Warum sind Sie alle nach LA?«

»Bronco hat ein Treffen einberufen. Ich war nicht dabei, habe nichts mitbekommen.«

»Sie planen etwas Großes.«

Kerr nickte.

»Bald?«

Kerr zuckte mit den Schultern. Ich machte einen Schritt in ihre Richtung. Gus hob die Hand.

»Wie nehmen die Mitglieder Verbindung auf, wenn sie versprengt sind?«, fragte er ruhig.

»Was?«

»Wenn die Cops sie auseinandernehmen, verdammt noch mal«, schnauzte ich. »Mein Gott, ist denn da oben niemand zu Hause?«

Über dem Pappbecher weiteten sich Kerrs Pupillen vor Angst.

»Ganz ruhig«, ermahnte mich Gus sanft. »Er hätte sie nicht hiergelassen, wenn sie alles ausplaudern würde.«

Ich wandte mich angewidert ab. Unternahm einen neuen Anlauf aus einer anderen Richtung.

»Hat Bronco Ihre Passsammlung besorgt?«

»Ich hatte nur zwei.«

»Sie nerven.«

»Keine gute Idee, sie zu nerven.« Gus schüttelte den Kopf.

»Bronco hat viele Pässe«, sagte Kerr.

»Haben Sie sie gesehen?«

»Ja.«

»Amerikanische?«

»Manche.«

»Auf welchen Namen?«

»Hä?«

»Sind sie auf mehr als einen Namen ausgestellt?« Immer schön drauf, bis sich endlich ein Riss zeigt.

»Das kann ich nicht sagen.«

»Sie können nicht lesen?«

»Nein, ich …«

»Sie haben die falschen Pässe Ihres Freundes gesehen, kennen aber seinen richtigen Namen nicht?«

Bei ihrer Lüge ertappt – oder bei der Erkenntnis ihrer eigenen Dummheit – errötete Kerr. »Ich kann mich nicht erinnern.«

Ich knüllte die Verpackung meines McMuffin zusammen und warf sie Richtung Bett. Kerr wich aus und verschüttete dabei ihren Kaffee.

»Versuchen wir's anders.« Gus, der gute, vernünftige Cop. »Wenn Bronco nicht mehr in Washington ist, wo ist er Ihrer Meinung nach hin?«

»Ich weiß nicht.« Sie tupfte ihre Tunika mit einem Zipfel des Leintuchs ab.

»Das reicht nicht.« Ich, der böse, gemeine Cop. Ausgerechnet ich.

Weiteres Herumtupfen auf dem Fleck.

»Hat er je über Städte gesprochen, in die er gern reisen würde?«, fragte Gus. »Wo er schon einmal war oder wo er hinreisen wollte?«

»Sie kapieren es einfach nicht.« Sie heulte fast. »Bronco hat mir nie was erzählt.«

Ich starrte auf das fleckige Gesicht, suchte nach Anzeichen intelligenten Lebens. Fand nichts. Komisch. Bronco war ein gemeines Arschloch, aber er war schlau. Wie konnte er diese dumme Frau ertragen?

Dann fiel mir der Laptop ein.

»Sie haben für Bronco Sachen im Internet erledigt«, sagte ich.

»Manchmal.«

»Haben Sie Reisen für ihn gebucht?«

»Ich habe Sachen für ihn nachgeschlagen und Verbindungen für ihn herausgesucht, aber er wollte nie, dass ich etwas buche.«

»Verbindungen wohin?«

»Sie meinen Städte?«

»Nein, Planeten.«

Fragezeichen in ihren Augen. Sie zog die Brauen zusammen, dann: »Los Angeles. DC. Baltimore. New York.«

Ich wartete, dass sie fortfuhr. Sie tat es nicht.

»Das war's?«, fragte ich.

»Und Louisville. Das ist in Kentucky.«

»Warum Louisville?«

»Ich weiß nicht.« Das klang etwas unsicher.

»Blödsinn.«

Ein Blick aus großen braunen Augen. Dann hatte sie ihre Mimik wieder unter Kontrolle.

Die Informationen prallten wie Protonen in meinem Gehirn zusammen.

Kernfusion.

Ich wusste es.

26

Behalt sie im Auge!«

Mein Gehirn sprühte Funken. Ich rannte in mein Zimmer, packte meinen Laptop und das Verschlüsselungsgerät und war nach einer knappen Minute wieder zurück. Ich hatte schon eine Vorstellung, wollte aber meine Theorie im Internet überprüfen.

Während ich klickte und las und scrollte, entstand ein konkretes Bild. Ein sehr reales Bild. Ich lehnte mich zurück, meine Nerven vibrierten vor Energie. Die beiden sahen mich an, Gus aufmerksam, Kerr ausdruckslos, schwer bemüht, nichts preiszugeben.

»Erzählen Sie von der Rennbahn«, befahl ich Kerr.

»Ich weiß nicht, was Sie meinen.«

»Oh doch, das wissen Sie.« Meine Glock lag immer noch auf dem Schreibtisch. Ich nahm sie und schlang die Finger um den Griff. »Wir wissen es beide. Und das bedeutet, dass ich Sie nicht mehr brauche.«

»Bronco wollte Informationen über Pferderennen.« Ihr Blick war auf die Pistole gerichtet.

»Deshalb interessierte er sich für Baltimore, New York und Louisville.«

Ich schaute zu Gus. Sein Nicken signalisierte, dass er verstanden hatte. The Preakness, Belmont Stakes, das Kentucky Derby.

»Ich nehme es an. Wenn Sie mich fragen, ist es gemein, Pferde in solche Rennen zu schicken. Sie verletzen sich andauernd.«

»Bronco wollte zum Pferderennen?«

»Vielleicht.«

»Zu welchem?«

»Ich weiß es nicht. Das war schon letzten Herbst, als ich Ticketpreise für ihn vergleichen sollte.«

Gus schwieg. Er war neugierig, aber überließ mir die Befragung.

»Wer ist Trailblazer?«

»Hä?«

»Ihr E-Mail-Freund.« Seine IP-Adresse war in Louisville.

»Woher wissen Sie …?«

»Ich kenne all deine kleinen schmutzigen Geheimnisse, Hotpants.«

Kerr reckte das Kinn. Jetzt wurde sie trotzig.

»Eine letzte Chance.« Ich hob bedeutungsvoll die Glock. »Und jetzt bitte etwas genauer. Hat Bronco Tickets für das Kentucky Derby gekauft?«

»Vielleicht, ja. Mein Gott! Das ist doch nicht meine Schuld.«

Kerr sank theatralisch auf die Seite und rollte sich wie eine Raupe in ihre Decke. Ich winkte Gus zu mir an den Schreibtisch. Er hörte aufmerksam zu, während ich ihm die einzelnen Partikel meiner Teilchenkollision auseinandersetzte.

»Diese Nachricht wurde dreißig Minuten vor meinem Einbruch in Kerrs Wohnung verschickt. Vier Empfänger, einer in Louisville. Das waren die einzigen vier Mails, die Kerr nicht gelöscht hatte.« Ich zeigte ihm das Foto, das ich mit dem Handy gemacht hatte. Godolphin Vintage Claret Beauty 05 05 06. FL1X: LM-inf/JC-GR/B5-S2+4.

»Du denkst, Godolphin könnte das nächste Anschlagsziel sein?«

»Ja.«

»Und was ist Godolphin?«

»Zuerst dachte ich, es geht um ein australisches Weingut.«

Gus zog skeptisch eine Braue hoch.

»Es gibt wirklich einen Wein, der so heißt. Aber der ist nicht gemeint. Schau.« Ich drehte den Laptop zu ihm.

Oben auf dem Bildschirm, in der Mitte eines blauen Banners, waren ein arabisches Symbol und ein einziges Wort zu sehen: *Godolphin.* Im Text unter dem Banner wurde dreierlei erklärt. Godolphin war ein global agierender Vollblüter-Rennstall. Der Rennstall war von Scheich Muhammad bin Raschid Al Maktum gegründet worden, dem Herrscher des Emirats Dubai und Premierminister sowie Vizepräsident der Vereinigten Arabischen Emirate.

»Ach du heilige Scheiße«, sagte Gus.

»Die Pferde von Godolphin laufen beim Kentucky Oaks und beim Kentucky Derby.«

»Und die Pferde heißen Vintage und Claret Beauty.«

»Genau.«

»Und der Scheich ist natürlich Muslim.« Seine Augen huschten über die Fotos, die auf der Homepage von Godolphin zu sehen waren. »Bronco und seine schwachsinnigen Kreuzzügler haben etwas dagegen, dass der Scheich Churchill Downs persönlich beehrt.«

Ich nickte.

Gus schaute auf die E-Mail, die ich abfotografiert hatte. »05 06. Das Derby ist dieses Jahr am 5. und 6. Mai?«

»Genau.«

»Und was bedeuten die letzten Zahlen und Buchstaben?«

»Das sollten wir herausfinden«, sagte ich.

»In Louisville«, sagte Gus.

»Genau.«

»Und was machen wir mit ihr?« Er nickte zu dem Häufchen Elend auf dem Bett.

»Sie ist ein echter Klotz am Bein.« Das Häufchen lag völlig reglos. Was ich sagte, war nur an Kerr gerichtet. »Und sie weiß nichts.«

»Außerdem kann sie uns identifizieren.«

»Gutes Argument. Sie ist nutzlos *und* gefährlich. Eine Belastung. Ich würde vorschlagen …«

»Ich weiß ein paar Sachen.« Kerr strampelte sich aus ihrem Deckenkokon. »Nicht das, was Sie gefragt haben, aber andere Sachen. Und mir fällt bestimmt noch mehr ein. Wenn ich nicht müde bin. Keine Angst habe.«

»Du machst ihr Angst«, sagte Gus.

»Ich kann sie nicht leiden.«

»Das hast du schon erwähnt.«

»Ich habe Ihnen gesagt, dass Bronco etwas plant. Und ich habe Ihnen von Landmine erzählt. Und von Lew. Und Tibby Icard.«

»Das stimmt«, sagte Gus.

»Sie können mich nicht hierlassen.« Ihr Blick war auf Gus gerichtet.

»Doch, können wir«, sagte ich.

»Neeeinn!«

»Warum nicht?«

»Bronco wird mich …«

»Bronco wird in Louisville sein.«

»Da gibt's ja noch andere. Er ist nicht …«

Ich unterbrach sie. »Geben Sie mir Informationen, die ich verwenden kann.«

Kurze Pause, dann: »Bronco hat sich Tickets von einem Typen in New York besorgt. Zwei-Tages-Tickets. Teure Plätze.«

»Wo sind sie?«, fragte Gus.

»Die Tickets?«

»Die Plätze.«

Kerr antwortete nicht.

»Die blöde Kuh wird alles behaupten, um ihren Hintern zu retten.« Ich packte die Glock fester.

»Das stimmt aber«, heulte Kerr. Eindeutig eine Heulsuse.

»Wie heißt der Typ?«

»Ich überlege ja schon. Chuck. Nein, Chip. Nein …«

»Halten Sie die Klappe.«

Kerr machte den Mund auf, schloss ihn aber wieder, als ich ihr einen strengen Blick zuwarf. »Noch einmal: Sagen Sie mir, was Sie über Stella Bright wissen.«

»Ich weiß nicht, wer das ist.« Das kam so heftig, dass sie dabei die Augen verdrehte.

»Lügen Sie mich nicht an!«

»Okay, vielleicht habe ich mal den Namen gehört. Aber ich habe sie nie getroffen.«

»Wo haben Sie den Namen gehört?«

»Ich weiß n…«

»Wo?!« Ich spuckte Feuer.

»In Chicago. Vielleicht in LA. Ich bin mir nicht sicher. Das ist schon ewig her.«

»Verdammt!«

Ich holte tief Luft. Beruhigte mich.

Konnte Kerr uns helfen, Stella zu finden? Vielleicht, vielleicht auch nicht. Egal, es war Druckers Geld. Wenn es auch nur die geringste Chance gab, wollte ich sie in meiner Nähe haben. Unter meiner Kontrolle. Aber warum wollte sie bei uns bleiben?

Ohne große Hoffnungen ging ich ins Internet, um einen Flug nach Louisville zu buchen. Wie ich vermutet hatte, wollte die halbe Welt nach Kentucky. Mithilfe eines Flugportals fand ich schließlich eine Maschine für 14.12 Uhr von American Airlines, in der noch ein Platz frei war, und einen Flug um 16.57 Uhr mit zwei freien Plätzen in der ersten Klasse. Wahrscheinlich hatte jemand seine Buchung storniert. Dankbar griff ich zu.

»Ich hole meine Sachen.« Ich streckte die Hand aus.

Gus gab mir seine Glock.

Als ich zurückkam, hatte ich beide Pistolen auseinandergebaut und in meinem dürftigen Gepäck verstaut. Gus und Kerr waren ebenfalls fertig. Sie starrte auf mich wie eines dieser Porträts, das einen mit den Augen zu verfolgen scheint. Ich fragte nicht, was Gus ihr erzählt hatte.

Wir fuhren mit dem Taxi zur Union Station. Während wir warteten und die Zeit totschlugen, zerrte Kerr ständig an ihrem Hosenbund herum oder bückte sich, um die Hosenbeine neu hochzukrempeln. Als ich einen Klamottenladen sah, sagte ich ihr, sie solle sich schnell etwas aussuchen. Kerr ging die Hosen auf einem Ständer durch, verschwand hinter einem Vorhang und kam in schwarzen Cargohosen wieder hervor. Wortlos reichte sie mir meine Jeans. Ich hoffte, dass sie meine Unterhose anbehalten hatte, und bezahlte.

Mit dem Taxi fuhren wir zu Terminal A am Flughafen von DC. Eine lange Wanderung zum Schalter von American Airlines, wo wir unsere drei Tickets abholten. Ich gab meine Tasche auf. Nach der Sicherheitskontrolle zogen Gus und Kerr los, um ein Restaurant zu suchen.

Vor meinem Gate gab es nur noch Stehplätze. Also stand ich. Das Boarding begann fünfzehn Minuten zu spät. Mein Sitz lag in der Mitte von Reihe 18. Am Fenster und am Gang saßen blonde Südstaatenschönheiten in kompletter Designergarderobe. Ich fragte mich, wo sie ihre Hüte untergebracht hatten. Oder ob sie die per Kurier vorausgeschickt hatten.

Zwei Stunden nach dem Start landeten wir in Louisville. Ich holte meine Tasche und machte mich auf die Suche nach einem Mietwagen. Nachdem ich vierzig Minuten lang angestanden hatte, landete ich bei einem erschöpft wirkenden Hertz-Mitarbeiter. Nach weiteren dreißig Minuten hatte er in einem entfernten Winkel unseres Sonnensystems einen roten Nissan Maxima für mich aufgetan. Noch einmal zwanzig Minuten vergingen, bis ich endlich hinterm Steuer saß. Oder vielmehr Susan Bullock. Inzwischen konnte ich auch auf Gus und Kerr warten.

Kurz vor sieben vibrierte mein Handy. Ich sah aufs Display

und ging überrascht dran. Hörte zu. Gab unverbindliche Antworten. Nachdem ich aufgelegt hatte, tanzten die Motten in meiner Brust.

Gus meldete sich zehn Minuten später. Ich sagte ihm, nach welchem Wagen er Ausschau halten sollte, und fuhr dann vom Warte- zum Ankunftsbereich. Eine Entfernung von wenigen Metern, für die ich eine Viertelstunde brauchte.

Gus verstaute sein Bordgepäck im Kofferraum und Kerr auf der Rückbank und setzte sich neben mich.

»Hübsche Farbe«, sagte er. »So unaufdringlich.«

»Die Auswahl war begrenzt.«

»Wohin jetzt?«

»Die Warteschlange bei Hertz war ewig lang – in der Zeit habe ich ein Zimmer für uns ergattert.«

»Der Singular ist mir nicht entgangen.«

»Hier ist die Hölle los. Wir können froh sein, dass wir überhaupt eins bekommen haben.«

Vom Flughafen folgte ich den Schildern zum Kentucky Exposition Center. Gegenüber vom Haupteingang bog ich links auf die Phillips Lane ab, dann rechts auf den Crittenden Drive. Nach einer knappen Meile tauchte das Four Points Sheraton zu unserer Linken auf. Ich hielt an.

»Glaubst du, das ist wirklich nötig?« Der skeptische Gus.

»Möchtest du, dass Stella Bright eine Kugel in den Kopf gejagt wird?«, gab ich zurück, etwas zu heftig.

Gus sah mich mit einem Blick an, den ich nicht deuten konnte. Glaubte er, dass ich mir etwas vormachte? Dass Stella tot war?

»In zwanzig Minuten.« Ich stieg aus und nahm meine Tasche. »Am Hintereingang.«

Gus rutschte hinters Steuer und fuhr los.

Ich ging ins Hotel und fragte nach einem Zimmer. Keine Reservierung? Der Rezeptionist konnte seine Belustigung kaum verbergen, als er mir erklärte, dass das Hotel seit Monaten ausgebucht sei. Rennwoche, Sie wissen schon. Ein bedauerndes Lächeln.

Ich erwiderte sein Lächeln. Wie dumm von mir, was hatte ich mir nur dabei gedacht? Mit meiner Tasche fand ich den Hinterausgang und ging wieder raus. Gus fuhr acht Minuten später vor.

»Zum Hilton Garden Inn«, sagte ich. »Direkt hinter der Central Avenue, auf der rechten Seite.«

Das Hotel stand auf einer kleinen grünen Raseninsel inmitten von schwarzem Asphalt. Roter Backstein, grünes Dach und grüne Zierleisten, überdachte Vorfahrt, eine mit gepflegten Hecken eingefasste Terrasse. Wie die Häuser Dutzender anderer Hotelketten.

Gus parkte an der Seite, stieg aus und nahm beide Taschen. Ich ging ums Auto herum und klemmte mich hinters Lenkrad. Kerr rührte sich nicht, bis Gus ihr ein Zeichen gab mitzukommen. Gemeinsam bogen sie um die Ecke Richtung Haupteingang.

Ich wartete, bis mein Handy summte.

»612.«

Ich legte auf. Sah bei Google nach. Legte den Gang ein und fuhr los. Eineinhalb Stunden später kehrte ich mit Erdnussbutter, Brot und einem neuen Wegwerf-Handy im Gepäck zurück.

Das Zimmer war sauber, die Einrichtung unauffällig. Die Handtücher waren zu weißen Tutus gefaltet. Hübsche Idee.

Gus lag auf dem einen Bett und sah sich ein Basketballspiel an. Kerr lag auf dem anderen und tat nichts. Das konnte sie richtig gut.

Wir machten uns Sandwiches und aßen schweigend. Gus und ich schauten Basketball. Alle waren müde und hungrig. Zumindest war ich müde und hungrig. Die beiden hatten wahrscheinlich im Flugzeug gegessen und geschlafen. Als das Spiel aus war, half mir Gus, eine Matratze von einem der Betten zu ziehen. Ich warf eine Decke drauf und sah zu Kerr.

»Ich muss ins Bad.« Sie klang wie das Leiden Christi.

»Dann gehen Sie«, sagte ich.

Während Kerr sich wie auch immer ohne Salben und Lotionen schön machte, diskutierten Gus und ich unsere Strategie.

»Opaline Drucker hat angerufen, während ich auf euch gewartet habe.«

Gus zog fragend die Brauen hoch.

»Sie will mich sehen.«

»Persönlich?«

»Ja.«

»Glaubst du, sie will die Sache beenden? Du hast ihr geliefert, wofür sie bezahlt hat.«

»Nur nicht ihre Enkelin.«

»Stella könnte tot sein.«

»Das ist die eine Möglichkeit.« Ich glaubte nicht daran. »Aber Bronco hat den Bombenanschlag von Chicago angeordnet und läuft immer noch frei rum.«

»Hast du gesagt, dass du kommst?«

»Noch nicht. Aber ich denke, ich sollte.«

»Lässt deinen alten Sunnie-Charme spielen?«

»So ungefähr. Wir haben noch drei Tage bis zum Derby und zwei bis zum Kentucky Oaks.«

»Falls beim Rennen ein Anschlag passieren soll.«

»Ja. Also, wie wär's, wenn ich schnell nach Charleston rüberfliege und du hier bleibst und die Lage sondierst?«

»Und was ist mit Kerr?«

»Die behältst du bei dir.«

»Sie und ich marschieren einfach so auf der Rennbahn auf?«

»Ich überlege mir noch was.«

Ich ging zum Bett ohne Matratze, legte mich drauf, lehnte mich ans Kopfteil und klappte meinen Laptop auf. Um sechs Uhr morgens ging ein Flug über Atlanta, ich wäre dann um 9.38 Uhr in Charleston. Zurück gab es allerdings keinen einzigen freien Platz mehr. Ich beschloss, mir später darüber Gedanken zu machen.

Kerr kam aus dem Bad, als ich gerade den Mac zuklappte. Sie hatte sich die Haare in der Mitte gescheitelt und zu Zöpfen geflochten. Sie trug die neue schwarze Hose und die Tunika, die sie schon angehabt hatte, als sie ans Waschbecken gekettet war. Sie sah nicht mehr sonderlich gut aus. Ohne Blickkontakt huschte sie zur Matratze auf dem Boden, legte sich hin und gab wieder die Raupe im Kokon.

Noch so ein Moment, in dem ich zwischen Hass und Mitleid schwankte. Ich schob einfach beide Gefühle beiseite.

Nachdem ich den noch vorhandenen Bewegungsmelder installiert hatte, rief ich Gus an, damit er meine neue Nummer hatte, zog sämtliche Daten vom alten Handy auf mein neues und blockierte die Rufnummernanzeige. Dann holte ich eine Ersatzdecke aus dem Schrank und ging zu Gus.

»Ich lasse meine Glock bei dir.«

»Yes!« Er zielte mit dem Finger auf mich.

»Fährst du mich zum Flughafen?«

»Wann?«

Ich sagte es ihm und zog dann fünf Zwanzig-Dollar-Scheine aus der Tasche und hielt sie ihm hin. »Geh mit Kerr ein bisschen einkaufen.«

»Warum?«

»Weil sie ein paar Sachen braucht.«

»Wie du meinst. Ist ja Druckers Geld.«

Ich wedelte mit den Scheinen. »Und schau, dass sie sich neue Unterhosen kauft.«

»Was? Soll ich etwa nachsehen?«

»Deine Entscheidung.«

Drei Tage

Sie hat keine Ahnung, wo sie sind. Sie ist hinten in einem Kastenwagen mitgefahren, eingeklemmt zwischen Koffern, Bettwäschestapeln und den Kartons aus dem Büro. Sie waren stundenlang unterwegs, vom Rumpeln und Schlingern ist ihr schlecht geworden. Meistens hat sie geschlafen.

Im Morgengrauen sind sie angekommen. Die Luft ist feuchtwarm, und die Laubbäume sind üppig grün. Hier wachsen andere Bäume im Wald. Sie hat in ihrem Pflanzenbuch nachgesehen. Hat Magnolien, Amberbäume und Rhododendron erkannt. Die Nadelbäume scheinen direkt zur Sonne hochzuwachsen.

Sie hört Spottdrosseln trillern. Frösche quaken. Einen komplexen Vortrag von einem Hahn.

Die Älteren gehen hinein. Wie Ameisen schleppen die Jüngeren das Hab und Gut ins neue Nest.

Als es heißt, die Kartons aus dem Büro müssten in den Keller, meldet sie sich. Vier Mal macht sie den Weg. Beim fünften Mal ist sie allein. An einem Karton nach dem anderen reißt sie das Klebeband ab und sieht hinein. Riskiert jedes Mal nur einen ganz kurzen Blick.

Drei Kartons sind voller gebündelter Banknoten. Sehr vielen Bündeln. Im vierten sind Schmuck und Briefe, die mit einem Gummiband zusammengefasst sind.

Über sich hört sie das Hin und Her der anderen.

Sie zieht die Umschläge aus den Bündeln und liest die Adresse. Sie gehen alle an eine Person, die sie nicht kennt, an eine Straße und in eine Stadt, wo sie nie gewesen ist. Oder doch? Auf keinem der Briefe steht ein Absender.

Sie öffnet einen Umschlag. Darin ist nur ein Foto. Ein Polaroid. Sie zieht es heraus.

Das Bild ist ein Schock. Der verzerrte Mund. Die blicklosen Augen. Das Fleisch in der Farbe von gebleichtem Beton.

Sie erinnert sich an die Worte des Anführers. Stellt sich vor, wie sie selbst tot aussieht.

Sie hat das Gefühl, dass sie gleich einen hysterischen Anfall bekommt.

Das Herz klopft ihr im Hals, schnell schiebt sie das schreckliche Foto zurück in den Umschlag, beißt die Zähne zusammen und dreht die Kartons so zur Wand, dass man das abgerissene Klebeband nicht sieht. Mit brausendem Adrenalin geht sie schnell nach oben.

Es ist schwer, ihn beiseitezunehmen. Seit ihrem Treffen auf der Lichtung geht er ihr aus dem Weg. Am späten Nachmittag erwischt sie ihn aber doch.

Sie erzählt ihm alles. Er hört zu, blickt aber skeptisch, fährt sich mit dem Zeigefinger über die Schläfe. Sie hat seine Vorsicht so satt. Was will er denn noch? Die Rechnungen. Die Leiche. Das ständige Gerede vom Tod. Der Plan des Anführers.

Sie überlegen, dass der Schmuck von den Neuzugängen stammt, die ihren weltlichen Besitz abgeben. Aber warum in den Kartons so viel Bargeld versteckt ist, wissen sie nicht.

Als sie nachts im Bett liegt, hat sie das Gefühl, verrückt zu werden. Aber in einem Teil ihres Gehirns, der noch klar denken kann, weiß sie etwas ganz genau: Der Aufstieg ist die Ausgeburt eines kranken Gehirns.

Ihre Fingernägel graben sich in ihre Haut, verwandeln ihre Unterarme in ein Schlachtfeld böser roter Kratzer. Der Tod von Kindern kann nicht gut für die Welt sein. Das ist alles völliger Irrsinn.

Den sie verhindern muss.

Sie sieht wieder das Bild der toten Frau. Wurde an ihr etwas ausprobiert? Oder musste sie aus dem Weg geräumt werden?

Sie denkt an ihre Mutter. Für sie ist es zu spät. Aber sie müssen sich selbst retten.

Am nächsten Abend hat die Ansprache des Anführers eine erschreckende neue Dringlichkeit.

Unser einstiges freies Leben kann nicht mehr so weiterbestehen. Ich kann meine Arbeit nicht mehr verrichten. Wir haben getötet. Es gibt kein Zurück mehr.

Das Foto der toten Frau wird herumgereicht. Als es bei ihr anlangt, zuckt sie zurück, aus Angst, dass das Böse durch den Kontakt auf sie übergehen könnte.

Unsere Kinder werden leiden. Uns bleibt nur eine Möglichkeit.

Während sie ihm zuhört, ist sie überzeugt, dass sie alle in ihrem eigenen Wahn gefangen sind.

Keine andere Wahl mehr. Uns bleibt keine Zeit. Samstagnacht.

Die Worte sind wie Dolche.

Der Aufstieg ist nah.

Sie muss dieses Morden verhindern.

Sie müssen fliehen.

27

In der ersten Maiwoche war es um halb fünf Uhr morgens in Louisville noch stockdunkel, die Straßen leer.

Wir waren in null Komma nichts am Flughafen. Gus setzte mich ab und murmelte dabei etwas, das ich nicht verstand. Kerr blieb als regloser Schatten auf dem Rücksitz.

Trotz des anstehenden Rennrummels war es am Flughafen noch ruhig. Im Morgengrauen verließen nur wenige Leute die Stadt. Und so früh kam auch noch niemand an.

Wir starteten mit Verspätung und landeten so spät in Atlanta, dass ich meinen Anschlussflug verpasste. Der nächste Flug ging erst um 13 Uhr. Wutschnaubend nahm ich meinen Boardingpass entgegen.

Ich nutzte die unfreiwillige Pause, um Jules Oliphant unter der Handynummer auf seiner Visitenkarte anzurufen. Er meldete sich nach dem siebten Klingeln. Vermutlich hatte ich ihn mit meinem frühen Anruf unsanft in den Tag befördert.

»Ich bin unterwegs von Louisville nach Charleston«, sagte ich. »Alle vier Attentäter sind ausfindig gemacht.«

»Ich stehe in Kontakt mit Layton Furr und den Ermittlern in Chicago, ich bin also über Ihre Fortschritte unterrichtet. Miss Drucker natürlich auch. Sie war erfreut, als sie von Nummer vier erfuhr. Ihr Zusammentreffen fand wo statt?«

»In LA.«

»Und der Betreffende ist …?«

»Tot.«

»Wenn das alles offiziell bestätigt ist, haben Sie Ihren Auftrag erledigt, und wir werden Ihnen den Scheck ausstellen. Verzeihung, haben Sie gerade etwas von Louisville gesagt?«

»Sagen Sie Drucker, dass ich auf dem Weg bin.«

»Natürlich.« Frostig. »Könnte ich Ihre Nummer haben?«

»Nein. Ich melde mich wieder, wenn ich gelandet bin.«

Während ich am Flughafen von Atlanta ungeduldig auf und ab ging und immer wieder auf die Anzeigetafel sah, zog ein gigantischer Sturm im Süden auf. Jede Menge Verspätungen und Flugausfälle, jede Menge gestrandete Passagiere, die in langen Schlangen warteten. Um 14.15 Uhr konnten wir endlich starten.

Während wir in einer Höhe von 32 000 Fuß durchgeschüttelt wurden, dachte ich über Bronco, Selena und Landmine nach. Und wer war *Trailblazer744@gmail.com?* Vor allem überlegte ich, wie man das geplante Blutbad verhindern konnte.

Um nicht völlig durchzudrehen, meldete ich mich für die Internetnutzung im Flieger an, bezahlte und begann mit meinen Recherchen. Ich erfuhr Folgendes:

Das Kentucky Derby ist nicht irgendein Pferderennen. Es ist ein mehrtägiges Spektakel, zu dem die Damen mit Hut und die Herren im Frack aufmarschieren, reichlich Bourbon fließt und insgesamt fünfundzwanzig Rennen stattfinden. Beim Kentucky Oaks, das zusammen mit zwölf anderen Rennen am Freitag läuft, treten die dreijährigen Stuten an. Beim Derby, einem von dreizehn Rennen am Samstag, laufen die dreijährigen Hengste und Stuten, allerdings treten Stuten eher selten an.

Das Oaks rangiert nach Besucherzahlen auf dem vierten Platz von allen Pferderennen weltweit, etwa 112 000 Zuschauer sehen sich das Rennen an. Beim Kentucky Derby sind es fast 170 000 Zuschauer. Die Vollblüter von Godolphin waren für beide Rennen gemeldet.

Würde Bronco früh zuschlagen, weil er hoffte, dass er dann

leichter Zugang hatte und sich freier bewegen konnte? Weil die Chancen größer waren, nicht aufzufallen? Oder würde er bis zum Hauptrennen warten, das als die zwei großartigsten Minuten im Rennsport bezeichnet wird? Würde er zuschlagen, wenn die Zahl der Opfer besonders hoch wäre und Millionen Zuschauer die Übertragung sehen würden?

Würde Bronco speziell Godolphin ins Visier nehmen – die Pferde, die Trainer, die Jockeys, die Besitzer? Dann waren die Ställe, der Sattelplatz oder die Bahn mögliche Ziele. Oder würde er sich auf die Zuschauer konzentrieren? Dann wären die Tribünen, Logen und das Clubhaus oder das Infield, also der Innenbereich der Rennbahn, ein Ziel. Würde der Scheich Gäste in seiner Loge der Rennstallbesitzer empfangen?

Je mehr ich überlegte, desto sicherer war ich. Bronco und seine Freaks wollten so viel Aufmerksamkeit in den Medien wie möglich. Das Derby bot die perfekte Gelegenheit, um ihre Botschaft von Hass und Angst zu verbreiten.

Sollte ich die Polizei von Louisville informieren? Das Gespräch konnte ich mir gut vorstellen. Terroristen aus Chicago planen einen Anschlag auf die Rennbahn von Churchill Downs? Und wer sind Sie? Sunday Night, einäugige ehemalige Polizistin aus Charleston? Der Anschlag auf die jüdische Mädchenschule galt eigentlich einem anderen Ziel? Die Terrorgruppe ist antimuslimisch und hat etwas gegen die Rennpferde arabischer Besitzer auf amerikanischen Rennbahnen? Vielen Dank für Ihre Mühe, Miss Night. Wir sind während des Derbys ohnehin in Alarmbereitschaft. Halten Sie sich da raus.

Selbst für mich klang das alles ja ziemlich wild. Die Polizei bekam bestimmt Dutzende Hinweise von Verrückten. Und war bis an die Grenzen der Belastbarkeit eingespannt. Und ich wollte mich auch nicht raushalten. Oh nein. Gus und ich würden das alleine durchziehen. Was allerdings hieß, dass wir Tickets brauchten.

Wieder und wieder dachte ich an Stella. Saß sie zusammengekauert, allein und verängstigt irgendwo in einem dunklen Keller? War sie seelisch gebrochen, hatte sie durch Missbrauch, Isolation und die ständige Gehirnwäsche der Terroristen den Verstand verloren? Würde sie auch in Louisville sein?

Oder war sie tot?

Kaum hatte das Flugzeug auf der Landebahn aufgesetzt, wählte ich Oliphants Nummer.

»Mrs. Drucker hat Ihnen einen Wagen geschickt«, sagte er. »Sie erwartet Sie.«

»Natürlich tut sie das.«

»Sie haben eine sehr hohe Meinung von sich, Miss Night.«

»Das bringt eine bestimmte Körpergröße so mit sich.«

Anschließend rief ich Gus an.

»Wie läuft's?«

»Du hattest recht«, sagte er. »Sie ist ein Klotz am Bein.«

»Ich treffe mich in etwa einer Stunde mit Drucker. Hoffentlich hat sie Beziehungen und kann uns Tickets fürs Derby besorgen.«

»Falls sie das überhaupt will.«

»Da muss ich eben meinen Charme spielen lassen. In der Zwischenzeit können du und Kerr die Rennbahn auskundschaften. Treibt euch ein bisschen rum, schaut, wo die Ein- und Ausgänge liegen, haltet die Augen nach Bronco und seinen Kumpels offen.«

»Verstanden.«

»Und nach Stella. Aber seid diskret. Wir wollen nicht ihr Leben aufs Spiel setzen.«

»Vielleicht kann ich ja Tickets auf dem Schwarzmarkt besorgen.«

»Einen Versuch wäre es wert.«

Hinter der Sicherheitskontrolle wartete ein Mann mit einem Schild, auf dem in sauberen Blockbuchstaben NIGHT stand.

Schwarzer Anzug, schwarze Schuhe, schwarze Mütze. Er musterte meine Narbe und die schwarzen Fingernägel, ohne eine Miene zu verziehen. Er stellte sich als Blalock vor und führte mich zu einer Limousine, die zu seinem Outfit passte. Kerr wäre begeistert gewesen.

Die Fahrt dauerte dreißig Minuten. Es war nicht viel Verkehr, aber vom Hafen her zog Nebel auf, weshalb alle Autos sehr langsam unterwegs waren.

Um 16.20 Uhr ging ich an derselben Pfingstrosenrabatte vorbei wie bei meinem ersten Besuch. Die Stängel neigten sich mittlerweile tiefer, die Blüten hingen schwer nach unten, als ob die Morgenluft auf ihnen lasten würde. Oder die Nachrichten, die ich gleich übermitteln würde. Davon abgesehen schien Poesie Court ebenso mit sich im Einklang wie bei meinem letzten Besuch.

An der Tür dieselbe Frau. Miranda? Ohne Blickkontakt führte sie mich auf die Terrasse. Drucker saß auf demselben Sofa. Mit demselben Hund. Dieselbe Decke über dem Schoß, dieselben Petunien im Hintergrund.

Drucker sah mich an, sagte aber nichts.

»Ich habe Ihre Attentäter aufgestöbert«, sagte ich.

»Nehmen Sie Platz.«

Der Hund öffnete verwirrt die Augen.

Ich setzte mich.

»Der eine ist an Krebs gestorben«, sagte Drucker. »Die Frau wurde erschossen oder vielmehr hingerichtet. Einen haben Sie erschossen. Der vierte starb bei einer Schießerei in LA, wie mir Detective Capps berichtet hat. Ich fürchte, in dem Fall habe ich nur Ihr Wort, dass sich alles so ereignet hat, wie Sie sagen.«

Ich zeigte Ihr auf meinem Handy die Fotos von Jano in seinem Hawaiihemd, wie er auf dem Boden in der Wohnung in der Rose Avenue in Venice lag.

»Waren Sie das?«

»Indirekt.«

»Ich nehme an, Sie erwarten, dass ich Sie für alle vier bezahle.«

»Das ist Ihre Entscheidung. Aber das kann warten.«

»Wer ist der Schwarze, der Sie begleitet?«

»Ein Partner.«

»Vielleicht ein Verwandter?«

Ich antwortete nicht.

»Ich weiß, wer er ist«, sagte sie.

»Ich auch.«

»Wie Sie wollen«, sagte sie.

»Der Bombenanschlag auf die Bnos Aliza School geht auf das Konto amerikanischer Terroristen«, sagte ich. »Rücksichtslose Fanatiker, die weitere Anschläge planen.«

»Auf Juden? Auf Schulen?«

»Die Schule war ein Versehen.«

»Das verstehe ich nicht.«

Ich erklärte ihr, dass das eigentliche Ziel ein muslimisches Geschäft in der Devon Avenue gewesen war. Erzählte von dem Rucksack und Bowens fataler guter Tat.

»Haben diese Wahnsinnigen auch meine Stella getötet?«, fragte Drucker mit versteinerter Miene.

»Vielleicht.«

»Was verschweigen Sie mir, Miss Night?«

»Ich glaube, dass Ihre Enkelin noch am Leben sein könnte. Aber dass ihr Leben jetzt in Gefahr ist.«

»Meiner Nachforschungen wegen?«

»Meinetwegen.«

»Was wollen Sie genau?«

»Ich will an der Sache dranbleiben. Ich will den Anführer festnageln, einen xenophoben Irren, der sich Bronco nennt.«

»Ist dieser Bronco dafür verantwortlich, dass meine Familie ausgelöscht wurde?«

»Er hat den Bombenanschlag angeordnet, bei dem Ihre Familie getötet wurde.«

Ich scrollte zu dem Foto von dem rothaarigen Mädchen, das an den Handgelenken und am Hals gefesselt war. Gab Drucker das Handy.

Endlich bekam die steinerne Maske Risse.

Die knotige Hand ging zitternd zum Mund. Der Hund spürte die Anspannung und stand auf. Sie drückte ihn mit der anderen Hand ins Polster zurück. Beide zitterten.

»Dieser Bronco hat Stella?«

»Und droht, sie umzubringen.«

»Warum?«

»Damit ich ihn in Ruhe lasse.«

»Großer Gott.«

Ich ließ Drucker Zeit, um sich zu sammeln. Sie fasste sich relativ schnell wieder. Wahrscheinlich half der Hund.

»Ich brauche Tickets für das Kentucky Derby«, sagte ich, als sich der Blick ihrer ausdruckslosen Augen wieder auf mich richtete.

»Eine seltsame Bitte.«

»Ich glaube, dass Bronco einen Anschlag auf die Rennbahn verüben will.«

Ich erklärte ihr alles. Den islamophoben Fanatismus von Jihad for Jesus. Die Zellen in Chicago, LA, Washington und Louisville. Ich berichtete ihr, was ich seit unserer letzten Begegnung getan und erfahren hatte. Erzählte vom Killer im Ritz. Vom Hinterhalt am Foster Beach. Jasmine Kerrs Flucht nach Los Angeles. Broncos Andeutung, dass es bald einen weiteren Anschlag geben würde. Von der Schießerei in Venice Beach. Vom Ortswechsel nach Washington. Von Broncos »Geschenken«: Kerr, Tibby Icard und Brian Harkester. Von der Nachricht mit Godolphin und dem Datum 5. und 6. Mai. Der Teilnahme der Rennpferde von Godolphin beim Kentucky Derby und Kentucky Oaks. Trailblazers E-Mail an Kerr aus Louisville. Kerrs Geständnis, dass Bronco Tickets für das Derby gekauft hatte.

Drucker hörte zu und streichelte dabei nervös den Hund.

Als ich fertig war, hörte man nur noch das Schnaufen des Hundes. Dann: »Mary Gray und Bowen sind tot. Ihre Mörder sind tot. Sie sagen, dass Stella eventuell noch am Leben ist. Wenn ja, will ich sie nicht in Gefahr bringen.«

»Von jetzt an werden sich diese Irren nicht mehr mit muslimischen Lebensmittelhändlern zufriedengeben. Sie wollen ihre Botschaft publik machen. Die Welt schocken. Dafür werden sie so viele Menschen töten und so viele Familien zerstören wie möglich.«

Drucker musterte mich unter ihren hängenden Lidern. Eine lange Minute lang. Wieder nur das Schnaufen des Hundes. Dann: »Ihr Auftrag ist beendet, Miss Night.«

»Aber ...«

»Sie werden nichts unternehmen, was diese Leute gegen Sie aufbringt.«

»Mrs. Drucker ...«

»Habe ich mich klar genug ausgedrückt?«

»Wir könnten den Tod von Hunderten unschuldigen Menschen verhindern.« In meiner Brust brodelte es.

»Habe ich mich klar ausgedrückt?«

»Das ist falsch.«

»Sie sind wie ein Hund mit einem Knochen.«

»Sie haben keine Ahnung.«

»Wenn Sie meinen Wunsch missachten, werde ich die Polizei informieren.«

»Das wird die Lebenserwartung Ihrer Enkelin aber nicht verbessern.«

»Da machen Sie sich mal keine Sorgen.« Ein Reptilienlächeln. »Mein Bericht wird nichts mit Stella zu tun haben.«

»Sie herzlose Hexe.«

»Benötigen Sie sonst noch etwas?« Ich war entlassen.

»Ich habe meine Sachen in Louisville gelassen.« Meine Stimme verriet nichts von meinem inneren Aufruhr. »Ich brauche sie so schnell wie möglich. Wegen des Derbys ist jeder Flug ausgebucht.«

»Mein Privatflugzeug steht Ihnen zur Verfügung.«

»Wie großzügig.« Frostig.

»Wir hatten ein Abkommen. Ich halte mich an meine Zusagen. Blalock wird Sie zu Mr. Oliphants Büro fahren, wo Sie Ihr Geld bekommen. Wenn das Flugzeug bereit ist, fährt er sie zum Flughafen.«

Wie aus dem Nichts tauchte Miranda auf. Ich stand auf und folgte ihr zur Tür.

»Miss Night.«

Ich wandte mich zurück zu Drucker.

»Ich hoffe, Sie verstehen das. Ich möchte nicht, dass meine Enkelin ums Leben kommt.«

»Ich auch nicht.«

»Ich möchte auch nicht, dass Sie ums Leben kommen.«

Ich sagte nichts.

»Sie haben einen Zwillingsbruder, nicht wahr? August?«

Mein Kiefer verkrampfte sich.

»Informieren Sie August, dass er mich kontaktieren soll, falls Ihnen etwas zustößt.«

Was sollte das denn nun? Ging sie etwa davon aus, dass ich nicht die Absicht hatte aufzugeben?

Blalock stand vor dem Haus, eine dunkle aufrechte Gestalt neben einem dunklen größeren Objekt im Nebel. Während meines kurzen Besuchs hatte sich der Nebel verdichtet und wirkte nun wie ein lebendiges Wesen.

Oliphant erwartete mich. Er klappte ein großes Kontobuch auf und stellte mir einen Scheck aus. Durchs Fenster konnte ich nur noch wirbelnde weiße Schwaden sehen. Weiter weg ein verwischter roter Fleck, vielleicht eine Ampel.

Oliphant reichte mir den Scheck. Ich steckte ihn in die Tasche.

»Der Nebel ist ein Problem«, sagte er. »Der Pilot kann erst starten, wenn er wieder bessere Sicht hat.«

»Wann wird das sein?«

»Ich bin kein Meteorologe. Im Wetterbericht ist von Inversionswetterlage, Taupunkt und Wassertemperatur die Rede, das geht über meinen Horizont.«

»Und was ist mit den Linienflügen?«

»Wenn es noch freie Plätze gäbe, was nicht der Fall ist, würde Ihnen das auch nicht weiterhelfen. Der Flughafen ist geschlossen.«

Mein Magen krampfte sich zusammen. Ich saß in der Falle. Getrennt von Gus.

»Blalock steht Ihnen zur Verfügung.« Klang das missbilligend? »Mrs. Drucker hat ihn angewiesen, Sie an jedes beliebige Ziel zu fahren. Wenn Sie Ihre Nummer hinterlassen, wird er Sie anrufen, sobald der Pilot entscheidet, dass er starten kann.«

Widerstrebend gab ich ihm die Nummer.

Blalock wartete auf mich. Er öffnete die Wagentür. Ich setzte mich nach hinten.

»Wohin, Miss?«

Hinter den getönten Scheiben das reine Nichts.

»Sullivan's Island«, sagte ich. Meine schwarzen Nägel krallten sich tief in meine Handfläche.

Zwei Nächte

Sie sucht seinen Blick. Neigt den Kopf leicht zum Schuppen am Ende der Auffahrt. Hebt sieben Finger. Sieben zitternde Finger.

Er nickt. Endlich hat sie ihn überzeugt.

Er hat versprochen, mit ihr zu reden, ihr alles zu erklären. Sie zu überreden mitzukommen. Er ist viel überzeugender als sie. Taktvoller. Sie glaubt nicht, dass es funktioniert. Aber trotzdem.

Es regnet leicht, als sie durch die Hintertür schlüpft. Die Luft riecht schwer und erdig. Der Wald vibriert von den Geräuschen Tausender Insekten.

Er wartet schon. 19.05 Uhr.

Sie stehen, die Köpfe dicht beieinander, wie ein kaum wahrnehmbarer Schatten in der nieseligen Dämmerung.

Mit leiser Stimme besprechen sie ihre Strategie. Sie kämpft gegen die Tränen. Leugnet das Zittern in ihrer Stimme. Das ist ihr Plan. Sie hat den Mund ganz schön voll genommen, jetzt muss sie stark sein.

Aber sie hat Angst.

Was wissen sie schon? Ab und zu haben sie mal eine Zeitung gesehen, die vergessen wurde oder achtlos im Müll gelandet war. Eine Chicago Tribune. Charleston Post and Courier. *Die* Montreal Gazette. *Aber nichts Aktuelles.*

Sie kennen Telefone und Fernsehen, aber haben schon viel zu lange keine technischen Geräte mehr benutzt. Sie haben keine einzige Telefonnummer. Kennen keine Seele, die sie anrufen könnten.

Sie wissen nicht, wie weit es bis in die nächste Stadt ist oder wo der nächste Ort liegt. Oder wie er heißt. Sie wissen nicht einmal, in welchem Staat sie gerade sind. Nach der Hitze und Vegetation zu schließen, irgendwo in den Südstaaten.

Sie können nicht Auto fahren. Haben keine Ahnung, wie man ein Zimmer in einem Hotel oder Motel bucht. Einen Busfahr-

schein oder eine Bahnfahrkarte zieht. Lebensmittel kauft. Einen Job bekommt. In der Welt überlebt.

Aber sie sind fest entschlossen. Sie werden es durchziehen.

Sie haben einen Plan.

Zuerst das Geld. Sie hat nachgeschaut. Es ist immer noch im Keller. Er hat vier Rucksäcke gefunden und versteckt. Drei sind leer, im vierten sind Lebensmittel und Wasser.

Phase eins abgeschlossen.

Phase zwei.

Sie werden heute Nacht aufbrechen, wenn alle schlafen. Sie treffen sich im Keller, packen so viel Geld ein, wie sie tragen können, und lassen so viel da, dass die Kartons auf den ersten Blick unberührt wirken.

Sie haben Signale vereinbart. Grünes Licht. Abbrechen.

Phase drei.

Sie werden zu Fuß unterwegs sein. Sie denkt zwar, sie würde das mit dem Autofahren schon hinkriegen, aber sie haben sich trotzdem dagegen entschieden. Eines der Autos zu klauen wäre zu riskant. Und zu laut.

Sie werden in Richtung der Straße gehen, von der sie gekommen sind. Sie ist sicher, dass sie sie finden wird. Sie müssen nur dem Feldweg folgen, der vom Haus wegführt. Nachts gehen sie neben der Straße her, tagsüber bleiben sie im Wald.

Sie wissen, dass es einen Notruf gibt. Sie werden dort anrufen, sobald sie weit genug weg sind. Wenn sie nachts aufbrechen, haben sie einen Vorsprung. Genug Zeit, um eine Telefonzelle zu finden. Genug Zeit für die Polizei, einzuschreiten und das Massaker zu verhindern.

Phase vier ist vage.

Sie werden nicht erwischt werden.

28

»Wir sind da.«

Mein Kopf ruckte hoch. Die Hand schoss zur Hüfte. Kein Holster. Keine Pistole.

»Poe's Tavern, Miss. Die meinten Sie doch?«

»Ja genau.« Wildes Herzklopfen.

»Soll ich warten?« Ich blinzelte in den Regen, sah wenig mit meinem guten Auge und gar nichts mit meinem schlechten.

Blalock wollte aussteigen.

»Nein, nein, lassen Sie nur.« Ich hob die Hand.

»Wie Sie wollen.« Er nahm eine Karte vom Armaturenbrett und reichte sie mir nach hinten. »Meine Handynummer. Rufen Sie an, wenn Sie mich brauchen.«

»Danke.«

Ich stieg aus, ging am Lattenzaun vorbei und trat auf die Veranda. Meine Schritte waren in der warmen, feuchten Luft fast unhörbar. Die kleine Lichterkette über mir schaffte es kaum durch den Dunst. Die Middle Street hinter mir, die in der Happy Hour vor Leben brummte, war gespenstisch ruhig.

Die Tür stand weit offen. Ich ging hinein. Gäste saßen an Holztischen, die durch jahrelangen Gebrauch abgestoßen und voller Schrammen waren. Ein Teil davon ging auch auf mein Konto. Poe's war meine erste Kneipe, hier hatte ich zum ersten Mal Alkohol getrunken. Mit gefälschtem Ausweis und einem Gesichtsausdruck, der viel zu alt für meine siebzehn Jahre war.

Links von mir standen auf der einen Seite Stehtische, auf der anderen Seite war die Bar, an deren Ende zwei Hocker frei waren. Ich nahm den letzten in der Reihe und drehte ihn so, dass ich den ganzen Raum im Blick hatte.

Der Barkeeper trug eine Kappe der Hornets, ein rotes Polohemd und eine Schürze über einer Jeans, deren Hintern fast bis zu den Knien hinunterhing. Er zapfte gerade ein Bier und schlenderte dann zu mir. Ich wusste, dass er Sean hieß. Wir sprachen kurz über den Nebel. Waren uns einig, dass er dick wie Erbsensuppe war. Ich bestellte ein Palmetto vom Fass und einen Burger.

Immer noch aufgewühlt, blickte ich mich weiter um, musterte die Gesichter und studierte die Körpersprache der anderen Gäste. Ich kannte einige Einheimische. Sie wirkten ganz zufrieden. Die anderen Gäste weniger. Wenn man aus Toronto oder St. Paul für eine Woche hierherkam, hatte man grundsätzlich etwas gegen das schlechte Wetter, das einem die perfekte schrumpelige Sonnenbräune versaute.

Mein Bier kam. Ich trank einen Schluck. Entspannte mich nicht im Geringsten.

Poe's hatte sich seit meinen ersten Besuchen als Teenager kaum verändert. Die Nikotinschwaden waren verschwunden, stattdessen roch es jetzt nach abgestandenem Bier, Schweiß und salziger Luft. Die Erinnerungsstücke waren noch da – Deko-Schnickschnack, Porträts, Plakate und gerahmte Briefe. Ich kannte jedes einzelne kitschige Stück. Im Laufe der Jahre habe ich viele Stunden auf dem einen oder anderen Barhocker verbracht.

Warum kam ich immer wieder her? An Edgar Allan Poes literarischem Genie lag's nicht. Ich hatte nicht viel von ihm gelesen. Mich faszinierte seine persönliche Geschichte. Im Jahr 1827, mit achtzehn Jahren, ging Poe unter Angabe eines falschen Namens und Alters zum Militär. Dreizehn Monate verrichtete er Dienst im Fort Moultrie, dann verließ er die Insel, schied aus der Armee aus und schrieb sich an der Militärakademie von West Point ein. Doch nach einem Jahr als Kadett wurde er unehrenhaft entlassen. Nicht sein erster unrühmlicher Abgang von einer Universität und auch nicht der erste Konflikt mit Autoritäten.

Poe, der schon früh Waise geworden war, vermasselte im Grunde sein komplettes Leben. Mit vierzig war er tot. Oh ja. Ich identifiziere mich mit ihm.

Poe's Tavern hat dem Meister des Makabren ein Denkmal gesetzt, doch für mich gab's noch zwei weitere gute Gründe, die für die Kneipe sprachen. Sie lag nicht weit von meinem Zuhause entfernt und hatte ein paar Stammgäste, die ich ab und zu ganz gern sah.

Ich war vielleicht zehn Minuten da, als einer der besagten Stammgäste hereinschlenderte. Satte 1,88 Meter groß, knappe achtzig Kilo, zerzauste graublonde Haare, Dreitagebart. Montgomery »Gum« Sweet, Beruf unklar.

Auch Sweet ließ den Blick einmal durchs ganze Lokal schweifen. Er blieb kurz an mir hängen, dann setzte er die Runde fort. Ich verfolgte Sweet aus den Augenwinkeln, bis er sich auf den Hocker neben mich setzte.

»Ist der hier frei?« Sweet trug Wanderstiefel, verblasste Cargoshorts und ein zu stark geschleudertes T-Shirt, unter dem sich seine Muskeln abzeichneten.

»Ja. Immer noch da?«

»Darf ich dir ein Bier ausgeben?« Die Stimme war dunkel und rau, als hätte er sie seit Längerem nicht benutzt.

»Hab schon eins.« Ich hob mein Glas.

»Wie läuft's?« Sweet schob seinen Hintern auf den Barhocker. Einen sehr hübschen Hintern. Das wusste ich. Ich hatte ihn in natura gesehen.

»Super.« Mein angespanntes Hirn lieferte mir unangebrachte Rückblenden.

»Kann auch nicht klagen.« Als ob ich ihn gefragt hätte.

»Das tust du nie.«

»Ist das eine Klage?«

»Möglich.« Ich sah Sweet direkt in die Augen. Graue Augen mit grünen Punkten, umgeben von einem Kranz aus Lachfältchen.

Bevor er antworten konnte, vibrierte mein Handy. Roy Capps.

»Sorry, da muss ich dran.«

»Kein Problem.«

»Sie haben sich Zeit gelassen«, sagte ich, als ich draußen auf der Veranda stand.

»Reichen Sie Beschwerde ein. Wo sind Sie?«

»Charleston.«

»Ich dachte Louisville.«

»Dachten Sie.«

»Was gibt's in Charleston?«

»Nebel.« Der sich anscheinend auf eine ausgiebige Belagerung eingelassen hatte.

»Ich habe ein paar Namen«, sagte Capps.

»Ich höre.«

»Ihr Bronco ist ein Versager aus Milwaukee und heißt eigentlich Kenneth Noel Dickey. Gescheiterter Baseballprofi in der unteren Liga, gescheiterter Motivationstrainer, gescheiterter Vertreter – eine lange Liste mit Flops.«

»Hat Dickey Vorstrafen?«

»Nur einen schlechten Ruf. Hängen geblieben ist nie was, seine Familie hat Geld.«

»Tatsächlich?«

»Schon mal von der Firma Ball and Dickey Tool gehört?«

»Sie veräppeln mich, oder?«

»Was? Sind Sie irgendwie genervt?«

»Nun reden Sie schon.«

»Dickey Senior gründete die Firma zusammen mit einem gewissen Sheridan Ball. Die beiden spielten zusammen Football in

Wisconsin, waren damals eine große Nummer. Lange Rede, kurzer Sinn, Ball wurde Mitglied des Stadtrats.«

»Und was ist mit Dickey junior?«

»Vor fünf Jahren wurde er von Daddy gefeuert, weil er einen Fließbandarbeiter niedergeschlagen hatte. Der Geschlagene verzichtete auf eine Anzeige, daher kam der liebe Kenny mit einem blauen Auge davon. Seitdem keine feste Anstellung. Keine feste Adresse. Als Bronco Milwaukee verließ, kappte er alle Verbindungen.«

»Und war fortan auf die Unterstützung von Schwachköpfen wie Jasmine Kerr angewiesen.«

»Hier kommt noch eine interessante Info: Dickeys älterer Bruder kam 2004 bei den Zuganschlägen von Madrid ums Leben.«

»Al-Qaida.«

»Anfangs verdächtigte man baskische Separatisten, aber dann hieß es al-Qaida, ja.«

»Das könnte seinen Hass auf Muslime erklären.« Oh ja. Bronco war unser Mann.

»Broncos Handlanger ist ein Typ namens Landon Crozier.«

»Landmine.« Der hawaiianische Gorilla in Venice Beach. »Der sich aus dem Krankenhaus in LA abgesetzt hat.«

»Früher bei der US-Infanterie, war im Irak und in Afghanistan, Abschied 2012, nachdem er seinen Dienst dreimal verlängert hatte. Ebenfalls aus Milwaukee. Eltern tot, keine Geschwister, keine Frau, keine Kinder. Keine Vorstrafen. Die Wohnung am DuPont Circle war auf den Namen L. Cozen gemietet. Der Vermieter sagt, Cozen sah aus wie ein Berg auf zwei Beinen.«

»Ich vermute mal, dass Landmine im Nahen Osten irgendetwas Übles zugestoßen ist.«

»Jedem Soldaten im Nahen Osten passiert Übles.«

»Irgendwas über Jano, den Typen, den Landmine auf dem Gewissen hat?«

»Jano ist nicht im System. Das LAPD ermittelt.«

»Selena?«

»Daran arbeitet Clegg gerade. Und die Polizei von LA. Und von DC.«

»Kerr sagt, der Tote im Leichenschauhaus heißt Lewinoski.«

»Das sagen Sie mir jetzt?«

»Habe ich erst vor Kurzem erfahren. Irgendwelche Fortschritte beim Mönch?«

»Wem?«

»Dem Idioten im Ritz, der wie sein Vorgänger versucht hat, mich umzubringen.«

»John Scranton. Immer noch in Winnetka.«

»Und was macht er dort?«

»Schaut *Jeopardy* zusammen mit seiner Mama.«

»Was haben Sie mit ihm vor?«

»Ihn festnehmen, sobald er auch nur einen Kaugummi im Park ausspuckt.«

»Haben Sie die Wohnung in der Argyle Street auseinandergenommen?«

»Die wurde möbliert vermietet. Kerr hat dort außer Tofu, Zahnpasta und Toilettenpapier nichts gelassen.«

»Keinen Laptop, kein Handy?«

»Nicht einmal einen zusammengeknüllten Kassenbon. Keine Post, kein Abdruck von einer Telefonnummer oder einer Adresse auf einem Schreibblock. Habe ich erwähnt, dass ich so etwas nicht zum ersten Mal mache?«

Ich sagte nichts.

»Ein befristeter Mietvertrag auf den Namen Janet Kerr. Der Verwalter sagte, Kerr habe bar für sechs Monate bezahlt, gewohnt hat sie dort vielleicht zwei.«

»Wem gehört das Haus?«

»Einer Holdinggesellschaft. Wir sind dran.«

»Fingerabdrücke?«

»Milliarden. Die Gute hatte es nicht so mit Putzen.«

»Was ist mit den Pässen?«

»Beide gefälscht. Aber nichts, was auf einen bekannten Fälscher hinweist. Ich habe die Namen Janet und Jasmine Kerr und Jennifer Latourneau und verschiedene Varianten überprüft, aber nichts gefunden. Im Haus erinnert sich auch niemand an sie. Ein Nachbar meinte, er habe eine Frau ein paarmal kommen und gehen sehen. Ich glaube, dass alle drei Namen nicht echt sind.«

»Die Galerie in der Clark Street, der *Dancing Dolphin?«*

»Eine Sackgasse. Der Inhaber und eine Mitarbeiterin sagten, sie sei ein paarmal da gewesen und habe nach Delfinen gefragt. War enttäuscht, als sie nur ein Fischbild hatten, noch dazu eine Forelle.«

»Delfine sind keine Fische.«

»Wollen Sie das jetzt hören?«

Ich wartete.

»Beide hielten sie für schräg, kannten ihren Namen nicht. Ich nehme nicht an, dass Sie noch mehr aus ihr herausbekommen haben?«

»Sie wird schon noch reden.« Sachlich.

»Sie ist freiwillig bei Ihnen?«

»Glücklich und zufrieden.«

»Wie schätzen Sie sie ein?«

»Da gibt's nicht viel einzuschätzen. Sie hat den IQ eines Bleistifts und die entsprechende Persönlichkeit.«

»Glauben Sie, sie ist Teil des Ganzen?«

»Wenn ja, ist sie zu doof, um es zu merken.«

»Warum haben Sie sie noch bei sich?«

»Zur Unterhaltung.«

»Warum bleibt sie bei Ihnen?«

»Gute Frage.«

»Verfolgen Sie sonst noch eine Spur?«

Ich informierte ihn wie zuvor Drucker, allerdings ließ ich

Louisville und meinen Verdacht hinsichtlich des Derbys aus. Riskant, das gebe ich zu. Aber ich war mir sicher, dass Capps die Polizei in Louisville informieren würde, sobald ich aufgelegt hätte. Und ich war mir auch sicher, dass ich in dem Fall aus dem Rennen wäre, die Polizei die Gefahr unterschätzen würde und Bronco und seine Freaks wieder entwischen würden. Womöglich würden sie Stella umbringen. Das durfte ich nicht riskieren.

»Hat in letzter Zeit jemand versucht, Sie umzubringen?«, fragte Capps, als ich fertig war.

»Wäre mir nicht aufgefallen.«

»Haben Sie irgendwas über das Bright-Mädchen herausbekommen?«

»Nein.«

»Was haben Sie jetzt vor?«

»Muss ich mir überlegen.«

»Klar.« Sein Ton besagte, dass er mir nicht glaubte. »Passen Sie auf sich auf.«

»Ah, da haben wir's! Sie haben mich doch ins Herz geschlossen.«

Er hatte aufgelegt.

Ich spähte durch die Tür. Sweet saß noch auf seinem Barhocker. Mein Burger war noch nicht serviert worden.

Ich rief Gus an und sagte ihm, dass ich mit Druckers Privatflugzeug zurückkommen würde, aber wegen des Nebels nicht starten konnte. Er berichtete, dass Louisville ebenfalls völlig eingenebelt war.

»Privatjet. Dann hast du wirklich deinen Charme spielen lassen.«

»Hat bloß nicht so ganz funktioniert. Mein Job ist beendet.«

»Dann blasen wir die Sache ab?«

»Was glaubst du?«

»Wir ermitteln auf eigene Faust. Gefällt mir.«

»Was macht Kerr?«

»Ist brav.«

Ich fasste mein Gespräch mit Capps zusammen. »Sag ihr, dass ich über Bronco und Landmine informiert bin und ihr Leben sehr unangenehm wird, wenn ich herausfinde, dass sie gelogen hat. Oder einen falschen Namen benutzt hat.«

»Mach ich. Wo bist du?«

»Bei Poe's.« Ein kurzes Klingeln signalisierte einen weiteren Anruf. »Wart mal kurz.«

Es war Blalock. Er sollte mir ausrichten, dass der gesamte Südosten von der Wetterlage betroffen war und dass sich die Verhältnisse bis zum Morgen nicht bessern würden. Bis dahin konnte das Flugzeug nicht starten.

Shit.

Frustriert klickte ich ihn weg und meldete Gus die Neuigkeiten.

»Du musst tun, was du tun musst.«

»Das Oaks Derby ist schon morgen.« Mein Ton war zu scharf. »Ich muss zurück nach Louisville.«

»Beruhige dich.«

»Mein Gott, Gus.«

»Fährst du raus nach Goat Island?«

»Ja. Nein. Weiß nicht.«

»Was ist mit Bob?«

»Wäre ein guter Filmtitel.«

»Der gute alte Sunnie-Humor.«

»Ta-dah.«

»Warum hast du dich nicht vom Fahrer zur Isle of Palms bringen lassen?«

»Ich wollte nicht, dass er weiß, wo ich wohne.«

»Er hätte dich am Waterway absetzen können, das machst du doch sonst auch.«

»Dann hätte ich womöglich Beau getroffen.«

»Er ist sowieso beleidigt, weil du ihn nicht angerufen hast.«

»Ich werd ihn schon noch anrufen.«

»Wirst du nicht.«

»Kannst du nicht für mich anrufen?« Ich rieb mir über den Nacken, um die verspannten Muskeln zu lösen. »Bring ihn auf den neusten Stand. Vielleicht hat er ja Kontakte in Louisville, falls was schiefläuft. Womöglich kann er uns sogar Tickets fürs Derby besorgen.«

Aus der Kneipe rief eine Stimme: »Dein Bier wird warm.«

Ich drehte mich um und scheuchte Sweet weg.

Bedeutungsvolles Schweigen Hunderte Meilen weiter westlich. Als Gus wieder sprach, klang er ganz steif vor Widerwillen.

»Du bist mit diesem Vollidioten Sweet in der Kneipe?«

»Ich bin mit *gar niemandem* in der Kneipe.«

»Ich traue dem Kerl nicht, Sunnie.«

»Mach dir um mich keine Sorgen. Ich war mal bei der Polizei.«

»Was dich fast ein Auge gekostet hat.«

»Ich kann selbst auf mich aufpassen. Ich habe eine Pistole.«

»Hast du nicht.«

Da hatte Gus recht. Ich hatte die Glock bei ihm gelassen.

»Das haben wir alles schon mal diskutiert«, sagte ich.

»Warum kannst du nicht einfach mal vernünftig sein?«

»Und das hieße dann? Dass ich nur mit dem Dekan der Kirche schlafe?«

»Eine Tablette nehmen. Ein heißes Bad. Rauch einen Joint, wenn du nicht schlafen kannst.«

»Cannabis ist in South Carolina verboten.«

»Na schön. Aber warum ausgerechnet dieser Schleimer?«

»Vergnügen ohne Reue.«

»Was?«

»Keine Ansprüche, keine Verpflichtungen.«

»Was zum Teufel …«

»Bis morgen.«

Ich legte auf und sah mich um. Sah nichts. Hörte nur das leise Klirren eines Windspiels und das Krächzen eines unerschütterlichen Vogels.

Ich ging verschiedene Möglichkeiten durch. Nach Louisville waren es ungefähr sieben Stunden im Auto. Bei dem Nebel würde ich wahrscheinlich doppelt so lange brauchen. Völlig schwachsinnige Idee. Es gab keine Zugverbindung. Vielleicht fuhr ein Bus. Ich fahre nicht Bus.

Ich saß fest. Als ich mir das eingestand, stieg meine Panik nur noch schneller.

Ich ging zurück in die Bar. Mein Burger wartete schon. Anstelle meines alten Biers stand ein frisches, daneben ein Schnapsglas. Ich hob das kleine Glas. Sweet hob seins und stieß an. Wir tranken. Er sah zu, wie ich meinen Burger aß und mein Bier leerte.

Als ich fertig war, schob ich den Teller weg und stützte die Ellbogen auf das eingedellte alte Holz. Massierte mir mit den Händen kreisförmig die Schläfen.

»Das könnte ich übernehmen.« Sweet atmete dicht an meinem Ohr. Er roch nach Alkohol.

»Stimmt.« Zum Teufel. Das führte zu nichts. Höchstens in den Wahnsinn.

Ich griff gerade nach meiner Tasche, als Capps noch einmal anrief. Ich überlegte, ob ich ihn ignorieren sollte. Tat es dann doch nicht.

»Sitzen Sie?«

»Nein.«

»John Scranton wurde gerade in seiner Küche erstochen.«

29

Ach du scheiße!« Der Alkohol. Der Frust. Ich war nicht gerade in Hochform, was meine Schlagfertigkeit anging.

»Sie sagen es.«

»Wo?«

»Zwei Stiche in den Bauch, einer in den Hals.«

»Wo ist es *passiert?*«

»Winnetka.«

»Erzählen Sie mehr.«

»Ein Vorort am North Shore des Michigansees. Porsches, Presbyterianer, Prestige. Ein Nachbar hörte Schreie und beschwerte sich bei der Polizei. Als die eintraf, war Scranton schon verblutet.«

»Wo war seine Mutter?«

»Spurlos verschwunden. Der Nachbar, der sich beschwert hatte, sagt, ihr Lexus sei direkt nach den Schreien mit Karacho davongefahren. Hab sie zur Fahndung ausgeschrieben.«

»Was weiß man über sie?«

»Seit vielen Jahren verwitwet, lebte ziemlich zurückgezogen. Gut betucht. Der Nachbar sagt, sie hatte viel Bargeld im Haus.«

»Woher weiß er das?«

»Sein Sohn mäht ihr den Rasen, schippt im Winter Schnee für sie. Die Alte bezahlt ihn bar mit Scheinen, die sie in einer verschlossenen Schublade hat. Der Sohn erzählte dem Vater, der Stapel sei ziemlich groß gewesen.«

»Klingt nicht gut.«

»Nein.«

»Verdächtige?«

»Abgesehen vom Nachbarssohn?«

Während ich noch grübelte, fuhr Sweet mir mit seiner schwieligen Fingerspitze über die Wange. Ich schlug seine Hand weg und schüttelte den Kopf. Er versuchte es erneut.

»Lass das!«, schnauzte ich.

»Was?« Capps.

»Moment kurz.« Ich drückte das Telefon an die Brust. »Das ist wichtig.«

»Ausgerechnet jetzt?«

»Ausgerechnet jetzt.«

Sweet zog sich zurück, die Brauen amüsiert hochgezogen. »Falls du deine Meinung noch änderst, ich stehe zur Verfügung, Süße.«

»Ein andermal.«

»Vielleicht nicht.«

»Hau bloß ab.«

»Du weißt ja, wo ich wohne.« Die Cargoshorts und der hübsche Hintern schlenderten zur Tür.

»Hallo!« Capps' Stimme aus dem Handy, metallisch und ungeduldig.

»Bin wieder da.«

»Die Polizei von Winnetka ist vor Ort. Ich bin gerade auf dem Weg.«

»Scranton hängt mit Bronco und seinen durchgeknallten Jihadisten zusammen. Da bin ich mir sicher. Sie müssen etwas im Haus finden, das auf ihren nächsten Schritt hinweist.«

»Daran hatte ich noch gar nicht gedacht.« Ein kurzes Schnaufen. »Habe den Namen Lewinoski überprüft.«

»Und?«

»Kein sehr häufiger Name.«

»Versuchen Sie's mal in Warschau.« Mein Adrenalin hatte wieder die Oberhand gewonnen.

»Es gibt ein paar in der Gegend. Ich bin dran. Und Sie halten sich hoffentlich aus brenzligen Situationen raus.«

Ich war ganz kurz davor, Capps von Louisville zu erzählen. Stattdessen: »Daran habe ich noch gar nicht gedacht.«

Ich legte auf.

Während ich bezahlte, ging ich im Kopf die verschiedenen Möglichkeiten durch, das machte ich in letzter Zeit ziemlich häufig.

Ich versuchte, mir ein Taxi zu bestellen. Bekam bei drei verschiedenen Unternehmen nur das Besetztzeichen. Ich kam mir vor wie eine Motte, die in einem Glas festsaß und immer wieder dagegenprallte. Stellte mir vor, dass Stella ihre letzten Stunden auf Erden verlebte. Ich brauchte dringend frische Luft.

Ich verließ die Bar und lief los. Von der Middle Street auf dem Jasper Boulevard bis zur Brücke von Breach Inlet. Auf der Isle of Palms auf dem Palm Boulevard an der Connector Bridge vorbei. Die Straßenlaternen beleuchteten immer nur einen kleinen Fleck. Ansonsten undurchdringliche Dunkelheit. Gespenstisch.

Die gedämpfte Stille war seltsam, ein akustisches schwarzes Loch im dichten Nebel. Hin und wieder schlich ein Auto vorbei. In der Ferne rauschte das stete Auf und Ab der Wellen. In der Nähe klopfte mein Herz heftig gegen meine Rippen.

Ich war fünfzehn, als ich zum ersten Mal den Atlantik sah. Ich hatte während meiner ganzen Kindheit nicht weit weg gewohnt, war aber nie auf einen Deich gestiegen oder hatte einen Strand betreten. Ich war damals so anders. So verletzlich. So naiv. Nur Gus hatte mich am Leben gehalten. Oder hatte ich ihn gerettet? Hatte nicht ich ihn dazu gebracht, endlich zu akzeptieren, dass die anderen verloren waren? Ich hatte den Fluchtplan entwickelt. Und weil der Plan gescheitert war, war ich schuld am Tod der anderen.

Ein Summen in einer dunklen Ecke meines Schädels.

Nicht dran rühren.

Ich ging schneller, versuchte, mit den Augen die Dunkelheit zu durchdringen, obwohl es keinen Sinn hatte. Richtete meine Gedanken bewusst auf nichts.

Nach neunzig Minuten war ich bei dem kleinen Haus mit dem schräg hängenden Briefkasten und der verwitterten grauen Fassade angelangt. Alle Fenster waren dunkel. Die Leuchtziffern meiner Uhr meldeten 21.47 Uhr. Durchaus nachvollziehbar, dass Beau sich schon hingelegt hatte.

Erleichtert eilte ich zum Steg, machte das Boot los und legte ab. Als ich die Fahrrinne erreichte, warf ich den Motor an.

Während ich mein Boot auf Goat Island vertäute, blickte ich über das Wasser zurück. Keine Lichter. Kein Sherman. Das würde ich büßen müssen, aber nicht heute Abend.

Ich schloss auf, schaltete alle Alarmanlagen aus und dann wieder ein und öffnete das Küchenfenster einen Spaltbreit. Keine Spur von Bob. Keine große Sache. Extremes Wetter schlägt sich auf seine Psyche nieder. Jedoch nicht auf seinen Appetit. Ich füllte seinen Napf, danach ging ich zum Waffenschrank und holte mir eine Sig Sauer P229, meine Reserve für Notlagen.

Kaum hatte ich das Licht im Schlafzimmer eingeschaltet, tauchte eine kleine Gestalt am Fenster auf. Ich öffnete es. Bob hüpfte auf die Kommode und sah mich vorwurfsvoll an. Zumindest deutete ich seinen Blick so. Ich ergänzte meine Entschuldigung durch eine altbackene Makrone. Das Eichhörnchen schien versöhnt.

Ich nahm mir vor, am nächsten Morgen ein neues Handy zu kaufen, und rief Blalock an, um nach dem neuesten Stand zu fragen. Er meinte, der Wetterbericht sei gut, das Flugzeug würde um 6.30 Uhr am Terminal für Privatflugzeuge hinter dem Hauptterminal bereitstehen. Bot an, mich abzuholen. Ich schlug vor, dass er mich um 5.45 Uhr am Supermarkt bei der Isle of Palms Connector Bridge aufsammelte.

Dann ein Anruf bei Capps. Er sagte mir, ich solle mich verpissen. Verdammt.

Mein Verstand lief auf Warpgeschwindigkeit. Eine kalte Dusche half auch nichts. Keine Chance auf Schlaf. Ich musste etwas tun.

Ich hatte ein paar Namen. Jasmine Kerr, die Frau mit den hängenden Schultern und der White-Sox-Kappe. John Scranton, der Killer mit der Tonsur und der schuppigen rosa Haut. Kenneth »Bronco« Dickey, der Fanatiker mit dem Bubigesicht in Cowboystiefeln mit Stahlkappen. Landon »Landmine« Crozier, der Gorilla mit der Beretta unterm Hawaiihemd. Tibby Icard, die Frau in Rosa, der der Hinterkopf weggeschossen worden war.

Ich hatte auch ein paar konkrete Orte. Die Argyle Street in Chicago, die 20th Street und die Mount Pleasant Street in Washington, DC. Die Rose Avenue in Venice Beach. Shit. Ich hatte Capps nicht nach Scrantons Adresse in Winnetka gefragt. Noch einmal anrufen? Auf gar keinen Fall.

Ich ging ins Internet und begann zu recherchieren. Zuerst bei einer Telefondatenbank, *www.masterfiles.com.* Ich hatte bescheidene Ausgangsdaten, nur die Namen und Adressen, daher waren auch die Ergebnisse bescheiden. Keine große Überraschung. Ich probierte es auf derselben Webseite mit einer Rückwärtssuche, um zu sehen, ob unter den Adressen Telefonnummern aufgeführt waren. Ich fand mehrere, wahrscheinlich die Nummern anderer Bewohner im selben Haus, aber keine unter den Namen Kerr oder Latourneau, Crozier oder Cozen oder Dickey.

Danach gab ich die Namen bei den drei großen Kreditauskunfteien ein, bei Transunion, Equifax und Experian. Was natürlich völlig legal war. Schließlich hatte ich vor, all diese braven

Bürger einzustellen. Ich bekam trotzdem keine Auskunft. Da ich ihre Sozialversicherungsnummern nicht hatte, konnte ich sie so nicht zurückverfolgen.

Niedergeschlagen, aber nicht überrascht, wandte ich mich anderen Datenbanken zu, die auf verschiedene Informationsquellen zurückgriffen: Telefonbücher, Zeitschriftenabonnements, Führerscheinstellen, Fahrzeug- und Bootszulassungen, Handys, Mitgliedschaften in Buchclubs, Suchmaschinentreffer im Internet, Verkehrsunfälle, Vorstrafen, soziale Medien, Konkurserklärungen, Zwangsvollstreckungen, Steuerschulden sowie die Namen, Adressen und Telefonnummern der Kunden von Fast-Food-Lieferdiensten. Eine endlose Liste. Und ziemlich erschreckend.

Vier Stunden und viele Dollar später hatte ich immer noch nichts über Kerr, Latourneau oder Icard erfahren. Bestimmt lauter falsche Namen. Und ich hatte nichts über Kenneth Dickey oder Landon Crozier aus den letzten fünf Jahren gefunden.

Ich hatte nun die Bestätigung, dass Bronco in der Werkzeugfirma seines Vaters gearbeitet hatte, bevor er abgetaucht war. Und ich erfuhr, dass Landmine nach seinem Abschied beim Militär für einen Futtermittellieferanten in Indiana tätig gewesen war. Ich fand jedoch keinen einzigen Hinweis, dass sich einer der beiden radikalisiert hatte und Terrorist geworden war.

Schließlich las ich alles, was ich finden konnte, über die Rennbahn Churchill Downs, das Oaks Derby und das Kentucky Derby. Ich ging auf Google Earth und studierte die Satellitenbilder und Tabellen. Druckte jede Menge Sachen aus.

Um drei machte ich Schluss. Mein Kommandozentrum allerdings noch lange nicht. Ich lag im Bett und fragte mich, wie jemand im Zeitalter des Smartphones so komplett abtauchen konnte. Wie Tote in Zeiten von CSI und DNA so lange namenlos bleiben konnten. Der schnauzbärtige Lewinoski in der Leichenhalle von Chicago. Jano, die Bulldogge in Venice Beach.

Um vier stand ich wieder auf und ging hinaus auf die Terrasse. Über mir schwangen Palmen ihre langen und fransigen Wedel im Nebel. Kein Mond. Ich habe gerne den Mond über mir.

Als ich endlich einschlief, träumte ich von einem Mädchen mit kupferfarbenen Haaren, im Hintergrund ein Strand. Von bemalten Felsblöcken und verdrehten Fahrradständern. Von abgetrennten Gliedmaßen, Verletzungen und blutbespritztem Beton.

Von herabhängenden Petunien und Augen wie Fensterglas.

*

Wieder so ein Tag, an dem ich vor Sonnenaufgang wach war. Bob war weg. Der Nebel auch. Ich steckte die Sig und ein paar andere Sachen in einen Rucksack, schloss das Haus ab und fuhr mit dem Boot rüber zur Isle of Palms. So leise wie möglich legte ich an und machte mich auf den Weg zum Supermarkt bei der Connector Bridge.

Der Flugplatz lag an der South Aviation Avenue in North Charleston, hinter einer großen Grasfläche und einer struppigen Zierstrauchhecke, die sich nach Kräften mühte. Das Terminal sah aus wie ein Betonbunker, hatte aber immerhin einen großen verglasten Erker über Eck. Hübsche Fahnen.

Blalock begleitete mich hinein. Die Lobby sah aus wie der Empfangsbereich einer Privatarztpraxis – bequeme Ledersessel, glänzende Holztischchen, jede Menge gedämpfte Privatsphäre. Keine Arztkittel, aber alles geschmackvoll und diskret.

Blalock führte mich zu einer Couch und fragte, ob ich Kaffee wolle. Und ob. Er brachte ihn in einer schönen Porzellantasse. Wortlos ging er zum Schalter und sprach mit der Frau hinter der

Glasscheibe. Sie trug eine kleine ovale Brille auf der Nase und Silber von John Hardy an Hals und linkem Handgelenk. Das Einchecken dauerte gerade einmal fünf Sekunden.

Blalock kam zurück und flüsterte, das Flugzeug sei bereit. Natürlich war es das. Er führte mich durch eine Seitentür und über eine Rollbahn, die sich durch nichts von all den anderen Rollbahnen dieser Welt unterschied, zu einem Flugzeug, das groß genug aussah, um eine Blaskapelle zu transportieren.

Der Pilot und Copilot saßen im Cockpit und studierten Flugpläne oder die Tankanzeige oder Restaurants in Louisville. Die neun Sitze im Passagierraum waren leer. Ich setzte mich auf einen rechts und schnallte mich an. Laut der Broschüre auf dem kleinen Tisch an meinem Knie saß ich in einer Cessna Citation Excel.

Neben der Broschüre ein silbernes Tablett mit Haube. In einer Vertiefung neben dem Tablett eine passende Karaffe. Neben der Karaffe ein Milchkännchen. Neben dem Kännchen zwei Schälchen, eins für braunen, eins für weißen Zucker.

Die Cessna fuhr zur Startbahn und beschleunigte nach einer Pause von zehn Sekunden, schnell, selbstsicher, in vollem Bewusstsein ihrer privilegierten Position in dieser Welt. Ich spürte den Schub und stellte mir vor, wie das Flugzeug aufstieg und dann in Schräglage ging, die Tragflächen glitzerten elegant im ersten Tageslicht.

Als die Flügel wieder gerade waren und wir Kurs gen Nordwesten nahmen, schenkte ich mir Kaffee ein. Dann stellte ich die Rückenlehne nach hinten und schloss die Augen. Und öffnete sie erst wieder bei der Landung.

Auf der Rollbahn erwartete mich Blalocks Äquivalent, begrüßte mich in Louisville und führte mich zu einer schwarzen Limousine, die mit laufendem Motor wartete. Keine Sicherheitskontrolle. Kein Gerangel um Platz in den Gepäckfächern. Keine Warterei am Kofferband. Im Leben ist vieles nicht so, wie man es sich vorstellt. Das Fliegen im Privatflugzeug dagegen schon.

Der Fahrer hieß Leach. Der Mann auf dem Rücksitz hieß Nolan Schrader.

»Willkommen in Louisville.« Schrader ähnelte Jules Oliphant – gepflegt, gebräunt, grauer Designerhaarschnitt. Sein Outift allerdings nicht. Ich nahm an, der blau-weiße Seersucker-Anzug, das lavendelfarbene Hemd und die türkisgrüne Krawatte hatten etwas mit der Tradition beim Derby zu tun.

»Vielen Dank«, sagte ich.

»Ich repräsentiere Opaline Drucker.« Schraders üppige Vokale waren zuckriger als alles, was Charleston zu bieten hatte. »Mrs. Drucker hat mich beauftragt, Sie am Flugzeug abzuholen.«

»Die Limousine ist also die Zugabe.«

»Selbstverständlich. Wo dürfen wir Sie hinbringen?«

»Zum nächsten Target oder Wal-Mart, Hauptsache, er hat schon offen.«

Schrader gab meine Bitte weiter. Leach tippte auf einem Display herum und legte den Gang ein.

Wir fuhren an einem Terminal vorbei und dann über eine Zufahrt zu einem Rollfeld, das an das in Charleston erinnerte. Schrader redete, während sich Leach in den Verkehr einfädelte. Der heftig war.

»Meine Güte.« Ein kultiviertes Kichern. »Ich habe wirklich jemand Wilderen erwartet.«

»Ja«, sagte ich, denn ich teilte seine Enttäuschung. »Vielleicht kann ich im Wal-Mart ein bisschen Kriegsbemalung für mich kaufen.«

Ein reflexartiges Lächeln, aber kein Kommentar.

Wir brauchten keine zehn Minuten. Auf dem Parkplatz vor dem großen Supermarkt standen erstaunlich wenig Autos. Leach informierte uns, dass der Laden erst in einer Viertelstunde öffnen würde.

»Sollen wir Sie in der Zwischenzeit woanders hinbringen? In ein Restaurant oder Café?« Schrader klang nicht allzu begeistert.

»Ich warte hier.« Ich fasste mit der einen Hand den Türgriff, mit der anderen nahm ich meinen Rucksack. Leach war blitzschnell an der Tür.

»Sollen wir warten?«, fragte Schrader.

»Nein.« Ich fragte mich, ob Drucker ihn beauftragt hatte, mich im Auge zu behalten.

»Sind Sie sicher?«

»Ja.«

»Dann noch einen schönen Tag.«

Leach schloss die Tür, setzte sich wieder hinters Steuer, und weg waren sie.

Zehn Minuten später drehte ein Mitarbeiter das »Geschlossen«-Schild um. Ich ging hinein, kaufte ein Wegwerf-Handy und aktivierte es. Dann rief ich Gus an und meldete mich zurück.

»Neues Handy?«

»Ja.« Ich gab ihm die Nummer, deren Anzeige ich blockiert hatte.

»Bin schon unterwegs.«

Während ich wartete, parkten zwei Frauen, stiegen aus und öffneten die Heckklappe ihres Volvo XC90. Im Kofferraum wartete ein erstaunliches Sortiment an Hüten, die alle auf das Prächtigste für die Derby-Woche dekoriert worden waren. An die Seite des Wagens hängten die Frauen ein Banner, das behauptete, alle Einnahmen würden an ein Frauenhaus gespendet werden.

Ich ging hin und entschied mich nach einem kurzen Gespräch für einen roten Reithelm aus Metall, aufgepeppt mit einem mintgrünen Band, an dem neonorange Magnolien sprossen. Genau mein Look, das Ding war viel zu furchtbar, als dass irgendjemand anderes es kaufen würde. Es sei denn, er war farbenblind. Für Gus ganz leicht zu finden. Nach kurzem Überlegen kaufte ich eine federgeschmückte weiße Kappe für Kerr.

Der farbenprächtige rote Helm sollte sich als Lebensretter erweisen.

30

Gus fuhr schwungvoll im unauffälligen roten Nissan vor. Kerr saß auf dem Rücksitz. Auf der Fahrt besprachen wir unsere Strategie. Kerr sagte nichts, aber man merkte, dass sie unserem Gespräch interessiert folgte.

Gus und Kerr hatten den Vortag auf der Rennbahn verbracht. Da noch keine Rennen stattfanden und das Wetter lausig war, hatten sie sich ohne große Mühe Zugang verschafft.

»Thurby.« Gus rollte das Wort genüsslich auf der Zunge. Es gefiel ihm ganz eindeutig. »Am Thurby, dem Donnerstag vor dem Derby, kommt man für zwanzig Dollar auf den Sattelplatz, die Plaza und den ersten Rang der Tribüne.«

»Und ihr habt euch natürlich auf diese Bereiche beschränkt.«

Gus blinzelte mir spitzbübisch zu.

»Irgendeine Spur von Bronco und seinen Kumpanen?«

»Nein.« Und bevor ich fragen konnte: »Auch keine Spur von dem Mädchen. Und ja, wir waren sehr diskret.«

»Hast du mit Beau über Tickets gesprochen?«

»Sind organisiert.«

»Wie sieht's mit den Sicherheitskontrollen aus?«

»Alle verfügbaren Kräfte sind beim Derby im Einsatz – Kentucky State Police, die Polizei von Louisville, das Sheriff Office von Jefferson County, die Nationalgarde von Kentucky. Fehlt nur noch der Colonel von Kentucky Fried Chicken. Auf dem Gelände der Rennbahn, davor und an allen Eingängen sind Sicherheitsleute postiert. Am stärksten vertreten ist die Polizei von Louisville, draußen sind auch nur deren Leute im Einsatz.«

»Von welcher Größenordnung reden wir?«

»Sechshundert bis siebenhundert Mann in Uniform, fünfzig bis hundert in Zivil.«

»Irgendeine Möglichkeit, dass Bronco oder einer seiner Komplizen einen Sprengsatz reinschmuggelt?«

»An jedem Eingang steht ein Polizist, außerdem gibt es jede Menge Hunde. Seit dem Anschlag vom Boston Marathon sind keine Kühlboxen oder Rucksäcke auf dem Gelände erlaubt, und Taschen dürfen nicht größer als dreißig Zentimeter sein. Alle Taschen werden kontrolliert – ab und zu werden Personen nach dem Zufallsprinzip auch gründlicher durchsucht.«

»Schlafende Hunde wecken.«

»Ja.«

»Beeindruckend.«

»Allerdings.«

»Dass ihr so viel in Erfahrung gebracht habt.«

»Wir waren dort stundenlang unterwegs. Dann habe ich einem Cop außer Dienst ein Bier spendiert.«

»Er hat dir das alles bei einem Bier erzählt?«

»*Sie.* Eine Polizistin. Okay. Vielleicht waren es auch ein paar Runden Bier. Und ich war der kleine Sicherheitsbeamte aus einem Einkaufszentrum in Akron, der eine Polizistin aus Louisville anhimmelt. Die achtzig Dollar rechne ich als Spesen ab.«

»Wo war Kerr?«

»An einem Ecktisch, um *mich* anzuhimmeln.«

»Mir ist schlecht«, sagte Kerr.

»Wir sind bald im Hotel«, sagte Gus.

»Nein.« Bockig. »Das dauert noch ewig. Ich werde in diesem Auto sterben.«

Kerr hatte nicht ganz unrecht. Der Verkehr bewegte sich so

langsam wie Daten über ein Telefonmodem in den Neunzigerjahren.

»Eine gute und eine schlechte Nachricht.« Gus hielt an einer roten Ampel. »Die Tickets verlieren beim Verlassen des Geländes ihre Gültigkeit. Wer geht, kann nicht mehr zurück. Das heißt, wenn die 170 000 Zuschauer erst einmal drin sind, gibt's kein ständiges Kommen und Gehen.«

Nach drei Ampelphasen schafften wir es endlich über die Kreuzung.

»Und die schlechte Nachricht?«

»Churchill Downs hat viel zu viele Eingänge.«

»Wie viele?« Die Pläne, die ich mir ausgedruckt hatte, zeigten nur ein paar Zugänge, aber die Informationen im Internet waren für die breite Öffentlichkeit bestimmt und nicht unbedingt akkurat.

»Das schauen wir uns besser genauer an.«

Dreißig Minuten später parkte Gus hinter dem Hotel. Wir fuhren mit dem Fahrstuhl zu unserem Zimmer. Kerr ging gleich zu ihrer Matratze auf dem Boden und verfiel in ihre übliche Katatonie.

Ich holte den Lageplan der Rennbahn aus meinem Rucksack und legte ihn auf den Schreibtisch. Gus und ich beugten uns darüber.

»Das ist doch ein Witz. Es gibt zwanzig Zugänge. Auf diesem Fetzen sind gerade mal vier eingezeichnet.«

»Spar dir die Kommentare und beschränke dich auf die Fakten.«

Mit einem Hotelkugelschreiber arbeitete sich Gus durch die farbig gekennzeichneten Flächen, die die Rennbahn, die Sitzbereiche, Nebengebäude und Parkplätze darstellten.

»Tor Nummer eins ist der Haupteingang, vor allem für die Tribüne und den Clubhausbereich.« Er malte einen kleinen Kreis um den Eingang, einen von vieren auf meinem Fetzen.

»Tor zwei wird für Lieferungen an das Derby Museum benutzt, ist geschlossen und wird an Renntagen bewacht. Kein Zugang hier.« Er malte einen Kreis und schrieb eine zwei hinein. »Zwei-b ist ein Rettungsweg für die Tribüne.« Kreis, zwei-b. »Drei ist das Tor von der Central Avenue, der Zugang zum Innenbereich der Rennbahn.«

»Die billigen Plätze.« Das wusste ich aus dem Internet.

»Das sind allerdings keine Sitzplätze. Wenn man eine Eintrittskarte kriegt, hat man nicht einmal eine Garantie, dass man die Rennbahn sieht. Aber man darf bei Tor drei Stühle mitbringen und bei Tor eins und drei auch Decken oder Planen. Die meisten normalen Zuschauer kommen durch Tor drei. Durch einen Tunnel unter der Rennbahn kommt man aufs Infield.« Er zeigte darauf.

»Ein Tunnel?«

»Drei. Zwei kleine, ein großer, der aber nicht öffentlich zugänglich ist. Zwei Fahrspuren, 3,60 Meter hoch. Durch den großen Tunnel fahren Laster, die Aufbauten und Veranstaltungstechnik ins Infield transportieren.«

»Szenario eins.« Mir gingen bereits verschiedene Möglichkeiten durch den Kopf. »Bronco schmuggelt einen Sprengsatz durch Tor eins oder drei, eingewickelt in eine Decke oder Plane. Oder sonst wie versteckt in einem Gegenstand, der auf dem Gelände erlaubt ist.«

Gus wackelte skeptisch mit der Hand. »Nummer vier ist eine Feuerwehrzufahrt für den Stallbereich.« Er malte wieder einen Kreis mit Nummer. »Fünf ist der hintere Zugang für Arbeiter und Händler. Wird unter der Woche auch für die Anlieferung von Pferden, Futter, Stroh und so weiter genutzt.«

»Ich nehme an, dass jeder, der als Lieferant oder Händler aufs Gelände kommt, eine Sicherheitsüberprüfung hinter sich hat.«

»Für den Zugang benötigt man eine Genehmigung, beim Derby einen Lichtbildausweis, der von der Rennbahn ausgestellt wird. Vorab werden Fingerabdrücke genommen und Datenbanken überprüft, falls der Antragsteller Probleme auf anderen Rennbahnen hatte, schon einmal straffällig wurde, das Übliche. Alle Mitarbeiter auf der Rennbahn werden überprüft.«

»Die nötigen Referenzen sind für Bronco sicher kein Problem. Der Mistkerl kauft Pässe wie andere Leute Seife.«

»Meine neue Freundin sagte, man müsse kein Genie sein, um einen Ausweis für die Rennbahn zu fälschen. Die Informationen über die betreffende Person werden in den Computer eingegeben, dann wird ein Foto gemacht und der Ausweis wird ausgedruckt.«

»Wie beim Führerschein.«

»Genau. Die Referenzen müssen zum Wochenanfang eingereicht werden, damit genug Zeit für die Überprüfung und das Kopieren bleibt.«

»Szenario zwei.« Ich fuhr mit dem Finger von Tor fünf zur Tribüne. »Bronco schmuggelt seine Bombe in einem Bierfass ein, in einem Glas Essiggurken oder einem Sack Popcorn.«

»Oder versteckt in einem Sack mit Pferdefutter oder in einem Heuballen.«

Eine Meldung aus meiner Magengegend. Was?

Gus ging weiter die Zugänge durch. »Sechs ist ein Ausgang für Händler, die auf der Rückseite arbeiten. Sieben, acht und neun sind Feuerwehrzufahrten für den Stallbereich.« Vier Kringel, dann verharrte der Stift bei der »zehn« in einem kleinen roten Kreis. »Durch das Longfield-Tor kommt man direkt zum Clubhaus.«

»Für die High Society.«

»Na ja, jedenfalls was anderes als das Fußvolk im Infield. Tor elf und dreizehn sind zu. Zwölf ist das Tor für Busse und Limousinen.«

»Wer fährt da durch?«

»Beim Kentucky Derby und beim Oaks nur der Gouverneur

und seine Entourage, die Queen, frühere Präsidenten, blablabla.«

»Eher unwahrscheinlich, dass Bronco es dort versucht.«

»Stimmt. Die Medien mit ihren Übertragungswagen nehmen Tor vierzehn.« Wieder ein Kreis. »Fünfzehn ist ein weiterer Zugang für Anlieferungen und Händler. Von Tor sechzehn kommt man zum Clubhaus und zum Sattelplatz. Am Derby-Wochenende gilt das auch für Tor siebzehn. Achtzehn ist wieder eine Feuerwehrzufahrt. Neunzehn ist für Rettungsfahrzeuge und Polizei.« Fünf weitere Kreise. Churchill Downs sah mittlerweile aus wie ein Schweizer Käse.

»Also fünf Zugänge für die Zuschauer – Tor eins, drei, zehn, sechzehn und siebzehn.« Ich tippte auf jedes einzelne. »Was ist mit den Feuerwehrzufahrten?«

»Beim Auskundschaften habe ich natürlich auch danach gefragt. Alle sind verschlossen, nur die Feuerwehr und Mitarbeiter der Rennbahn haben Schlüssel. Ein alter Knacker sagte, eigentlich seien die Tore nur bei einem echten Notfall offen, ansonsten komme man da nicht durch. Und seine Kollegen stimmten ihm zu.«

»Was ist das?« Ich zeigte auf eine Reihe seltsamer Formen, die sich vor der Tribüne aufreihten.

»Zelte von Sponsoren. Visa, Budweiser, Lockheed Martin und so weiter. Manche sind sogar zweistöckig. Meiner Meinung nach total hässlich, aber sie bringen natürlich Geld.«

Wieder dieses Gefühl in der Magengrube. Was nur?

»Erzähl mir von den Ställen.« Ich zeigte auf die grauen Rechtecke hinter dem grünen und braunen Oval, das die Rennbahn darstellte.

»Im Stall- und Scheunenbereich waren die Leute nicht so auskunftsfreudig.«

»Du bist da reingekommen?«

Mit einem schiefen Grinsen zog Gus ein Plastiketui aus der

Hosentasche. In die Plastikhülle war ein weißer Ausweis eingeschweißt. Das Foto in der rechten oberen Ecke zeigte einen Mann mit dunklen Augen und struppigen schwarzen Haaren.

»Hector Martinez könnte seinen Job verlieren.« Ich hatte den Namen unter dem Foto gelesen.

»Hector Martinez sollte seinen Ausweis nicht einfach so rumliegen lassen«, sagte Gus.

»Wir lassen ihm was zukommen.«

»Auf jeden Fall.«

»Also, die Ställe?«

»Die Scheunen sind nummeriert, wie die Ställe auch, und jeweils einem Trainer unterstellt. Es gibt Trainer, die nur für einen Besitzer arbeiten, wenn's ein großer Rennstall ist, etwa WinStar oder Phipps. Meistens ist es aber so, dass ein Trainer für verschiedene Besitzer arbeitet und im Stall Pferde von verschiedenen Rennställen hat. Wegen der zusätzlichen Sicherheitsmaßnahmen weiß im Stallbereich jeder, wo welches Rennpferd steht.«

»Warum zusätzliche Sicherheitsmaßnahmen?«

»Das geht ja nicht, dass das gewöhnliche Volk in die Nähe eines berühmten Rennpferdes wie Whirlaway kommt. Oder eines bekannten Moderators wie Anderson Cooper. Anscheinend ist beim Derby in den Ställen die Hölle los.«

»Die Ü-Wagen der Sender parken bei Tor vierzehn?«

Gus nickte.

»Szenario drei. Anstelle eines Ausweises für die Rennbahn beschafft sich Bronco einen falschen Presseausweis und schmuggelt eine Bombe im Ü-Wagen durch Tor vierzehn.«

Ich sprang auf und schritt unruhig auf und ab, während mir die verschiedenen Möglichkeiten durch den Kopf gingen.

»Journalisten, Aussteller, Fahrer, Reinigungs- und Catering-Personal, Trainer, Mitarbeiter vom Parkdienst, Hotwalker, die Typen, die den Mist aus den Ställen schaufeln. Der Bereich ist durchlässig wie ein Sieb. Im Vergleich dazu sind die Eingänge für die Zuschauer unsere geringste Sorge …«

»Hotwalker?«

»Pferdepfleger. Womöglich hat Bronco seine Bombe schon reingeschmuggelt. Oder er könnte jetzt gerade eine reinschmuggeln.«

Gus sagte nichts.

»Versteckt in einer Lunchbox.« Darüber hatte ich im Internet was gelesen.

»Proviantdosen dürfen nicht mehr als 46 Zentimeter im Quadrat haben. Und die Dosen müssen durchsichtig sein.«

»In einem Kinderwagen eingebaut, in einer Windel versteckt.«

»Dafür brauchst du aber ein Kind, sonst kommst du damit nicht durch.«

»Vielleicht hat er sich eins geliehen.«

Keine Antwort.

»Oder vergessen wir den gefälschten Ausweis. Vielleicht hat er oder einer seiner Komplizen einfach einen Ausweis geklaut. Das hast du ja auch gemacht. So schwer kann's also nicht sein.«

»Na vielen Dank.«

»Du weißt, was ich meine.«

»Hör endlich mit dem Hin- und Hergerenne auf.«

»Wann?« Ich war so schnell bei Gus, dass er zusammenzuckte. »Wann würdest du zuschlagen? Heute? Morgen?«

»Ist das dein Ernst? Natürlich beim Derby, keine Frage. Maximale Zuschauerzahl, maximale Medienpräsenz.«

»Aber wann genau?«

»Das habe ich mir auch schon überlegt. Er könnte beim Aufsitzen zuschlagen. Die Jockeys steigen auf, die Kameras laufen, die Welt schaut gebannt zu. Und von der Logistik her wäre es bei den Ställen oder am Sattelplatz einfacher als direkt auf der Rennbahn.«

»Nehmen wir an, Bronco hat eine Bombe durch einen Lieferanteneingang geschmuggelt. Oder schmuggelt heute eine rein.« Ich sprang zurück zum Schreibtisch und fuhr mit dem Finger die Route ab. »Durch den Tunnel zum Infield und über das Infield zum nächsten Tunnel unter der Tribüne. Dort platziert er die Bombe. Die Bombe explodiert, der Tunnel stürzt ein, die Zuschauer auf dem Infield sitzen dicht an dicht gedrängt fest und können nicht weg.«

»Ersthelfer würden die Überlebenden durch den großen Tunnel leiten.«

Wieder dieses Ziehen in der Magengrube. Was übersah ich? Was fehlte? Was war mit dem Scheich und seinen Begleitern?

»In welchem Stall stehen die Godolphin-Pferde?«

Gus tippte auf ein graues Rechteck, dann gab er ein komisches Räuspern von sich.

»Spuck's aus«, sagte ich.

»Bronco plant diesen Anschlag seit einem Jahr. Vielleicht sogar schon länger. Ich glaube nicht, dass er sich mit ein paar Pferdepflegern und einem Haufen toter Gäule zufriedengeben würde.«

»Wo sitzen die Godolphin-Leute beim Rennen?«

»Im Jockey Club, in den Logen auf Rang zwei. Sollte eins seiner Pferde gewinnen, will Seine Hoheit den königlichen Hintern sicher schnell auf der Rennbahn haben.«

»Deshalb nicht weit oben auf der Tribüne.«

»Genau. Er hat seine eigenen Sicherheitsleute dabei, ein direkter Anschlag auf ihn ist sicher nicht einfach.«

»Aber auch nicht unmöglich, wenn man jemanden vor Ort platziert hat. Einen Kellner, der einen Servierwagen in die Loge schieben könnte. Oder draußen vor der Tür stehen lässt.«

»Nicht schlecht. Aber überleg mal. Bronco will Schlagzeilen. CBS, ABC, CNN, BBC, al Jazeera. Bei dem Anspruch würde ich zuschlagen, wenn die Pferde die Ziellinie überqueren. Laufende Kameras, jubelnde Zuschauer, donnernde Hufe. Bumm! Blutbad auf der Bahn und im Infield, Panik auf der Tribüne.«

»Was reden Sie da von toten Pferden?«

Wir drehten uns um.

Kerr hatte sich aufgesetzt und blickte uns an wie ein verschrecktes Kind.

»Ihr Freund will eine Bombe beim Derby hochgehen lassen, Hotpants. Und so viele Pferde und Menschen verstümmeln und töten wie möglich.« Wir hatten einen Nerv getroffen, also legte ich gleich nach. Anscheinend waren Tiere das Einzige, was ihr am Herzen lag. »Wissen Sie, was man mit einem verletzten Vollblüter macht?« Ich setzte den Finger an die Schläfe und tat so, als würde ich schießen.

»Das kann er nicht machen!« Ihr entsetzter Blick wanderte zwischen Gus und mir hin und her.

Ich drückte wieder den imaginären Abzug. »Bumm!«

»Nein! Das ist so gemein! Pferde sind unschuldige Geschöpfe. Sie fühlen und denken wie wir.«

Ich sah sie nur an.

»Sie müssen ihn aufhalten!«

»Wie?«

»Sind Sie eine Hexe?« Sie fixierte meine schwarz lackierten Fingernägel.

»Habe mich nie dazu berufen gefühlt.«

»Gus sagt, Sie sind bei der Polizei.«

»War ich mal.« Gus? Waren die beiden schon beim Vornamen?

»Warum?«

»Warum was?« Ich ließ den Arm sinken und streckte die Finger.

»Warum waren Sie bei der Polizei?«

Ich sah zu Gus. Er nickte, ermunterte mich, weiter mit Kerr zu plaudern.

»Davor war ich bei der Army. Zurück im zivilen Leben schien die Polizei ganz passend.«

»Warum sind Sie weg vom Militär?«

»Lange Geschichte.«

»Warum sind Sie weg von der Polizei?«

»Ich wurde verletzt.«

»Ist dabei das mit Ihrem Auge passiert?«

»Was ist das hier, Wahrheit oder Pflicht?« Ich verlor die Geduld. In meinem Kopf tickte eine Uhr.

Kerr ließ den Kopf hängen. Ihre Finger kämmten wie knochige weiße Klauen durch ihre Haare. Eine ganze Minute lang, dann hob sie wieder das Kinn.

»Ich heiße Denise Scranton.« Die Antwort auf die Frage, die sie seit Tagen abgeblockt hatte. »Ich bin aus Winnetka in Illinois.«

31

Sind Sie irgendwie verwandt mit John Scranton?« Den hatte ich ganz vergessen. Und die Messerattacke auf ihn auch.

»John ist mein Bruder.«

Wie bei Opaline Drucker, nur ein bisschen anders. Bruder tot, Mutter verschwunden. Großer Gott, sollte ich ihr das sagen?

Endlose Sekunden starrte ich Kerr nur an. Vielmehr Scranton. Nein, ich hatte mich an den Namen Kerr gewöhnt. Dabei würde ich vorerst bleiben. Ihre Trauer, falls sie trauern würde, musste noch ein bisschen warten. Ich brauchte sie bei halbwegs klarem Verstand. Und ich musste auf die Rennbahn.

»Spucken Sie's aus, Hotpants. Was hat Bronco für einen Plan?«

»Ich weiß es nicht. Ich schwöre es.«

»Keine Spielchen mehr.«

»Er hat Tickets fürs Rennen gekauft. Wenn ich noch etwas wüsste, würde ich es Ihnen sagen. Hand aufs Herz!« Sie legte tatsächlich die Hand auf die Brust. »Ich würde nie etwas tun, das einem Tier schaden würde.«

Ihr Kummer wirkte so echt und die Geste so kindlich, dass ich ihr glaubte. Außerdem wurde mir plötzlich etwas klar.

»Wie alt sind Sie?«

Sie öffnete die Lippen. Zu schnell.

»Lügen Sie mich nicht an. Ich finde es sowieso heraus.«

»Zwanzig.« Ein Murmeln.

Neunzehn, als der Anschlag auf die Bnos Aliza School stattfand. Sieh mal einer an.

Ein Blick auf die Uhr. 9.25 Uhr. Seit acht konnte man auf die Rennbahn.

Ich wandte mich an Gus. »Das erste Rennen startet in fünfunddreißig Minuten.«

»Nehmen wir Hotpants mit?«, fragte er.

»Ich habe Handschellen dabei.« Ich bluffte. Gus wusste, dass ich sie nicht im Hotel lassen würde. Kerr konnte Leute von Bronco identifizieren, die wir nicht kannten. Aus dem Grund hatten wir sie schließlich mit nach Louisville genommen.

»Ketten Sie mich nicht hier an! Ich laufe nicht weg. Ich will Ihnen helfen.«

Ich zuckte achtlos mit den Schultern. Sie sollte ruhig Angst haben. Vielleicht war sie dann später kooperativer und würde uns John Scrantons Verbindung zum Jihad for Jesus erklären. Und ihre Verbindung zum Bombenanschlag vor der Schule. Und warum mich Scranton im Ritz umbringen wollte.

»Nehmen wir die Pistolen mit?«, fragte ich Gus.

Er schüttelte den Kopf. »Keine Chance, die durch die Sicherheitskontrollen zu kriegen. Außerdem wäre es zu gefährlich bei den Zuschauermassen.«

Ich holte die Sig Sauer und die zusätzliche Munition aus dem Rucksack und reichte sie Gus. Höchst ungern, aber er hatte ja recht.

»Schließ alles im Safe ein.«

Gus nickte und nahm einen Umschlag von seinem Nachttisch, holte drei Eintrittsbänder heraus, gab mir eins und warf Kerr das andere zu.

»Wurden heute früh gebracht. Damit können wir in alle Bereiche. Diskretion erbeten, diese Kategorie wird selten verwendet.«

»Und wer sind sonst die glücklichen Empfänger?«

»Vor allem Polizisten.«

»Hat Beau gefragt, warum wir auf die Rennbahn wollen?« Wir legten alle die Armbänder um.

»Nein. Aber er kann sich bestimmt denken, dass es was mit Stella Bright zu tun hat.«

»Meinst du, er gibt seinem Pflichtgefühl nach und informiert die örtliche Polizei?«

»Ich habe ihn ebenfalls um Diskretion gebeten.«

»Das war für ihn okay?«

»Vorerst.«

Ich schnappte mir die Wal-Mart-Tüte, holte den roten Reithelm heraus und klemmte ihn mir unter den Arm. Dann warf ich die federgeschmückte weiße Kappe aufs Bett. »Ziehen Sie die auf.«

»Warum?« Kerr beäugte den Hut wie eine tote Schnecke auf der Terrasse.

»Um nicht aufzufallen.«

Sie griff nach dem Kopfschmuck, setzte ihn aber nicht auf.

»Draußen wird die Hölle los sein.« Gus war schon auf dem Weg zur Tür. »Ich würde vorschlagen, wir nehmen den Shuttlebus von der Uni aus.«

»Nur zu«, sagte ich.

Der Shuttlebus hielt vor dem Stadion der Louisville Cardinals, das Papa John's Cardinal Stadium hieß. Die Verbindung war mir nicht ganz klar. Pizza und Football? Ich fragte nicht nach. War zu angespannt, um mich näher damit zu befassen.

Wir standen endlos an, und als wir endlich an der Reihe waren, gab es im Bus nur noch Stehplätze. Mein Magen krampfte sich zusammen, als ich dicht gedrängt zwischen parfümierten und mit Aftershave präparierten Leibern stand. Die Türen schlossen sich. Tief Luft holen. Immer wieder. Wenn mich jemand anstarrte, starrte ich finster zurück.

Während der Bus im Schneckentempo dahinkroch, versuchte

ich, draußen Gesichter zu erkennen, konnte meinen Körper aber nicht so drehen oder wenden, dass sich mein gutes Auge scharf stellte. Die kurzen Blicke, die ich erhaschte, zeigten Straßen voller dicht gedrängter Fußgänger, alle auf dem Weg nach Churchill Downs.

Unter dem wachsamen Blick der Bronzestatue des Derbysiegers Barbaro stiegen wir schließlich aus dem Bus. Niemand sah in meine Richtung.

Am Tag des Oaks Derby tobt eine Schlacht in Pink und Türkis. Die Farben stehen für die Kampagnen gegen Brust- und Eierstockkrebs. Ich war darauf gefasst, aber der Effekt war trotzdem schwindelerregend. Ich brauchte einen Moment, bis sich mein Herzschlag wieder beruhigte.

Links war das Museum, vor uns die Tribüne mit ihren legendären Doppeltürmchen. Die Plaza und der Sattelplatz lagen rechts.

Gus nickte mit dem Kinn zum hoch aufragenden Hauptgebäude. »Da drüben sind die Logen vom Jockey Club.«

»Wie kommt man rein?«

Er zeigte auf eine Reihe Aufzüge.

Ich ging in Gedanken noch einmal die Zugänge durch. Wir standen vor Tor eins. Tor sechzehn, siebzehn und zehn lagen in nordwestlicher Richtung, hinter dem Clubhaus. Tor drei lag im Südosten, direkt an der Central Avenue, die für den Verkehr gesperrt war.

»Wir gehen durch Tor eins rein und teilen uns dann auf.« Ich zeigte auf das Gebiet links von den Türmchen. »Du übernimmst die Logen vom Jockey Club, die Tribüne, den Pavillon bei der Tribüne und die Terrasse. Fang unten an und arbeite dich Rang für Rang hoch, danach in umgekehrter Reihenfolge wieder nach unten.« Ich zeigte nach rechts. »Ich übernehme das Clubhaus, die Aufzüge und Rolltreppen, die Skye Terrace und den Sattelplatz. Ich gehe von oben nach unten vor. Nach dem ersten Rundgang nehme ich den Tunnel zum Infield, kontrolliere die Logen, die Sponsorenzelte, die Fanzone und was sonst noch dort ist.«

Eine Lautsprecherdurchsage übertönte den Lärm um uns. Auf die Ankündigung folgte gedämpfter Jubel. Ich wartete, bis es wieder etwas ruhiger war.

»Wir halten Kontakt und melden alle paar Minuten unsere Positionen. Wenn einer von uns Bronco oder Crozier entdeckt, bleiben wir dran, schauen, wohin er geht und was er macht.«

»Wer ist Crozier?«

Gus und ich sahen zu Kerr.

»Landmine«, sagte ich.

»Kinderleicht. Landmine ist riesig.« Kerr breitete die Arme aus, ein bisschen zu eifrig.

»Haltet die Augen nach Stella offen«, sagte ich. »Nach jemandem mit einem JJ-Tattoo. Und passt auf, dass ihr nicht entdeckt werdet. Bronco und Landmine wissen, wie wir aussehen.«

»Ich bin der dunkelhäutige kleine Partner«, grinste Gus.

Wir stellten uns an und näherten uns quälend langsam dem Eingang, bis wir schließlich am Tor waren, unsere Armbänder zeigten und man uns abtastete und durchsuchte. Dann waren wir endlich drin.

Gus und Kerr liefen geradeaus, ich ging direkt über die Plaza. Schaute hastig in so viele Gesichter wie möglich, wurde angerempelt in der Menge. Ich fühlte mich nackt und verletzlich. Was, wenn Bronco und seine Fanatiker wirklich hier waren? Was, wenn es zum Showdown kam? Ich hatte keine Waffe dabei.

Bronco und Landmine waren ebenfalls unbewaffnet, sagte ich mir. Schnaubte verächtlich. Wenn sie eine Bombe hier reinschmuggeln konnten, dann erst recht eine Waffe. Gutes Argument. Das mich allerdings alles andere als beruhigte.

Ich machte mir Sorgen um Stella. Was, wenn die Mistkerle sie als lebenden Schutzschild missbrauchten? Was, wenn sie sie einer Gehirnwäsche unterzogen hatten und sie sich gegen ihre eigene Rettung wehrte? Was, wenn sie ganz woanders war und nur ihre Entführer ihren Aufenthaltsort kannten?

Die Angst rammte sich wie eine kalte harte Klinge in meinen Magen.

Der Fahrstuhl, mit dem ich nach oben fuhr, erlaubte jedem Passagier überraschenderweise einige Millimeter Freiraum. Man konnte tatsächlich atmen. Was daran lag, dass die breiten Hutkrempen einen gewissen Abstand zwischen ihren Trägerinnen erzwangen. Meinen roten Reithelm behielt ich unterm Arm.

Ich stieg aus und überprüfte rasch den Gang, dann betrat ich einen Raum, in dem ein üppiges Buffet aufgebaut war, in der Mitte standen Tische. Keine Spur von Bronco oder Landmine. Keine Spur von Stella. Eine große Glaswand zur Terrasse hin. Ich schlängelte mich zwischen den Tischen durch und ging hinaus.

Und sah zum ersten Mal die Rennbahn.

Die Türme der Tribüne glitzerten hoch und silbern in der Morgensonne. Ihre beiden Schatten fielen auf die Tribüne, die in allen Regenbogenfarben pastellfarben leuchtete. Hüte wie Punkte in einem Gemälde von Seurat.

Die Rennbahn war ein rostbraunes Oval um den Rasen des Infields, auf dem sich die Zuschauer drängten. Gegenüber von der Tribüne befanden sich auf dem Infield die Logen mit dem besten Blick auf die Startboxen, außerdem der Tunnel und weitere Logen an den Markierungen, die eine Achtelmeile und eine Sechzehntelmeile von der Ziellinie entfernt waren, sowie die Logen direkt an der Ziellinie. Der Siegerehrungsring war genau in der Mitte hinter der Haupttribüne. Die Zelte der Sponsoren lagen entlang der ersten Kurve und an der Ziellinie. Jede Menge Firmen. Humana, UPS, Lockheed Martin, Pepsi. Auf der anderen Seite des Ovals thronte der größte Ultra-HD-Bildschirm der Welt.

Churchill Downs hatte einen ganz eigenen Geruch. Ich holte

Luft, schnupperte. Blumen, Pferde, Erde, Schweiß. Ich erkannte nicht alle Bestandteile, obwohl ich mir Mühe gab.

Das Kentucky Derby. Wie oft hatte ich es mir auf Beaus altem Fernseher mit der in Alufolie eingewickelten Antenne angesehen. Wir setzten damals 50 Cent auf unsere Favoriten und diskutierten, welches Pferd das größte Vollblut aller Zeiten war. Gus hielt unerschütterlich an Citation fest, Beau war für War Admiral. Anfang Mai, vom Grill wehte der Geruch von Fett und Kohle, und die ersten Junikäfer taumelten gegen die Fenster.

Mein Handy vibrierte. Mit einem Ruck war ich wieder zurück in der Gegenwart, das Blut summte in meinem Schädel wie Wind in einer Muschel. Erregung, weil ich hier vor Ort war? Angst, erschossen zu werden? Entsetzen bei dem Gedanken, dass Stella durch meine Schuld sterben könnte?

Ich nannte Gus meinen Standort. Setzte die Sonnenbrille und die Reiterkappe auf. Zog sie tief ins Gesicht und suchte weiter. Abschnitt für Abschnitt, Reihe für Reihe, Raum für Raum.

Jede Loge war nach einem Pferd benannt, das beim Derby die berühmte Decke aus Rosen gewonnen hatte. Affirmed, Secretariat, Seattle Slew. Ich arbeitete schnell, nahm Gesichter und Körpertypen in mich auf. Kerr hatte schon recht. Landmine war leicht zu erkennen. Bronco war groß, aber nicht so groß, dass er alle überragte. Vielleicht, wenn er seinen Cowboyhut trug.

Irgendwann hieß es »Aufsitzen!«, die Pferde kamen in die Startmaschine, Hufe hämmerten, die Menge jubelte. Später marschierte eine Prozession rosa gekleideter Frauen, die den Krebs überlebt hatten, über die Bahn. Ich ignorierte die Parade und konzentrierte mich weiter auf die Zuschauer.

Die gehörten zur wohlhabenderen Sorte, mehr Golf und Tennis als Autorennen oder Wrestling. Jede Menge Blazer mit Abzeichen oder Wappen, Perlen und Designerkleider. Viele teure Geräte – iPhones, Ferngläser, Kameras und Go-Pro-Cams auf

Selfiesticks. Jede Menge Kinder, viele in Turnschuhen, die so viel wie meine Glock kosteten.

Rauf und runter, vor und zurück, durch den Tunnel, kreuz und quer übers Infield – ich graste mein Gebiet ab und tauschte mich regelmäßig mit Gus aus. Gelegentlich liefen wir uns über den Weg. Jedes Mal, wenn ich Kerr sah, wirkte sie weniger begeistert. Am späten Vormittag hatte sie die federgeschmückte Kappe aufgesetzt, wahrscheinlich hatte sie einfach keine Lust mehr, sie mit sich herumzutragen.

Stunden vergingen. Es wurde wieder heiß, knapp dreißig Grad. Hin und wieder hielt ich schwitzend inne und sah auf die Rennbahn. Ein schwarzes Pferd gewann das eine Rennen, ein braunes Pferd das andere. Beide Jockeys trugen Königsblau.

Es war nach fünf, als ich beschloss, eine Pause zu machen und etwas zu essen. Ich hatte gerade eine Runde über das Infield gedreht. Alles andere als angenehm bei dem dichten Gedränge und dem allgemein steigenden Alkoholpegel.

Ich schob mich zu einem Imbissstand und kaufte mir ein Barbecue-Sandwich. Ohne Getränk. Auf gar keinen Fall wollte ich mich an den mobilen Toiletten anstellen, wo die Schlange länger war als die kanadische Grenze.

Da es keine Tische gab, aß ich mein Sandwich im Stehen neben dem Imbisszelt. Ein paar Meter weiter stand ein Mann dick wie ein Belugawal in einem T-Shirt der University of Mississippi auf seiner Kühlbox und hatte Mühe, die Balance zu halten. Er hatte gerade seinen Julep, eindeutig nicht sein erster, in einem Zug geleert, als Bronco nur einen guten Meter von meiner rechten Schulter entfernt vorbeiging. Ohne Cowboyhut.

Ich wandte mich ab, senkte den Kopf und tippte auf Kurzwahl.

»Bronco ist im Infield, er geht Richtung Tunnel.«

»Der Tunnel zur Tribüne?«

»Ja.« Ich schob mich nicht gerade höflich durch die Menge. »Ich bin dran.«

Ich wollte gerade am Belugawal vorbei, als die Schwerkraft siegte. Er taumelte, ruderte mit den Ellbogen und stieß mir dabei das Handy aus der Hand. Als er landete, hörte ich das Display knirschen. Volltreffer.

»Weg da!« Ich verpasste dem gigantischen Hintern einen Fußtritt. Stöhnend rollte er auf den Bauch und übergab sich.

»Gus?« Ich hob mein Telefon auf, die Augen überall, auf der Suche nach Bronco.

Keine Antwort.

Ich legte auf und versuchte es mit einem neuen Anruf. Mein Handy war tot. Bronco verschwand im Tunnel.

Shit.

Ich pflügte durch die Zuschauer wie ein Eisbrecher, begleitet von wüsten Beschimpfungen. Egal. Ich hatte stundenlang nach Bronco gesucht, er lief direkt an mir vorbei und dann zerstörte ein besoffener Wal mein einziges Kommunikationsmittel.

Shit.

Bronco durchquerte den Tunnel zur Tribüne und stieg hoch zum zweiten Rang. Ich folgte ihm, ging an ihm vorbei und blieb einen Abschnitt weiter oben stehen.

Bronco blickte von der Tribüne auf die Rennbahn. Ich beobachtete ihn unter meiner Kappe hervor und hinter meiner Sonnenbrille. Versuchte erfolglos zu erkennen, wohin er genau schaute.

Nach einer langen Minute drehte sich Bronco um und sah nach oben und hinten. Vielleicht Richtung Clubhaus, wo ich heute Morgen angefangen hatte. Vielleicht zu den Logen des Jockey Clubs. Er wandte sich wieder um für eine weitere lange Inspektion des Infield, dann zog er ein Handy aus der Tasche und telefonierte kurz.

Ich sah mich um. Landmine konnte ich nicht entdecken, was mich aber nicht weiter störte.

Bronco schaute nach links und rechts, dann ging er nach

unten. Er bewegte sich mit der gleichen katzenartigen Geschmeidigkeit, die mir schon auf der Rose Avenue aufgefallen war. Ich wartete kurz und folgte ihm.

Das Longines Kentucky Oats, das elfte Rennen des Tages, sollte um 17.49 Uhr starten. Schon bald würden die Jockeys aufsitzen. Über hunderttausend mit Mint Julep abgefüllte Zuschauer warteten bereits voller Vorfreude. Hatte Bronco telefoniert, um das Signal für die Zündung der Sprengsätze zu geben?

Bronco schlängelte sich durch die Zuschauer, die zu ihren Plätzen zurückstrebten. Oder nach vorne zur Brüstung, um bessere Sicht auf die Bahn zu haben. Am Fuß der Tribüne angelangt, schlenderte er gemächlich zurück zum Tunnel. Anscheinend hatte er es nicht eilig. Auf der anderen Seite ging er in östlicher Richtung über das Infield.

Unter dem Einsatz meiner Ellbogen schob ich mich durch die dichte Menge, blieb nahe genug bei ihm, um ihn nicht aus den Augen zu verlieren, aber weit genug entfernt, damit er mich nicht sah. Das funktionierte, bis der Trompeter das Signal für den Start gab. Die Menge jubelte und sprang auf. Bronco verschwand im Durcheinander.

Ich drängelte so schnell wie möglich weiter, blieb auf demselben Kurs, nicht eben höflich, und wurde übel beschimpft. Trampel. Arschloch. Schlimmeres.

Fünf Minuten später stand ich vor Tor drei. Bronco war nirgends zu entdecken. Er war auch nicht draußen auf der Straße. Ich hatte ihn verloren.

Da stand ich nun, meine Gedanken rasten, das Blut wummerte in meinen Ohren. Zurück zur Bahn? Das Rennen war vorbei. Keine Bombe.

Ich hatte keine Möglichkeit, Gus zu kontaktieren. Ich wusste, dass er in Panik war. Und ich war mir sicher, dass heute kein Anschlag passieren würde. Also war es am besten, sich neu zu formieren.

Ich ging zu Fuß zurück zum Hotel. Auf keinen Fall würde ich mich in einen überfüllten Shuttlebus zwängen und dort eine Panikattacke bekommen.

In meinem Zimmer legte ich mich aufs Bett und dachte nach.

Eins war klar.

Es war Zeit, die Polizei von Louisville einzuschalten.

Eine Verzögerung. Heute Nacht schläft niemand. Sie müssen ihr Vorhaben verschieben und hoffen, dass irgendwann doch alle müde sind.

Es funktioniert. Am nächsten Tag sind alle erschöpft. Abends ordnet der Anführer an, zeitig schlafen zu gehen. Um zehn ist alles dunkel und ruhig.

Sie treffen sich im Keller, packen das Geld ein, schleichen durch die Hintertür hinaus. Hinter einem Busch kauern sie sich ans Fundament des Hauses und hören nur den Wind und ihr eigenes Herzklopfen.

Sie fragt, obwohl sie die Antwort fürchtet. Ja, er hat mit ihr gesprochen. Sie wird ihren Plan nicht verraten, aber auch nicht mitkommen.

Ihre Synapsen feuern Erinnerungen in einer nicht enden wollenden Kette ab. Sie weiß, es gibt nichts, was sie für Mama tun kann. Sie kann sie nicht retten. Trotzdem fühlt sie sich ausgebrannt und leer.

Sie rennen den Feldweg entlang, ein zwanzigminütiger Albtraum in der ständigen Angst zu stürzen, sich den Fuß zu verstauchen. Kein Licht geht hinter ihnen im Fenster an. Kein Motor wird angelassen.

Sie erreichen die Straße, einen schwarzen Asphaltstreifen, der in zwei Richtungen führt. Sie entscheiden sich für eine, beginnen ihre langsame Wanderung nach Norden oder Süden. Oder Osten oder Westen. Sie haben keine Anhaltspunkte.

Sie zählt im Rhythmus ihrer Schritte bis sechzig. Es gibt keinen Grund dafür.

Er geht voraus, gebeugt unter dem Gewicht der vollgepackten Rucksäcke. Seine dunkle Haut glänzt wie Mondlicht auf dem Wasser.

Sechzig mal sechzig. Sie kommen an einer Einmündung vorbei, der Pfad ist mit einem handgemalten Schild markiert. Dock. Sie fragt sich, was das bedeutet. Ein Familienname? Eine Anlegestelle?

Hin und wieder sehen sie die doppelten weißen Lichter eines Autos. Gehen in Deckung. Sehen zu, wie die Scheinwerfer größer werden, vorbeihuschen, wie die roten Rücklichter wie Augen immer kleiner werden und dann verschwinden.

Die Schultergurte drücken auf ihre Schultern. Die Zunge klebt ihr am Gaumen. Trotzdem trottet sie weiter, ihr Puls gibt in ihren Ohren einen ganz eigenen Marschrhythmus vor.

Sie hat ihre weißen Turnschuhe an. Sie schaut auf die Schuhe, die blass in der Dunkelheit leuchten. Zählt.

Noch einmal sechzig mal sechzig, dann eine Warnung tief unten in ihrem Gehirn. Sie schaut auf.

Der Horizont pulsiert in Blau und Rot, wie eine elektrische Flagge.

Er hat es auch bemerkt. Sein Blick huscht hin und her wie der eines wilden, verschreckten Vogels.

Sie werfen sich mit einem Hechtsprung hinter die Böschung. Drehen sich auf allen vieren Richtung Straße.

Sekunden später rasen drei Autos mit Blaulicht vorbei.

Ihre Haut kribbelt wie verrückt.

Er blinzelt, als ob er nervöse Zuckungen hätte.

Alles in Ordnung, sagt sie.

Alles in Ordnung, sagt er.

Schweißgebadet und vollgepumpt mit Adrenalin, hocken sie hinter der Böschung, die Augen weit aufgerissen.

Er sagt, sie soll aufhören zu kratzen.

Sie setzt sich auf den Hintern, alle Sinne angespannt.

Sie riecht Moos und feuchte Erde. Von der Straße her Benzin und Staub. In der Luft hängen Pollen und Sporen.

Sie hört überall Geräusche. Insekten unter den Blättern. Oder Schlangen. Oder Raubtiere mit scharfen gelben Zähnen.

Tief im Schatten ein Nest rosa Blüten. Kiefern, hoch und schwarz.

Ihre Augen suchen die Straße ab.

Ihr Herz macht einen Satz, klopft bis zum Hals.

Ein Etwas mit Tentakel liegt auf der Straße. Nein, keine Tentakel. Schultergurte.

Panisch tastet sie nach ihrem Rucksack. Er ist da. Beide Gurte sind an Ort und Stelle.

Sie packt ihn am Arm. Zeigt auf die Straße.

Seine Hand greift ruckartig nach hinten. Sein Mund bildet ein stummes O.

Sie rennt los, bevor er sie zurückhalten kann. Überquert gerade die Straße, als die Blaulichter wieder auftauchen, zwar etwas schwächer, aber zielstrebig wie eine Kugel. Sie kommen zurück.

Sie packt den Rucksack. Rennt los. Landet neben ihm.

Das Undenkbare.

Der Streifenwagen bremst an der Böschung direkt gegenüber.

Sie rühren sich nicht vom Fleck, halten den Atem an.

Die Fahrertür geht auf. Ein Funkgerät rauscht. Musik. Rock and Roll.

Ein Mann steigt aus, eine dunkle Gestalt vor dem blinkenden Rot und Blau. Er bleibt stehen, die Tür verdeckt ihn. Langsam dreht er den Kopf.

Er ist nicht groß, aber groß genug. Und stark. Der Arm, den sie sieht, ist dick wie ein junger Baumstamm.

Sein Kopf hält inne. Er richtet sich auf. Wappnet sich. Seine Stimme dröhnt.

Komm raus.

Sie rühren sich nicht.

Wieder die Stimme. Scharf wie eine Messerklinge.

Panisch flüstert sie in sein Ohr. Versteck das Geld. Sie wird ihn mit irgendeiner Geschichte ablenken.

Er weigert sich.

Sie beharrt darauf.

Nein.

Wieder springt sie auf, bevor er sie aufhalten kann.

Sie streift den Rucksack ab und rennt aus der Deckung der Bäume auf die Straße.

Der Polizist bleibt hinter seiner Autotür. Vorsichtig.

Sie bleibt auf der gelben Linie stehen.

Der Polizist spricht in sein Funkgerät, bekommt eine verrauschte Antwort, nähert sich ihr angespannt und argwöhnisch. Sie hebt die Hände über den Kopf. Langsam.

Der Polizist durchsucht sie. Macht einen Schritt zurück.

Sie steht mit ausdrucksloser Miene da, will auf keinen Fall etwas preisgeben.

Weißt du irgendwas über die Toten die Straße runter?

Ihr Körper wird ganz taub. Sie fürchtet, sie wird gleich ohnmächtig.

Name?, fragte er.

Sunday. Ein Murmeln. Ihre Gedanken sind ganz woanders.

Sunday und weiter?

Nur Sunday.

Komm schon, Mädchen. Du hast doch auch noch einen Nachnamen.

Der Asphalt unter ihren Füßen pulsiert in Rot und Blau. Ihr Herz hämmert. Moskitos sirren schrill und gierig in ihren Ohren.

Hörst du mir überhaupt zu?

Liedzeilen aus dem Radio.

Hot August night, and the leaves hanging down …

Entweder du sagst deinen Namen hier und jetzt oder auf dem Revier.

Night. Sunday Night.

32

Gus und Kerr kamen um halb acht, sie hatten bis zum Ende des letzten Rennens ihre Runden gedreht. Nach außen hin wirkte Gus gelassen, doch mir fiel auf, dass sich seine Schultern entspannten, als er mich sah. Die Augenbrauen blieben allerdings weiter zusammengezogen. Körpersprache, die nur ich deuten konnte.

»Ich habe Bronco gesehen.« Ich legte gleich los, um mir einen Vortrag von Gus zu ersparen, weil ich mich nicht mehr gemeldet hatte.

»Und Landmine?«

»Nur Bronco.«

»Wo?«

»Er ist durch den Tunnel vom Infield zur Tribüne. Dort war er auf dem zweiten Rang. Hat etwas hinter und über sich ausgekundschaftet. Und die Rennbahn. Dann ist er wieder nach unten gegangen, über das Infield, und hat das Gelände durch Tor drei verlassen. Dort habe ich ihn dann verloren.«

»Mist.«

»Allerdings.«

»Ich habe Hunger«, meldete sich Kerr.

Gus ignorierte sie. »Warum hast du nicht angerufen?«

Ich erzählte ihm von dem tanzenden Belugawal.

»Du brauchst ein neues Handy.« Zu Kerr: »Ich bestelle was beim Zimmerservice, während sie einkaufen ist.«

Mit einem oscarreifen Augenrollen ließ sich Kerr auf ihre Matratze fallen. Gus und ich verzogen uns in die entfernteste Ecke.

»Zeit, die Polizei vor Ort zu alarmieren«, sagte ich leise und ruhig.

»Beau hat mir einen Namen genannt. Major Bertie Hoebeek. Hat beim Derby die Einsatzleitung vor Ort.«

»Und diesem Hoebeek kann man vertrauen?«

»Zumindest denkt Beau das.«

Mir fiel ein, dass ich es so eilig gehabt hatte, zum Rennen zu kommen, dass ich Gus noch gar nicht vom Mord an John Scranton und der mutmaßlichen Entführung seiner Mutter erzählt hatte. Das holte ich jetzt nach.

»Wie ist der aktuelle Stand bei Capps?«

»Ich hatte in den letzten zwei Stunden kein Handy.«

»Stimmt. Denkst du, der Mord in Winnetka ist ein Zufall?«

»Verdammt großer Zufall.«

»Du musst es ihr sagen.« Er nickte mit dem Kopf zu Kerr.

»Zuerst soll sie was essen.«

»Das wird ihr auch nicht viel helfen.«

»War sie heute irgendwie nützlich?«

»Ist Tapioka nützlich?«

Ich sah zum Fenster raus. Der Verkehr schien einigermaßen zu fließen.

»Während ich mir ein neues Telefon hole, informierst du Hoebeek. Ich frage bei Capps nach dem aktuellen Stand und dann erzähle ich es Kerr.«

Die Fahrt dauerte dann doch länger, aber das Handy war schnell gekauft. Nachdem ich es aktiviert hatte, rief ich Capps noch auf dem Parkplatz des Supermarkts auf dem Handy an. Ich hoffte, er würde bei einem unbekannten Anrufer drangehen. Ich würde das nicht. Er schon.

»Wo sind Sie gerade?«, fragte er und notierte meine neue Nummer.

»In Louisville. Was Neues zu Scranton?« Ich erreichte den Nissan.

»John ist immer noch tot, seine Mutter immer noch verschwunden.«

»Kerr sagt, sie heißt in Wirklichkeit Denise Scranton.«

»Sieh an. Die Nachbarn sagten, dass es noch eine Tochter gibt.« Ich hörte eine Stimme im Hintergrund, vielleicht Clegg. »Aber jetzt kommt's: Shirley, das ist die Mutter, hat ihren Mann bei den Anschlägen vom 11. September verloren. Als die Flugzeuge ins World Trade Center flogen, war John Senior im 39. Stock des Nordturms.«

»Und damit wurde Scranton zum Terroristen.«

»John junior war damals vielleicht zwölf oder dreizehn.«

»Schlimm, wenn in dem Alter der Vater von al-Qaida umgebracht wird.«

»Immer schlimm, wenn man in dem Alter den Vater verliert, egal von wem er umgebracht wird.«

Ich rechnete ein bisschen. Jasmine Kerr/Denise Scranton war 2001 vier Jahre alt gewesen. Bilder aus einem früheren Leben rasten mir durch den Kopf. Ich schob sie beiseite.

»Was hat Scranton gemacht?«, fragte ich.

»Finanzmanager. Die Familie hatte jede Menge Geld, als er starb. Doch nach allem, was man hört, hat sein Tod Shirley total aus der Bahn geworfen. Sie arbeitete kurz mit Organisationen zusammen, die Familien von Terroropfern helfen, aber das hat sie aufgegeben und sich völlig zurückgezogen. Ein Nachbar meinte, als die Kinder klein waren, durften sie kaum aus dem Haus.«

»Haben Sie im Haus was Interessantes gefunden?«

»Jede Menge Geld.«

»Irgendetwas, das John junior mit Bronco und seinem Jihad for Jesus in Verbindung bringt?«

»Nein.«

»Eine Verbindung zu den E-Mail-Adressen auf Kerrs Laptop? Zur Bnos Aliza School? Zu den Adressen in LA oder Washing …«

»Nein.«

»Ein Handy? Einen Computer?« Ich drückte auf den Autoschlüssel und schloss mit einem Wiep-wiep auf.

»Wow. Vielleicht hätten wir danach suchen sollen.«

»Bronco ist hier in Louisville.«

»Haben Sie ihn gesehen?«

Ich erzählte ihm alles, was seit unserem letzten Gespräch passiert war, und sagte, dass Gus und ich die Polizei vor Ort informieren würden.

Ich rechnete damit, dass er mir eine Strafpredigt hielt, weil ich viel zu lange im Alleingang ermittelt hatte. Stattdessen: »Landon Crozier arbeitet für Old Capital Feed and Supply in Corydon in Indiana.«

Die Geografie war mir egal, nicht jedoch der Job. »Die lassen Futtermittel aus so großer Entfernung nach Churchill Downs liefern?«

»Corydon liegt vielleicht dreißig Meilen von Louisville entfernt, das ist nur auf der anderen Seite der Staatsgrenze.«

»Das ist es! Landmine hat die Sprengsätze in Heuballen oder Futtersäcken versteckt.« Ich riss die Autotür auf und warf mich hinters Steuer. Furchtbare Bilder gingen mir durch den Kopf. »Ein Komplize auf dem Gelände hat sie in Empfang genommen und platziert.«

»Ich möchte, dass Sie …«

»Ich muss los.« Ich warf das Handy aufs Armaturenbrett, legte den Gang ein und bretterte vom Parkplatz.

Gus war schon aktiv geworden. In der Tür unseres Hotelzimmers standen zwei uniformierte Polizisten. Hinter Gus saß Kerr auf ihrer Matratze und aß ein Sandwich. Auf einem Servierwagen standen zwei abgedeckte Teller und zwei Flaschen Stella Artois.

Der Polizist, der gerade redete, drehte sich argwöhnisch zu mir um. Auf seinem Namensschild stand Gomez. Er war jünger als sein Partner und hatte eine seltsam aerodynamische Nase. »Einen Moment, Ma'am.«

Ich hob die Hände, die Handflächen nach vorn, um zu zeigen, dass ich harmlos war. Weiter hinten im Flur ging eine Tür auf.

»Ich würde vorschlagen, dass wir das im Zimmer klären«, sagte ich.

Gus trat einen Schritt zurück.

Gomez sah zu seinem Partner, auf dessen Namensschild O'Rourke stand. O'Rourke nickte.

Gomez und O'Rourke folgten mir ins Zimmer, wobei sie die rechte Hand nicht gerade subtil über der Hüfte hielten. Ihre Blicke schweiften durch den Raum, blieben kurz bei Gus, Kerr, dem Bett und der offenen Badtür hängen.

»Ich bin nicht zu Hoebeek durchgekommen«, sagte Gus zu mir.

»Möchte einer von Ihnen den Notruf erklären?« O'Rourkes Gesichtszüge waren unverkennbar irisch. Direktimport aus Killarney. Ein Netz geplatzter Äderchen zierte jede Wange.

Ich erklärte ihm, dass ich in Charleston ermittelte und im Auftrag einer Klientin nach Louisville gekommen war.

»Sehr inspirierend. Und warum behaupten Sie und Ihr Bruder, dass Terroristen einen Bombenanschlag auf das Derby verüben wollen?« Er klang leicht irritiert.

»Weil wir denken, dass Terroristen einen Anschlag verüben wollen.«

O'Rourke verzog keine Miene.

Ich berichtete von Jihad for Jesus, dem antimuslimischen Programm der Gruppe, der Bombe vor der Schule, den verschlüsselten Nachrichten, die auf die Godolphin-Pferde hinwiesen.

»Kennen Sie Major Hoebeek?«, fragte O'Rourke, als ich fertig war.

Ich nickte.

»Ich nehme an, Sie haben Schusswaffen.« Das war an Gus und mich gerichtet.

»Zwei Prachtstücke.«

»Wo sind die?«

»Im Safe.«

»Da sollten sie auch bleiben. Und Sie halten sich zur Verfügung. Ihre Kontaktdaten?«

Ich gab ihm die Nummer meines neuen Handys. Die ich erst mal nachsehen musste. Seine Brauen zogen sich zusammen wie misstrauische kleine Würmer.

»Wir melden uns.«

»Das war's?« Ich war nicht wirklich überrascht.

»Noch einen schönen Abend.«

Weg waren sie. Um Meldung zu machen, wie ich hoffte.

Bertie Hoebeek rief zwölf Minuten später an. Ich ging dran und stellte auf laut.

»Sie sind die Tochter von Beau Beaumonde?« Eine Stimme wie ein Reibeisen. Ich stellte mir vor, dass Hoebeek ständig nach Tabak roch.

»Ja.« Stimmte ja so ungefähr.

»Wie geht's dem alten Sack?«

»Ich glaube, dass ein Bombenanschlag auf das Derby geplant ist.«

»Erzählen Sie.« Ganz geschäftsmäßig.

Da ich davon ausging, dass O'Rourke und Gomez Hoebeek schon über mich informiert hatten, ließ ich den Teil aus und berichtete alles, was ich wusste, angefangen beim Bombenanschlag vor der Schule und Stellas Verschwinden und weiter mit Kenneth »Bronco« Dickey, Landon »Landmine« Crozier und John Scranton, Chicago, Venice Beach und Washington bis zu den Informationen, die ich kurz zuvor von Roy Capps bekommen hatte, und meiner Theorie, dass die Sprengsätze in den Futterlieferungen für die Ställe versteckt waren. Die Typen, die Gus und ich erschossen hatten, erwähnte ich nicht.

Hoebeek unterbrach mich kein einziges Mal. Als ich fertig war, fragte er, wie man Crozier schreibe, und erkundigte sich nach verschiedenen Details, als ob er seine Notizen vervollständigen würde.

»Haben Sie Fotos von den Typen?«

»Ich kann sie Ihnen per E-Mail schicken.« Die Geschichte, wie mein letztes Handy mit allen Fotos das Zeitliche gesegnet hatte, ersparte ich uns. »Nicht erschrecken, wenn Sie das Bild von Landmine sehen.«

»Sie sagten, dass die Ermittlungen in Chicago von Area Three durchgeführt werden, der Abteilung für Gewaltdelikte?«

»Ja.« Ich gab ihm die Nummer von Capps.

»Vielen Dank, Miss Night.«

»Ich hoffe, dass ich falschliege.«

»Das hoffe ich auch.« Ich hörte die Anspannung in Hoebeeks Stimme. Vielleicht auch Erschöpfung. »Hier ist meine Privatnummer, falls Ihnen noch etwas einfällt. In der Zwischenzeit halten Sie und Ihr Bruder schön die Füße still.«

Ich sagte nichts.

»Haben wir uns verstanden?«

»Wir freuen uns, von Ihnen zu hören.« Ich legte auf.

»Meinst du, er glaubt uns?«, fragte Gus.

»Vielleicht hat er uns aus alter Verbundenheit zu Beau angehört, aber das glaube ich nicht. Ich denke, sein Instinkt sagt ihm, dass er uns glauben und alle zusätzlichen Sicherheitskräfte aktivieren sollte, die er auftreiben kann. Und die Sprengstoffspezialisten alarmieren.«

»Wie auch immer, wir halten still?«

»Auf gar keinen Fall.«

Wir klatschten uns ab. Kindisch, aber wir taten es trotzdem.

Gus nickte mit dem Kinn zu Kerr. »Du musst ...«

»Okay. Herrje.«

Ich zog das Haarband um meinen Pferdeschwanz fest. Holte tief Luft. Bemühte mich um einen neutralen Gesichtsausdruck und setzte mich auf die Kante meines Bettes. Kerr hielt den Kopf gesenkt, den Blick auf den leeren Teller gerichtet.

»Denise«, begann ich, so sanft, wie ich nur konnte. »Es tut mir leid. Ich habe schlechte Nachrichten.«

Keine Reaktion.

»Bei Ihnen daheim wurde eingebrochen. In Winnetka. Ihr Bruder wurde erstochen.« Das klang plump, aber ich wusste nicht, wie ich ihr das schonend beibringen sollte.

Den Teller noch in der einen Hand, griff sie mit der anderen nach der Decke und zog sie sich über den Kopf.

»Ihre Mutter wurde entführt und ist verschwunden.« Ich fühlte mich schrecklich. Aber für sie war das alles natürlich viel schlimmer. »John ist tot.«

Sie fragte nicht, wann und wo. Oder wer ihn getötet hatte. Sie fragte gar nichts.

»Ich weiß, das muss furchtbar für Sie sein.«

Schweigen.

»Sie können uns helfen, die Monster zu kriegen, die das getan haben.«

Nichts.

»John gehörte zu Broncos Gruppe, oder?«

Immer noch nichts.

»Nach dem gescheiterten Hinterhalt am Foster Beach hat Bronco John ins Ritz geschickt, um mich umzubringen.«

Keine Reaktion.

Ich schaute zu Gus. Er aß sein Sandwich, hörte aber zu.

Ich versuchte es noch einmal.

»Was ist mit Stella Bright passiert?«

Ich hätte genauso gut mit mir selbst reden können.

»Sie müssen mit uns zusammenarbeiten, Denise. Damit wir

eine Chance haben, Ihre Mutter zu finden. Oder die Pferde zu retten.«

Ein hohles kleines Lachen. »Sie haben ja keine Ahnung.«

»Dann klären Sie mich auf.«

Sie sah auf, die Decke um den Kopf wie ein Eskimo, den Teller immer noch in der Hand. Sie zitterte.

»John war niemand.« Die Wangen feucht, das Gesicht seltsam leer. »Wir bedeuten alle nichts.«

»Hören Sie auf, das verdammte Opfer zu spielen.«

Das war wohl zu grob gewesen. Sie schleuderte den Teller mit solcher Wucht gegen die Wand, dass er zerbrach. Ich sprang auf. Gus auch.

Kerr ließ sich auf die Seite fallen und rollte sich unter der Decke zusammen.

Ich sah Gus fragend an. »Morgen«, sagte er nur.

Während ich den Mac hochfuhr, holte Gus die Glock aus dem Safe und legte sie auf den Nachttisch. Nach einem Zwischenstopp im Bad legte er sich aufs Bett und begann nach wenigen Sekunden zu schnarchen. Ich beneidete ihn. Seine Fähigkeit, überall und jederzeit zu schlafen, machte sich in meinem Erbgut leider nicht bemerkbar.

Ich ging die gespeicherten Bilder durch, dankbar, dass ich sie von meinen früheren Handys auf dem Mac abgespeichert hatte. Fand das Foto, das Gus von Bronco in Venice Beach gemacht hatte, als er mir aufgelauert hatte. Mein Foto von Landmine im blutigen Hawaiihemd auf dem Boden der Wohnung in der Rose Avenue.

Bei dem Foto von Kerrs Laptop in der Argyle Street hielt ich inne. Ich las noch einmal die kryptische E-Mail, die uns auf das Kentucky Derby gebracht hatte. Godolphin Vintage Claret Beauty 05 05 06. FL1X: LM-inf/JC-GR/B5-S2+4.

Vintage, ein Pferd aus dem Godolphin-Rennstall, war heute im Oaks Derby gelaufen. Claret Beauty lief morgen beim Kentucky Derby. Zum millionsten Mal versuchte ich, die letzte Zahlen- und Buchstabenfolge der Nachricht zu entschlüsseln. Zum millionsten Mal scheiterte ich.

Frustriert schickte ich die Bilder an Hoebeek und probierte dann mein Sandwich. Brot und Bacon waren kalt und durchweicht, der Salat war schlaff und schmeckte wie ein Feuchttuch. Ich warf das Sandwich weg und trank das Bier. Die Uhr auf dem Nachttisch zeigte 22.20 Uhr.

Ich lud mein Telefon auf und stellte den Bewegungsmelder an, legte mich ins Bett und schloss die Augen. Ich konnte nicht einschlafen. Hoebeek rief nicht an. 22.40 Uhr. 23 Uhr. 23.20 Uhr.

Schließlich siegte die Müdigkeit. Ich schlief unruhig, driftete zwischen altbekannten Traumfragmenten hin und her.

Ich sitze oben auf einem Treppenabsatz im Dunkeln. Mein Herz klopft. Etwas Schlimmes wird passieren, aber ich weiß nicht was. Ich habe Angst. Um mich. Um Mama. Um Gus.

Ich renne durch den Wald, Äste greifen nach meinen Haaren.

Ich kauere im Dunkeln, zu verängstigt, um nach den Moskitos zu schlagen, die mein Blut saugen. Jemand ist bei mir. Ich habe Angst um ihn.

Ich sehe verkrümmte Leichen, schwarz wie Briketts. Spüre Beaus Hand auf meiner Schulter, stark und zuverlässig.

Ich wachte auf, die Hände zu Fäusten geballt, das Gesicht nass von Schweiß. Leise stand ich auf, trank ein Glas Wasser und legte mich wieder hin. Alles war dunkel, nur das Display meines Telefons leuchtete.

Vielleicht lag es daran, dass ich von Beau geträumt hatte. Vielleicht daran, dass ich mit Gus beim Derby gewesen war. Jedenfalls sah ich immer wieder vor mir, wie wir uns früher um den alten Fernseher versammelt hatten. Über das beste Rennpferd aller Zeiten diskutierten. In einem Jahr war ich für Genuine Risk, eine von nur zwei Stuten, die je das Kentucky Derby gewonnen hatten.

Ein plötzlicher Kurzschluss im Gehirn. Eine Granate, die explodierte.

Mein Gott. War es das?

Der Gedanke wurde immer greifbarer und füllte das ganze Zimmer. Ich drehte und wendete ihn hin und her. Nahm den Mac und prüfte noch einmal die rätselhafte Zahlen-Buchstaben-Kombination.

Mit rasendem Puls griff ich zum Handy.

33

Hoebeek ging nicht dran. Ich hinterließ eine kurze Nachricht. Zehn Sekunden später kam der Rückruf.

»Die Sprengsätze sind bereits auf der Rennbahn? Wovon in Gottes Namen reden Sie?«

»Zusammen mit den Fotos von Bronco Dickey und Landmine Crozier habe ich Ihnen einen Screenshot von der codierten Mail geschickt. Ich glaube, die letzte Zeichenkombination bezieht sich auf Verstecke für die Bomben. *LM-inf:* Lockheed Martin hat doch ein Sponsorenzelt auf dem Infield, oder?«

»Direkt bei der Ziellinie.«

»*JC-GR:* Eine Loge im Jockey Club ist nach Genuine Risk benannt. Ich vermute, dass sie dieses Jahr vom Godolphin-Rennstall gemietet wurde.«

»Weiter.«

»B5-S2+4: Barn fünf, die Ställe zwei und vier. Auch dort Godolphin-Pferde?«

Hoebeek antwortete nicht.

»Lockheed Martin macht doch Geschäfte im Nahen Osten, oder?«, fragte ich und meinte, dass die Firma jede Menge Beziehungen bis ganz nach oben hatte.

Angespanntes Atmen. Dann: »Sind Sie nach Louisville gekommen, um uns das Derby zu verderben?«

»Nein.«

»Ich möchte nicht gleich das ganze Rennen absagen, so kurz

vor dem Ziel.« Durch Hoebeeks Worte rutschte das letzte Puzzleteil an seinen Platz.

»Ich möchte aber auch nicht, dass die Menschen in unserer Obhut gefährdet sind«, sagte er weiter. Er meinte natürlich die Menschen in seiner Obhut.

»Der mittlere Teil des Codes. FL1X. Finish Line, die Ziellinie beim Crossing, der ersten Überquerung.« Ich versuchte, mir meinen Adrenalinrausch nicht anmerken zu lassen. »Ergibt das einen Sinn?«

»Die Rennbahn ist eine Meile lang. Das Rennen geht aber über eineinachtel Meilen. Die Pferde überqueren die Linie einmal bei ihrer Runde und dann noch einmal beim Finish.«

»Ich würde sagen, für Bronco ist die erste Überquerung der Ziellinie das Startsignal, dann will er loslegen. Jetzt ist es 1.20 Uhr. Das Derby soll um 18.24 Uhr starten. Damit haben wir über sechzehn Stunden, um die Sprengsätze zu finden und zu entschärfen.«

»Die Rennbahn öffnet um acht.«

»Dann müssen wir uns beeilen.«

Hoebeek dachte nach. Oder las noch einmal die E-Mail.

»Ich habe das Bombenentschärfungskommando und das ATF vor Ort. Wir haben es mit Terroristen zu tun, also wird sich auch das FBI einschalten.«

»Und was ist mit uns?« Ich sah zu Gus, der mittlerweile hellwach war. Seine Augen leuchteten wie meine.

»Lassen Sie Ihre Waffen im Safe und Ihren Hintern im Hotelzimmer.«

»Auf gar keinen Fall.«

»Das ist ein Befehl.«

»Sie sind gar nicht befugt, mir Befehle zu erteilen.«

»Ich kann Sie festnehmen lassen.«

»Mit welcher Begründung?«

»Für eine Vernehmung.«

Das konnte er. »Bomben gefunden, Attentäter geflohen«, sagte ich. »Nicht gerade eine Schlagzeile, die man gerne hat.«

»Wir kriegen die Scheißkerle.«

»Haben Sie schon mit Capps gesprochen?«

»Worauf wollen Sie hinaus?«

»Bronco und Landmine sind schwer zu fassen, die gehen Ihnen durchs Netz. Mein Bruder und ich können sie identifizieren.«

Schweres Atmen. Ziemlich genervt. Ich wollte schon nachsetzen, als die raue Stimme wieder losraspelte.

»Eventuell könnten Sie einen kleinen Beitrag leisten.« Was so viel hieß wie: Sie tun genau das, was ich sage, auf gar keinen Fall mehr.

»Sie geben die Befehle.« Was so viel hieß wie: Das sage ich jetzt, in Churchill Downs ist das längst wieder vergessen.

»Ich schicke Ihnen einen Streifenwagen.«

*

Der Streifenwagen brauchte neunzig Minuten. Als er endlich kam, mit einem gewissen M. Albee hinterm Steuer, war mir fast schlecht von all der Energie und inneren Anspannung, die in mir tobte. Ohne groß zu überlegen, schnappte ich mir meinen roten Reithelm und eilte nach draußen.

Albee hielt in der Nähe der Stelle, wo uns der Shuttlebus am Vortag abgesetzt hatte. Die Plaza, der Sattelplatz und die Tribünen waren dunkel und verlassen und wirkten völlig anders als beim Rennen.

Albee führte uns zu einem VIP-Fahrstuhl im Clubhaus, mit dem wir in den vierten Stock fuhren. Unsere Schritte hallten laut in der Stille. Mein ruheloser Instinkt kreischte, dass es mit der Ruhe schon bald vorbei sein würde.

Die Kommandozentrale war ein ganz gewöhnlicher Raum

mit zwei Schreibtischen, ein paar Laptops und einer Reihe Monitore. Nichtssagende Pferdedrucke an der Wand, hässlicher Teppich auf dem Boden. Ich hoffte, dass das Geld, das man bei der Einrichtung gespart hatte, in die Schlagkraft der Polizei von Louisville investiert worden war. Und in Sprengstoffspürhunde.

Im Gegensatz zum Raum war die Einsatzleitung alles andere als gewöhnlich. Bertie Hoebeek hatte einen Teint so weiß wie das Innere einer Zitronenschale, rosige Wangen und Haare, die von Weizenblond zu Grau wechselten. An den Seiten waren ihre Haare kurz, vorne lang genug, um ihr in die Stirn zu fallen, vielleicht wollte sie so davon ablenken, dass sie links nur noch ein halbes Ohr hatte.

Oh ja. *Sie.* Ihr Name stand auf einem Messingschildchen an ihrer üppigen linken Brust. Huberta Hoebeek. Vermutlich war in den alten Familienlegenden viel von Tulpen und Windmühlen die Rede.

Vermutlich fragte auch niemand nach dem fahnenflüchtigen Ohr. Bertie Hoebeek war 1,85 Meter groß und sah aus, als ob sie 150 Kilo stemmen konnte. Vielleicht konnte sie auch Eisenstangen mit bloßen Händen verbiegen. Ein durchtrainiertes Michelin-Männchen auf Steroiden und in voller Polizeimontur.

Mein Blick wanderte wie üblich durch den Raum und blieb bei den Monitoren hängen. Die Bildschirme zeigten eine leuchtende Reihe leerer Räume, verlassener Tunnel, freier Sitzplätze und verwaister Parkplätze. Die beiden Männer am Monitor trugen Polohemden mit dem Emblem des Louisville Metro Police Department. Zivile Kleidung. Nicht ganz so zivile Waffen. Wie ihre Vorgesetzte hatten sie ihre Dienstwaffe an der Hüfte.

Hoebeek saß am Ende der Reihe, die Ellbogen auf die Knie gestützt, und sah auf einen Monitor. Links von ihr war ein Mann mit grau meliertem Haar und einer marineblauen Windjacke, auf deren Rücken in großen gelben Buchstaben FBI stand. Obwohl beide saßen, war klar, dass Hoebeek zehn Zentimeter größer war.

Auf dem Bildschirm erspähte ich Gestalten in Helmen und Schutzanzügen, einen Hund an der Leine und das Innere eines Stalls.

»Ma'am.«

Hoebeek drehte sich zu Albee. Ihre Augen, blauer als Delfter Keramik, musterten uns vier.

»Ich nehme an, Sie sind Night.« Sie betrachtete mich.

»Die bin ich.«

»Nett, wenn ein Außenseiter die heimischen Bräuche übernimmt.«

Ich errötete und legte die aufgemotzte Reitkappe schnell auf einem Klappstuhl an der Wand ab. Ich erinnerte mich gar nicht, dass ich sie mitgenommen hatte.

»Und das ist der Typ, der den Notruf gewählt hat?« Hoebeek zeigte auf Gus.

»Ja.«

»Ich dachte, der Anrufer wäre Ihr Bruder.«

»Da haben Sie richtig gedacht.«

»Nicht zu fassen. Name?«

»Gus.«

»Zwei Nights. Da können wir aber froh sein. Und wer ist das?«

»Denise Scranton.«

Hoebeek zog ärgerlich die Brauen zusammen. »Warum ist sie hier?«

»Sie kann Mitglieder von Broncos Bande identifizieren, die wir nicht kennen.«

»Keine Chance. Zivilisten haben hier nichts verloren.«

»Ich bin auch Zivilist«, sagte ich.

»Sie waren bei der Polizei.«

Ohne weitere Diskussion zeigte Hoebeek mit dem Daumen

auf den leeren Stuhl zu ihrer Rechten. »Hinsetzen.« Dann mit dem Finger zu den Schreibtischen. »Sie beide, da rüber.«

Ich setzte mich. Kerr setzte sich. Gus blieb stehen, die Arme verschränkt, die Beine in den Boden gestemmt. Albee zog sich zurück und stand auf dem Gang Wache.

Hoebeek drehte sich zurück zum Bildschirm und stellte uns vor, indem sie einfach unsere Namen nannte. »Special Agent Jordan Millet. Sunnie Night.«

Millet und ich nickten uns zu. Er hatte kleine, eng beieinanderstehende Augen, die so kaffeebraun wie seine Haut waren. Er wirkte nicht erfreut über meine Anwesenheit.

»Was ist los?«, fragte ich und konzentrierte mich auf den Monitor vor Hoebeek.

»Gleich mal vorneweg. Nur weil Sie hier sind, sind Sie noch lange nicht irgendwie beteiligt.«

»Ihr Vertrauen in mich ist sehr erbaulich.«

Hoebeek nickte kurz zum Bildschirm. »Wir haben einen Sprengsatz gefunden. Scheune fünf.«

»Was soll denn der Mist?« Weiß glühender Zorn flammte in mir auf. »Wir mussten uns den Hintern platt sitzen, bis Sie konkrete Beweise für unsere Warnung hatten?«

Hoebeek fixierte mich mit harten blauen Augen. »Haben Sie ein Problem damit, wie ich den Einsatz leite?«

»Haben Sie die Verantwortlichen informiert?« Ich hoffte, dass man meine Wut nicht allzu deutlich heraushörte.

»Ich bin die Verantwortliche.«

»Von der Rennbahn.«

»Sie sind informiert.« Sie drehte sich wieder zum Bildschirm.

»Und die wollten das Rennen nicht absagen?«

»Ganz im Gegenteil.«

»Haben Sie ihnen eine Frist gesetzt?«

»Ja.«

Eisiges Schweigen wie in einer Leichenhalle. Millet mied den Blickkontakt. Ich riss mich zusammen. Das Letzte, was ich brauchen konnte, war eine Auseinandersetzung mit Hoebeek oder Millet.

»Bombentyp?«, fragte ich.

»Dampfkochtopf.«

»Sie haben eine Schippe draufgelegt.« Ich wusste nicht, ob Hoebeek und Millet über Bronco und die Bnos Aliza School informiert waren, ich würde sie jedenfalls nicht aufklären. »Wo versteckt?«

»In einem Futtersack.«

»Wie bei den Tsarnaev-Brüdern beim Boston-Marathon«, sagte Millet überflüssigerweise.

»Abgesehen vom Futtersack.« Ein feindseliger Blick traf mich von der Seite. Egal. »Schon entschärft?«

»Wir haben einen X Ray Scanning Rover im Einsatz.« Hoebeek meinte einen Roboter, der hochauflösende Bilder in Echtzeit lieferte. »Und dann haben wir das Ding mit einer Wasserladung zerlegt.«

»Was ist mit den beiden anderen Standorten?«

»Unsere Teams sind im Jockey Club im Einsatz, im Zelt von Lockheed Martin, auf den Tribünen und bei den Verkaufsständen. EDCs schnüffeln jeden Quadratzentimeter ab.« EDCs, das waren Explosive Detecting Canines, also Sprengstoffspürhunde. Die Frau stand auf Fachbegriffe. »Bis jetzt haben wir noch nichts gefunden.«

Also warteten wir. Schritten auf und ab. Starrten auf Bildschirme. Tranken Kaffee, der wie alte Kotproben schmeckte.

Um 4.37 Uhr und 20 Sekunden klingelte Hoebeeks Handy. Sie sah auf die Nummer und stellte auf Lautsprecher. Im Raum wurde es völlig still.

Ein Spürhund namens Pickle hatte bei einem Karton Maischips angeschlagen.

»Wo?«, fragte Hoebeek.

»In einem Lebensmittellager, das für die Logen im Jockey Club genutzt wird.«

»Schickt den Roboter hin.«

»Schon unterwegs.«

»Und halten Sie Kontakt.«

Wie von einem schwarzen Loch angezogen, drängten alle im Raum näher zum Monitor. Hoebeek war abgelenkt oder schien nichts dagegen zu haben, jedenfalls sagte sie nichts.

Auf Bildschirm sechs rückte der Roboter ins Bild, positionierte sich neben dem Karton mit Maischips und fuhr den Röntgenarm aus. Pause. Dann eine Stimme aus dem Lautsprecher.

»Der Scanner meldet eine aus einem Schnellkochtopf gebaute Bombe.«

»Entschärft das Scheißding«, sagte Hoebeek knapp.

Wir hörten Stimmen, Bellen und Fußgetrappel. Dann ein gedämpftes Plopp, als der Karton, die Maischips und die Bombe von einem Wasserstrahl getroffen wurden, der stark genug war, um sie in sämtliche Einzelteile zu zerlegen.

»Entschärft«, sagte eine blecherne Stimme.

»Gut gemacht. Und nur zur Erinnerung: Der Special Agent vom FBI neben mir ist total scharf auf sämtliche Spuren am Tatort. Alles klar?«

»Ja, Ma'am.«

»Und gebt dem Hund ein Leckerli.«

Wir warteten wieder. Die Techniker und Millet starrten auf die Bildschirme. Gus runzelte die Stirn. Kerr schnarchte. Hoebeek strahlte Autorität aus.

5.14 Uhr.

5.19 Uhr.

Um 5.30 Uhr forderte mich Hoebeek auf, eine Runde mit ihr zu drehen. Obwohl mir das komisch vorkam, ging ich mit ihr hinaus auf den Flur. Im sicheren Abstand blieb sie stehen und schob die Daumen hinter den Gürtel.

»Ihnen ist klar, warum ich das abklären musste.«

»Abklären?« Ich schaute ihr direkt in die Augen und hielt den Blick.

»Bevor ich Sie kommen ließ, habe ich Beaumonde ausgefragt.«

Ich sagte nichts.

»Er hat mir von dem Mädchen erzählt, das Sie suchen. Mir erklärt, warum Sie unbedingt diese Scheißkerle zur Strecke bringen wollen.«

»Ah, tatsächlich.«

»Ich erinnere mich an diese Massenselbstmorde von Sektenmitgliedern in den Neunzigerjahren. Die Branch Davidians in Waco. Heavens Gate. Die Sonnentempler. An ihre spezielle Sekte erinnere ich mich nicht, was vielleicht daran liegt, dass sie keinen Namen hatte.«

Ihre Worte trafen mich wie ein Stromschlag. Hoebeek stocherte in meiner allerheiligsten Hölle herum, meiner Kindheit.

»Das bleibt natürlich alles unter uns.«

Ich sagte lieber nichts, fürchtete, andernfalls die Kontrolle zu verlieren.

»Tut mir leid, wenn das jetzt unsensibel rüberkommt, aber ich hätte gerne Ihre Einschätzung zu dem, was hier läuft.«

»Ihre Entschuldigung können Sie sich in den Arsch stecken.«

Hoebeeks Wangen flammten rot auf, als ob sie geschlagen worden wäre. Wie Blut, das sich im Schnee verteilt.

Meine Reaktion war natürlich völlig unangemessen. Ich wechselte in den Kontrollmodus. Tief atmen. Noch einmal. Dann machte ich auf dem Absatz kehrt und ging zurück in den Kommandoraum.

5.45 Uhr.

5.54 Uhr.

Die Spannung im Raum knisterte wie ein Spanferkelfeuer. Ich saß herum oder ging unruhig auf und ab, die Handflächen feucht, der Mund trocken. In meinem Kopf tobte ein Gewitter aus Erinnerungen.

Eine Sommernacht. Atemloses Rennen durch dunklen Wald. Verkohlte Leichen. Schwarze Lippen, die einmal meine Wange geküsst hatten. Ich hasste Hoebeek dafür, dass sie in der Schlangengrube herumgestochert und die Bilder in mir heraufbeschworen hatte.

Aber wem wollte ich etwas vormachen? Es war nicht Hoebeeks Schuld. Ich hatte das schon öfter erlebt. Ich war gescheitert. Hatte alle im Stich gelassen. Meine eigene Mutter.

Eine Nacht. Nicht zwei.

Er hatte gelogen. Ich hatte es nicht bemerkt. Weder in seiner Stimme noch in seiner Körpersprache, seinen animalischen Augen.

Der Anführer. Das Monster.

Ich fühlte mich so machtlos. Ich stand von meinem Stuhl auf, hockte mich auf den Boden und kaute an meinen glänzenden schwarzen Nägeln.

Überlegte. Wo zum Teufel war Stella? Würde sie auch meinetwegen sterben?

Die Rennbahn sollte um acht öffnen. Wie lange würde Hoebeek noch warten, bevor sie das Derby absagte? Und wenn ich mich irrte, wie viel Geld würde der Veranstalter verlieren? Und wenn ich recht hatte, wie viele Menschen würden ihr Leben verlieren?

Gab es noch eine weitere Bombe? Oder hatte Bronco auf die dritte Bombe verzichtet? Oder sie woanders platziert? Wenn ja, wo? Ich wusste so wenig. Ich würde wieder scheitern.

Zweifel und Angst übernahmen den Teil meines Gehirns, den ich für klares Denken reserviert hatte, untergruben meine Fähigkeit, logisch zu überlegen.

Um 6.10 Uhr klingelte Hoebeeks Telefon erneut.

Ein Sprengstoffspürhund hatte an einem Karton mit Plastikbechern im Lockheed-Martin-Zelt angeschlagen. Bei der ersten Durchsuchung war nichts bemerkt worden.

Hoebeek beorderte den Roboter zum Zelt. Die Röntgenbilder zeigten eine Bombe.

Dank Adrenalin konnte ich schnell wieder klar denken. »Wir sollten Attrappen hinterlassen, falls Bronco noch einmal nachsieht.«

»Ach, denken Sie das, Miss Marple?«

Ich schrieb Hoebeeks Stichelei meinem Kommentar auf dem Gang zu und ignorierte sie. Gus nicht.

»Ja, meine Liebe.« Die Wut blitzte hinter der Höflichkeit auf. »Das denken wir.«

Hoebeek drehte sich mit ihrem Stuhl um. »Vor langer Zeit habe ich Ihnen gesagt, Sie sollen sich hinsetzen. Sie stehen aber immer noch.«

»Allerdings.« Kriegerisch.

»Sie halten sich wohl für besonders schlau.«

»Einer von uns sollte das auch sein.«

Blaue Augen duellierten sich mit grünen. Hoebeek blinzelte zuerst. »Wir stellen Attrappen hin.«

Nach einer Stunde war der dritte Sprengsatz entschärft.

Mit dem Versprechen, mich demnächst zu verhören, eilte Millet zum letzten Fundort. Vielleicht musste er auch pinkeln.

In mir war alles in Aufruhr, vom Magen bis zum Kopf.

»Die Rennbahn öffnet in fünfundvierzig Minuten«, sagte ich. »Bronco und Landmine werden ihre große Show nicht verpassen wollen.«

»Wir sind dran«, sagte Hoebeek.

»Wie wollen Sie die erkennen?«

»Wir haben Ihre Fotos.«

»Das wird nicht reichen.«

»Wir werden die Schwanzlutscher schon kriegen.«

»Bis jetzt haben Sie das noch nicht geschafft.«

Vielleicht bereute Hoebeek ihren Miss-Marple-Scherz. Oder ihre taktlose Fragerei in Hinblick auf meinen persönlichen Albtraum. Auf jeden Fall verkniff sie sich eine Erwiderung. »Bronco ist derzeit nicht auf dem Gelände. Meine Leute haben die ganze Nacht alles abgesucht.« Sie stand auf und zeigte mit dem Finger auf mich. »Ich werde die frohe Botschaft jetzt einem Rudel Schakale in Seersucker-Anzügen verkünden. Sie rühren Ihren Hintern nicht von der Stelle.«

Ich tat wie geheißen. Einen Moment lang.

Ich sah zu Gus. Er nickte mit dem Kopf Richtung Tür.

Ich schnappte mir meinen blumengeschmückten Helm und war draußen.

34

Vor den Eingängen bildeten sich bereits erste Schlangen. Als die Tore öffneten, strömten die Zuschauer hinein. Zuerst als Rinnsal, mit der steigenden Sonne dann als breiter Fluss. Da wir davon ausgingen, dass sich Hoebeek auf die Fundstellen der Bomben konzentrieren würde, teilten Gus und ich uns die Rennbahn wie am Vortag auf.

Am späten Vormittag standen die schwitzenden Zuschauer dicht an dicht. Das Gedrängel hatte Vor- und Nachteile. Wir fielen nicht weiter auf, andererseits konnten sich auch Bronco und Landmine gut im Getümmel verbergen.

Zur Mittagszeit hatten wir weder Bronco, Landmine noch Stella gesehen. Um 14 Uhr auch noch nicht.

Um 16.17 Uhr entdeckte ich Landmine, der gerade aus dem Herrenklo bei der Tribüne kam, am Tunneleingang zum Infield. Er trug ein weißes Hemd und eine schwarze Hose, beides in Elefantengröße. Eine dunkle Ray-Ban verdeckte seine Augen, dazu hatte er einen Panamahut tief ins Gesicht gezogen. Um seinen Hals baumelte ein Ausweis für Rennbahnmitarbeiter.

Ich setzte meinen schicken Helm auf, drehte mich mit der Schulter weg und ließ ihn vorbei. Den Blick fest auf den Panamahut gerichtet, wählte ich Gus' Nummer, der zusammen mit Kerr seine Runden drehte.

»Landmine ist hier«, sagte ich, während ich ihm hinterherging, schnell genug, um ihn nicht zu verlieren, langsam genug, um nicht aufzufallen.

»Geht das auch etwas genauer?«

Ich beschrieb meinen Standort. »Ist gekleidet wie ein Händler oder Kellner.«

»Glaubst du, Hoebeeks Leute bemerken ihn?«

»Mit der Brille und dem Hut? Ich hätte ihn fast selbst nicht erkannt.«

»Informier sie trotzdem.«

»Mach ich.«

Als ich auflegte, nahm Landmine sein Handy und telefonierte. Wir waren mittlerweile beide auf dem Infield. Ein kurzes Gespräch, dann machte er einen Bogen, bis er gegenüber vom Lockheed-Martin-Zelt stand. Er steckte das Handy ein, wandte sich um und blickte auf die wimmelnde Zuschauermenge auf dem Rasen.

Ich rief Hoebeek an. Voicemail. Hinterließ eine Nachricht.

Ich hätte mir Landmine schnappen können, aber ich wollte Bronco. Und Stella, wo immer sie war.

Fünf Minuten. Zehn. Eine Lautsprecherdurchsage. Ich schaute zum gigantischen Bildschirm. Das zehnte Rennen, das Woodturf Classic, würde gleich starten.

Ich beobachtete Landmine. Langsam wandte er sich nach links und rechts, um seine Umgebung zu mustern. Er wirkte nicht ganz so gorillahaft, wie ich ihn in Erinnerung hatte. Lag vielleicht am Hut. Vielleicht hatte er in Wirklichkeit auch gar keine Reißzähne.

Weitere Lautsprecherdurchsagen. Fröhlich. Ahnungslos.

Landmine suchte immer noch die Menge ab.

Dann hielt sein Kopf ruckartig inne. Ich folgte seinem Blick.

Bronco schlängelte sich durch die Zuschauer. Dunkler Anzug, Knopf an einem Spiralkabel im Ohr, frisch geschnittene Haare. Er gab also den Securitymitarbeiter. Eine Fliegersonnenbrille wie die, die der Unabomber getragen hatte, verbarg seine

Augen. An den Füßen trug er seine widerlichen Cowboystiefel mit den Stahlspitzen.

Bronco ging zu Landmine hinüber, die beiden unterhielten sich.

Eine Fanfare kündigte das Aufsitzen an.

Ohne Vorwarnung krallte sich eine Hand in meine Schulter.

Ich drehte mich wie vom Stromschlag getroffen um.

»Verdammt!« Mein Herz hämmerte. »Du hast mir eine Scheißangst eingejagt.«

»Sorry.« Gus hob reumütig die Hand.

Kerr zeigte ihre übliche ausdruckslose Miene.

»Da.« Ich zeigte zu Bronco und Landmine.

Gus musterte sie hinter seiner Maui Jim. »Was hat Hoebeek vor?«

»Keine Ahnung.«

Die bronze getönten Gläser schwenkten zu mir. »Mein Gott, Sunnie.«

»Ich hab ihr eine Nachricht auf Band gesprochen«, verteidigte ich mich. »Hoffen wir, dass sie nicht den Rambo spielt. Bronco gehört uns, außerdem ist der Drecksack gerade erst aufgetaucht.«

»Bronco *gehört uns?* Wer legt denn hier die Prioritäten fest?«

Ich sagte nichts.

Auf der Bahn wurden die Pferde zu ihren Startboxen geführt.

Auf dem Infield rührten sich Bronco und Landmine nicht von der Stelle.

Die Startglocke ertönte. Die Pferde schossen aus der Startmaschine und donnerten vorbei. In ihrem Windschatten lag der Geruch von zerfetztem Gras und Erde. Das Murmeln der Zuschauer schwoll an wie eine Woge. Eine Runde und noch ein Stück, dann trottete das Siegerpferd zum Fototermin und zum Blumenkranz, die Verliererpferde wurden abgesattelt und trocken gerieben. Das nächste Rennen war das entscheidende.

Aber Bronco und Landmine bewegten sich immer noch nicht.

»Was zum Teufel machen die da?« Gus fuhr sich mit dem Finger nervös über die rechte Schläfe.

»Die Sprengsätze sind zu weit auseinander für eine einzige Detonation. Wahrscheinlich nutzen sie die Signale von drei verschiedenen Handys.«

»Sie warten auf andere JJs.«

»Das denke ich auch.«

Wir starrten auf die Uhr. Eine Minute nach der anderen verrann. Schließlich sang eine Frau die Nationalhymne. Nicht schlecht, aber auch nicht herausragend.

Wir warteten und hielten weiter die Augen offen.

Ein Mann forderte die Zuschauer auf, ein Glas Mumm-Sekt zum größten Toast der Welt zu erheben. Kam auf dem Infield nicht sonderlich gut an.

Wir warteten weiter.

Ein plötzlicher Adrenalinstoß.

Eine Frau in gelbem Hosenanzug und einem Hut mit gelber Schleife steuerte direkt auf Landmine und Bronco zu. Sie hielt das Kinn gesenkt, ihr Gesicht war durch die breite Hutkrempe verdeckt.

Hinter der Frau im Hosenanzug ging eine Frau in einem bodenlangen grauen Rock und einer weißen Tunika ähnlich wie der, die Kerr getragen hatte, als sie an mein Waschbecken gekettet gewesen war. Sie hatte einen geblümten rosa Schal um den Kopf geschlungen, der ihre Haare und einen Teil ihres Gesichts verbarg. Die Schultern ließ sie hängen, wodurch sie kleiner wirkte. Dabei war sie ohnehin nicht sonderlich groß.

Das Mädchen in der Tunika wirkte dünner als das Mädchen auf Opaline Druckers Foto. Trotzdem klopfte mein Herz schneller. War das etwa Stella Bright?

Hinter mir schnappte jemand nach Luft. Ich drehte mich um.

Kerr machte Augen groß wie Untertassen. Eine Hand hatte sie vor den Mund gepresst.

»Wer sind diese Frauen?«, fragte ich.

Kerr schüttelte langsam den Kopf, den Blick starr auf die Frau im Hosenanzug gerichtet.

»Ist die Frau in der Tunika Stella Bright?«

Nur ein verschreckter Blick.

Die Hitze. Das Gefühl, zur Untätigkeit verdammt zu sein. Der Schlafmangel. Die vertraute Wut. In meinem Kopf brannte eine Sicherung durch.

»Wer sind diese Frauen?« Ich riss Kerr die Hand weg, die sie sich vor den Mund gehalten hatte.

»Sie haben keine Ahnung«, murmelte sie.

»Was du nicht sagst?!« Vor lauter Zorn sah ich alles nur noch verschwommen, wie durch eine Wolke. »Wer ist das?!«

Kerr wandte den Kopf zur Seite, versuchte verzweifelt, meiner Wut zu entkommen. »Lassen Sie mich los.«

Durch den weißen Nebel spürte ich Blicke in meinem Rücken. Ein Mann bot seine Hilfe an. Eine Frau fragte, ob sie die Polizei rufen solle. Gus mit beruhigendem Lachen, ein Streit unter Schwestern, zu viel Bourbon.

»Raus damit!«

Kerr schwieg.

Ich sah wieder zu den Frauen. Die im Hosenanzug hatte sich umgedreht, ich konnte jetzt ihr Gesicht sehen. Hagere Züge, ein strenges Kinn und starke Wangenknochen, die Nase so spitz wie ein Rückenwirbel, der aus einer vertrockneten Leiche ragt. Bronco, dem ihr vernichtender Blick galt, schien in sich zusammenzuschrumpfen.

»Wer! Ist! Das!« Wütend schüttelte ich Kerr.

»Meine Mutter.« Sie schluchzte. »Das ist meine Mutter!«

Völlig perplex ließ ich Kerr los. Sie wiegte sich hin und her, um sich zu beruhigen. Ich musterte sie aufmerksam, während sich in meinem Hirn vergessene Bruchstücke zusammenfügten.

Bronco auf der Couch in der Rose Avenue. *Ich kann mir meine Leute nicht aussuchen.*

Kerr auf der Matratze auf dem Boden im Garden Inn. *Sie haben ja keine Ahnung.*

Broncos E-Mail, in der er Icard und Harkester verriet. *Könnte ich selbst über mein Tun bestimmen.*

Capps' Beschreibung der verschwundenen Witwe. Lebte total zurückgezogen, der Tod ihres Mannes beim Terroranschlag hatte sie völlig aus der Bahn geworfen.

Die Frauenstimmen im Flur in der Rose Avenue.

Die versteckten Hinweise, die mein Unterbewusstsein gesandt hatte.

»Ist die andere Frau Stella?«

Tränenreiches Nicken.

Eine Brise ließ das Ende des rosa Schals flattern. Kupferrotes Haar leuchtete in der Nachmittagssonne.

Ich schluckte. Holte tief Luft. Holte noch einmal Luft.

»Deine Mutter steckt hinter diesem ganzen irren Scheiß. Das wolltest du schon in Washington sagen. Da gibt's noch andere. Bronco ist gar nicht der Anführer von Jihad for Jesus.«

Kerr nickte, das Gesicht starr wie eine Totenmaske. »Nein, das ist ...« Sie stolperte über das Wort, vielleicht aus Angst, vielleicht aus Hass. »... Mama.«

Ich sah nur Stella. Die helle Haut. Der starre Blick. Den Schal, der das leuchtend rote Haar verdeckte.

Und plötzlich begriff ich das ganze Schreckensszenario. Die gebeugten Schultern. Die verschränkten Arme. Die Falten der Tunika, die irgendwie falsch fielen.

Mein Herz beschleunigte so schnell, dass ich dachte, ich würde mich gleich übergeben.

»Großer Gott. Sie hat eine Sprengstoffweste.«

»Verdammte Scheiße!« Gus tippte wie wild auf seinem Handy herum.

Bronco sah auf die Uhr, nickte kurz und knapp mit dem Kopf und sagte etwas zu Scranton. Sie drehte sich um und zog Stella an sich.

Eine steife Umarmung, dann gingen die beiden Frauen auseinander. Stella hob die Faust und schlug sie sich vor die Brust, wandte sich dann um und schlängelte sich durch die Zuschauer Richtung Ziellinie.

Aus dem Augenwinkel sah ich, dass plötzlich überall auf dem Infield uniformierte Polizisten auftauchten, die sich wie Star-Wars-Stormtrooper aus dem Nebel materialisierten.

Neben mir bellte Gus in sein Handy. Selbstmordattentäterin. Weiße Tunika. Rosa Schal.

Eine eisige Hand umklammerte mein Herz. Ich kannte die Vorgehensweise. Wusste, dass in wenigen Sekunden Scharfschützen Stellas Kopf ins Visier nehmen und feuern würden.

Die nächsten Momente flogen vorbei wie verzerrte Bilder am Fenster eines Hochgeschwindigkeitszugs.

Ich ignorierte Gus' gebrüllte Bitten, senkte den Kopf und drängelte mich an den Rand der Rennbahn. Von dort sprintete ich zur Ziellinie. Als Stella drei Meter vor mir aus der Menge auftauchte, kontrollierte ich ein letztes entscheidendes Detail. Und hätte vor Erleichterung fast laut aufgeschrien. Mit ihrer rechten Hand umklammerte sie den Auslöser.

Mein Körper agierte immer noch ohne Genehmigung meines Verstandes. Ich rannte hinter sie, in der Hand hielt ich meinen roten Helm am Kinnriemen. Stella spürte die Gefahr oder die Bewegung und wirbelte herum.

Eine Sekunde lang begegneten sich unsere Blicke. In diesem Moment schlug mir eine Leidenschaft entgegen, die ich nur zu gut kannte. Das Feuer im Gehirn, das den Verstand blockiert. Die Flamme im Herzen, die nur blinden Gehorsam erlaubt.

Und ich sah noch etwas. Auf Stellas rechter Wange prangten zwei verschränkte J.

Widerstreitende Emotionen hämmerten im Death-Metal-Rhythmus in mir. Wut, Verachtung, Mitleid.

Stella hatte klein beigegeben. War zu dem geworden, wogegen ich mein ganzes Leben lang gekämpft hatte.

Trotzdem.

Ich wollte nicht, dass sie starb.

Instinktiv schob ich mein linkes Bein vor, beugte leicht die Knie und holte mit aller Kraft aus. Die harte Schale meines Reithelms traf Stellas rechte Schläfe. Sie klang wie ein Stein, der auf Beton prallt.

Stellas Kopf fiel zur Seite. Ihr Gehirn rutschte nach rechts, prallte gegen die Schädelwand, schleuderte nach links und stieß gegen die Schädelinnenwand auf der anderen Seite. Winzige Blutgefäße zwischen Schädelwand und Gehirn rissen ein.

Stellas Lider flatterten, sie verdrehte die Augen, brach zusammen, ihre Hand wurde schlaff.

Der Zünder fiel zu Boden. Ich kickte ihn weg.

»Zurück!«, bellte eine Stimme hinter mir.

»Sie ist bewusstlos!«

»Treten Sie zurück!«

»Nicht schießen! Sie ist erst sechzehn!«

»Sofort!«

Ich trat zurück und schaute hastig zu dem Trio, das sie gerade verlassen hatte. Landmine stand noch bei Shirley Scranton. Die beiden hatten die vielen Polizisten noch gar nicht bemerkt. Bronco dagegen schon. Er war weg.

Shit! Wohin?

Mein Blick ging suchend hin und her. Ich bahnte mir einen Weg zu Tor drei. Zwanzig Meter, dann hörte ich rechts von mir Beschimpfungen und Pfiffe, eine Welle der Empörung, die durch die Zuschauer ging.

Bronco sprang wie ein Hirsch durch hohes Gras. Auf dem Kopf trug er nun eine Schiebermütze. Die Fliegerbrille war durch ein schwarzes Plastikgestell mit klaren Gläsern ersetzt worden. Ich ahnte, welche Richtung er einschlagen wollte, und kürzte quer durch die Menge ab.

Ohne auch nur einen Schritt langsamer zu werden, zog Bronco Anzugjacke und Krawatte aus. Er war ganz schön schnell in seinen Cowboystiefeln. Aber nicht schnell genug. Als wir den Tunnel erreichten, betrug der Abstand zwischen uns nur noch knappe zehn Meter.

Der enge Tunnel war von Wand zu Wand voller fröhlicher Zuschauer. Bronco pflügte an der Wand entlang, seine Knie und Ellbogen flogen beim Laufen. Ich folgte ihm, mein Atem klang wie Donner in meinen Ohren, die Schritte wie Schrotkugeln, die von Zement abprallen.

Plötzlich hörte ich draußen einen Knall. Dann noch einen. Schüsse? War Stella wieder zu Bewusstsein gekommen und hatte versucht aufzustehen? Eine laute Fanfare aus dem Lautsprecher machte es unmöglich, das Geräusch zu deuten.

Bronco bog am Ende des Tunnels rechts ab und arbeitete sich durch die Menschenmenge auf der Central Avenue. Ich trampelte rücksichtslos hinterher. Die Passanten, die wir umrempelten, hielten uns für zwei besoffene Rowdys.

Bis Bronco eine Kahr P380 aus dem Stiefel zog.

Die Leute drängten schreiend und schiebend von ihm weg. Ich war froh, dass sie in alle Richtungen davonsprengten, jedoch weniger froh über die Waffe. Immerhin hatte ich nun mehr Platz und konnte einen Gang zulegen, als wir die 4th Street erreichten.

Jetzt zahlte sich endlich aus, dass ich jede Woche zwanzig Meilen joggte. Meine Beine hielten durch. Trotzdem hatte ich das Gefühl, durch einen meiner eigenen Albträume zu rennen. Als ob sich meine Füße weigern würden, schnell genug zu laufen.

Schließlich bog Bronco links ab, an einer Apotheke vorbei, ein paar lockere Schritte, dann rannte er über die Straße und verschwand zwischen einer Armada von Wohnmobilen, die auf einem leeren Grundstück geparkt waren. Ich rannte nur wenige Sekunden hinter ihm.

Als ich das letzte Wohnmobil umrundete, sah ich einen Moment lang nur die bernsteinfarbene Sonne, die zwischen den eng geparkten Fahrzeugreihen durchfiel. Von Bronco keine Spur.

Die Panik traf mich wie einen Erdrutsch.

Ich zückte mein Handy und rief Gus an. Voicemail. Flüsterte keuchend: »Wohnmobile. Oakdale Avenue.«

Legte auf. Stand reglos, knallrot im Gesicht, klitschnass geschwitzt.

Von der Rennbahn war eine Ansage zu hören, dann Musik, der Text durch die Entfernung verwaschen, aber trotzdem vertraut.

The sun shines bright in the old Kentucky home …

Weit weg eine Menschenmenge? Zuschauer, die in Panik fliehen? Nahe bei mir ein laufender Motor. Eine Katze. Keuchen.

Ein schneller Rundumblick. Auf der hinteren Stoßstange eines Wohnmobils lag ein schwerer Radschlüssel. Ich nahm ihn und schlich ganz leise und vorsichtig vorwärts. Rechts und links Reifen und Wände. Ich presste die Schultern an einen Airstream so groß wie ein Kreuzfahrtschiff und spähte vorsichtig in die Reihe links von mir.

Bronco stand mit dem Rücken zu mir tief hinuntergebeugt, so nahe, dass ich den Schleim in seinem Hals hören und die widerliche Mischung aus Schweiß und Aftershave riechen konnte. Die Brille und die Mütze waren verschwunden, aber seine langen, spinnenartigen Finger hielten immer noch die Pistole.

Ich packte den Radschlüssel fest mit beiden Händen und hob die Arme wie ein Schlagmann beim Baseball. Ich spürte die Anspannung und stellte mir das weiche Fleisch hinter Broncos

Knien vor, doch genau in dem Moment drehte er den Oberkörper wie eine Schlange, die sich um einen Ast windet. Er richtete sich immer noch schwer atmend auf und zielte mit der Pistole direkt auf meinen Kopf.

We will sing one song for my old Kentucky home …

Der Radschlüssel sauste mit einem hohen Pfeifen durch die Luft. Traf mit einem hässlichen Knacken auf einen Knochen. Die Pistole flog Bronco aus der Hand und prallte gegen meinen Brauenknochen über dem guten Auge.

Tränen blockierten mir die Sicht. Blut. Ich duckte mich zur Seite. Eine Sekunde zu spät. Die Spinnenfinger packten das Eisen und wollten es mir aus der Hand winden. Der Radschlüssel glitt mir aus den Händen. Ein Ende landete seitlich an meinem Schädel.

Ein Dröhnen in meinen Ohren, das lauter als alle Geräusche war. Ich hörte nur noch meinen Körper. Die anschließenden Szenen wurden von einer Symphonie aus Atmen und Pulsschlägen untermalt.

Bronco leckte sich die Lippen. Bevor er erneut zuschlagen konnte, machte ich einen Schritt zurück und trat zu. Treffer. Der Radschlüssel flog nach oben und landete neben der Pistole auf dem Schotter.

Broncos Mund öffnete sich zu einem wilden stummen Schrei. Er ging mit fuchtelnden Armen auf mich los, die eine Hand zur Faust geballt, die andere war nur noch eine nutzlose Ansammlung aus Knochen und Fleisch, verziert mit zwei verschlungenen J. Bebend und keuchend schlang er beide Arme um mich und drückte zu. Ich spürte ein Plopp, als die Luft in meinen Lungen explodierte.

Ich wand mich heftig, konnte mich losreißen und den Ellbogen seitlich gegen Broncos Nase rammen. Ich spürte, wie das Nasenbein brach, und sah den Schmerz in seinem Gesicht, bevor ich erneut zuschlug, dieses Mal mit dem Handballen von unten gegen die Nasenflügel. Er taumelte rückwärts gegen den Airstream, den Kopf verdreht, aus der Nase spritzte Blut.

Inzwischen waren noch andere Leute da. Ich sah Münder, die sich bewegten, vielleicht feuerten sie mich an, vielleicht wollten sie mich aufhalten.

Adrenalin und Koffein hatten mich fest im Griff. Ich ignorierte die Gaffer und die Schmerzen in meinem Brustkorb und schlug erneut auf Bronco ein, so hart, dass sein Schädel gegen die Metallwand krachte und eine Delle hinterließ.

Wie Marionetten drehten sich die Köpfe um uns herum plötzlich alle gleichzeitig zur Rennbahn.

Eine Explosion? Schüsse von Scharfschützen?

Ich prügelte weiter auf Bronco ein.

Sein Kopf flog von einer Seite auf die andere, Blut und Speichel spritzten auf sein und mein Gesicht, bildeten dunkel glänzende Rinnsale auf dem Airstream. Ich schlug wieder zu, umklammerte dann seinen Hals in einem tödlichen Würgegriff, wie er es bei mir getan hatte.

Zeit verging. Sekunden? Äonen?

Dann spürte ich zwei Hände auf meinen Schultern, und Gus zerrte mich weg.

Ich versuchte, ihn abzuschütteln. Gus' Hände waren wie Schraubstöcke.

»Hör auf!« Ich sah nur die Mundbewegung.

Jetzt stand niemand mehr um uns herum. Die Gaffer waren verschwunden.

Ich hörte auf. Bronco rutschte auf den Boden, die Hände schützend vor die Nase gelegt. Ich sah auf ihn hinunter, voller Hass, und schnappte nach Luft.

Langsam und unvermeidlich legte sich die brennende Wut, hinterließ jedoch ein hässliches Stechen in meinen Eingeweiden.

»Landmine und Scranton?«, fragte ich Gus viel zu laut.

»... FBI ...« Ein Bruchstück seiner Antwort kam durch.

»Stella?« Ich wischte mit der Hand Blut und Speichel von meinen Wangen.

Gus nahm mich am Arm. Seinen Gesichtsausdruck konnte ich nicht deuten.

Zitternd und mit wackligen Knien ließ ich mich von ihm wegführen.

35

Die Luft war heiß und schwül. Verkehrslärm, Vogelgezwitscher und Palmwedelrascheln. Ich roch Geißblatt und frisch gemähtes Gras. Schmeckte Salz auf der Oberlippe.

Schwitzte in meinem langärmligen schwarzen Etuikleid aus Jersey. Schlechte Wahl, aber ich hatte kein anderes Kleid.

Noch nicht einmal Juni, und Charleston war bereits im vollen Sommermodus.

Ich schwitzte vor der First Baptist Church. Hinter dem schmiedeeisernen schwarzen Zaun erstreckte sich die Church Street wie ein Stillleben des Südstaatenreichtums – Holzfensterläden, überdachte Balkone mit Säulchen, überprivilegierte Geranien, die aus Blumenkästen und -töpfen quollen.

Hinter den drei Türen der Kirche näherte sich der Gedenkgottesdienst allmählich dem Ende. Gus saß dort in einer Kirchenbank. Opaline Drucker. Jules Oliphant. Andere, die ich nicht kannte.

Ich hatte versucht, in die Kirche zu gehen, war aber gescheitert. Man mag mich eine Heidin nennen, traumatisiert oder schlicht durchgeknallt. Ich habe meine komplette Jugend mit Fanatikern voller religiösem Eifer verbracht. Oder was auch immer sie antrieb.

Ein strahlender Tag. Aus der Kirche drangen Orgeltöne. Stimmen, die *Amazing Grace* trillerten. Sie hoben gerade zur zweiten Strophe an, als Roy Capps herauskam, schnellen Schrittes wie jemand, der vor den anderen beim Parkplatz sein will. Als er mich sah, blieb er stehen, überrascht und ein wenig verlegen.

»Miss Night.«

»Detective.«

»Wie geht's?«

»Ich hatte schon fröhlichere Nachmittage.«

»Wem sagen Sie das.« Er nickte zu dem Grabstein, der in die Wand zu meiner Rechten eingelassen war.

Wir betrachteten ihn beide. Frisch graviert, wie weiße Knochen, die in den dunkelgrauen Marmor gemeißelt waren. Namen. Geburts- und Todestage.

Mein Blick blieb an der letzten Zeile hängen.

Wissen kommt und geht, doch Weisheit bleibt.

»Hätte geholfen, wenn Drucker die Lösegeldforderung gleich gemeldet hätte«, meinte Capps.

»Da gibt's so einiges, was geholfen hätte.«

Meine Worte hingen in der schwülen Luft.

»Hat Shirley Scranton ausgepackt?«, fragte ich.

Capps schnaubte. »Die alte Hexe hat echt Eier. Eigentlich ist sie noch gar nicht so alt. Vierundfünfzig.«

»Und Bronco und Landmine?«

»Gehen aufeinander los wie Haie, die Blut riechen.«

Mein Blick wanderte wieder zum Grabstein. »Wie ist Stella bei diesen Mutanten gelandet?«

»Sie wurde bei der Explosion verletzt und auf die Straße geschleudert. Die Frau, die im Forrester auf dem Beifahrersitz saß ...«

»Tibby Icard.« Das Mordopfer auf Broncos Foto. Die Frau, deren Reaktion auf dem Überwachungsfilm mir keine Ruhe gelassen hatte.

»Ja genau. Icard wollte das Mädchen in die Notaufnahme bringen. Aus welchem Grund auch immer. Kam ja auch nicht dazu. Shirley Scranton hat Stella für das Ticket zu Ruhm und

Ehre gehalten. Wollte die Welt mit Bildern von einem netten Mädchen aus der Mittelschicht schocken, das sich für die gute Sache selbst in die Luft sprengt.«

»Was verbirgt sich eigentlich hinter Jihad for Jesus?« Wieder kam Wut in mir hoch, heftig und unausgegoren.

»Die Gruppe war nicht besonders groß, vielleicht ein paar Dutzend Anhänger. Wer vorbestraft war, wurde gar nicht erst genommen.«

»Nur gottesfürchtige Christen, die bereit sind zu töten.« Ich schluckte. »Und was weiß man über Harkester?«

»Er und sein Bruder sind gleich nach der Highschool zur Army, das war so eine Buddy-Geschichte, waren zusammen fünf Mal im Irak und in Afghanistan. Vor drei Jahren kam der Bruder bei einem Selbstmordanschlag an einem Checkpoint nördlich von Bagdad ums Leben. Harkester schied aus der Armee aus und verschwand von der Bildfläche. Letzten August bekam er die Diagnose Bauchspeicheldrüsenkrebs und starb vierunddreißig Tage später im Northwestern Hospital in meiner schönen Heimatstadt.«

Vier Monate nach dem Anschlag auf die jüdische Mädchenschule. Ich versuchte, Mitleid aufzubringen. Fehlanzeige.

»Haben die sich das Kentucky Derby gleich nach dem missglückten Anschlag auf den Laden vorgenommen?«

»Scranton hat verschiedene Möglichkeiten in Betracht gezogen, daher auch die Zellen in verschiedenen Städten – Chicago, Washington, LA. Wissen Sie, wie sie schließlich auf Churchill Downs gekommen ist?«

Ich schüttelte den Kopf.

»American Pharoah. Sie hatte was über das Pferd gelesen und das mit Ägypten und dem Islam in Verbindung gebracht.«

Angesichts dieser Idiotie fiel mir nichts mehr ein. Was für ein Wahnsinn.

»Scranton hat die einzelnen Zellen über die Existenz der

anderen im Dunkeln gelassen«, fuhr Capps fort. »Und auch über das Anschlagsziel.«

»Außer Bronco.«

»Ja. Bronco war ihr Spielmacher.«

»Landmine hat sich bestimmt gefragt, warum er nach Indiana abgeschoben wurde und dort für ein Futtermittelunternehmen arbeiten musste.«

»Landmine hat's nicht so mit den großen Fragen.«

Eine Kutsche trabte vorbei, der Führer ratterte historische Jahreszahlen herunter, die Touristen musterten uns. Das Pferd war braun und wirkte erhitzt und gelangweilt.

»Scranton hat alles finanziert«, sagte Capps. »Ihr gehört auch das Haus in der Argyle Street.«

»Wie großzügig. Hat die Unterkunft und auch noch gleich ihre Tochter zur Verfügung gestellt.« Ich sah die Baseballkappe der White Sox im Mondlicht vor mir. »Wo ist Kerr jetzt? Ich meine, Denise?«

»In Haft in Louisville.«

»Was steht ihr bevor?«

»Man könnte sie wegen Beihilfe drankriegen, Beteiligung an einer Verschwörung und so weiter. Und dann sind da noch die gefälschten Pässe. Aber ich glaube nicht, dass sie angeklagt wird. Anscheinend schafft es ihr IQ gerade so über die Siebzig.«

»Sie wurde von einer Irren großgezogen.«

»Das kommt erschwerend dazu.«

Ein Brennen erfüllte meine Brust, als mir die Parallelen wieder vor Augen traten. Kerr war in ihrer Kindheit von Mächten geprägt worden, über die sie keine Kontrolle hatte. Das war mir entgangen.

»Und Scranton hat ihren eigenen Sohn erstochen?« Eigentlich kannte ich die Antwort schon.

»Das leugnet sie. Aber das Messer stammt aus ihrer Küche, und in ihrem Auto war Johns Blut. Wir kriegen sie dafür dran.«

Seine Stimme hatte so einen bestimmten Unterton. Ich glaubte ihm.

»Haben Sie den vierten Attentäter identifiziert? Den Typen, den Landmine in der Wohnung in der Rose Avenue erschossen hat?«

»Janois Thomas. Jano. Sein Onkel ist bei dem Anschlag auf die amerikanische Botschaft 2002 in Lima gestorben.«

Capps ließ den Blick über die Hausfassaden und Geranien und die davonzuckelnde Kutsche schweifen. Ein paar Häuser weiter ermunterte ein alter Mann mit Fliege und Hosenträgern seinen Pudel, an einen Hydranten zu pinkeln.

»Wie hat Scranton eigentlich ihre Helfershelfer rekrutiert?«, fragte ich.

Capps schaute wieder zu mir.

»Ihre Kinder hatten keine Wahl. Die anderen hat sie über eine Organisation gekriegt, die Angehörige von Terroropfern unterstützt. Übrigens war es auch Scranton, die Ihre Aufrufe im Internet entdeckt hat. Und jetzt kommt's: Das Hundehaar, das wir im Forrester gefunden haben, stammt von ihrem Rottweiler. Wir glauben, dass ein Attentäter bei ihr daheim war, dort das Hundehaar an ihm hängen geblieben ist und er es im Forrester wieder verloren hat.«

»Vom eigenen Schoßhund überführt.«

»Der Hund heißt Infidel.«

»Einer der E-Mail-Namen auf Kerrs Computer. Brillant.«

Capps nickte.

»Und wer hat mir die Drohmail geschickt, als ich in Venice war? *TNT@aol.com?*«

»Bronco.«

»Und der hat damals auch die Lösegeldforderung gestellt?«

»Auf Scrantons Anweisung. Sie dachten, warum nicht ein bisschen Geld einstreichen und eventuell die Polizei auf eine falsche Fährte locken. Das Zitat haben sie von Stella, die damals in einem kleinen Gruselkabinett im Kriechkeller unter Scrantons Haus gefangen gehalten wurde.«

»Hat sie freiwillig für das Foto posiert, das Bronco mit seiner E-Mail geschickt hat?«

»Hat sich eigenhändig den Ledergürtel um den Hals gelegt.«

Ein Bild formte sich in meinem Kopf. Ich verdrängte es ganz schnell wieder.

Ich wusste, wie die Sprengsätze auf die Rennbahn geschmuggelt worden waren – gefälschte Referenzen für den Händlerbereich und Landmine als Mitarbeiter einer Futtermittelfirma, die die Ställe belieferte. Aber was genau hatte die Gruppe eigentlich vorgehabt?

»Wie sollte der Anschlag beim Derby ablaufen?«, fragte ich.

»Die Sprengsätze sollten über die Signale von drei verschiedenen Handys gezündet werden. Scranton war für den Sprengsatz im Zelt von Lockheed Martin verantwortlich, sie war auf der anderen Seite des Infield positioniert, beim Tunnel.«

»Um schnell wegzukommen.«

»Landmine war als Kellner getarnt. Er sollte den zweiten Sprengsatz vom Gastrobereich in einer Essenslieferung versteckt in die Nähe der Godolphin-Loge schmuggeln und dann nah genug dabeibleiben, um den Sprengsatz zu zünden, aber weit genug weg, um sich ungestört abzusetzen. Bronco war als Sicherheitsmann verkleidet, damit er in die Ställe konnte. Stella sollte auf der Ziellinie stehen.«

»Das sind vier Bomben, nicht drei.«

»Anscheinend schwankte Stella bis zum letzten Moment, außerdem war sie nur als Tüpfelchen auf dem i gedacht. Nach der Explosion im Lockheed-Martin-Zelt, wenn die Nachrichtenstationen weltweit ihre Nahaufnahmen von dem Anschlag senden würden, sollte sie sich selbst in die Luft jagen und Überlebende und Ersthelfer mit in den Tod reißen.«

»Gut, dass wir rechtzeitig da waren.« Das klang viel zu aufgekratzt.

Capps ließ sich mit der Antwort Zeit. Dann: »Sie gehen ziemlich schnell an die Decke, Miss Night. Und haben ein Problem mit Autorität. Eine ziemlich ungünstige Kombination.«

»Ich …«

Capps unterbrach mich mitten im Satz. »Den einsamen Wolf zu spielen war leichtsinnig und verantwortungslos.«

Meine Kehle schnürte sich zu.

»Vielen Dank.«

Damit hatte er mich überrumpelt. Ich wusste nicht, ob ich richtig gehört hatte, und sagte lieber nichts.

Wenige Minuten später schwang die mittlere Doppeltür auf. Zu angemessen erhebenden Orgelklängen strömten die Trauergäste heraus.

Vorneweg schritt Gus in einem schwarzen Nadelstreifenanzug und schwarzen Seiden-T-Shirt. Glänzende schwarze Slipper, weiße Socken. Ein kurzes Zucken in seinem Gesicht, dann kam er zu uns.

Ich übernahm die Vorstellung. »Mein Zwillingsbruder August Night.«

»Gus.« Er streckte Capps die Hand hin.

Capps schlug ein. Ein kurzes Händeschütteln.

»Im Ernst?« Seine Augen sprangen wie beim Pingpong zwischen Gus und mir hin und her. »Zwillinge?«

»Speichelproben lügen nicht«, sagte Gus.

Vor Jahren, als ich auf Heimaturlaub gewesen war und zu tief ins Glas geschaut hatte, hatte ich mich zu einem DNA-Test im Internet überreden lassen. Natürlich eine Idee von Gus. Wir bekamen ein Kuchendiagramm zugeschickt und eine Erklärung, die mit einer Wahrscheinlichkeit von zig zu eins die Geschichte bestätigte, die uns schon als Kinder erzählt worden war. Ich vermute, dass Gus die Sache noch weiter betrieb, vielleicht beschwatzte er damals Beau, die Proben durch die DNA-Datenbank des FBI laufen zu lassen, um unseren verschollenen Vater ausfindig zu machen. Ich fragte damals nicht nach. War mir egal.

»Beachten Sie die grünen Augen.« Gus riss besagte Augen auf.

»Irische Mutter«, sagte ich.

»Ich bin ein schwarzer Ire«, sagte Gus.

»Damit sind eigentlich schwarz*haarige* Iren gemeint«, sagte ich.

Capps hatte den verwirrten Gesichtsausdruck eines Mannes, dessen Fernseher mitten bei der Übertragung eines Footballspiels den Geist aufgibt. Er öffnete den Mund, um etwas zu sagen. Überlegte es sich dann aber anders und schloss ihn wieder.

Die Trauergäste gingen über die breite Treppe, nahmen die drei Stufen zur Straße und verschwanden um die Ecke Richtung Parkplatz. Ein paar gingen auf dem Gehweg zu Fuß weiter. Niemand lächelte. Niemand lachte. Nur wenige unterhielten sich.

Als Letzte verließ Opaline Drucker die Kirche. Sie saß in einem altmodischen Rollstuhl mit geflochtener Lehne, geschoben von Miranda. Der Zwergspitz döste auf ihrem Schoß.

Opaline winkte mit der knotigen Hand als Zeichen für Miranda, dass sie zu uns wollte. Sie trug ein grau gemustertes Kleid mit lila Blüten. Miranda war ganz in Schwarz.

Einen Meter vor uns hob sich die knorrige Hand. Miranda hielt. Opalines Mundwinkel hingen nach unten, die Unterlippe war verkniffen. Die wasserklaren Augen zeigten im Gegensatz zu ihrem Mund keinerlei Emotionen.

Drucker nickte Gus zu und ignorierte Capps. Sie nahm eine seidene Börse, die sie neben sich liegen hatte, drückte die Flügel des winzigen Vogels zusammen, der die Schließe bildete, holte einen Umschlag heraus und hielt ihn mir hin. Mein Name stand in nüchternen Blockbuchstaben vorne drauf. Blaue Tinte. Mit Rosenduft.

»Sie haben sich über meine Wünsche hinweggesetzt. Dennoch stehe ich in Ihrer Schuld, Miss Night.«

»Es tut mir leid, dass das Ergebnis nicht …«

Drucker wedelte ungeduldig mit dem Umschlag. Ich nahm ihn und verstand nun Jules Oliphants Kommentar. Unberechenbar. Oh ja.

»Meine Enkelin ist am Leben. Dafür danke ich Ihnen.«

Der rote Reithelm hatte ganze Arbeit geleistet. Als Hoebeek sah, dass Stella nach meinem Schlag außer Gefecht war, hatte sie die Scharfschützen zurückgepfiffen. Ihr Team konnte die Sprengstoffweste entfernen und die Sprengladung entschärfen. Die Gaffer auf dem Wohnmobilparkplatz hatten auf die Sirenen reagiert, nicht auf Schüsse, die auf Stellas Kopf zielten. Ich weiß nicht, woher die anderen Explosionen gekommen waren. Feuerwerk? Fehlzündungen eines Motorradauspuffs? Meine überstrapazierten Neuronen?

»Sie wird die besten Anwälte bekommen, die zur Verfügung stehen.«

Ich sagte nichts.

»Die besten Psychiater, die man für Geld haben kann. Wenn die Ärzte sie wieder hinkriegen, dann sei Gott gepriesen. Wenn nicht, werde ich akzeptieren müssen, was diese Monster aus ihr gemacht haben.«

Ich erinnerte mich an den Moment, in dem sich Stellas und mein Blick begegnet waren. Nach der Verhaftung hatte ich bei einigen Verhören zugesehen. Trotzig hatte sie den Versuch zugegeben, auf das von ihrer Großmutter eingerichtete Konto zuzugreifen. Ich hatte die Verachtung in ihrer Stimme gehört, den Hass in ihren Augen gesehen. Ich war nicht sonderlich optimistisch, was ihre psychische Genesung anging, aber ich wünschte ihr das Beste.

»Gefällt Ihnen mein neues Grabmal?« Sie zeigte auf den Stein in meinem Rücken. »Das Zitat von Tennyson war einmal

Stellas Lieblingsspruch. Eines Tages wird sie es zu schätzen wissen. Mary Gray und Bowen können in Frieden ruhen mit diesem Zitat über sich.«

»Es ist sehr schön.« Was man halt in so einem Moment sagt.

»Ich wünsche Ihnen Frieden, Miss Night.« Kristallklare Augen, völlig ausdruckslos. Ich nickte.

»Falls Sie Hilfe beim Anlegen des Geldes benötigen, kann Mr. Oliphant Sie sicher beraten. Das ist sein Job. Das macht er gut.«

»Mein Bruder berät mich in finanziellen Dingen.« Ich nickte zu Gus. »Das macht er gut.«

36

Eine Woche später kam Gus mit dem Boot raus nach Goat Island. Ich konnte zwar noch keinen Marathon laufen, aber meine Wunden heilten – die Gehirnerschütterung, die Schussverletzung in der Schulter, die Schnitt- und Schürfwunden im Gesicht. Ich sah immer noch furchtbar aus. Am Morgen hatte mir meine Ziegen-Nachbarin einen riesigen Käsevorrat gebracht. Ich bedankte mich. Ich glaube, damit habe ich sie erschreckt.

Ich ging runter zur Anlegestelle. Gus zog ein Sixpack Coors aus der Kühlbox seines Bootes. Wir sprachen alles noch mal durch, während die Dämmerung langsam der Nacht wich. Danach saßen wir einfach da und ließen die nackten Füße ins warme Salzwasser hängen.

Der Himmel war dunkel, die Fahrrinne ein schimmernder schwarzer Streifen. Die Stille war angenehm. Bis Gus mein inneres Kind bei der Gurgel packte.

»Würde es dir helfen, noch einmal dorthin zu gehen?«

»Wohin?« Ahnungslos.

»Zum Haus, wo alle gestorben sind. Wo Mama gestorben ist.«

Meine Haut prickelte, und mein Atem ging unregelmäßig.

»Ich habe eine Doku über Jonestown gesehen ...«

»Sie sind nicht einfach so gestorben.« Meine Worte klangen schärfer als beabsichtigt. »Sie haben sich selbst umgebracht. Sie haben sich gegenseitig umgebracht.«

»Ja.«

»Dieser kranke Hurensohn hat Zyankali gebunkert.« Obwohl es so viele Jahre her war, brachte ich immer noch nicht den Namen über die Lippen, den er sich selbst gegeben hatte. »Ich habe die Rechnungen gesehen, das weißt du doch.«

»Ja.«

»Sie haben sich in einen Kreis gelegt und das Gift genommen, weil er es ihnen gesagt hat. Mit Spritzen haben sie das Zyankali den Kindern in den Mund gepresst.«

»Ja.«

»Sie haben sich selbst angezündet, weil er sagte, das würde ihre Seelen reinigen.« Ich trat eine Alge weg, die in der Strömung vorbeischwamm. »Und wir haben das alles zugelassen.«

»Nein, Sunnie. Wir haben das nicht zugelassen. Wir hatten einen Plan.«

»Der Plan war dumm.«

»Naiv vielleicht, ja.« Der geduldige Gus. Wir hatten das schon so oft durchgekaut. »Wir hätten zwei Nächte benötigt. Er hat die Sache einen Tag vorgezogen, um alle zu überrumpeln. Damit es sich nicht doch jemand anders überlegt. Das konnten wir nicht wissen. Wir hätten Zeit gebraucht, um die Polizei zu alarmieren.«

»Aber die hatten wir nicht.«

»Wir hatten keine Chance.«

»Also machten sie ihren Aufstieg.« Ich fuchtelte mit den Händen in der Luft. »Einen Aufstieg wohin? Sie sind im Leichenschauhaus gelandet.«

»Lass es hinter dir, Mädchen.« Gus musterte mich aufmerksam, versuchte wohl einzuschätzen, wie sehr ich mich in meinen Wahn hineingesteigert hatte. Oder dachte, es wäre besser, wenn ich mir alles von der Seele redete.

»Er hat mich immer in eine Kiste gesperrt, Gus. Hat mir

Brandwunden zugefügt. Ich musste auf Salz knien, bis meine Knie bluteten.«

»Dich hat es am schlimmsten erwischt.«

»Ich war sein rothaariges Wunder. Sein kleiner Emmanuel.« Ich wedelte wieder mit den Fingern in der Luft. »Wahrscheinlich wusste der Scheißkerl gar nicht, was das bedeutet.«

Gus wartete, dass ich weiterredete.

Aber ich schwieg.

Ein Boot tuckerte vorbei. Hoch oben in den Bäumen schrie eine Eule. Ein Fisch durchbrach die Wasseroberfläche, die Fahrwassermarkierung schimmerte rot auf seinen Schuppen.

»Sorry.« Nachdem ich mehrmals tief Luft geholt hatte. »Ich weiß, es war schrecklich für dich, dass du das alles mit ansehen musstest und mir nicht helfen konntest. Und ich weiß, du meinst es gut. Aber ich kann nicht.«

»Okay.« Wieder Stille, aber bei Weitem nicht so angenehm. Schließlich redete ich weiter.

»Wie lange denkst du darüber schon nach?«

»Eine Weile.«

»Warst du je wieder dort?«

»Nur einmal, direkt danach, um das Geld auszugraben.«

»Wie läuft's damit?«

»Außerordentlich gut.«

»Bahamas?«

»Frag lieber nicht.«

Gus' Vorschlag brodelte in mir. Ein Bild.

»Erinnerst du dich an das Foto von der toten Frau?«, fragte ich. »Das Bild, das ich in seiner Tasche gefunden habe?«

»Ja.«

»Ich glaube, er hat sie umbringen lassen, weil sie Zweifel hatte.«

»Das glaube ich auch.«

»Ich habe Fragen gestellt.«

»Ja.«

»Er wollte, dass ich als Erste sterbe. Um ein Zeichen zu setzen für die anderen.«

»Wir mussten da weg, Sunnie.« Nach einer Weile: »Überlegst du's dir?«

»Nein.«

Meine Vergangenheit ist wie eine Fessel. Ich kann mich ein Stück bewegen, aber ich komme nie davon los. Ich würde auf gar keinen Fall riskieren, dass meine Kindheit noch mehr Macht über mich gewinnt.

»Weißt du, was mich wirklich stört?«, fragte Gus nach einer langen Pause.

»Was?« Ich war auf der Hut.

»American Pharoah. Das ist doch falsch geschrieben.«

»Der Name wurde bei einem Wettbewerb im Internet ermittelt. Die falsche Schreibweise hat es auf das Formular für die Namensregistrierung geschafft.« Aber mich störte sie auch. Ich hatte extra nachgeschaut.

»Und der Rest ist Geschichte.«

»Viel los im Jachthafen diese Woche?«, fragte ich.

»Ein paar Jachten sind vermietet.« Gus trank sein Bier aus und stand auf. »Eine davon läuft morgen früh aus.«

In der Nacht lag ich im Bett und hoffte, von nichts Bedrohlicherem zu träumen als von einem Eichhörnchen am Fenster. Doch meine Gedanken verschwanden im Bau des weißen Kaninchens und landeten in einem Labyrinth voller Rätsel.

Hatte Gus recht? Würde es mir helfen, mich der Vergangenheit zu stellen, wenn ich zu dem Haus zurückging? Zu dem bizarren Leben, das ich geführt hatte, bevor Beau uns aufnahm? Würde sich dadurch meine ewige Wut legen? Könnte ich damit die Monster in Schach halten?

Im Dunkeln sah ich drei Gesichter vor mir. Stella. Kerr. Mein eigenes blasses Gesicht mit dem schlangenförmigen Mal.

Wie hatte ich überlebt? Sicher, unbeschadet bin ich nicht davongekommen. Ich lebe allein ohne Telefon und habe nur gelegentlich Internet. Ich trage eine Narbe im Gesicht, die man beseitigen könnte, aber das will ich nicht. Ich lasse mich nicht gern anfassen. Mein Temperament ist mein schlimmster Feind. Ich versuche, mit eiskalten Duschen und mörderischem Fitnesstraining Stress abzubauen und mein Gehirn dazu zu bringen, dass ich mich stark fühle. Endorphine auszuschütten oder wie man das im aktuellen Psychogelaber gerade nennt. Ja, ich habe meine »Anfälle«, aber ich habe es geschafft, mir meine Identität zu bewahren. Mich nicht selbst zu verlieren.

Auch Kerrs Kindheit war überschattet von Wahn. Wie ich wehrte sie sich dagegen, in die kranken Visionen anderer hineingezogen zu werden. In den Wahn ihrer Mutter. Ist ihre Widerstandsfähigkeit auf ihre niedrige Intelligenz zurückzuführen? Ihre Passivität? Ich war geflohen. Kerr war geblieben. Hatte sie es weiter ausgehalten, weil sie sich in ihre eigene kleine Welt zurückgezogen hatte?

Stella war den entgegengesetzten Weg gegangen. Sie hatte sich aufgegeben. Bei ihr hatte die Gehirnwäsche funktioniert, sie hatte sich dem Wahn von Jihad for Jesus angeschlossen. Warum hatte Stella sich verloren, Kerr und ich aber nicht?

Konnte die Zeit die Wunden des Mädchens heilen, das einst zusammen mit seiner Mutter und seinem Bruder auf einer sonnigen Promenade gestanden hatte? Konnten Ärzte ihr helfen, ihr Selbst wiederauferstehen zu lassen? Oder war diese Hoffnung unrealistisch?

Warum hatte ich mich so stark zu Stella hingezogen gefühlt? War es die Erinnerung an meine eigenen Qualen, zugefügt von einem Fanatiker? Oder lag es daran, dass sie keinen Vater hatte? Kerr und ich hatten auch keinen Vater gehabt. War es das leuchtend rote Haar?

Oder war Stella gar nicht so wichtig gewesen? Lag Beau mit

seiner Einschätzung richtig? Hatte mich der Adrenalinrausch angezogen? Das Jagdfieber?

Lauter Rätsel, wie bei Alice im Wunderland. Aber keine Lösungen.

Sergeant Edwin A. Maddux vom United States Marine Corps lehrte seine Rekruten, dass das Leben ein Rattennest ist, regiert von Lärm, Chaos und Zufall. Ohne jede Logik. Es gibt nur eine einzige beständige Wahrheit: Wenn du versagst, gibt es keinen Weg zurück.

Ich glaubte ihm.

Meine Monster zerren immer noch an mir. Aber Beau hatte mich richtig eingeschätzt. Die Suche nach Stella hat mich verändert.

Ich bin mir nicht mehr sicher, ob mein Sergeant recht hatte.

Dank

Wie üblich bin ich vielen zu Dank verpflichtet.

Major Donald F. Burbrink II vom Louisville Metro Police Department beantwortete geduldig meine nicht enden wollenden Fragen. Tom Schneider war meine Experte für die Stadt Chicago.

Meinen herzlichen Dank an meine Agentin Jennifer Rudolph-Walsh und meine sorgfältigen und kunstfertigen Lektorinnen Jennifer Hershey und Susan Sandon.

Ich möchte auch all denen in der Branche danken, die so hart für mich arbeiten. Bei RandomHouse in den Vereinigten Staaten: Gina Centrello, Kara Welsh, Kim Hovey, Scott Shannon, Susan Corcoran, Cindy Murray, Debbie Aroff, Cynthia Lasky, Beth Pearson und Anne Speyer. Überm großen Teich: Aslan Byrne, Glenn O'Neill, Georgina Hawtrey-Woore und Sonny Marr. Bei Simon and Schuster oben im Norden: Kevin Hanson. Bei William Morris Endeavor Entertainment: Sabrina Giglio, Erika Niven, Tracy Fisher und Raffaella De Angelis.

Ich danke meiner Assistentin Melissa Fish für ihre unermüdliche Unterstützung.

Eventuelle Fehler in diesem Buch sind mir zuzuschreiben.

An meine Leser: Ich hoffe, ihr lest so gern über Sunday Night, wie ich über sie geschrieben habe. Danke dafür, dass ihr meine Lesungen und Auftritte ausfindig macht, meine Website besucht (kathyreichs.com), euch auf Facebook mitteilt (kathyreichsbooks), mir auf Twitter (@KathyReichs) und Pinterest (kathyreichs) folgt und mich auf Instagram bedenkt (kathyreichs). Für euch schreibe ich meine Bücher. Ich danke euch so sehr dafür, dass ihr mir ermöglicht, das zu tun, was ich liebe.